鼓诗

中国打击乐的先行者

李真贵　蒲丽华　著

化学工业出版社

·北京·

图书在版编目(CIP)数据

鼓诗 ：中国打击乐的先行者 / 李真贵，蒲丽华著.

北京 ：化学工业出版社，2025. 7. -- ISBN 978-7-122
-48430-7

Ⅰ. I25；J632.5；J647.5

中国国家版本馆CIP数据核字第2025RX9052号

责任编辑：田欣炜　　　　　　　　　　美术编辑：宁静静

责任校对：边　涛

出版发行：化学工业出版社（北京市东城区青年湖南街13号　邮政编码100011）

印　　装：河北京平诚乾印刷有限公司

787mm×1092mm　1/16　印张21$\frac{1}{4}$　字数345千字　2025年8月北京第1版第1次印刷

购书咨询：010-64518888　　　　　　　售后服务：010-64518899

网　　址：http://www.cip.com.cn

凡购买本书，如有缺损质量问题，本社销售中心负责调换。

定　　价：128.00元

鼓
静

叶小纲

祝贺李真贵教授鼓乐艺术专著

出版！

李西安 2025.4.16.

承上启下
中国打击乐之灵魂级尊师
玫敬李真贵先生

刘穿拉乙巳春北京

题赠李真贵教授

鼓韵铿锵，乐魂激荡。
鼓诗凝岁月，先行者踏浪而歌，
每令宫商伴正声；
教泽润春秋，授业人执槌以教，
长使桃李沐清音。

——阎惠昌
香港中乐团艺术总监
敬题
公元二〇二五年孟春

学科创建先行者

倾情奉献育后生

贺李真贵教授著著出版

民乐系主任 李红艳

乙巳初夏

序

序一

2024 年 5 月 6 日、6 月 5 日，李真贵教授率领他的历届学生在青岛和中央音乐学院接连举行了两场"中国打击乐"专场音乐会，借以回望自己超过一个甲子的中国打击乐艺术之旅。参与演出的学生中，有来自全国各地包括全国十余所音乐院校的几十位同门弟子和同行朋友，这样的阵势，也让我们有机会检视四十余年来高校中国民族打击乐专业及其学科建设所走过的道路。音乐会自然有纪念性质，同时也会引发我们对于这门晚起的高校民族器乐专业如何从副科到主科，从"筚路蓝缕"到相对独立、丰满、完备的一系列追问。

要回答这些追问，概略者，可以阅读本书中李夫人蒲丽华女士《他的击乐世界》一文；更详尽者，则可能是一部宏大而精彩的当代中国打击乐文化叙事，我们深切期待由这个领域的参与者最终完成。当然，无论"概略"或"详尽"，叙事的主人一定是被誉为"中国打击乐专业开创者"的李真贵教授。

我和真贵教授是学友、挚友、兄弟，更是经历了六十年风雨的人生知己。从 1964 年赴陕西长安农村参加"社会主义教育运动"，接着进入西安"易俗社"学习秦腔音乐至今，凡六十年。六十年来，我们过从甚密，心心相应，情同手足。1984 年，他在中央音乐学院大礼堂举行首场中国打击乐音乐会，我写《锣鼓艺术，别有天地》乐评；1994 年他在中国台湾公开出版《中国打击乐实用教程》，我应命写序；2019 年，真贵兄荣获中国民族管弦乐学会"第八届华乐论坛暨'新绛杯'杰出民乐教育家"称号，我写《踏遍青山寻宝，心诚只为育人——中国打击乐专业开创者李真贵》长文，细述他在学生时代就树立了民间锣鼓乐才是中国打击乐学习者的"第一宗师"，直至 1978 年接任中国打击乐专业教学重任之后，他更是遵循民国大学者傅斯年提出的"上穷碧落下黄泉，动手动脚找东西"的著名召唤，开始了到全国各地拜师"探宝"之旅。有所谓"上三晋、下四川、走湘西、奔苏皖"之践行，踏遍铁鞋，一拜再拜，终于将各地鼓乐之瑰宝，集于一册册教案、教材之中，传于千百次课堂之上。我以为，这才是进入中国打击乐之堂奥、建立中国打击乐专业教学体系的必由之路。

1940年，郑颖孙先生在为杨荫浏先生《锣鼓谱》写的"卷头语"开头就说："我国历代合乐，除雅乐囿于庙堂之外，则唯有丝竹锣鼓合奏，如十番之类。而锣鼓用于宗教（佛道）、戏剧、民间典礼（吹鼓手）、迎神赛会、竞渡等，尤为重要而普遍。且纯以敲击乐合奏实为世界乐坛独具情趣之一格。"一语中的，唯有真正深入领悟过中国传统音乐真谛的前辈才能讲出这样的话。有学者甚至认为"锣鼓乐"资源是中国传统音乐的三大宝库之一。极而言之，我国20世纪各类民族器乐专业从建立到逐步成熟，诸类乐器的传统资源才是现代专业音乐教育的"唯一的源泉"，别无其他。

坊间常说"人生如戏"，斯言确哉！1977年，因为与家人分居十余年，真贵兄打算回重庆工作，重庆方面也做出了接收的复函。就在此关键时刻，时任院长赵沨从全局考虑，决定调他的家人来京，并由系主任方堃出面挽留，让他留在学校开设中国打击乐专业课，他这才打消了回渝的想法，于翌年正式招生。显然，在真贵兄的人生经历中，这不是一件小事，且事出偶然，在意料之外；但今天细想，冥冥中，又何尝没有某种必然与意料之中呢？往深里说，我和他都有"随遇而安"的天性，尊奉"听天命，尽人事"的哲理，真贵兄40多年前遭遇的"偶然"之变、"意外"之遇，竟然成就了我国高校的一门民族器乐专业课，也圆了他学生时代就萌发的一个梦。

此"戏"此"梦"，何其美哉！

乔建中

2024年6月22日　草于西安音乐学院一号楼　501　思仁斋

序二

筚路蓝缕开新域　功崇惟志创先行
——读李真贵先生文集所感

合上李真贵教授在耄耋之年付梓的这本著作，掩卷覃思，感佩之情油然而生。在著作的第一个篇章中，李真贵的夫人蒲丽华女士以鲜活平易的笔触，叙写了李老师如何从童年开始迷上民乐，到最终成为中国打击乐先行者的历历往事。著作的后两个篇章收录了李老师从艺、从教60多年来对民族打击乐的理论思考和探索，以及他创作改编的音乐代表作。

无论是真挚的回忆文字、缜密翔实的论文书写，还是鲜活灵动的音符，都让这部著作真实立体地呈现了李真贵教授璀璨的民族打击乐世界。它是李老师艺术人生的生动描绘，也是李老师音乐事业的集中展示。然而，它的意义远不止于此。同为民乐人，我认为这部作品可以窥斑知豹——透过它，可以看到半个多世纪以来中国民乐打击乐学科走过的不凡历程；透过它，也可以映照出中央音乐学院民乐系所积淀的优良传统。

作为中国民族打击乐的先行者，李真贵教授创造了多个"第一"：1965年，他成为中央音乐学院培养的第一位民族打击乐专业本科毕业生，留校任教后成为"民打"专业的创建者及首位专业主课教师；1984年12月，他在中央音乐学院大礼堂成功举办了中国首场打击乐音乐会；1994年，他编写出版了第一部民族打击乐教材《中国打击乐实用教程》。此外，他还于1986年率中央音乐学院民乐团赴美巡演，1988年率队赴日本参加世界打击乐艺术节。此后，还先后在新加坡、日本、德国、奥地利等地举办打击乐音乐会。他是二十世纪八九十年代让中国民族打击乐走出国门、走向世界的重要推动者之一。孜孜以求一甲子，断鳌立极谱新章。半个多世纪以来，李老师致力于中国民族打击乐艺术的演奏实践、理论研究，倾心教学并培养了大批人才，推广普及打击乐，为中国的民族打击乐事业作出了开创性的贡献。

在中国文化中，以打击乐为代表的器乐文化有着重要的作用。从"击石拊石，百兽率舞"的古代传说，到"或鼓，或罢，或泣，或歌"的情感诉求。鼓之舞之，乾坤其易，鼓乐歌诗里有着精妙的大文章。这种将音乐与自然万物、天地人伦联系起来的思维方式，造就了中华民族繁盛多彩的民间器乐文化。近世以来，随着中国开启了现代化进程，民族器乐如何发展成为了数代民乐人孜孜以求、不断探索的时代命题。在中国民乐发展的恢弘乐章中，李真贵教授以其六十年的音乐实践谱写了一段精美的旋律。我们不仅要看到李真贵教授的成就，更要思考的是其何以成功，其经验和成就又能给当前民乐发展带来何种启示。

唐人有"琴中作曲从来易，鼓里传声有甚难"的诗句，在一定程度上道出了民族打击乐的特殊性。民族打击乐要从田野戏台、厅堂街巷走上表演舞台，从民间融入现代教育体系，就不能不考虑它独具特色的品质。

李真贵教授发展民族打击乐的成功得益于他重视乐器的特点和规律。其难能可贵之处，首先是扎根民间。他一直倡导"民打"专业师生要"深入民间，寻根溯源"，将民间锣鼓视为"天下第一师"。他认为只有深入民间、扎根民间，从中华传统文化的沃土中汲取养分，才能为中国民族打击乐筑牢根基。他主张民间音乐是"一片必然要投入其中的海洋"，"根植于民间才能与众不同、艺运长久"。

行之力则知愈进，知之深则行愈达。李真贵教授是知行合一的。多年来，他数次深入广东、陕西、山东、山西、四川、安徽、湖南等地调查研究，采风学习，搜集、整理民间打击乐，先后撰写了《中国锣鼓乐特性探微》《论土家族打溜子的艺术特点》等多篇论文。他还参与创作、改编民乐合奏《湘西风情》、鼓乐《八仙过海》、打击乐《牛斗虎》《冲天炮》等作品。这些作品无不取自于民间的故事和生活场景，有着丰富多彩的民族文化元素。

另一方面，李老师又意识到，个性鲜明的民间打击乐不能生搬硬套、不加选择和整理就直接应用于现代专业教学。想要建立一个具有专业性、系统性、创新性的教学体系，仅有来自民间的演奏技巧、手法和风格是不够的。他意识到，中国民族音乐的发展，不能只是简单地继承，而是要在前人基础上有所创新、有所发展，实现继承基础上的再发展、再传承。在这本著作的字里行间中，我们能强烈地感受到他对这些问题的深邃思考。

在李真贵教授数十年如一日的民族打击乐研究和教学实践中，他不断梳理民间音乐佳作，又取精用弘给予创造。他始终保持开放的心态，在加深对民族传统文化内涵认知的基础上，汲取、借鉴西洋打击乐的优点和特色，将时代元素有机融合到传统表演形式中，以此丰富中国民族打击乐的表现力并提升专业技巧。正是他这种扎根民间、崇尚风雅、以民间为师的态度，海纳百川、艺无定法的胸怀，以"继承"与"创造"相融合的艺术实践和以"民间之学"与"现代教学"相统一的教学理念，奠定了中国民族打击乐学科专业的深厚根基。

李真贵教授常说，走上中国民族打击乐专业是历史选择了他。1961年，20岁的本科生李真贵被时任院长赵沨先生亲自点名，从二胡专业改学打击乐，由此开辟了人生的新领地，而他也为之付出了艰辛的努力。留校工作之后，他在打击乐的领域里潜心耕耘。1984年，李真贵教授担任中央音乐学院民乐系副主任，1991年出任系主任。在其主持工作期间，对民乐系的建设尽心尽力，勤奋敬业，履践致远。他秉持"以中为主，中西兼学"的专业发展思路，努力让中国民乐的发展能满足社会的多元化需求。

作为杰出民乐教育家，李真贵教授始终把"教书育人"作为教师的神圣天职。他将毕生所学毫无保留地传授给学生。如今他桃李满天下，一大批优秀的学生正成为中国民族打击乐事业的后继者。李真贵教授平易近人，不管是对同行还是学生，严而不厉、温而不愠。他爱惜人才，不遗余力地培养年轻人，展现了虚怀若谷、笃行慎思、淡泊明志的大家风范。

李老师荣休之后老骥伏枥、笔耕不辍，编写了《打击乐曲集》，录制、出版了一系列高水平的音像专辑，极大地推动了民族打击乐的普及。在本部著作中，收录了李老师创作的作品《鼓诗——为一群中国鼓而作》（与作曲家谭盾合作）。借用"鼓诗"一词来形容他的艺术生涯或别有一番生趣。《尚书》有云："诗言志，歌咏言"。"鼓"代表了打击乐，象征着李老师的音乐事业；"诗"则用以表达他的志向和抱负。作为中国民族打击乐专业学科的创建者和奠基人，李真贵教授所展现的目标和抱负就如他在一次学术研讨会上所说的——"传承并发展中国民乐"。辛勤耕耘六十年，李真贵教授对民族打击乐的追求始终初心不改。

在李真贵教授就任系主任期间，我正好在读本科和研究生，对其主张的艺术理念感同身受，对其创设的良好教风、学风感怀至今，这段经历也让我在后来的演奏、工作、教学中不断思考、不断前进。

放眼百年中国，民乐事业在艰难曲折中取得了令人瞩目的成就。取得这些成就的原因是多层面的：得益于中国人日益强大的文化自觉和文化自信，为民乐发展提供了坚实的社会支撑；也得益于党和政府对民族音乐的高度重视，为民乐发展提供了良好的时代契机；还要归因于许多像李真贵教授那样的杰出民乐工作者。他们以发展中国民乐为己任，筚路蓝缕、艰苦创业，不断推动民乐学科专业的建设；他们呕心沥血、殚精竭虑，不断探索民乐的发展之路；他们教书育人、立德树人，不断培养优秀的民乐人才。正是这种上下同心的努力和时不我待的进取精神，为当前民乐的繁荣创造了条件，也为未来的进一步发展奠定了坚实的基础。

对于如何发展中国民乐，现在已有了越来越多的共识。在民间传统和时代创新融合中走出一条新路，这是中国民乐百年来的重要成功经验。当前我们民乐人需要进一步思考的是，如何在以往成功的经验上进一步实现中华文化精神的新创造。习近平总书记指出："每一种文明都延续着一个国家和民族的精神血脉，既需要薪火相传、代代守护，更需要与时俱进、勇于创新。"而要在新的起点上赓续中华文脉，高质量推动中华优秀传统文化创造性转化、创新性发展，就要更加自觉、更加主动地推动中华优秀传统文化同当代社会相适应、同现代化进程相协调，唯有如此，才能赓续数千年延绵不绝的中华乐魂。

李真贵教授这部著作为我们对上述问题的思考提供了良好启发。这是一本少有的民乐人自己写就的文集，它蕴含了大量的实践经验，也充满了许多真知灼见。它不仅让我们看到了民族打击乐学科发展的历史，它也将我们的目光引向了未来。

先生之音，山高水长；先生之风，德厚流光。

是为序。

作者简介：

于红梅，中央音乐学院党委书记，教授，博士生导师；中国民族管弦乐学会胡琴专业委员会会长，中国音乐家协会理事，中国民族弓弦乐学会副会长。

前言

　　1961 年，中央音乐学院赵沨院长与民乐系主任黄国栋先生商量后亲自点名，让我由二胡专业转为打击乐专业学生，这是我音乐人生中的一次重大转折。面对这一新的机遇和挑战，深知自己将肩负着创建中国打击乐专业的重任，并为之付出 60 余载的努力。借本书出版之际，将我几十年的经历，从成长到创业、教学到学术研究以及舞台表演到作品创作等诸多方面，汇总于这本书里。以此献给多年来支持我的广大读者，以及众多同行朋友们。

李真贵

2024 年 6 月于北京

　　知道他要出书，我非常高兴地自荐写第一篇《他的击乐世界》。几十年的共同生活，我对他的认知和了解，把他的音乐人生以纪实的写法呈献给广大读者。

蒲丽华

2024 年 6 月

目录

第三篇　作品集 | 167

后　记 | 322

第一篇
他的击乐世界

蒲丽华　著

第一章　童　年

公元 1941 年，他出生在重庆市的一个平民家庭里。两岁时，教书的父亲因病去世，母亲朱子贞带着四个儿子非常艰难地生活下来。母亲个子娇小，并且留有一双"解放脚"。据说民国之前绝大多数女孩子都要缠脚，可能那时的审美和风俗认为只有小脚女子才好嫁人。好在他的母亲赶上清末民初出生，虽然他母亲已经缠脚了，但随着时代的开化和进步，民间也不把女人要缠脚当回事了，这样就把缠脚布剪掉，让脚放开，人们戏称这样的脚为"解放脚"。他的母亲没有文化，不识字，但穷且益坚，很勤劳，手也很巧。家里没了男人，没有经济收入，只能帮别人缝补衣服，拆洗衣被，去附近的烟厂接点零活（手工卷烟）。就这样，一个只有 34 岁的年轻女人用自己的辛劳换来微薄的收入维持着这个家庭。当时他的大哥 15 岁了，在那个年代也能出去帮工挣钱，虽然收入不多，但对这个家的帮助可太大了。日子虽然贫穷，但母亲对小儿子李真贵的爱却越发的深厚。正因为有母

童年与母亲合影

与家人合影（前排左一为李真贵）

亲和哥哥们的爱护，所以他才能在健康和阳光的环境中成长。小时候就非常乖巧的他，很招人喜爱。听他母亲说："他四岁时不慎打翻了照明用的油灯，油火烧伤了他，此时哥哥不在家，我只能求助于邻居的帮助。正好邻居是一个军官的夫人，平时就很喜欢他，在军官夫人的帮助下他住进了医院。"这下可热闹了，为他治伤的医生护士都不好好工作，全都围在小李真贵的身边逗他玩。医生为他治伤和打针时，他都不哭，还笑眯眯地望着医生。护士阿姨问他："我们谁最漂亮？"小李真贵把每位护士都看了一眼后说："你们都很漂亮。"有位护士阿姨说："小朋友，你这么可爱，长大后要娶几个媳妇呀？"哇！这是什么情况？他还这么小，哪知道这些事，殊不知他竟伸出自己的小手，看着五个指头，说："五个！"当时护士阿姨们都笑喷了，说没见过这么可爱的小孩，太乖了。结果医生只收了很少的医药费，顺利出院，因为是私立医院。

　　童年的李真贵，在小学时代就比同龄的孩子要活泼爱动一些，那个年代的小学生，不像现在有各种的培训班学习，小朋友们放学后，绝大多数都要在回家的路上玩够了才回家。女同学们通常都是玩跳皮筋、跳房子、踢毽子、抓沙包、捉迷藏；

在体操队练习叠罗汉

男同学们更多的是玩竞技类型的。这个时候总能看见他与一群同样大小的玩伴在大街上比赛翻跟斗，看谁翻的花样多；或者找一个墙角玩倒立，看谁待的时间长；夏天在长江里游泳，看谁在江里游得远和漂流得长。在这些友好的比赛中，结果基本上他们都不是他的对手。他在体操方面表现也很突出，学校体操队训练叠罗汉，他总是站在顶上最灵巧的那一个，在重庆市的下半城还小有名气。说到小有名气，让我回忆起一件终生难忘的趣事。他翻跟斗和倒立的样子，给同龄的小朋友们留下的印象之深，连我都难以想象，直到大家都成年后，还难以忘却。我有一个闺蜜张有芸，我们是初中、中专的同班同学，并且毕业后在同一个单位工作。她因工作需要，第一次去北京时，我托她带一点重庆的小礼物，让她交给李真贵，并悄悄地告诉她，李是我的男朋友。结果张有芸回来后，当着我还有其他很多朋友的面，大叫着说："哎呀，蒲丽华，你的那个男朋友，就是我们小时候看到的那个用手走路的人！"给我们大家乐的，十几年后还能有女同学记得他翻跟斗和倒立走路，可见得小有名气，不是浪得虚名的。

在小学五年级时，一次偶然的机会，他大哥的一位朋友来家里做客，并且这个朋友还随身带着一件乐器——京胡。为增添热闹气氛，客人当场表演，这让在一旁听胡琴的小真贵立即安静下来。太好听了，这时音乐竟鬼使神差般地直击了他的灵魂，他要学习拉琴。虽然只有 11 岁，什么都不太明白，但内心里对美妙的声音、优美的旋律，有一种莫名的向往和追求，让他义无反顾地决定了要学习音乐，并请求他的大哥为他买一把京胡，从此时 11 岁的李真贵开始走进了音乐之门。对音乐的喜爱让他克服一切困难，家里没钱买教材，他就去有收音机的邻居家收听音乐；没钱请老师就坚持自学。为了不让妈妈担心因为拉琴而影响学习成绩，所以他上课专心听讲，各门功课考试成绩都很优秀。小小年纪的他就知道在这样的家庭和环境下，必须要比别人家的孩子多付出努力才能让家长放心，自己也能获得收获。他知道学习音乐不是为了妈妈和哥哥，而是自己无比的喜爱。除了拉琴，他还喜欢唱歌。每次学校有大的活动时，班主任老师总要点名叫他上台表演，当时学校和社会上流行的歌曲他基本上都能声情并茂地演唱。就这样，一个文体皆优的小学生从重庆市树德小学毕业了。

重庆市树德小学毕业时与同学合影（第二排居中）

第二章　青少年

　　小学毕业后，他升入重庆市二十九中学；一年后，因为搬家转学到重庆市四十初级中学。在初中阶段，他对音乐的追求一直没有停步，而是以更加顽强的精神一如既往地努力学习。上了初中后，他对二胡产生了兴趣，为了不给家里增添经济负担，就试图自己动手，到做乐器的店里，观看和学习制作二胡的手艺，在征得工人师傅的同意后，把他们废弃的材料和不要的乐器零件捡回家。经过反复多次的制作，最后居然成功了！他用这把亲手制作的二胡，一直拉到初中毕业，高中时期才让母亲花 10 元钱在乐器店买了一把正规的二胡，正式由拉京胡改为二胡，同时他也参加了市青年宫的培训班，学习拉二胡。青少年时期的李真贵，不单是在文化课学习方面很优秀，在文体方面更是发挥得淋漓尽致，学校的舞蹈队、

初中时期参加文艺表演赛

初中时期参加文艺表演
（前排左二）

高中时期参加音乐会
演出（后排左二）

高中时期参加文艺晚会
（前排右三）

乐队都有他的身影。同班同学组织的课外学习小组都相互争抢他，因为他能给大家带来快乐，让学习不那么沉闷。他们经常是做完作业后都想放松一下，十五六岁的年龄嘛，正好是青春萌动时期，他们会变着法地想出各种玩闹的方法，有时大家一起唱歌，一起乱舞。玩到尽兴时，有一次竟有女同学问李真贵："你敢穿裙子跟我们一起跳舞吗？"他毫不畏惧地说："这有什么？只要你们把裙子拿来，我就敢穿。"结果真有同学找来一条裙子，没办法，说话算话，只好穿上裙子跟大家一起疯。很多年后，老同学见面回忆当时的情景，这是重要的话题之一。

初中三年结束后，他考入重庆市十六中学读高中，高中期间他没有因为繁重的文化课学习而影响拉琴，相反是对二胡的学习取得了突飞猛进的进步。同时还担任学生艺术团的团长，每当学校举行重大节日庆祝活动，乐队和舞蹈队都少不了他。

1960年高中毕业时，正逢中央音乐学院、上海音乐学院、四川音乐学院三所音乐学院联合招生组来重庆招生。这么大阵仗，对重庆市来说是鲜有所见的，所以报名考试的学生也是历年来最多的一次，大家都不愿意错过这次机会，当时报名二胡专业的就有30多名学生，竞争可想而知是多么激烈。面对这种情况，他非但没有紧张，反而沉着冷静地应对。在很多年后，真贵先生回忆起考学的这段经历时还记忆犹新。他说："我当时准备的初试曲目是《空山鸟语》《月夜》，复试曲目是《空山鸟语》《拉骆驼》。当我复试拉完二胡后意犹未尽，心想除了我的专业很好外，我的另一才能也可以发挥出来，以确保能考上。所以，我立即对招生老师说，我还能拉一首板胡《大起板》，唱一首歌《草原上升起不落的太阳》，可以吗？考官们互相商量后说可以。当听到'可以'二字后，我放下了心中一切的负担，尽情忘我地拉起了《大起板》，高声唱出了《草原上升起不落的太阳》。到三试考视唱练耳时，不知为什么，老师通知我免试，并让我去考场协助他们做一些服务工作。最后填报志愿时，我毫不犹豫地选择了中央音乐学院。后来我才知道来重庆招生的中央音乐学院三位老师，他们是王治隆先生（小提琴）、姜家祥先生（声乐）、汪毓和先生（音乐学）。"

1960年9月，他带着妈妈为他准备的极简单的行李，踏上了他的音乐人生之旅。

第三章　成　长

进入中央音乐学院学习，他并没有当成是终点，而是把它作为人生另一高度的起点，努力勤奋地学习，刻苦执着地练琴，积极阳光地融入班集体中。因为身体灵巧，同学们送他一个外号"猴子"。同宿舍的室友们也喜欢经常互相捉弄，室友们知道他的好脾气，有一次晚上熄灯以后在宿舍门上放了一把笤帚，当练琴晚回来的他一推门的时候，正好砸到了他的头上，这时就听见从被子里传出各种怪异的笑声。他心想：我会找机会报复回来的！他的恶作剧也挺让人不好忍受，趁宿舍里其他同学都不在的时候，他把拖鞋、茶缸、肥皂盒等放在一个同学的床单下，当这个同学毫无戒备地躺上床后，立即大叫一声，从床上蹦了下来，大家以为这个同学着了魔，但是他心里暗喜道：谁怕谁！他的专业老师蓝玉崧先生也很认可他，说他是德才兼备的好学生，他也很荣幸地当选为班长。他的多才多艺在音乐学院也派上了用场，经过筛选后参加了学生舞蹈队。在专业学习音乐的同学们面前表演跳舞，这对一个年轻人来说是很骄傲的事情，也是很愉悦的事情。

大学时期与同学们在天安门合影（前排右一）

在拉二胡的李真贵

在大学一年级后的 1961 年，中央音乐学院院长赵沨先生为了学校各个学科的建设，与民乐系主任黄国栋先生商量后亲自点名作曲系老师军驰、古筝学生李婉芬、扬琴学生袁静芳、二胡学生王国潼、管子学生胡志厚，把当时学习二胡专业的李真贵改为学习打击乐的学生，让这六名师生去广东采风学习各自的专业。赵沨院长的这一决定，彻底改变了李真贵的人生。面对这种突然的转折，由不得他慢慢地思考和适应，而是定下心来迎接这新的使命。他没有犹豫和彷徨，坚定而充满信心地去学习完全陌生的专业。谁也没有想到，将来的一代民族打击乐大师就这样诞生了。

在广东，他如饥似渴地向广东省歌舞剧院的谭佩明先生学习潮州锣鼓。回到学校后，九月秋季开学，这次的广东采风学习小组在学校小礼堂举行汇报演出，他演奏了潮州大锣鼓《抛网捕鱼》、潮州小锣鼓《粉蝶采花》等乐曲。

之后通过同学的帮助，他找到了在中国歌剧舞剧院打小军鼓的老师陈兰生学习小军鼓的演奏，同时也向总政歌舞团的刘光泗老师学习木琴。因为当时学校没有民族打击乐的专业老师，他想先通过学习西洋打击乐来充实自己，再慢慢寻找民族打击乐的出路。好在学校并不保守，请了不少各种专业的民间艺术家到学校为学生们授课，其中就有演奏苏南十番锣鼓的朱勤甫先生。他以最真诚的态度向

广东采风师生合影（后排居中为李真贵）

朱先生求学，最终得到了朱勤甫先生的信任和亲传，至此对于民族打击乐演奏，他算是打下了基础。同时学校也安排他跟赵春峰先生学习河北、山东民间锣鼓，并让他参加由学校作曲系请来的中国戏曲学校老师开设的共同课，学习京剧锣鼓。

大学四年级时(1964年)，在国务院周恩来总理的倡议下，成立了中国音乐学院，把中央音乐学院民族音乐的器乐、声乐、作曲、理论等专业的师生分离到中国音乐学院，这样他就从中央音乐学院的四年级学生转到中国音乐学院。在大学的五年学习期间（当时大学是五年制），他把二胡专业一直学习到毕业，民族打击乐也是主修专业到毕业。在中国音乐学院学习期间，学校安排他继续跟朱勤甫先生学习，也同时派他去西安向秦腔剧团"易俗社"的司鼓梁建国先生学习秦腔锣鼓。学校为了筹建新的专业，在他身上可谓是用心良苦。为了新的打击乐专业学习，他只有拼命练琴，别无他路。既然历史选择了他作为第一个民族打击乐专业吃螃蟹的人，我想以他的坚毅和倔劲定会不负所望。1965年，他作为中央音乐学院和中国音乐学院培养的第一位民族打击乐专业本科毕业生，留校成为民族打击乐专业的创建者及首位专业老师。

作为中国民族打击乐专业的创建者及首位专业教师，他在思考怎样才能让民族打击乐这个全新的专业在音乐院校形成完整的教学体系，除了演奏还要有教材，目前都是白纸一张，怎么办？冥思苦想后，他最终决定只有走出去，向民间学习，收集整理，变成自己的东西。当一切准备就绪刚要起步时，1966年"文化大革命"运动开始了，教学工作只好停止。"文化大革命"一搞就是十年，在这十年中，先是学院部分师生全国性的大串联，最后所有老师们全体到天津军粮城炮兵农场接受教育和锻炼。直到1972年，中央音乐学院、中国音乐学院两院合并，成立中央五七艺术大学音乐学院，两院的全体教职员工分别从各自所在的农场回到北京，恢复正常的教学工作。1980年，再次分院。此时，他留在了中央音乐学院民乐系任教。

1977年，已经有两个儿子的他，在赵沨院长和民乐系主任方堃老师的关心和帮助下，结束了漫长的恋爱五年、结婚十年的两地分居生活。回忆这漫长的十五年，往事并不如烟，历历在目，感叹时光飞逝，岁月如梭。记得第一次见到他，是在我大姐的学习小组上，他正穿着花裙子和几个女同学跳舞。他们班同学跟我说，他在下半城很有名气，能歌善舞，喜爱音乐，属于现在跳街舞的那一类型人，贫寒人家的孩子知道努力奋进。

考入中央音乐学院后，他说五年学生期间，只回过两次家。1962年是第一次

青年时期的李真贵与夫人蒲丽华

回家，他去重庆九龙坡搬装公司看他的二嫂，正好见到了他的初中同班同学，也是我的大姐蒲素华，因为大姐也在这家公司上班。无意中大姐说道："我的二妹就在附近的铁路运输学校上学。"不知什么原因，他居然到学校来找我，而且是吃中午饭的时间。当时我们学生是八个人一盆饭、四个菜、一个汤，搞得我很紧张，只好硬着头皮去找老师想办法。教我们铁路通讯专业的张老师人很好，非常痛快地拿出三两饭票、五角钱的菜票，这样让我很有面子地解决了他的吃饭问题。之后我带他参观了我们的校园，学校坐落在半山腰，环境很美，同时也很含蓄地告诉他："我还是学生会的文体委员。"没有想到秋季开学后，收到了他的第一封来信，就这样来来往往通了五年的信，在信中我们畅谈学生生活，畅谈理想，畅谈人生，憧憬未来，一切都是顺其自然。1967年结婚后，开始了漫长的十年分居生活。

一家人团聚后，住进学校当时的2号楼，2号楼共三层，一层二层是图书馆和办公室，三层是部分教师宿舍。住在这里的教师有杜鸣心先生（作曲）、王震亚副院长（作曲）、蓝玉菘先生（音乐学、二胡、书法）、杨儒怀先生（作品分析）、袁静芳先生（已由民乐系转到音乐学系）、陈自明先生（世界音乐学）、刘德海先生（琵

中央五七艺术大学时期的李真贵一家

琶）、王振山先生（小提琴）、王永新先生（长笛）、冯金华先生（图书馆馆长）、张小和先生（党委宣传部部长）、李真贵先生（打击乐）、潘必新先生（音乐美学）、黄晓和先生（音乐学）、杨大风先生（小提琴）、赵薇先生（小提琴）、李恒先生（板胡）、毛毓宽先生（翻译）、胡国尧先生（大提琴）、刘烈武先生（作曲）、方承国先生（中国文学）等。这些老师在各自的专业领域里，都已经是站在金字塔尖的人物了，他们生活在狭长的通道和每家 18 平方米的房间里。筒子楼平时倒也安静，因为老师们要去教学楼上课，要么就是关起门来做自己的学问。只有到中午和傍晚做饭时，楼道里才会热闹起来，锅碗瓢盆的"交响乐"奏响了，满楼道闻到的都是各种炒菜和米饭的香味。但是有时也不知是谁家在炒辣椒，呛人的味道让大家都咳咳喘喘，这个时候总会有人说："真贵是你们家祸害的吧？"他心想：真是冤枉我，我们家还没有开始炒菜呢。其实他们很多人家都爱吃辣椒，都知道这是在开玩笑，无非是给生活增添点乐趣而已。楼道里的老师们互相敬重，互相信任，互通有无，谁家短缺点什么东西，只要张口都不是难事，油盐米菜全放在楼道里，筒子楼里人情味太重，让人怀恋。他们为了给这座音乐圣殿争辉而倾尽自己的心血，为的是让学生后辈们获得无价的知识和本领。

第四章　创　业

　　1977 年恢复高考后，他招收了第一批打击乐学生，他们是本科生王建华、安志刚、何建国（笙专业后改打击乐）、附中学生孟晓亮。有了学生后，他深感自己手头上的这点东西远远不够用，突然十年前的一个想法让他眼前一亮：就是走出去或请进来，向民间学习，向兄弟院团学习，收集整理资料，让学生有更多的教材学习。此时正好安徽艺校的谈守文老师有事来京，他立即约上谈老师来家做客，一盘花生米二两小酒，两个年轻的教师热情地交流。他们更多的是谈到演奏，谈到教材，几天后《安徽花鼓灯锣鼓》成型，并请学校教材科刻印成册而成为正式教材。他知道这仅仅是一个开始，他要在民族打击乐专业这张"白纸"上作画了。

　　民间锣鼓艺术历史悠久，种类繁多，色彩丰富，他坚定地认为只有深入民间，扎根民间，采风学习，这样才能有足够支撑民族打击乐这个专业的课程体系和教学内容。在学习的过程中，他认识到这些民间的东西，虽然富有鲜明的个性和泥

李真贵与第一批打
击乐学生在一起

李真贵与夫人蒲丽华带学生们出游

土的芬芳，但并非都适用于专业教学，更不能直接搬上课堂，所以他边学习，边记录，边整理，边创编。

1983 年，湖南湘西土家族艺术团来京参加全国汇演，他去观看后，其中一首打溜子《锦鸡出山》给他留下了非常深刻的印象。当年的冬天他就组织了民乐系的杨乃林、王直（两位老师当时是在民乐系的创作排练教研室）成立了三人小组，赴湖南湘西地区采风。在学习的过程中，看到不同地区、不同风格的打溜子后，激活了他们的创作灵感。三位老师用了近半年时间，共同创作出民族管弦乐《湘西风情》，这首作品主要采用了湖南湘西地区土家族、苗族民间音乐的音调及素材，乐曲中运用了大量打溜子的表演形式。《湘西风情》这首作品出版后，国内外的民族乐团几乎都演奏过。该作品在全国第三届音乐作品（民族器乐）评奖中，荣获"二等奖"，此奖项由中华人民共和国文化部、中华人民共和国广播电视部、中国音乐家协会共同颁发获奖证书，他为这次采风写的论文《论土家族"打溜子"的艺术特点》发表在 1991 年《中央音乐学院学报》上。同时，他也把打溜子《锦鸡出山》稍作改动，让两只锦鸡活灵活现地在舞台上戏斗，这样产生的舞台效果会更好，因为它与观众产生了共鸣。在之后他的很多次表演，无论是国内或国外都成为最受观众欢迎的节目之一。这首经他稍微改动后的《锦鸡出山》也在他的

《湘西风情》荣获全国第三届音乐作品（民族器乐）二等奖的奖状

课堂上传授给了他的学生。

同年，他获"北京市文学艺术工作者表彰大会"表彰。

在积攒了一定的教学成果后，于 1984 年 12 月在中央音乐学院大礼堂，他举办了首场中国打击乐音乐会。音乐会的成功演出在当时还引起了不小的轰动，得

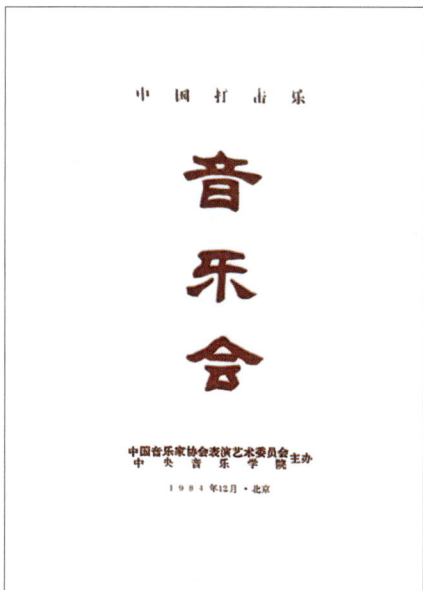

首场中国打击乐音乐会海报

到了同行和音乐界专家名人的称赞和认可。著名音乐理论家乔建中先生在《人民音乐》杂志上发表文章，题目是《锣鼓艺术别有天地》，文中称赞："此音乐会是以综合性专场音乐会的形式集中地介绍给听众，恐怕是建国以来的第一次。为什么说这场音乐会是建国以来的第一次，因为从音乐会的十个节目中，既有北方民间吹打《淘金令》，也有苏南的十番锣鼓《下西风》；既包括一部分直接来自民间的传统曲目（如以上二首）及在民间乐种基础上加工而成的《老虎磨牙》（关中鼓乐，安志顺编曲）、《锦鸡出山》（湘西土家族打溜子，田隆信编曲）

节 目 单　　　　　　　　　　　　　　　　　　**休　息**

一、吹打乐
淘金令　　　　　　　　　　　民间乐曲　赵春峰演奏谱
演奏者陈家齐、胡志厚、于瑯等
领鼓：李真贵

二、堂鼓独奏
夜深沉　　　　　　　　　　　京剧曲牌
演奏者：王建华（堂鼓）、扬乃林（京胡）等

三、安徽花鼓灯
客庆锣鼓　　　　　　　　　　陕守文、李真贵编曲
演奏者：李真贵、王建华、孙跃
孟小亮、李聪农、李颖

四、笛子、管子、筝、打击乐四重奏
空谷流水　　　　　　　　　　周龙曲
演奏者：陈涛、包键、李萌、李真贵

五、鼓乐
老虎磨牙　　　　　　　　　　安忠顺编曲
演奏者：李真贵、王建华、孟小亮
孙跃、李聪农、张林

六、苏南十番锣鼓
下西风　　　　　　　　　　　民间乐曲
扬荫浏、曹安和记谱
演奏者：本院实验乐团民乐队
领　鼓：李真贵

七、组合打击乐独奏
钟鼓乐三折　第一乐章　　　　周龙曲
演奏者：孟小亮

八、苏南十番鼓
百花园　　　　　　　　　　　民间乐曲
快鼓段朱勤甫传谱、李真贵整理
演奏者：本院实验乐团民乐队
领鼓：王建华

九、土家族打溜子
锦鸡出山　　　　　　　　　　田隆信编曲
演奏者：李真贵、王建华、孟小亮、孙跃

十、打击乐与民族管弦乐队协奏曲
中国狂想曲　　　　　　　　　周龙曲
演奏者：李真贵、王建华、孟小亮、孙跃、李聪农等
协奏：本院民乐队
指挥：王甫建

首场中国打击乐音乐会节目单

等，也有近年来专业作曲家创作的《空谷流水》《钟鼓乐三折》《中国狂想曲》(周龙曲)。通过它们，听众领略到的不仅有某些锣鼓乐的那种气势磅礴、火爆炙热的强烈个性，也有细吹锣鼓的细致、玲珑精巧、清冽的特色，同时还有经由当代作曲家之手借鉴一些新的手法所创造的新颖、大胆的乐思。这台集南北东西于一台，融传统现代于一体的独到安排，既展现了我国古代打击乐的丰富多彩和积蕴之深，也显示了它日后的创造潜力和广阔前景，可以说也是近代史上的第一次。"

时任总政歌舞团团长时乐濛先生(作曲家、指挥家)也于1985年2月14日在《光明日报》上发表文章，题目为《金石铿锵，气象万千》，对李真贵民族打击乐专场音乐会给予高度评价："打击乐的金石之声交相鸣奏，令人心荡神驰，此时此景谁能不为中国民族打击乐的宏大气派而感到自豪？"另外还有著名音乐理论家伍国栋先生在《中国音乐》1985年第一期发文称赞，题目为《听中国打击乐音乐会》，文中提到："中国打击乐音乐会的主奏者李真贵同志，在多年的教学实践和演出中，已积累了丰富的经验。喜闻他在音乐会之后将致力于中国打击乐艺术的理论研究，这无疑是有远见的思考。深信在音乐工作者的持久追求中，中国打击乐艺术无论

首场中国打击乐
音乐会现场照片

在表演上还是在理论建设上，必将会随着新时代的步伐，以崭新的面貌出现在中国和世界乐坛。"著名京剧鼓师白登云先生虽然年岁已高，但在学生的陪同下亲临音乐会现场，听完后激动不已，说"太好了！太感动人了！"

作为老师的他，音乐会结束后深感肩上的担子更重了。在此后的教学中，他考虑到中国当代民族音乐的发展趋势和社会对音乐人才的多元化需求，所以确立了"以中为主，中西兼学"的专业发展思路。学生除了要学习中国民族打击乐，也要学习一些常用的西洋打击乐；除了独奏训练，亦要有重奏、合奏训练。这对于学生来说无疑是大大的受益。这样的教学理念，以教书育人为天职的他，一直坚持了下来。

他就像一只辛勤的蜜蜂，不停地采风学习；也更像一个苦行僧，行走在筚路蓝缕的创业路上。他知道自己先行走上这条不平坦的创业路，就必须要付出常人难以想象的努力。既然认定了这是自己的使命，就什么困难也不必怕了，迎难而上，朝着光明胜利的目标一直砥砺前行。

时间到了1984年，原民乐系主任黄国栋先生调去了作曲系当主任，原民乐系副主任蓝玉崧先生也调去了音乐学系当主任，学院把广播民族乐团的王国潼先生调回民乐系当主任，李真贵为副主任。他除了教学还要负责系里的行政工作，可想而知肩上的担子更重了。但他没有丝毫的懈怠，反而是更大步地朝前走，这也

前往河南采风

前往安徽采风

是作为先行者的担当。

　　改革开放的政策使国门大开，两岸开放，台湾、大陆同胞可以自由往来。当台湾从事民族打击乐的同行们得知中央音乐学院开设了"民族打击乐"专业课时，来到中央音乐学院找他拜师学艺，最早的一批有台北艺术学院实验乐团的邵淑芬、肖凤晴、陈思好。真贵老师热情地接待了他们，并毫无保留地教他们，从基本功到练习曲再到演奏曲目。通过一个暑假的学习，三位同行一致认为能认识李老师

与前来北京学艺的台湾同行合影（右一为李真贵）

是他们的幸事，老师的为人、敬业、真诚让他们不单是学到了本事，更是学到了如何做人，为他们在今后的教学和工作中指引了方向。以后的几年间，他们每到放假，都会来北京学习，同时跟在他们后边也陆续来了好几位台湾学生，他们当中有施德华等。

同时台湾各个大学和演出团体也纷纷向他发出邀请，先后在不同时期请他去讲学、演出，其中有台北市立国乐团、高雄市实验国乐团、台湾文化大学、台南艺术大学、台湾艺术大学、台湾朱宗庆打击乐团等。当朱宗庆打击乐团在台北成立传统打击乐研究中心时，受朱宗庆先生的邀请，上海的李民雄先生、西安的安志顺先生、北京的李真贵先生专程前去台北，为研究中心"开锣"庆祝，真是盛况空前，可以说这些年来他为两岸文化艺术交流起到了积极的作用。

1985年8月，在七省市打击乐演奏家的共同倡议下，在西安举办了"金石之声"音乐会，这也是国内首次大范围的打击乐演奏家在一起展演，节目内容丰富，形式多样，色彩斑斓，大多数演奏家都带来了他们新创作的打击乐作品。在这次展演中，南京民族乐团裴德义先生演奏曲目是新十番锣鼓《东王得胜令》，武汉歌舞剧院万治平先生演奏曲目是鄂西吹打乐《赛龙舟》，西安歌舞剧院安志顺先生演奏曲目是西安鼓乐《老虎磨牙》《鸭子拌嘴》，西安歌舞剧院张列先生演奏曲目是《西域驼铃》，上海电影乐团黄启权先生演奏曲目是云锣独奏《钢水奔流》、

台湾朱宗庆打击乐团传统打击乐研究中心成立开幕式

铓锣独奏《枫桥夜泊》，吉林民族乐团于延河先生演奏曲目是十三面排鼓《跑火池》，中央民族乐团陈本智先生演奏曲目是十面锣《渔舟凯歌》，中央音乐学院李真贵先生演奏曲目是《鼓诗》、打溜子《锦鸡出山》、苏南十番鼓《快鼓段》，安徽艺校谈守文先生演奏曲目是安徽花鼓灯《喜庆锣鼓》。对于这次的展演，陕西省文化厅非常重视，并作为主办方给予了极大的帮助和支持。

随着民族音乐的蓬勃发展，在国外更是受到极大的欢迎。1986 年，受美国亚洲协会的邀请，他率领中央音乐学院民乐团赴美国巡演，成员有姜建华（二胡）、张强（琵琶）、赵家珍（古琴）、吴厚元（中阮）、杨守成（笙）、陈涛（笛子、埙）。

"金石之声"音乐会
演奏家合影

赴美巡演乐团成员

这个吹拉弹打的民乐团在美国巡演时所到之处都引起了极大的反响。《纽约时报》刊登题为《中国古代音乐风靡纽约》的文章，此文发表后又由1986年2月27日国内《参考消息》转载，文中提到："来自北京中央音乐学院的七位音乐家在美国的巡演场场爆满，观众反应热烈，并对每位音乐家都给予了高度评价，尤其是特别提到由团长李真贵亲自操鼓的《老虎磨牙》，用各种鼓棒互打的技巧和鼓棒磨鼓钉的手法，活声活气地打出《老虎磨牙》的情景，听众起立要求再表演一次。"

继美国之行获得成功后，由文化部委派组成中国民族器乐演奏团，应香港联艺娱乐有限公司邀请赴港演出。由刘德海先生任团长的十三人队伍，当时大家戏

李真贵演奏《老虎磨牙》

赴香港演出的"十三太保"

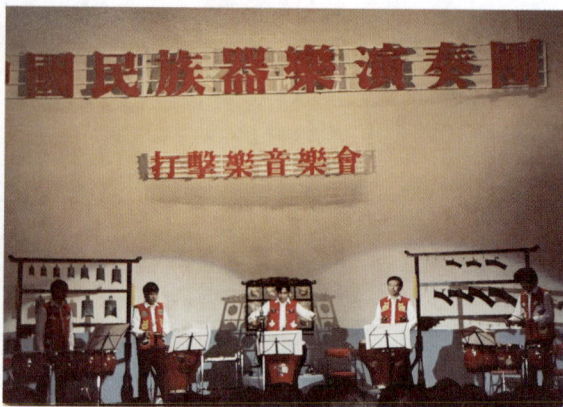

打击乐专场音乐会

　　称为"十三太保"，成员有包括刘德海先生（琵琶）、李真贵先生（打击乐）、朱润福先生（笛子）、李祥霆先生（古琴）、宋保才先生（唢呐）、曹建国先生（埙）、张之良先生（笙）、刘崇增先生（二胡）、邓江波先生（琵琶）、黄河先生（扬琴）、王以东先生（打击乐）、王建华先生（打击乐）、张力先生（行政）。其中的12位音乐家分别举办了6场不同专业的音乐会，其中打击乐专场音乐会是李真贵先生在中国内地以外首次举办专场打击乐音乐会。"十三太保"团的6场音乐会震惊了当时的香港，给港人带去了太多的惊喜，各种报刊的头条基本上都有赞美的文章。紧接着又赴新加坡演出，同样每场音乐会观众爆满，12位音乐家用他们精湛的技艺为国争光。

　　随后由文化部再次派出民乐大家演出团，应台北市立国乐团邀请赴台湾演出，此次演出团由赵松庭先生（笛子）、任同祥先生（唢呐）、王范地先生（琵琶）、李真贵先生（打击乐）、肖伯庸先生（二胡）五人组成。在台湾的演出获得了巨大成功，引起了极大反响。

之后，仍由文化部派出的"中乐大师"演出团赴香港、台湾演出。被戏称为

民乐大家演出团成员
从左到右依次为王范地、李真贵、赵松庭、任同祥、肖伯庸

民乐大家演出团演出中的李真贵

大陆国宝级中乐大师的演出团，成员有林石诚先生（琵琶）、胡天泉先生（笙）、王铁锤先生（笛子）、田克俭先生（扬琴）、闵惠芬先生（二胡）、李真贵先生（打击乐）、王中山先生（古筝）、冯少先先生（月琴、阮）、宋保才先生（唢呐）、余其伟先生（高胡）、沈诚先生（板胡）等。演出非常成功，所到之处受到热烈的欢迎。

　　1988年，应日本邀请参加日本佐渡举办的世界打击乐艺术节，由他带队，成员有安志顺、陈佐辉，他们三位演奏家同时还邀请了两位在日本当地的华人演奏家组成演奏队伍，演奏了中国打击乐专场音乐会。安志顺老师表演的西安鼓乐，陈佐辉老师表演的潮州锣鼓，李真贵老师表演的《鼓诗》《锦鸡

"中乐大师汇聚音乐会"海报

中乐大师演出团成员合影
后排从左到右：王中山、冯少先、田克俭、李真贵、余其伟、沈诚
前排从左到右：王铁锤、胡天泉、林石诚、闵惠芬、宋保才

出山》和《安徽花鼓灯》等，观众反响非常热烈。当时正在表演的李真贵先生受到热情观众的感染，情之所至，竟举着双镲跳下舞台，在观众席中继续表演，这一场景在后来的很长一段时间都成为同行们的美谈。他的演出被当时在观看表演的一名日本著名摄影师抓拍到了，并把这张照片放在了这次艺术节的专刊画册上。这张照片成了他以后直到现在所有演出的剧照，感谢这位摄影师把他最帅气、最生动的舞台形象留下来了。

20 世纪 80 年代末，山西的威风锣鼓异军突起，在陕西省的多个地区都分别

李真贵在日本佐渡世界打击乐艺术节精彩瞬间

在日本佐渡世界打击乐艺术节演奏照片

成立了锣鼓队。他们除了自娱自乐外，还互相间进行比赛，这引起了山西省文化部门的关注。对于这种群众自发的活动应该组织规划为正式比赛，并在省内举办大赛，邀请省内外专家做评委。在山西省歌舞剧院打击乐演奏家王宝灿先生的推荐下，他多次受邀赴山西做锣鼓大赛的评委。在做评委期间，他对"威风锣鼓""太原锣鼓""绛州鼓乐"都产生了极大的兴趣。1991年，他带领学生王建华、张仰胜、郭雅志、李硕、蒲海、陈涛、杨守成、朱毅参加了山西国际锣鼓节暨中国第二届

参加中国第二届民间艺术节大赛留影

民间艺术节大赛，并获得金奖。

真贵先生在多次的山西之行中与绛州鼓乐团的团长王秦安先生结下了深厚的友谊。当时的绛州鼓乐团虽已成型，但举步维艰。首先是团员们都是农村娃，除了时任新绛县文化馆馆长的王秦安团长有工资外，整个乐团都没有经费，可谓是真的一穷二白。好在王秦安是学文学出身的，只要是他认识的或者是通过朋友认识的音乐家他都会不厌其烦地写信求援，真贵先生就是被他多次的求援信所感动。王秦安在信中坦言道："李老师，我们就像一群嗷嗷待哺的孩子，等待你的到来。"此时此景他觉得不去帮助他们都不行了，于是他利用暑假自费去了新绛县。

在新绛县的七天里，首先看到的是他们的排练场，在一个废弃的军营里有十几只鼓。团员们上午排练完中午就非常简单地一人一个馒头、一碗米汤、一根大葱。当问到怎么没有菜时，他们说就这些吃的还都是各自从家里带来的。他听后心里很难受，立即慷慨解囊，给了团长几十斤粮票，这也是他自己节省下来的，让王秦安给团员们多买点粮食吃。在帮他们排练乐曲的同时，还教他们基本乐理知识以及舞台上的音乐处理。当他排练到其中一首花敲鼓乐《滚核桃》时，问他们有没有谱子。团员们说，没有谱子，都是口传心授。李真贵觉得，《滚核桃》这首曲子舞台效果非常好，很有必要把它整理出来推向外界，让它走向更广阔的天地。就这样他让团员们边表演边唱锣鼓经，他就边记谱，并对其中个别鼓点进行了调整，

李真贵与绛州鼓乐团一起排练

李真贵与夫人蒲丽华
在新绛

同时又增加了"摇捶手法"，最终形成了《滚核桃》的乐谱版以便推广。

1993 年，在北京音乐厅举办"李真贵中国打击乐音乐会"时，他自费请绛州鼓乐团的 11 名成员来京同台演出，大学专业教师与农民同台演出《滚核桃》，这别开生面的场景，当场惊艳了全场观众。此后他又专门给绛州鼓乐团写了《黄土的诉说》供他们演出用。那时的真贵先生已然是专业里的领军人物，在国内外都享有了一定的声誉。然而在做人方面，不论对方是专业的抑或是业余的以及民间艺术团体，他都会平易近人、平等待人、不吝赐教。

他的良好品格不仅是在对待朋友上，对待自己的学生也是一样的。他会根据学生各自不同的特点而制定不同的教学方案，在学生的生活和思想方面他也经常给予关注。因为他的亲和力，同学们都愿意找他谈心，当学生毕业时他会尽自己所能地帮助和指导。在完成专业教学的同时，有的学生提出喜欢作曲，有的喜欢指挥，有的喜欢流行音乐，甚至有学生提出我想当飞行员时，他都会鼓励他们朝着自己的理想去努力。

作为系领导之一的他也是有所担当的，尽心尽力为大家服务，爱惜人才，不存任何私心。为了民乐系的建设，在任系主任期间留下了诸如戴亚（笛子）、张强（琵琶）、严洁敏（二胡）、于红梅（二胡）、章红艳（琵琶）、马向华（二胡）、樊薇（琵琶）、石海彬（唢呐）、李晖（琵琶）、朱江波（二胡）、薛克（二胡）、袁非凡（笛子）、乔佳（打击乐）等优秀人才。另外，他还增设了中阮专业、柳琴专业、箜篌专业。

李真贵与家人在一起

　　同样对家庭，他也是负责任的丈夫和父亲。家庭生活中难免产生矛盾，磕磕碰碰、拌个嘴什么的，他总是很和善地对待，因为大家都是正常人嘛。尤其对两个儿子的教育他也是放在心上，他们都是跟他学习打击乐。大儿子李硕从中国音乐学院附中毕业后考入中央音乐学院民乐系本科毕业。小儿子蒲海从小爱运动，喜欢足球，从 8 岁到 12 岁之间一直在北京什刹海体育学校足球队踢球，这期间也同时学习钢琴和小军鼓。当足球教练赵立基提出要带他去深圳发展时，当父亲的他经再三考虑后决定放弃踢球。之后考入中央音乐学院附中民乐学科打击乐专业，直到本科毕业后赴美国南加州大学留学，现在中央民族大学音乐学院任打击乐专业教师。

　　在 20 世纪 80 年代物资匮乏、大家经济都不富裕的时候，他也曾利用过寒暑假与几位老师组织"走穴"小组去外地演出。一个假期下来，能挣回 300 元左右，这在当时已经是一笔不小的收入了。

　　作为姨父，他更是责无旁贷地同意将妹妹的孩子接来北京，跟自己的儿子一样培养教育。他在巫娜 8 岁的时候回到重庆，发现她很有音乐的天赋，问道："你愿不愿意跟我去北京？但是你必须要剪掉长辫子，因为到了北京后，每天早上上学，你二姨要做早饭，没时间为你梳长辫。"已经 8 岁的巫娜非常高兴地回答："我愿意。"到北京以后，她开始学习古筝，后改学古琴，考上中央音乐学院，从附中、大学到保送硕士研究生毕业，成为我国第一位古琴专业硕士研究生。她在整个学生时期就是一个获奖能手，在 12 岁时参加"杭州国际古琴邀请赛"荣获第一名，后又相继获得文化部"金钟奖"古琴专业冠军、中央电视台 CCTV"民族器乐电视邀请大赛"古琴专业冠军。在 2000 年来临之际，全世界的各个国家都以自己的方式迎接千禧年的第一缕曙光。中国的中央电视台在国内设立了两个站点，其中山东泰山顶上的"探海石"为一个站点，中央电视台邀请巫娜，让她在泰山顶上的"探海石"上弹琴。这时只见她穿着一袭红色长裙，优雅地弹着古琴，迎接千禧年的第一缕曙光。看着冉冉升起的红日，再看抚琴的她，耳边伴着美妙的琴声，仿佛"一袭红衣尽风华，疑是仙子从天降"的意境出现在眼前。并于 2008 年 3 月，获美国"亚洲文化协会"基金会奖学金，赴美国纽约作为期 5 个月的访问学者，考察以及研究西方当代艺术和音乐状况，现在首都师范大学任教。

　　作为重庆人的他，对家乡的山山水水、一草一木、高低错落的街道、川流而过的长江和嘉陵江及各种美食，他说："这些都是我一生的念想。"对家乡的热爱让他萌发了想创作一首打击乐作品的想法。回到重庆后，他就约上在重庆市文化局下属民族民间器乐集成办公室工作的朋友唐德坤先生，去了当时重庆市江北县寸滩乡（现重庆市江北区寸滩街道），请来了当地最好的农民锣鼓队，让他们表演了几首"小河锣鼓"。看完后他很激动，除了表达真诚的感谢外，还关心地问道："耽误了你们一天的工作，你们一天的工分能挣多少钱？"他们说很少很少，一天的工分也就几毛钱。于是他就想给农民兄弟们一点报酬，刚要张口，锣鼓队的农民朋友们争抢着说："李老师，您太客气了，就我们表演的这点玩意儿，

李真贵在重庆采风

不算什么，也就是农闲时，或者谁家有个什么喜事，大家在一块热闹热闹，而且您大老远的从北京来看我们表演，说什么也不能让您破费。"多么纯朴的话语，多么纯真的感情，让李老师再次感动。真贵老师说："你们的表演很精彩，对我是有帮助和启发的，我一定要让你们的'小河锣鼓'音乐元素体现在我今后创作的作品里。"后来就创作了《冲天炮》打击乐曲，这首作品以专业演奏技法和活泼灵动的形式呈现在舞台上，表演时演员通过各种抛甩马锣、错综复杂的队形变化，使整首乐曲绘声绘色地模拟出节日放鞭炮的欢乐气氛，经过很多院团的表演，效果极佳。他的另一首作品《鼓诗——为一群中国鼓而作》，这首作品是来源于作曲家谭盾先生创作的吹打乐《剪贴》，其中"鼓"演奏的段落他听后很受感染，在征得谭盾先生的同意后，将"鼓"的段落重新创作成一首纯鼓乐作品。经他创作后的这首打击乐作品，命名为《鼓诗》。《鼓诗》这首作品一经问世，就成了他的一张名片。他说："这么多年对鼓的理解，我都把它融进了这首作品里。敲鼓不能一味地使蛮劲，不是只能表现强力度，而是要把击鼓视为文学里面的诗词一样，有韵律，有抑扬顿挫，既要有激情，也要有深沉的表现。鼓的演奏更多的是由鼓点组成，但演奏者一定要有旋律感，这样才能让鼓有更好的音乐表现力，所以我把它取名为《鼓诗》。"

1993年，他在北京音乐厅举办了"李真贵中国打击乐音乐会"。这场音乐会的每个节目他都亲自操刀，节目内容有别于1984年的那场音乐会的曲目。除了保留《锦鸡出山》《老虎磨牙》这两首经典曲目外，新增了《鼓诗》（李真贵、谭盾曲）、《西域驼铃》（张列曲）、太原锣鼓《牛斗虎》（李真贵、王宝灿编曲）、《冲天炮》（李真贵编曲）、鼓乐合奏《八仙过海》（李真贵、朱润福曲）、山西鼓乐《滚核桃》（王宝灿、郝世勋整理，李真贵记谱）、苏南十番鼓《百花园》（朱毅编配乐队、配器，鼓段独奏为李真贵整理）、鼓乐合奏《龙腾虎跃》（李民雄曲）、山海经《开天、女娲、

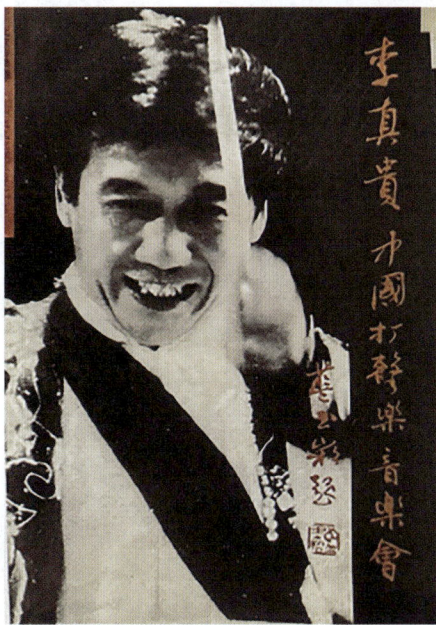

1993年李真贵中国打击乐音乐会海报
（蓝玉崧先生题字）

李真贵在中国打击乐
音乐会上的演奏

与绛州鼓乐团团员合影
右二为第一任绛州鼓乐
团团长王泰安

音乐会后与到场的音乐家协会主席吕骥先生（前排右四）等领导专家合影

逐日》（郭文景先生专门为这场音乐会而创作）。

这场音乐会演完后，李真贵先生很动情地说："感谢学院领导的支持，为绛州鼓乐团的 11 位团员免费在留学生楼安排两个晚上的住宿；感谢电教科 3 位老师从走台到晚上的演出，非常认真专注地找准角度，为拍好每一个镜头连晚饭都没时间吃；感谢参加这场音乐会演出的指挥王甫建先生、老师及同学们，他们没有任何报酬，却仍以极高的热情来帮助我。"

《人民音乐》杂志把他的演出剧照放在了 1993 年第 7 期的封面上。

中国音乐家协会全国民族民间器乐集

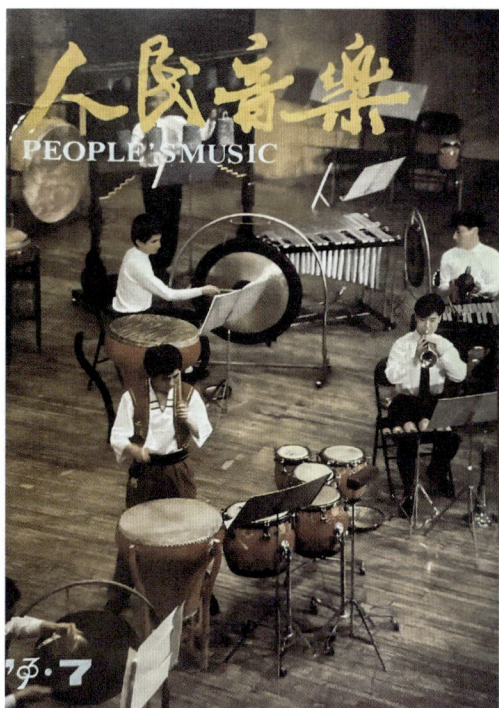

《人民音乐》1993 年第 7 期封面

成总编部音乐理论家刘新之在《人民日报》海外版发表《贵在真情——李真贵的中国打击乐》，文中写道："在中央音乐学院读书时就感到他的与众不同，他不多说一句话，有点金口玉言的样子，他中等偏矮的个子，较瘦，走路时好像也在思考，只注意自己脚下的路。而且他的步速有点快，目无旁骛，似乎始终沉浸在自己独特的世界中，这可能就是他沉稳、内敛性格的外在表现。那时因为我们不是一个系，他也并不给我们教课，所以对他的了解并不多，后来我到了《中国民族民间器乐集成》总编部以后，因为他是打击乐专家，于是我知道了他和他的打击乐世界。从报纸上知道，李老师要开个人打击乐音乐会，心里就想这可是破天荒的事，这是不是在中国音乐史上首开先河？至少在中国近代音乐史上是从未有过的举动，这样的音乐会一定非同一般。李真贵老师在这场音乐会中无疑展示了他的实力，他的鼓艺已至炉火纯青，他的专注与文化底蕴也历历在目，他的勤苦也每每通过他的演奏让人能够充分地领受，这可以通过《滚核桃》的表演——他与一群生活在民间乐海中的年轻人一起演奏得是那样的和谐、有趣，赋予生活气息，他将那精细的技巧、浓浓的生活气韵都准确地表现了出来。他的鼓艺造诣和为人为事的作风在我国打击乐领域有很好的口碑。"（以上仅为节录）

上海音乐学院音乐理论系著名音乐理论家、打击乐演奏家、教育家李民雄先生，也在《人民音乐》1993年第7期中发文，题目是《听李真贵中国打击乐音乐会》，文中写道："我作为李真贵教授的同行，专程从上海赶到北京，坐在音乐厅热情的观众之中，此情此景使我无比欣喜也感慨万千，李真贵在教学、行政工作和社会活动十分繁忙而又无任何演出经费的情况下，要筹划演出谈何容易，但他有一个魂牵梦萦的夙愿——'植根民间音乐沃土，推展中国鼓乐艺术'。他这种坚定的信念终于促使他成功地举办了这场音乐会。音乐会节目内容丰富多彩，他把诸如《牛斗虎》《滚核桃》《冲天炮》《锦鸡出山》、苏南十番鼓《百花园》这些原流传于民间的乐曲经过整理、改编、创作，搬上了舞台，成为一首首精品。他还通过采风学习，掌握了不少民间打击乐器高难度的演奏技巧，还学习西洋打击乐器做借鉴，可以说打击乐器中的'十八般兵器'件件精通。这就是李真贵的路子宽，为一般演奏员所不及的。"

1993年的这场音乐会当时还吸引了不少的外国友人到场聆听，其中就有德国大使馆的文化官员，他听完音乐会后很感兴趣，并通过中央民族大学民族音乐理论家袁炳昌教授，推荐给德国"柏林世界文化中心"。之后，真贵老师受德国"柏林世界文化中心"邀请，率团赴德国和奥地利演出，乐团成员由王建华、田鑫、孙钺、李硕组成，在德国和奥地利举办了中国打击乐专场音乐会。参与这次柏林世界打击乐艺术节活动的有10个国家，分别是中国、澳大利亚、印度、印度尼西亚、加纳、马拉维、尼日利亚、特立尼达和多巴哥、新西兰、德国。他们说能参与这样一个国际性的打击乐艺术节本身就是一次难得的机会，一次学习的机会，扩大了眼界。各个国家的乐团都使出浑身解数，打出自己国家的民族音乐风采，中国队当然没有落后，他们在德国和奥地利两国的多个城市演出，都受到了热烈的欢迎。"柏林世界文化中心"负责演出的一位官员说，中国的节目

1993年柏林世界打击乐艺术节标志

1993 年柏林世界打击乐艺术节中的非洲国家展演

中国打击乐代表团在柏林世界打击乐艺术节的展演

Li Zhengui & Ensemble
China

Li Zhengui ist Professor für Volksmusik und chin. Perkussion in Peking; brachte seine Kenntnisse westlicher Perkussion in die chinesische Musik ein und kreierte so eine eigene Stilrichtung; legt großen Wert auf den inhaltliche Ausdruck; Ensemble besteht aus hochqualifizierten Musikern, die entweder in Peking am Konservatorium unterrichten oder im chinesischen Rundfunkorchester beschäftigt sind; vor Konzert halb-

stündiger Vortrag über chin. Perkussionsmusik; Tourneen: USA, Hongkong, Singapur, Japan; Auszeichnungen: 1.Platz beim internat. Trommelfestival in Shanxi, 2. Platz beim nat. Musikwettbewerb in China.

Besetzung:
Li Zhengui, Wang Jianhua, Sun Yue, Li Shuo, Tian Xin

中国打击乐代表团介绍

叫人不可思议，无疑是这届艺术节中最优秀的。更得到"柏林世界文化中心"的青睐，专门录制了"李真贵打击乐专辑唱片"。

从 20 世纪的 90 年代初到 21 世纪初，李真贵先生又多次率团或个人赴欧洲演出。他曾与"刘索拉和她的朋友们"乐队去意大利、比利时、丹麦、德国参加国际现代音乐节的演出，在丹麦演出期间还曾受丹麦皇家音乐学院的邀请到学院讲学。

李真贵在丹麦讲学时与丹麦皇家音乐学院格特·莫滕森教授交流

乐团成员在"荷兰丝绸之路艺术节"与马友友（前排右三）及其他音乐家合影

他应"荷兰丝绸之路艺术节"的邀请率打击乐团赴荷兰、比利时演出，乐团成员有王建华、何建国、安志刚、张仰胜、蒲海、朱雷。同时参加这次艺术节活动的还有国际大提琴演奏家马友友，当马友友看完他们的演出后说，中国打击乐的丰富多彩让他倍受感动，并主动和他们拍照留影以作纪念。

他与"刘索拉和她的朋友们"乐队多次赴欧洲演出，与刘索拉在多年的交往中结下了深厚的师生友谊，这样的忘年交是他们建立在互相敬重、互相信任的基础之上的。刘索拉是1977年中央音乐学院在"文革"后第一批招收的作曲系学生，在学生期间及毕业后，她的才华逐渐展现出来。她既是作曲家，更是才女作家，在近十年间相继出版了《你别无选择》《寻找伊甸园之梦》《寻找歌王》《蓝天绿海》《混沌加哩格楞》《女贞汤》《迷恋咒》七部小说；在舞台上她更是风情万种、声情并茂的歌唱家。拿刘索拉的话说，她与李老师是亦师亦友的情谊，所以当她组建"刘索拉与她的朋友们"时首先想到必须有李老师做她团队的骨干，这样她才有了主心骨。无论是在国外还是国内的演出中他们都配合默契，因为很多演出场景都是无乐谱的即兴表演，大家若没有相当的功底和互相间的信任默契，是很难组合在一起的。

与"刘索拉与她的朋友们"乐队在一起

这期间他还曾经与江苏省昆曲剧院、中国京剧院（现为中国国家京剧院）的朋友及我院的三弦教授谈龙建先生等赴芬兰、比利时演出，戏曲和音乐完美的搭配让芬兰的观众大开眼界。

在芬兰演出时的舞台照

与戏曲演员在后台合影

1996 年，他应美国纽约长风中乐团的邀请再次出访美国，与蒲海和长风中乐团的团员在纽约"卡内基"音乐厅和美国国家自然博物馆举行了中国打击乐专场音乐会。同时，先后在耶鲁大学、达特茅斯大学、西弗吉尼亚大学举办讲学和表演活动。

在西弗吉尼亚大学讲学时，与老师同学们合影

在美国演出时与西弗吉尼亚大学音乐学院院长合影

在新加坡接受李显龙总理（右三）接见

　　1998年，他应新加坡华乐团的邀请，与上海音乐学院李民雄先生为新加坡华乐团的新年打击乐专场音乐会做艺术指导，音乐会的名称是"锣鼓喧天金狮腾"，在新加坡最大的体育馆演出，他们的总理李显龙携夫人到场聆听。很有意思的是音乐会主持人在开场时说："今天的音乐会来了一位全新加坡最帅的帅哥在观众席里当听众！"此时全场哗然。主持人接着说："是我们的总理李显龙先生！"哇！观众全体起立，长时间热烈鼓掌。音乐会主持人调动观众气氛的本领实在是高，让人留下了深刻的印象。音乐会结束后在贵宾室里，他与李民雄先生受到李显龙总理的亲切接见。

　　除了去各地交流演出之外，他还在打击乐教材的出版方面付出了很多努力。

　　1994年，他出版了他的第一部教材《中国打击乐实用教程》，该书由台湾摇篮文化事业有限公司出版发行，著名音乐理论家乔建中先生为这本教程写了序，文中写道：

　　我的挚友李真贵三十年前选定中国打击乐专业，成了大陆音乐院校第一个中国打击乐主课老师。1984年底，他带领学生举行了前所未有的首次中国打击乐专场音乐会，九年后的今年五月再度举办个人打击乐专场音乐会，并先后首次在中国香港、新加坡、日本、德国、奥地利举行中国打击乐音乐会。如今他又编出这本教程，在台湾这大概也是第一个大陆打击乐家出版此类著作吧。这一连串"第一"的背后，他付出了多少艰辛，倾注了怎样的爱心，表现了何等的执着！当年拜师十番鼓大师朱勤甫学习技艺，领悟到先生的一击一打不仅仅是"大珠小珠落玉盘"

似的声音，而是不可替代的中华乐魂。于是他近十几年来一次次到皖北看花鼓灯，赴湘西学打溜子，下四川、上三晋、走秦川，不少民间锣鼓的故乡留下他的足迹，他也把民间永远当作自己的第一师。但作为当代音乐教育家，他知道更重要的是要把这些蕴含丰富但又分散的民间佳品加以梳理，使之成为有序的、系统的专业教材，所以他一方面是遵从风雅，酷爱民间，继承传统；同时也以"无一定师""转益多师"的态度，辨伪求真、取精用宏，进行自己的创造，从而把学与教、继承与创造置于一种良性运转的氛围中，即所谓熔古今雅俗于一炉而自铸伟辞也。真贵在鼓乐天地辛勤耕耘三十载，无论在舞台上表演还是在课堂上教人，或是在理论上探索，他都保持着一种虚怀若谷、冥思慎行、淡泊明志、宁静致远的境界，这恐怕是他成功的真正秘密，也是我和他经历了三十年的交谊后的一句慨叹！借《中国打击乐实用教程》在台湾出版，写下了上面几句，聊以为序。

另外，台湾著名打击乐演奏家、教育家朱宗庆也为这一教程写序，文中说道：

李真贵先生是我第一位认识的大陆打击乐专家，过去对李先生耳闻已久，但我只能以拜读大作及欣赏录音带的方式神交。1991 年我第一次到大陆，刚好有机会与李先生见面，我们一起讨论音乐、看乐器，并在中央音乐学院做音乐交流，感觉上对李先生的认识又加深了一层。李真贵先生不但是一位杰出的演奏家、教育家，他对中国打击乐有一种使命感。1991 年后，我们便又开始针对中国打击乐

1994 年《中国打击乐实用教程》

拟定演奏、研究、教学的相关计划，今年我们在台北成立了传统打击乐研究中心，李先生就是共同创始人之一。拜读完李先生的大著《中国打击乐实用教程》，深深感觉这是一本极好的教材书，我相信这本书能对中国打击乐的学习者带来极大的帮助，并实际带动中国打击乐的学习风潮。

继 1994 年出版的第一部教材《中国打击乐实用教程》后，他又相继编写出版了好几部教材和乐曲集。

2001 年，民族管弦乐学会征求多人的意见后，任命他为中国民族管弦乐学会打击乐专业委员会会长。

2001 年，编写出版了中国第一部民族打击乐考级教材《打击乐曲集》，这是中国民族管弦乐学会、全国民族乐器演奏艺术水平考级委员会、打击乐专家委员会编写，他是执行主编。

2001 年，与广东民族乐团团长陈佐辉先生共同编著了《潮州锣鼓大鼓演奏技法》。

2012 年，他受中央民族大学音乐学院社会艺术水平考级办公室委托，编著了《全国通用教程打击乐——排鼓》（一至十级），这也是排鼓第一部考级教材，是他

2001 年《打击乐曲集》

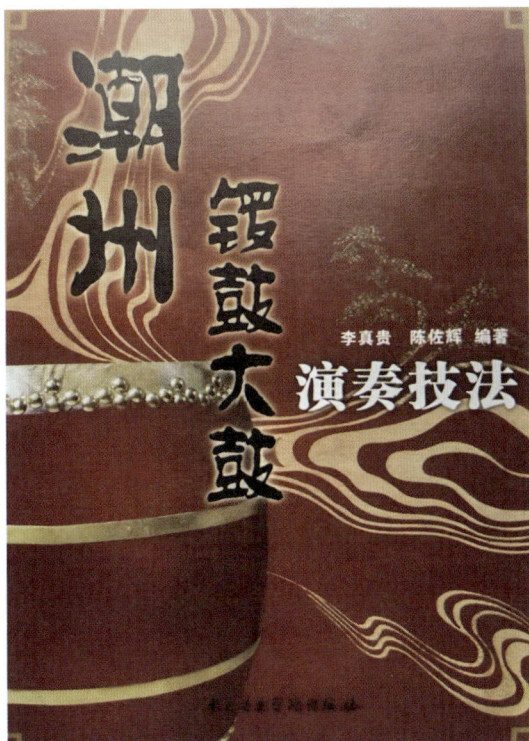

2001 年《潮州锣鼓大鼓演奏技法》

2012 年《全国通用教程打击乐——排鼓》
（一至十级）

与中央民族大学音乐学院打击乐教师蒲海共同编著，时任民族管弦乐学会会长朴东生先生（指挥家、作曲家）为本教程作序，文中写道：

民族打击乐器考级教程始于 2001 年，是由中国民族管弦乐学会、全国民族乐器演奏社会艺术水平考级委员会与中国民族管弦乐学会打击乐专业委员会组织专家论证、编纂后隆重推出的，这是历史上首次将民族打击乐器列入考级系列，也可以说这是一项具有开创性的重大突破，其意义格外深远。

十多年后的今天，我又高兴地看到另一部教程——《中央民族大学音乐学院社会艺术水平考级全国通用教程打击乐——排鼓》即将出版与读者见面，这是由中央民族大学音乐学院主编，特聘著名打击乐教育家及演奏家、中央音乐学院民乐原系主任、中国民族管弦乐学会打击乐专业委员会会长李真贵教授与中央民族大学音乐学院的打击乐教师蒲海联袂担任执行主编的一部教程。

十多年前的那第一部教材也是李真贵教授担任执行主编，这是难得的历史性巧合。我觉得本教程有以下几个特点：

与十多年前的那第一部教程如同"姊妹篇"。虽都统称打击乐教程，但内容迥异，各不相同，并不是大同小异、变更几首曲目、无新意的重复。

这部教程是在总结十多年考级的社会效果的基础上，集中为排鼓而编创的新作，无论其系统性、科学性还是实用性、权威性，都是十分突出的。

海纳百川，博采众长。全书吸纳了22位海内外作曲家、演奏家的排鼓作品，二位执行主编更多的则是编创练习曲或基础教程。这种开阔的胸怀是一个很鲜明的亮点，值得赞佩。

排鼓，是新中国成立以来，我国民族乐器改革所取得的辉煌成就的典范，曾被国家科委列为国家级科技重大成果。从排鼓诞生于音乐会舞台上的那一天起，它就受到演奏家和作曲家们的高度关注和青睐。20世纪60年代的《海上锣鼓》、70年代的《渔舟凯歌》《丰收锣鼓》《龙腾虎跃》等一批深受群众欢迎、久演不衰的作品，皆因对排鼓技法的不断创新和成功运用而受到广泛赞誉。如今，排鼓在民族管弦乐团（队）打击乐声部中已具有无可替代的核心作用和发展空间。80年代后，在大、中、小型各类音乐作品中，排鼓得到了更加广泛的运用，尤其体现在排鼓的独奏、锣鼓段或小组合中领奏等方面。排鼓协奏曲的出现，更加彰显了排鼓的艺术魅力和夺目的光彩。

我深信这部教程的出版发行，对于进一步推广、普及、提高、发展排鼓表演艺术，一定会起到难以估量的引导作用，并引起强烈的反响。

2014年，在他出版的第一部考级教材《打击乐曲集》的基础上，由人民音乐出版社再版改名为《打击乐考级曲集》，他仍是执行主编。

2014《打击乐考级曲集》

2016《华乐大典·打击乐卷》

2016 年，在当会长期间，他用了近六年的时间与张伯瑜先生（音乐理论家）共同担任《华乐大典·打击乐卷》主编，此《华乐大典》是"十二五"国家重点图书出版规划项目，并由原中共中央政治局国务院副总理李岚清为该书题词。

2020 年，受中国音乐家协会打击乐学会常务副会长、上海市打击乐协会副会长兼秘书长陈少伦先生的邀请，他与台湾台南艺术大学院长施德华教授共同执笔编著《民族打击乐器考级教程》，陈少伦先生在序里写道：

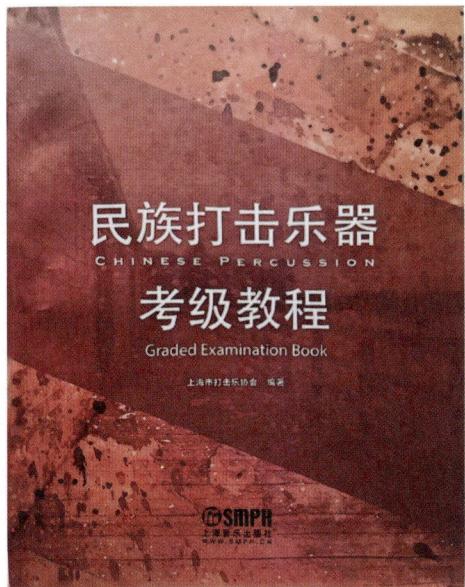

2020 年民族打击乐器考级教程

1961 年，在中央音乐学院举行了广东采风小组专场汇报音乐会，李真贵老师演出了《抛网捕鱼》《粉蝶采花》等民间打击乐作品，让这一体裁的作品第一次出现在我国高等音乐学府。1965 年，李真贵老师毕业留校任教，从事中国民族打击乐专业的建设及教学，但受到"文化大革命"的影响，刚刚起步的中国民族打击乐教学工作暂时停止。之后的改革开放为中国民族打击乐的起步带来了真正的契机。四十年来，李真贵老师收集了大量的民间打击乐作品，对其进行系统的梳理和完善，创建了中国打击乐教学体系。2019年10月，李真贵老师率领他的学生在北京国图艺术中心上演"《鼓诗》——李真贵师生打击乐音乐会"。以《将军令》《对话》《鼓诗》等一首首极富民族特色的欢乐鼓乐，为中国打击乐带来了新的希望。李真贵老师为传承中国民族打击乐呕心沥血，成为推动中国民族打击乐发展的先驱者。

2014年，我第一次见到台湾台南艺术大学音乐学院施德华老师。让我极为震撼的是，作为一位在法国学成归来的西洋打击乐教育者，他对中国民族打击乐居然情有独钟，发表了《中国打击乐形态之研究》《潮州大锣鼓之研究》《敦煌壁画乐器》等学术研究著作。

我邀请了中央音乐学院教授李真贵老师和台南艺术大学教授施德华老师共同担任本书的执笔人，是希望结合两位多年来的教学经验，携手推动中国民族打击乐发展，弘扬民族文化；同时，借助两位老师各自的见解，以中国民族打击乐为桥梁，促进两岸文化交流。

希望读者通过学习《民族打击乐器考级教程》，了解和接触更多更优秀的民族音乐作品，弘扬民族文化；希望打击乐教师通过这本书的教学，共同推动中国民族打击乐的普及与发展，为实现中华民族的伟大复兴贡献自己的力量。

陈少伦先生虽说是学习和从事西洋打击乐专业，但他一直对民族打击乐的发展和建设都极为关注，在他所举办的打击乐赛事中都给民族打击乐留有一席之地。近几年陈少伦先生还在青岛举办了两届中国鼓艺术节展演活动，并请李真贵先生担任艺术节艺术总监，同时在他的青岛打击乐学院组建了一支情景鼓乐《鼓舞百年》的演出团队——国际（青岛）打击乐演艺中心中国鼓团。这么多年来，陈少伦先生为打击乐事业作出的成绩和贡献大家有目共睹，正如共青团中央主管、中华全国青年联合会主办，2019年19期总第506期杂志——家国天下，民族脊梁《中华儿女》刊登的文章《陈少伦：中国打击乐擎旗者》所写到的："而今，他与百万中国打击乐同行一起伴随着国家社会发展，感受建功这蓬勃发展的新时代。"陈少伦先生对中国民族打击乐的热爱与李真贵先生是一致的，在他们的心中既有师生的情谊，更有对打击乐事业的执着、热爱和奉献的精神。

除了编写教材之外，他还出版了一些音像制品。

1988年，由台湾福茂唱片公司专程来北京为他录制了第一张专辑唱片，名为《李真贵与中国打击乐》。

1991 年，香港千河唱片公司为他录制了《冲天炮——李真贵中国锣鼓乐》专辑唱片。

1993 年，德国柏林世界文化中心为他录制了《李真贵打击乐》专辑唱片。

1988 年《李真贵与中国打击乐》专辑

1991 年《冲天炮——李真贵中国锣鼓乐》专辑

1993 年《李真贵打击乐》专辑

在编著以上各种考级教材的同时，他在附中、大学、研究生三个阶段的教学工作都没有放松，演出、讲学更是频繁。1991年任系主任后，系里各项专业的建设、青年教师的成长他都了然于心，同时演出讲学活动没有中断。他不停地活跃于中国台湾、中国香港、新加坡、日本、欧洲、美国等地，其中香港演艺学院在不同时期里三次邀请他，一次作为院外考官和论文评审，两次作为讲学表演。另外香港中乐团在不同时期里邀请他与他们乐团合作演出，其中一次在1997年12月20日的演出中，他演出了《冲天炮》《滚核桃》《山海经》等，演出后的第二天碰巧赶上世界著名的英国打击乐演奏家葛兰妮也在香港演出，他想不能放弃这么好的学习机会，让香港的学生陪同去剧场听音乐会。音乐会结束后，香港学生把真贵老师介绍给了翻译，翻译告诉葛兰妮，台下有一位听众，他是当今中国民族打击乐著名演奏家、教育家。葛兰妮听后，立即把他请上舞台，兴奋地与他拥抱、拍照留影，惺惺相惜的场面感动了在场的所有人。香港中乐团另外还在不同时期里三次邀请他作为香港鼓乐节的评委；香港城市大学也曾在不同时期里两次请他去讲学，内容是中国锣鼓乐；香港音乐事务统筹处也曾请他赴港作青少年音乐营打击乐导师。

由于他的勤奋好学、待人亲和、行事低调，所以与国内三位西洋打击乐大师除了互相敬重外，主要是对打击乐（无论是西洋的还是民族的）都有共同的认知。他们是方国庆先生（中央乐团首席定音鼓打击乐声部长）、刘光泗先生（中央音乐学院管弦系教授）、赵纪先生（中央音乐学院附中教授）。他们也是德高望重、桃李满天下，并在他们的专业领域里也是领军人物。他与他们结下了深厚的友谊，成为莫逆之交。他们这一辈人对艺术事业的执着追求，对人对朋友的真诚，我想无疑是为学生们树立了榜样。

李真贵与英国打击乐演奏家葛兰妮

与三位西洋打击乐大师在葛兰妮交流活动中留影
左二为李真贵，左四为赵纪，右三为方国庆，右二为刘光泗

第五章　收　获

　　经过几十年的努力，他收获了来自多方面的认可：

　　中央电视台《东方之子》栏目、北京电视台《音乐人才》栏目曾相继对他做过专访报道。

　　1994 年，他获得了国务院颁发的政府特殊津贴，证书的内容为：李真贵同志，为了表彰您为发展我国文化艺术事业做出的突出贡献，特决定从 1993 年 10 月起，发给政府特殊津贴，并颁发证书。

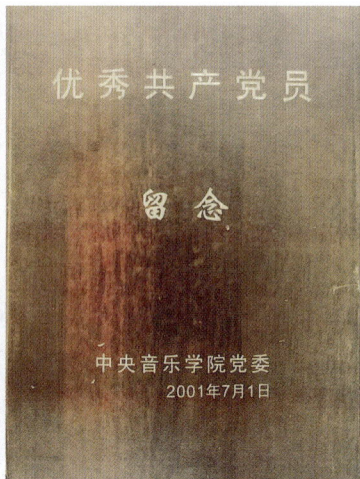

　　2001 年，他荣获了中央音乐学院优秀共产党员称号。

　　2010 年，上海打击乐协会授予他"终身成就奖"。

　　2011 年，中国民族管弦乐学会对他几十年为中国民族打击乐所作出的贡献授以"终身贡献奖"。

　　2015 年，获中央音乐学院表彰，内容是：您为中央音乐学院的建设和发展做出突出的贡献，特发此证，以表敬意！

1994 年国务院政府特殊津贴证书　　　　　2001 年中央音乐学院优秀共产党员留念

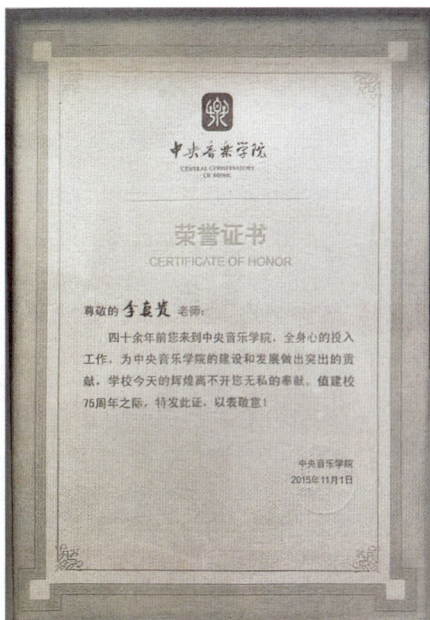

2010 年上海市打击乐协会"终身成就奖"

2011 年中国民族管弦乐学会"终身贡献奖"

2015 年中央音乐学院荣誉证书

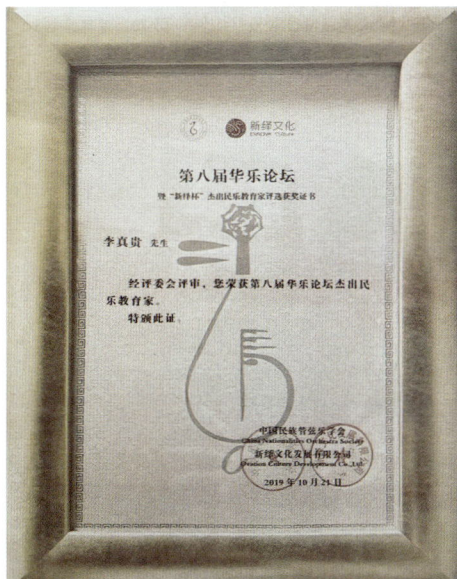

2019 年第八届华乐论坛"杰出民乐教育家"

2019 年中国音乐家协会民族打击乐学会"终身成就奖"

　　2019 年，中国音乐家协会民族打击乐学会、第二届北京"鼓乐节"组委会授予他"终身成就奖"。

　　2019 年，获第八届华乐论坛"杰出民乐教育家"称号。

顶着这么多的荣誉和光环，李真贵先生没有骄傲，没有停下，仍然想着既然是先行者，那么在民族打击乐这条路上，无论有多遥远，他都将会一如既往地带领学生们沿着继承传统、不断创新的思路，继续前行。所以接下来的2019年北京第四届鼓乐节，在北京国图艺术中心音乐厅上演了"为祖国而歌 鼓诗——李真贵打击乐师生音乐会"。北京民族乐团和团长李长军先生为这场音乐会提供了巨大的帮助，真贵先生在北京学习和工作的学生以及在外地工作的学生基本上都参加了这场音乐会的演出，这台音乐会汇集了当代中国打击乐的精英。《对话》的表演者刘梦、董羿琳无疑是青年演奏家中的翘楚；《渔舟凯歌》排鼓的领奏者刘畅、《大曲》的演奏者乔佳、《冲天炮》的鼓领奏者马瑞，她们的表演更是达到了教科书的级别；当巫娜的古琴与赵景山的颤音琴同台表演，一首中国古曲《流水》，中西音乐碰撞出的是和谐妙音。两首西洋打击乐马林巴合奏、重奏同样非常精彩，蒲海的团队"我的民大我的团"在国内综合大学里也是首屈一指的。这也是真贵先生从教几十年来一直坚持的教学理念：以中为主，兼学西洋，目的就是让学生受益。打溜子《锦鸡出山》，四代打击乐人同台表演，堪称是空前绝后的杰作。朋友、同行、学生们送的鲜花、花篮摆满了演出厅内外，场内是座无虚席。当最后一个节目《鼓诗》演完后，观众起立都不肯走，一直到他上台谢幕三次，甚至

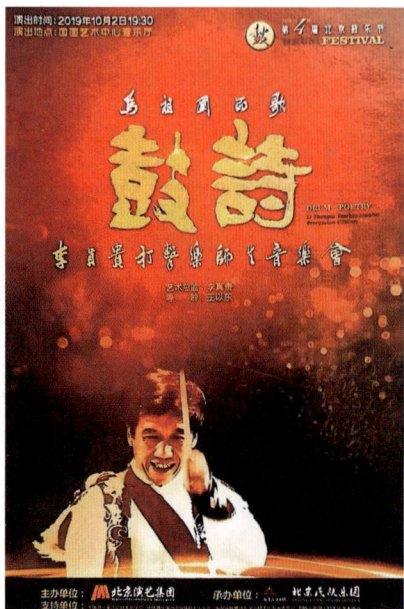

2019年"为祖国而歌 鼓诗"音乐会海报

有观众大声呼喊："没听够！"可见观众对这场音乐会的喜爱，演出大获成功。他的老朋友安志顺先生为他送来了题词："真心润物，贵在无声"。

中国人民大学艺术学院副院长刘明才先生（画家）听完音乐会后，说他彻夜未眠，激动地写了一首诗词表达他对这场音乐会的感想。

《沁园春·鼓诗》

2019年10月2日，夜，于国图音乐厅观李真贵教授师生音乐会。友人巫娜，古琴助音，足堪妙享。鼓诗激荡，心境波澜，书之无声，

乐之无形，幽微玄妙，超然所寄，情感同根，节律为本，共发心语焉。

盛世无疆，

中国华诞，

夜阑清青。

把霓虹贯影，

琉璃晕染，

长街焕彩，

万象峥嵘。

鼓乐歌诗，

高山流水，

柔指空灵谁领风？

轰然响，

若滚石奔跃，

腾转飞龙。

将军列岸旗旌，

遥望去，凯旋渔舟已陈。

锦鸡鸣山路，

铿锵啄步，

戏游春涧，

悄语叮咛。

重按轻提，

笔中精妙，

急缓凌空写此翁。

归大曲，

淡然轻槌落，

逐意书踪！

中国音乐轻松学
Easy Steps to Chinese Music

刘月宁 / 主编
赵寒阳 安 平 / 副主编
Chief Editor : Liu Yuening
Associate Editors : Zhao Hanyang　An Ping

打击乐
PERCUSSION

李真贵 乔佳佳 / 编著
Compiled by Li Zhengui and Qiao Jiajia

人民音乐出版社
PEOPLE'S MUSIC PUBLISHING HOUSE

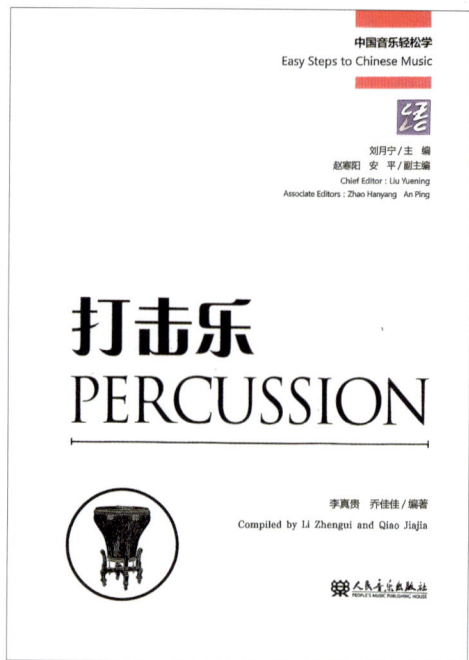

2020 年《中国音乐轻松学·打击乐分册》封面

2020 年，受中央音乐学院孔子学院办公室的委托，他与乔佳老师共同编著了《中国音乐轻松学打击乐分册》中文、英文对照版，在全世界发行。

受中央音乐学院校友、上海打击乐协会副会长、中国音乐家协会打击乐学会常务副会长陈少伦先生的力邀和推动，他于 2024 年 5 月，在青岛音乐厅举行"为祖国而歌 鼓诗——李真贵打击乐师生音乐会"；同样在 2024 年的 6 月，中央音乐学院主办、民乐系承办，为他在中央音乐学院歌剧厅举办"为祖国而歌 鼓诗——李真贵打击乐师生音乐会"。这两场音乐会很有意思，让人感叹历史的巧合。因为上世纪的 1984 年在中央音乐学院举行了他的首场打击乐音乐会。时隔四十年，他又以八十三岁的高龄分别在青岛和北京举办两场李真贵师生音乐会。

2024 年 6 月 5 日，在中央音乐学院歌剧厅的这场音乐会，是由民乐系在 2024 年 3 月初，与歌剧厅签订下的 6 月 5 日举行。6 月 5 日这个再平常不过的日子，它竟然给李真贵先生的人生带来了匪夷所思的四个巧合。第一个巧合，这天是 6 月 5 日，正好是"芒种"，代表着希望，代表着丰收，也代表着循环往复；第二个巧合是，40 年前，即 1984 年，他在中央音乐学院举行了他的首场打击乐音乐会，40 年后的 2024 年 6 月 5 日，又再次在中央音乐学院举办自己的师生音乐会；第三个巧合是，这天也是农历四月二十九，往前回溯 83 年，1941 年的今天，他出生了，是的，6 月 5 日（也即农历四月二十九）；第四个巧合是，1967 年的 6 月 5 日，他与我结婚，组建了家庭。这么多的机缘巧合，汇集于他一身，或许就是命中注定吧。

2024 年 6 月 5 日这场音乐会，他邀请了全国 10 余所音乐院校的同行参加，远道而来的有沈阳音乐学院吕青山教授、吕政道老师，天津音乐学院刘萍教授、谢芳老师，天津师范大学王静老师，上海音乐学院杨茹文教授、罗天琪教授，星

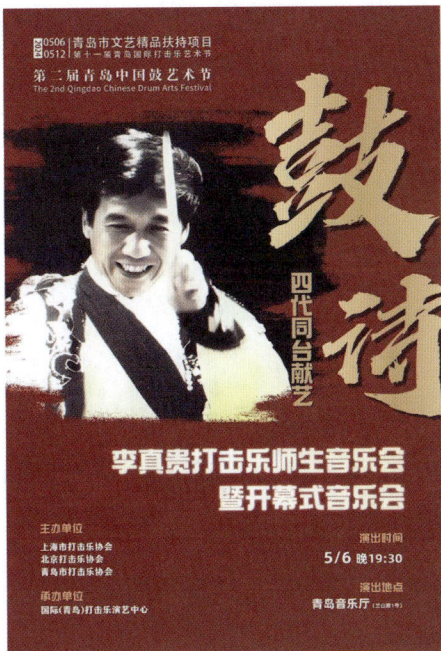

2024 年 5 月在青岛举办的音乐会海报　2024 年 6 月在中央音乐学院举办的
音乐会海报

海音乐学院黄唯奇教授、王志峰老师，南京艺术学院秦效原教授，西安音乐学院韩晓静副教授，陕西师范大学杜鹃老师，武汉音乐学院王韵铭老师，浙江音乐学院马丽老师，中国音乐学院王军副教授、徐东亮老师。

外地远道而来他教过的学生有：天津音乐学院王满教授、高超老师、高跃老师，沈阳音乐学院潘黎教授、张优涵老师，深圳艺术学校李瓦老师，星海音乐学院郝博老师、娄萌老师，哈尔滨音乐学院肖贺元副教授，南京艺术学院铃凯副教授，安徽艺术学院陈懿凡老师，西南大学音乐学院陈河霖老师，西安音乐学院邹韵琪老师，武汉音乐学院龙稳老师，青岛打击乐学院曲帅老师，广州幼儿师范高等专科学校张园老师。

出席这场音乐会的嘉宾有：中央音乐学院党委书记于红梅教授、民乐系主任章红艳教授，中国民族管弦乐学会会长吴玉霞教授，中央民族大学音乐学院白艳秋书记、院长包爱军教授，北京交响乐团团长李长军先生，北京民族乐团团长武旭海先生，中国歌剧舞剧院民族乐团团长栾冬先生，北京京剧院院长刘侗先生，中央音乐学院张伯瑜教授、谈龙建教授、蒲方教授、汤琼教授、樊薇教授、朱江波教授，管弦系西洋打击乐张景丽教授、陈冰野老师、倪冉冉老师、白伟岐老师。

音乐会现场摆满了学生、朋友、同行们送来的鲜花和花篮，其火爆程度不是用"盛况"二字能形容的。借用同学们在手机上发的信息："李老师的音乐会据悉坐票、站票、蹲票、趴票、挂票都没有了。"蒲海同学跟了一句："台上还有地儿。"虽然是用风趣的形容词，但也说明了场面的火爆。

民乐系主任章红艳教授在音乐会的寄语中写道：

李真贵教授是中央音乐学院打击乐学科的卓越开创者。

上世纪 60 年代起，他在长达 60 年的执教生涯中，不仅成功创立了民族打击乐专业完备的教学体系，而且为国家培育出一代又一代杰出的音乐人才。在多年担任民乐系系主任期间，他为民乐系各专业的学科建设、教师队伍的建设、人才培养结构体系建设等诸多方面做出了重要贡献！

今晚，各位有幸领略的"四世同堂"，就是一个生动的证明。这也正是民乐系教师梯队建设过程中业已形成的代际传承！

说到此，我心里充满感动！民乐系有今天，就是因为我们有像李真贵老师这样一批站在前列、倾情奉献的前辈艺术家和教育家！

面对他们，我们永远心怀敬意，心怀感恩。

祝李真贵打击乐师生音乐会圆满成功！

北京大学教授顾春芳先生观看演出后感言：

震撼人心！大国气象！

打出了生命激情！

打出了凌云壮志！

打出了不屈意志！

打出了情深意重！

打出了民族精神！

李真贵先生真是百年不遇大师也！

著名音乐理论家张伯瑜先生观看音乐会后，祝贺李老师演出大获成功，音乐会高质量，也特别感人，看到了传承和发展中国民打的热情与精神，李老师几十年努力成果斐然，深感敬佩！

中国艺术研究院音乐研究所名誉所长田青先生送来题词：贺李真贵打击乐师生音乐会。一鼓作气再而歌三而吟，彼吟我乐故贺之：鼓语鼓乐鼓诗。

鼓语

GU SHI

李真贵打击乐师生音乐会

四代同台献艺 传承·创新·发展

2024 年 6 月 5 日李真贵打击乐师生音乐会全体合影

　　我相信经过时间的沉淀和锤炼，他仍然是在舞台上和课堂上闪光的那个李真贵。

　　作为中国民族打击乐的先行者、奠基人，李真贵先生始终以严谨的作风、平和的态度对待一切。他以"润物细无声"的作风，发展、壮大专业教学体系与队伍。李真贵先生说，走上中国民族打击乐专业这条路是"历史选择了他"，而他也为之付出了六十余载的努力。

　　而今桃李满天下，他的学生有：

王建华	中央音乐学院教授
安志刚	东方歌舞团
何建国	中央民族乐团指挥
王　满	天津音乐学院教授
孟晓亮	日本
王以东	中国音乐学院教授
孙　钺	煤矿文工团
刘　新	中央民族乐团
张　忠	四川音乐学院民乐系主任，教授
刘胜全	中央芭蕾舞团
孙　旭	珠海
张仰胜	解放军文工团
潘　黎	沈阳音乐学院教授
王　东	原香港中乐团
李亚娟	原星海音乐学院
李　硕	原广播民乐团
蒲　海	中央民族大学音乐学院
陈　崴	东方歌舞团
吴晓光	广播民乐团
朱　雷	广播民乐团
陈莲娜	北京交响乐团
于　昕	中央民族乐团

李　瓦	深圳艺校
乔　佳	中央音乐学院
张　柯	北京
王　帅	中央音乐学院
王　珏	重庆
张　宇	东方歌舞团
马　瑞	中国戏曲学院
董　淼	广播民乐团
宋艺博	北京民族乐团
刘奕玲	上海
李　鑫	新华社
王　娟	澳门中乐团
柳　腾	北京
高　超	天津音乐学院
高　跃	天津音乐学院
郝　博	星海音乐学院
魏　然	中央音乐学院
高晨旭	北京王家训打击乐团
魏英慈	北京
白明卉	煤矿文工团
张　放	沈阳
郝子愚	南方航空公司
田　野	丹麦
张　园	汕头寒山师范学院
居广睿	北京小橘子教育科技发展有限公司
刘　建	北京市少年宫
陈河霖	西南大学音乐学院
陈懿凡	安徽艺术学院
马　昊	赴德国留学生

刘　梦	浙江音乐学院
曲　帅	青岛打击乐学院
马　文	北京市丰台少年宫
王旻曦	北京市朝阳少年宫
马　岩	北京戏曲职业艺术学院
刘　畅	中国音乐学院国乐派乐团
岳　阳	南京民族乐团
董羿琳	中央音乐学院民族室内乐团
刘宸睿	北京
真由美	日本留学生
富田和明	日本留学生
王　毅	重庆民族乐团
张黎丽	重庆曲艺团
铃　凯	南京艺术学院
龙　稳	武汉音乐学院
何佳丽	广东民族乐团
娄　萌	星海音乐学院
彭　辉	青岛城阳实验中学
李　蕾	北京
吴小甄	广播民乐团
肖贺元	哈尔滨音乐学院
赵　阳	重庆川剧院
邱　晨	天津市少年宫
张　翼	苏州民族乐团
彭荟宇	中央音乐学院
王　明	大庆艺术文化中心
邹韵琪	西安音乐学院
薛正阳	安阳市锦绣中学
杨　柳	海口经济学院南海音乐学院

孙　悦	陕西交响乐团
王瑞雪	北京丰台区劳动技术教育中心
王林峰	中央音乐学院研究生
张雨婷	北京
刘子建	北京
孙唤春	北京燕山石化艺术团
彭靖雯	北京八十中学管庄分校
金子澳	北京戏曲职业艺术学院学生
段智怡	中央音乐学院本科学生
刘晓鑫	中央音乐学院本科学生
张奕斐	中央音乐学院本科学生
周子炎	中央音乐学院附中学生
李孟涵	中央音乐学院附中学生

这些年他应邀在中央音乐学院、中国音乐学院、天津音乐学院、上海音乐学院、星海音乐学院、武汉音乐学院、四川音乐学院、西安音乐学院、沈阳音乐学院、哈尔滨音乐学院、浙江音乐学院共十一所音乐学院进行学术讲座，内容涉及学科建设、基本功练习、理论研究和作品创作以及学生公开课等。

他从教六十余载，以八十三岁的高龄，仍在乐坛耕耘。他将毕生所学毫无保留地传给学生，也将民族打击乐的精华留存于历史，作为中国民族打击乐专业学科建设的创建者和奠基者，对民族打击乐的坚守和初心始终不变，领路向前。老骥伏枥践初心，余热生辉担使命！他奋楫笃行、履践致远的精神感染着身边的每一个人。

他常说，感恩生活在这个伟大的时代，他把对祖国的热爱，融进心里，将他举办的音乐会都冠以"为祖国而歌"。他热爱生活，热爱打击乐事业，热爱同行，热爱学生，对现实中的一切都充满了爱心，他生活在爱的海洋中。当他心爱的孙女李孟涵也与他当年一样走进这座音乐的圣殿时，他说："我们一家三代将在打击乐事业这条路上，继续拼搏，努力做出贡献！"

李真贵的孙女李孟涵

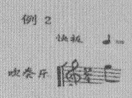

锣鼓在鼓吹乐中的...

——兼谈鼓吹乐艺术的继承...

鼓吹乐，这一传统民间器乐演奏形式，音乐生活中，占有重要地位。它遍及全国各地区更为流行。目前就从全国民族民间器乐的资料可以清楚看到，鼓吹乐在民族器乐充分显示它的广泛性和普遍性，就其地域丰富，乐种之多，乃是其它乐种远所不及可以说鼓吹乐是我国传统民间器乐合奏式。

数千年来，鼓吹乐始终伴随着我国情不断繁衍、传承和发展，无论过去和喜闻乐奏的艺术品种，深深扎根于民间挥它那无可替代的社会精神效应。改革提高，文化艺术生活的复苏，作为与吹乐更是以前所未有的规模活跃于鼓吹乐艺术，多年来倍受民乐界及在理论研究，舞台实践，音乐创作量工作。今天，召开首届中国民间鼓工作的继续和深化。

锣鼓作为鼓吹乐中不可分割...

打溜子、山西威风锣鼓、太原锣鼓、绛州花敲鼓等。主要特征表现为，演为主，少则3—4人，多则十几人，甚至今天发展为上百人的大型锣鼓镲三大类为主要乐器的多种组合与表演形式；其三，鼓为主导地位，并四，节奏性强，音响色彩丰富。

我国传统的锣鼓乐在乐器配制方面有多种乐队组合形态。在打击乐种的不同乃至同一地区、同一乐种，不同乐曲，打击乐器的配制制的各异，形成多种风格特色的不同组合形式。

（1）鼓、锣、镲三类乐器为主的乐队组合形式。例如：

苏南十番锣鼓使用的乐器有同鼓、板鼓、大锣、中锣、内锣大钹、拍板、木鱼、双星等。

西安鼓乐使用的乐器有坐鼓、战鼓、乐鼓、独鼓、单面鼓、双云锣、大铙、小铙、大钹、小钹、铰子、梆子等。

山西威风锣鼓使用的乐器有扁鼓、锣、斗锣、大铙、大钹东北秧歌锣鼓使用的乐器有大鼓、小鼓、大锣、小锣、

第二篇

文论集

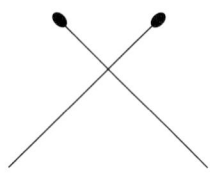

李真贵　著

论土家族"打溜子"的艺术特点

（中央音乐学院学报 1989 年第一期）

　　"打溜子"是湘西土家族具有民族独特风格的击乐艺术。它以淳朴、激情的民族生活气息，生动风趣的情味，以及娴熟的"挤钹"艺术和相互配合之默契赢得广大观众和专业音乐工作者的欢迎和赞赏，在国内外产生一定影响。传统的"打溜子"曲牌以表现大自然的飞禽走兽、花草树木为主，如《八哥洗澡》《野鸡拍翅》《狮子过桥》《梅花条》《古树盘根》等。近年来，一些专业的文艺工作者以"打溜子"这一民间艺术形式，创作了一批表现现实生活的音乐作品，如黄传舜创作的《喜迎火车穿山来》，桑植文工团创作的《炉火红》，中央音乐学院杨乃林、李真贵、王直创作的《湘西风情》等，在运用土家族"打溜子"这一独特的演奏形式和音乐素材方面都取得了可喜的成绩。1985 年，中央音乐学院民乐团首次在西德、意大利、荷兰、瑞士四国艺术节上演出了田隆信创作改编的"打溜子"《锦鸡出山》，后又应邀赴美国、新加坡访问演出，均受到各国广大听众的好评和赞赏，这标志着土家族"打溜子"这一民间击乐艺术走上了世界文艺舞台，从此打开了历史新的一页。

一、土家族"打溜子"源流

1. "打溜子"的地域分布

　　土家族是我国少数民族之一，主要分布在湘、鄂、渝、黔四省市交界地带的武陵山地区。湖南省的土家族主要分布在湘西土家族苗族自治州的龙山、永顺、保靖、古丈等县，张家界市的永定、慈利、桑植等区县，常德市的石门县；湖北省的土家族主要分布在恩施土家族苗族自治州的来凤、鹤峰、咸丰、宣恩、建始、巴东、恩施、利川等县市以及宜昌市的长阳、五峰两县；重庆市的土家族主要分布在渝东南的黔江、酉阳、石柱、秀山、彭水等区县；贵州省的土家族主要分布在黔东北的沿河、印江、思南、江口、德江等县。全国土家族总人口约为 958.77 万人。

土家族是一个十分古老的民族，历史上长期没有确定族称。土家人自称"毕兹卡"。"毕兹"有"本地"之意，"卡"是"人"或"族"的意思，"毕兹卡"即为"本地人"。有学者认为，"毕兹卡"是该民族自古以来的族称，而含有"本地人"之意的"土家"，应是在汉族和其他民族大量进入"毕兹卡"地区之后，为了表示区别才出现的。

土家族历史悠久，源远流长。追根溯源，从大量的文献和资料中可以看出，土家族与古代"巴人"有着直接的渊源关系。若论湘、鄂、川、黔土家族的族源关系，大体说来，鄂西是巴人的后裔，湘西则为土著客民融合进入"五溪"巴人的后代。

2. "打溜子"名称的由来

土家人称"打溜子"为"傢伙哈"，"傢伙"是对家用器具（包括铜制器具）的总称，"哈"即"打"的意思。"打溜子"又称"挤钹哈""打五子傢伙"。以音响谐音而论，出自土家儿童之口的"打溜子"叫作"呆配当"（锣鼓经）。湘西汉民称土家的"打傢伙"为"打摸眼"，其意是无鼓引眼的打击乐。还称之为"打路牌子"，其意是土家族聚亲嫁女迎亲过寨的锣鼓牌子。

"溜子"是在曲牌头子后面出现的固定形成的段落，在演奏中称为"上扭子"或"上绞子"。"扭""绞"是指两对"溜子钹"快速地前后拍交替演奏，一线到底的意思。艺人解释为两对钹扭来扭去、绞来绞去。土家族语中的"扭"发音同汉语"溜"，"扭子"又是曲牌中最有特点的色彩乐段，于是被文艺界的专家们拟名为"打溜子"而传开。

3. 湘西土家族"打溜子"的产生和发展

土家族只有语言而无文字，"打溜子"的历史渊源没有记载。但土家族流传着一句俗话："土家三大乐，'傢伙''哭嫁''摆手歌'。"一切音乐艺术都起源于劳动生产并为之服务，其发展过程是由简单到复杂。历代以来土家族先民们过的是原始聚众狩猎生活，生产方式是刀耕火种，广种薄收。在生产斗争实践中，土家人民用敲击鼎罐、竹梆，敲打大锣、小钹等方式恐吓、驱赶野兽，守护庄稼。至今，土家人仍保留着聚众围猎的习惯。久而久之，这种有节奏的敲打便成了"打溜子"节奏、节拍的雏形。

土家族"打溜子"是标题音乐，诸如《猛虎下山》《锦鸡拖尾》《双龙出洞》《狗扯羊》等，都是人们在狩猎的劳动过程中，对各种动物的形态、神态、姿态、意态的描绘，人们对这些动物的模拟便是"打溜子"曲牌的来源。民间故事中曾流传，清朝同治年间，彭氏土王谋反朝廷称帝，与清兵决一死战，荣获全胜，土兵敲打溜子尽情欢庆。从此"打溜子"便成了喜庆日子的庆祝活动，之后又发展为土家族聚亲嫁女不可缺少的民间喜乐了。

二、"打溜子"的组合形式

"打溜子"的组合形式可分为两种：一种是单纯的打击乐器组合而成的清锣鼓乐——"三人溜子"和"四人溜子"，另一种是打击乐加吹奏乐器（唢呐）——"五人溜子"。

"三人溜子"是由三人分别演奏头钹、二钹、大锣三种乐器。其演奏特点是以活泼明快的"挤钹"见长，大锣引点收尾，头钹用嗑击领奏，头二钹善用"跳击"手法，运钹速度较快，节奏活泼。

"四人溜子"是在"三人溜子"的基础上加入了"马锣"，分别由四人担任演奏。"四人溜子"的音响和音色对比富于变化，音乐的表现力更加丰富。这种组合形式是土家族"打溜子"最有代表性的表演形式，分布地域最广。"四人溜子"的演奏特点有：明快清脆的"挤钹"多变的音色；大锣领点压拍，马锣加花填空时，与大锣形成交错节拍。艺人有这样的比喻："头钹二钹相挤对话，大锣故意从中打岔，只有马锣狗跳猫跳，到处找些空子来插。"

"五人溜子"是在"四人溜子"的组合形式中加入了唢呐，是夹吹夹打的吹打乐形式。其演奏特点是以唢呐领奏，大锣引路转点起指挥作用，曲牌旋律化，气氛热烈而欢快。另一种"五人溜子"是在"三人溜子"的基础上加入唢呐和边鼓。"边鼓"是用羊皮蒙面的一种扁形鼓，鼓面直径约为 8 寸（约为 27 厘米）。为在山地行走时方便携带，鼓沿有一把手，演奏时左手持鼓，用右手单键击鼓。在演奏过程中，"边鼓"起指挥作用，演奏曲牌有《迎亲调》《迎凤曲》等。

三、"四人溜子"的演奏及乐器的表现特性

1. 大锣

（1）大锣演奏与表现手法

大锣又叫"镇锣"，锣沿系有锣绳，左手持锣，左手掌贴靠锣沿，以配合右手捂音，左手时紧时松地捂锣沿，控制大锣的余音。大锣持于胸前部位，锣面斜向外。锣槌用松软的杉木制成，大锣发音圆润、浑厚、集中。

大锣演奏方法有："重击"锣面中心；"轻击"锣面中心偏下位置；"边击"锣的边沿；"闷击"是击奏后右手掌迅速捂音；"亮击"是左手掌离开锣沿，敲击出大锣振动的散音。演奏时右手大拇指和食指握住锣槌，中指、无名指、小指自然伸开。敲奏时，依靠手腕的控制，在距离锣面仅一寸的部位运动锣槌（故而有"会打大锣的不离寸"的说法）。这与京大锣的敲击方法截然不同。

"闷击"和"亮击"相互交错是溜子锣的表现特色，也是"打溜子"独具特色的一种演奏方式（见例1）。

例1

上例每乐句的分句处多用捂音。第一乐句（1、2小节）和第二乐句（3、4小节）都在落句处重击并捂音，第三乐句（6、7、8小节）是依据旋律节奏有轻有重地演

奏。音量轻、重和音色散、闷的对比，构成了溜子锣演奏的特点，有效地突出了"打溜子""挤钹"的风格。

（2）大锣的加花与变奏

一般击乐类是在鼓点的统一指挥下，鼓和小锣用加花多变的手法演奏，而大锣被视为锣鼓中节奏的骨架，是不容多变的。但在"溜子"曲牌中，大锣的加点、加花变奏却是一种极佳的表现手法，在民间击乐合奏中，锣起着分节落韵的作用，溜子锣也不例外（见例2）。

例2

上例分五个乐节，每个乐节都以大锣的单击分开（见例2），节奏规整清晰。有的也用大锣的双击分节分句。

大锣采用加花演奏，其形态多种多样，如例2又可奏成以下几种类型（见例3）。

例3

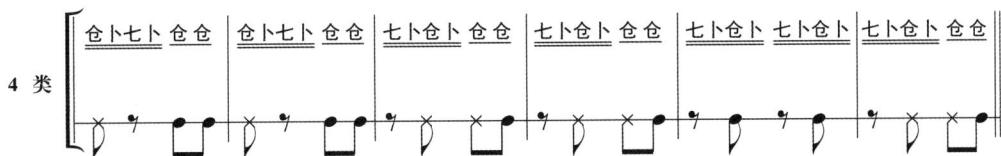

出自不同艺人之手的加花技巧不胜枚举，这种手法丰富了音乐的表现力。常见的大锣变奏有：

（3）大锣的局部指挥性能

在一些"溜子"曲牌中，有不定小节的无限反复，如吹打乐《安庆》。全曲分为五番，每番都用大锣转换引点而起番，以此衔接乐段。《安庆》每番段落的尾句为例4。

例4

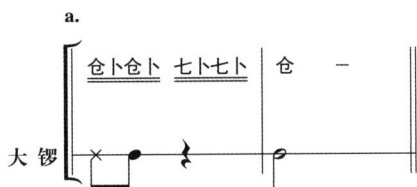

例4通过大锣的两次换点以及切分的手法，把快速的"挤钹"骤然刹住，体现了大锣的局部指挥性能。在曲牌《双龙出洞》《单燕排翅》中也有上述表现手法。

在一般情况下，大锣与头钹同韵，但有时大锣也采用抢拍的手法，把击点落在二钹击点上。如永顺流行的尾巴句，一般打法如例5a所示，抢拍打法如例5b所示。

例5

大锣的边击多用于切分的强拍和后半拍。

2. 马锣

（1）马锣的演奏与表现手法

"马锣"又叫"绞子"。马锣不系锣绳，演奏时锣的正面平放于左手掌，用大拇指扣住锣沿，但不宜过紧。右手五指握住锣槌。敲击时，左手将锣富有弹性地抛起，在抛起的一瞬间，锣槌击奏锣反面，锣面下落，左手掌自然捂音，发出短促而不留余音的"呆"。马锣分"重击"和"轻击"，演奏时抛起抛落的绝妙手法常使人眼花缭乱。

（2）马锣的领奏性能

"打溜子"曲牌由马锣起点领奏已成规律，民间称之为"起叫"，马锣的"起叫"示意了所奏曲牌的名称及速度。马锣领奏一般在曲首，有时也在曲牌之中。马锣的领奏点有如下几种：

| 呆 呆|，| 呆呆 呆|，| 呆呆 呆‖ 呆 呆| 呆呆 0呆|0呆 呆|，| 呆呆 呆呆|

在曲牌分段处多以连三槌的领奏形式出现，俗称"三叫"：

呆呆 呆卜卜| 仓卜七卜 仓| 呆呆 呆卜卜| 七卜仓卜 仓| 呆呆 呆卜卜| 仓卜七卜 仓卜七卜 仓|

在曲牌之中，马锣以单打的强起拍领奏：

呆卜卜 仓| 呆卜卜 仓卜七卜 仓| 呆卜卜 仓卜仓卜| 七卜七卜 仓‖

马锣、二钹交错节拍的领奏形式为：

呆呆 0呆| 呆拍 仓| 呆拍 呆拍 呆呆 拍呆| 呆卜卜| 仓卜仓卜 七卜七卜| 仓一‖

（3）马锣的两种打法

"正马锣"与"花马锣"是两种不同风格的马锣打法。所谓"正马锣"是引点压拍，如节拍器一样，仅在领奏时"重击"，一般"轻击"。"正马锣"使得乐曲节奏清晰，突出了"挤钹"的色彩。"花马锣"是马锣与大锣交错节拍加花演奏，艺人称这种打法为"花打"。花马锣的演奏特点是节奏轻快跳跃，并有一定的色彩变化。

上述两种打法在永顺地区较为普遍。"正马锣"虽有引点、压拍的作用，但较为单调；"花马锣"虽活跃了演奏的情绪，但易喧宾夺主。如能综合两种打法的优点，便能很好地突出主题音乐形象，使"打溜子"的音响组合更为完美。

3. 溜子钹

（1）"溜子钹"演奏与表现手法

"溜子钹"演奏的"挤钹"恰似鸟飞拍翅、马嘶人笑；"亮钹"如龙腾虎跃、古树参天；"侧击"好似马蹄过桥、鸟语啼鸣；"跳钹"似鞭炮齐鸣；"闷钹"似鸭儿扑水；"擦钹"好似牛背擦痒；"揉钹"如同狂风暴雨。"溜子钹"丰富的表现力，给人以极大的艺术享受。

"闭钹"演奏时，手腕要端平，持钹于胸腹间，两手紧握钹腕口，手指伸开，紧捂钹面，使两手掌完全控制钹的振音。左手钹在上，钹面斜对朝下；右手钹在下，钹面朝上，斜对左手钹面。击奏时左手钹被动受击，右手钹主动相迎。两钹相击时，上下钹略错位，使钹腕口间稍有缝隙。两钹似扇形状态运动，使其在两钹腕口间，产生压缩空气振动共鸣声，加上胸腹间的共鸣区，便奏出了清亮透彻而短促的闭音"Bo"。在运钹中应注意：两钹的"钹面"必须分离，着力点放在两支钹的手腕部位。

"亮击"又叫"散音"，是将捂钹的两手张开，敲击出明亮而松散的延留振音。亮击有两种方法：一种是两钹沿相靠，两手向胸内张开，敲击出有金属的延留振音；一种是钹沿不相靠，敲击出明亮的散音。"亮钹"一般用于分句的落拍处或乐句中的四分音符、八分音符处。其音响谐音为"拍"。如例6：

例6

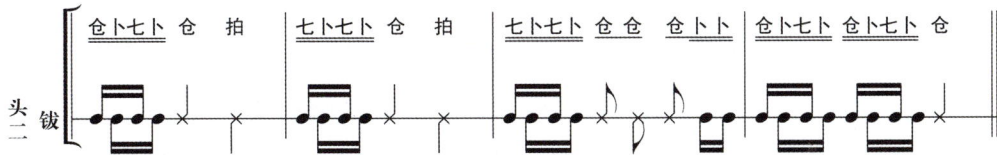

"侧击"也叫"嗑击"，演奏时将右手钹直立成九十度，用钹边敲击左手钹的钹面或钹腕口，弱击钹面部，强击钹腕口，发出一种特殊的"叮""呵"的音响。

"跳钹"分为自然跳钹和控制跳钹。自然跳钹是运用"闭钹"的手法，两钹相碰时有弹性地自然跳动，发出快速的"BoBo"两下跳音，如同弦乐器上的自然跳弓；控制跳钹是运用手腕力的作用，控制性地跳动两下或三下，恰如弦乐器上的控制跳弓，发音为"Bo""BoBo""BoBoBo"。乐曲演奏中以二钹跳钹为多。分节、分句处的跳钹叫"垫钹"，头、二钹相错节拍叫"抢钹"，如"七七卜卜七七卜卜"。"抢钹"在"三人溜子"曲牌中运用普遍，用以代替"挤钹"，风格别具一格。

"揉钹"是运用两支钹的钹面相磨，似揉面团，音响谐音为"呼"。

"擦钹"手法分为两种：一种是运用"闭钹"的持钹法，将两支钹斜对方向擦击，发音似短促的"查"；一种是用"亮击"的持钹法，将两支钹斜向擦击，钹面相擦时不离开，音响似有延续音的"七"。

"挤钹""打溜子"之所以被视为一门独特的民族击乐艺术，即在于溜子钹多变的打法及独具一格的音色，其中配合紧凑的"挤钹"是"打溜子"的一大绝招技艺，也是"打溜子"表演风格的鲜明特征，难怪人们常用"打挤钹"来总称"打溜子"。

"挤钹"是头、二钹用闭钹捂音的手法进行前后拍快速交替演奏，成为一对配合默契且不可分割的整体。

"垫钹"是二钹的常用手法，用于连接乐节、乐句、乐段。如例7《梅花条》"头子"乐句：

例7

谱中的"//"符号为垫钹，艺人把这种分句的垫钹叫起"拍拍"，往往"拍拍"一起后必为挤钹。垫钹的运用一方面是乐曲本身风格的需要；另一方面是为衔接乐句，能更准确地演奏后半拍以调整钹序。"垫钹"的运用使"打溜子"击乐别具风格。

（2）"溜子钹"的钹序原则

"钹序"是指头、二钹相互交错的运钹规律，正确的钹序规律对表现曲牌的主题音乐形象起着重要作用。钹序一般原则为：下头钹唱谱为七、丁、令，下二钹唱谱为卜、可、拍、拍拍、拍拍拍。

如例8《鸡婆屙蛋》"二番头子"上乐句：

例8

上例是正确的钹序，2、3小节头钹的连击、二钹的垫钹，形象地描绘了鸡拍翅的声态。如果用平分秋色的交错演奏，上例就显得没有生气和色彩了。又如《八哥洗澡》"头子"乐段（见例9）。

例9

（头钹连击）

例9中的头钹连击是乐曲本身色彩的需要。如果不这样打，势必使头、二钹交换了拍位，使乐曲难以演奏下去，这是不允许出现的。

综合上述，溜子钹的钹序有着一定的规律性，但如乐曲所表现的艺术形象需要，也可以突破其规律性。研究分析各种溜子曲牌的钹序是掌握"打溜子"风格的关键。

四、"打溜子"音乐的艺术表现

"打溜子"曲牌的音乐主题表现，一般集中出现在曲牌结构的"头子"部分，采用不同的结构、节奏、敲击手法和各件乐器的特定音响，描绘模拟各种禽兽类的声态、神态、形态、意态；美丽的自然景物和节日的热烈气氛，其表现手法是多种多样的，描绘之细腻，气势之磅礴，使人赞叹，给人臆想，耐人寻味。

1. 运用钹和锣的演奏技巧及音响特色，表现不同的音乐形象

描绘野禽类的如《八哥洗澡》《野鸡拍翅》《单燕拍翅》等（可归纳为"拍翅

类"），这类溜子曲牌占大部分。如《野鸡拍翅》采用钹的单跳、双跳把野鸡拍翅的声态描绘得栩栩如生。《半尾料子》采用了密集的"挤钹"手法，节奏时松时紧，生动地描绘了高翔展翅的雄鹰与鹞子（土家语即半尾料子）在空中嬉戏角斗的场景。

表现野兽类的千姿百态时，多用大锣的散音与大锣同二钹的交错节拍，由松至紧的节奏和自由的反复拍突出了曲牌的音乐形象。如《猛虎下山》运用二钹领奏强拍，大锣用前三槌与连击描绘了猛虎下山的威严。《狮子过桥》运用大锣与二钹的交错拍（散击），表现了狮子的雄姿。同时，采用大锣的亮击、较慢的节奏和自由的反复拍，展现了龙摆尾的神韵。

此外，采用打击乐器不同特色的音响亦能多方面表现音乐主题形象。如《鸡婆屙蛋》采用头、二钹的边击"丁可丁可 丁可丁可"描绘了鸡婆的啼鸣声。《瞎子过沟》是描绘盲人拄着拐棍，平稳自如地行走。当乐句演奏到"丁可丁可 丁卜卜｜仓卜七卜 仓｜"时，盲人似乎发觉了什么，跨步过沟。乐曲以疏松的节奏"丁可 仓拍｜丁可 仓拍｜丁可 丁可｜丁丁 可丁｜丁卜卜 仓不七卜 仓｜"表现盲人过沟后欣然而去的姿态。

2. 运用加花变奏的手法表现不同的音乐形象

在一些结构完全相同的溜子曲牌中，由于采用了大锣的加花、锣韵的变移及运钹的各种技艺，却表现出不同主题的音乐形态，这可称为"异名同曲"，如《喜鹊闹梅》《蚂蚁上树》《闹年关》（龙山茶园村），见例10。

例10

上例《蚂蚁上树》和《闹年关》均为《喜鹊闹梅》的异名同曲。《蚂蚁上树》采用清脆较弱的"闭挤钹"手法，大锣以每5小节分句，描绘了群蚁上树的神意。而《闹年关》则完全是采用《梅花条》的"头子"乐段，以头、二钹的双跳钹手法，模拟节日欢腾的鞭炮声。"打溜子"曲牌采用加花变奏和运用不同演奏技巧是表现不同音乐形象的重要手段。

3. "打溜子"曲牌表演艺术的发展与创新

民间总称"打溜子"曲牌有七十八套，但就目前搜集的曲牌就已有数百首。而在相同的曲目中，各地均有不同的打法和变化，也就是说在音乐形象的艺术表现手法上，各地区均有所发展，有所创新。我们拟名为"同名异打"。下面仅对照龙山的坡脚和永顺的双峰、对山三个地区流传的《八哥洗澡》，即可分析出这首曲牌的发展变化及其不同艺术处理（见例11）。

例11

从以上三个地区的《八哥洗澡》头子句来看，它们的基本曲调均为"仓 拍 仓｜拍拍拍｜仓卜七卜 仓卜七卜 仓｜"。例11中的1只反复一乐句，经过小锣的三句领奏上了"溜子"；例11中的2也只反复一乐句即上了"溜子"，仅在2、3小节处扩充了乐句，并采用二钹的连"跳钹"，把八哥洗澡时拍翅的形态描绘得生动逼真。而在距离双峰五十里的对山流行的《八哥洗澡》就有了较大的发展和扩充，乐曲中的展开句"拍拍 仓拍 仓仓 拍仓｜"与"仓拍 拍拍拍｜仓拍 拍拍拍｜仓卜卜 七卜七卜｜仓 拍｜仓卜七卜 七卜卜｜七卜仓卜 七卜卜｜仓卜卜卜 仓卜卜｜仓卜七卜 仓｜"，采取二钹的跳钹与大锣的变换节奏，描绘了八哥戏水、逗趣、拍翅的神态。不难看出，对山的《八哥洗澡》"头子"音乐主题形象表现艺高一筹。

这种曲牌相同而表现手法各异的原因，很大程度上是由于"打溜子"曲牌的流传多为口传手授、异地相传，导致曲牌发生异变，即使是同村同寨的两个"溜子"

队也会有微妙的差异。与土家族风俗紧密相关的"打溜子"是土家族接亲嫁女不可缺少的喜乐，各村庄都有自己的"溜子"班子。两地接亲的"溜子"班子相遇时，必定要进行比赛，以曲牌套数之多、表现音乐形象的手法最高而取胜。因此，相同的曲牌多因艺人的即兴创作而产生曲变。

传统曲牌常见于对各种动物声态、神意的描绘。但有一些曲牌如《八仙过海》《观音坐莲》《瞎子过沟》《沙和尚挑担》等，它们是对人物及心理活动的描绘，属于地域性的新曲牌、新创作，仅在个别地区流传。还有创作曲《铁牛下田》《贺老总打马过山庄》《火车开进土家寨》等，这些富有时代气息的新曲牌，在音乐形象的表现手法上，均有了发展与创新。

五、"打溜子"节奏与节拍

"打溜子"常用 1/4、2/4、3/4、4/4 节拍，并常以混合节拍出现，用增递或缩减的模进手法改变拍数，如"2/4 呆卜卜 仓 | 3/4 呆卜卜 仓卜七卜 仓 | 4/4 呆卜卜 仓卜七卜 仓卜七卜 仓 | 3/4 呆卜卜 仓卜七卜 仓 | 2/4 呆卜卜 仓 |"。

由于"打溜子"曲牌常见于对禽兽多变姿态的描绘，所以，一套"打溜子"曲牌常以节奏、节拍的扩充与压缩等多种变换手段来发展主题音乐。

"打溜子"的基本节奏型是" ×× × | ×× 0× × |"或" ×× 0× × | ×× × |"。在分句或分段处有时会出现 1/4 拍的单拍子节奏。划分节拍线一般以大锣的落韵、二钹的垫钹、大锣的起句强拍或分句落拍以及马锣的领奏引点为依据。正确的划分节奏、节拍，是掌握"打溜子"风格的一大关键，同时也能体现"打溜子"的演奏水平及艺术表现力。

六、"打溜子"曲牌结构与曲式

1."打溜子"曲牌结构

土家艺人有一种说法："有头无尾的头子，有尾无头的扭子（即溜子）。多变的头子，不变的扭子。头尾相合，组成一体。"这就明确了"打溜子"曲牌是由"头子"和"溜子"构成的结构原则。

"打溜子"曲牌结构可分为两大类。

第一类为"头子 A ＋溜子 B"。"头子"多为单段体，由上、下句组成。如龙山县坡脚乡流传的《八哥洗澡》（例略）。

第二类分为两种：

① A＋B＋C＋B＋……。"头子"是多段体，每段均有层次地与"溜子"段合尾。如保靖县昂洞乡流传的《龙摆尾》（例略）。

② A¹　　　合　　　A²　　　合　　　A³　　　合……

"头子"一　"溜子"　"头子"二　"溜子"　"头子"三　"溜子"

"头子"是变奏体，乐句较短并与"溜子"合尾成一乐段，组成变奏体的多段合尾式。

上述两大类曲牌结构，第一类多用于龙山、永顺等地的"四人溜子"曲牌中，保靖境内及其他各地流行的"三人溜子""五人溜子"大都属于第二类曲牌结构，从而形成了两种不同风格的曲调。

"打溜子"曲牌除不变的"溜子"外还有一种固定不变的连接句，民间称"桥子"，又称"常番"，它是连接句与句、头与溜、溜与尾的常番乐句，贯穿于溜子曲牌结构的曲体中，顾名思义是起桥梁作用的。各地区流行的"桥子"基本相同，如下例永顺和龙山各地的"桥子"：

例12

永顺	仓卜七卜　仓 仓	²⁄₄ 七仓　七卜七卜	³⁄₄ 仓卜七卜　仓卜七卜　仓
龙山	仓卜七卜　仓卜七卜	³⁄₄ 仓仓　七 仓　七卜七卜	³⁄₄ 仓卜七卜　仓卜七卜　仓

流传在龙山县坡脚乡的《八哥洗澡》，其曲式结构为：

　　　A（头子）　　　　　＋　　　　　B（溜子）

头子上句＋桥子＋头子下句＋桥子 ＋ 溜子上句＋桥子＋溜子下句＋桥子＋尾巴

"头子"A 和"溜子"B 都是上、下乐句组成乐段，整个曲牌均以"桥子"为纽带连接乐句和乐段。

2.“打溜子”中“头子”的曲式结构

“头子”又分单头子、双头子及多段体头子，是曲牌的主体结构，也是曲牌标题的依据。

（1）单头子

“单头子”是一段体 A，开门见山，一气呵成。如龙山的《喜鹊闹梅》“头子”是 2/4 节拍，采用快速的挤钹和大锣的分句加花，描绘出喜鹊在梅花丛中跳跃的神态。

一段体“头子”也可由多乐句组成，并以“桥子”分句串联，其图示为：

A = a^1　　串 +　　　a^2　　串 +　　　a^3　　串 + …… X

　　头句　　桥子　　头二句　　桥子　　头三句　　桥子

如《八哥洗澡》“头子”是分上下两乐句经“桥子”串联起来的单乐段，这种“头子”的曲式结构，较多用于“打溜子”曲牌中。

永顺县对山乡的《古树盘根》“头子”为五乐句，一乐句以大锣的引点领奏：呆呆 呆卜卜 | 仓仓呆 | 仓卜七卜 仓 |。二乐句用大锣的切分节奏侧击和重击：仓拍仓 | 0 仓拍 | 仓一 |。三乐句：拍拍 仓仓 | 拍拍 仓 | 拍拍 七仓 | 拍拍 仓 |，用大锣弱拍换韵。四、五乐句采用钹的嗑击与连贯的“挤钹”。五个乐句都用“桥子”为纽带串联，有层次地呈现音乐主题，描绘了古树盘根的壮丽奇景。

（2）双头子

“双头子”是一种把两个不同的“溜子”曲牌的“头子”加以发展，并通过“三叫”连接而成的结构。“三叫”是以马锣引奏三次的单乐句“呆呆 呆卜卜 | 仓卜七卜 仓 | 呆呆 呆卜卜 | 七卜仓卜 仓 | 呆呆 呆卜卜 |”构成的两段体新曲牌头子。如《双燕拍翅》（龙山）即由“王龙缠腰”经“三叫”接《马过桥》头子。这种两段体头子结构较少应用，不属于一般规律。

（3）多段体头子

“多段体头子”的结构是一种由多头与“溜子”组成合尾式的结构，又可分为两类。

第一类是变奏式的合尾式结构。头子是单乐句与“溜子”合尾：

　　　A^1　　　合 +　A^2　　　合 +　A^3　　　合 + …… X

（头子句）（溜子）（变奏）　（溜子）（变奏）　（溜子）

流传于永顺对山乡的《画眉跳架》"头子"分为五段，每段的头子都是单乐句与"溜子"合尾，头子句均采用打法上的变奏，模仿画眉跳杆的活动形态。此曲牌是民间"打溜子"的启蒙教材。

第二类是多段体"头子"与"溜子"组成合尾式结构：

A ＋ B ＋ C ＋ B ＋ D ＋……X
头一　　溜子　　头二　　溜子　　头三

保靖县的《龙摆尾》及其他"三人溜子"曲牌"头子"结构几乎都是这样。曲牌中主题音乐的呈述贯穿全曲，音乐的展现段和高潮段多出现在曲牌头一和最后一番。

3. "溜子"的多种类型与结构

贯穿在每首曲牌中的"溜子"的结构是多样化的。就"溜子"段的种类而言，在龙山、永顺地区有"老溜子""新溜子""中尾溜子""尾巴溜子"，保靖有"老溜子""长溜子""短溜子""总溜子"。所谓"溜子"的固定性是指以上各类"溜子"段可以单独使用于"头子"之后。各种不同的"溜子"可以组合成两段体、三段体或多段体，形成"溜子"的多种类型。

流行于湘西各地的"老溜子"是源出一脉的。现以龙山、永顺、保靖地区"四人溜子"曲牌的"老溜子"为例，来分析它们的变化（例13）。

例13

永顺"老溜子"同保靖"老溜子"只有较少的差别，它的基本节奏是 2/4 拍加 3/4 拍，采用了反复变奏扩充的手法。

再来看龙山坡脚流行的"老溜子"（见例 14）。1 ~ 14 小节同保靖"老溜子"的节奏型一样，16 小节后采用了二钹强拍起跳并反复的基本节奏。

例14

| 仓卜七卜仓 | 仓卜七卜仓 | 七卜七卜仓 | 七卜七卜仓 | 七卜七卜 七卜七卜 | 仓卜七卜仓 | 仓卜七卜七 | 仓卜七卜仓 |

| 仓卜七卜仓 | 七仓 七卜七卜 仓 | 仓仓 七卜七卜 仓 | 七仓 七卜七卜 仓 | 仓仓 七卜七卜 | 仓卜七卜 七卜 | 仓仓 七仓 七拍 |

| 仓 拍 拍拍 | 仓卜仓卜七卜七卜仓 | 拍 拍拍 仓卜七卜仓 | 拍 拍拍 七卜七卜仓 | 拍 拍拍 仓卜七卜七卜仓卜 | 仓 － ‖

多种多样的"溜子"出现，乃是艺人们不断发展和创新的结果。如永顺对山乡的"新溜子"就是在"老溜子"的基础上发展而来的。新溜子分为三乐句，其基本节奏分别为：1.拍拍拍 | 仓卜七卜 仓卜卜 | 七卜仓卜 仓 ‖；2.七卜七卜 仓 | 七卜七卜 仓卜七卜 仓 ‖；3.拍拍拍 | 仓卜仓卜 七卜七卜 仓 ‖。

这三个乐句都用"桥子"连接，第一句为"老溜子"的基本结构，第一句和第三句都采用二钹的单起强拍 1/4 拍领奏，发展再现了老溜子的基本乐句。又如在永顺流行的《长绞子》是由曲牌《小纺车》"头子"变化而来的，作为连接"头子"和"溜子"的插部乐段，与"老溜子"或"新溜子"组合成两段体或三段体的"溜子"结构。在龙山和永顺流行的"长溜子"、保靖流行的"总溜子"，都是由"老溜子"变化发展而成的，是"老溜子"之后的结束乐段。

由于"溜子"的多样性，其曲式结构也是多种多样的。

单段体 B

两段体 B = b¹ +　　b²　　B = b¹ +　　b²　　B = b¹ +　　b+[2]

　　　　老溜子　新溜子　　长溜子　老溜子　　短溜子　总溜子

三段体 B = b¹ +　　b² +　　b³

　　　　短溜子　老溜子　　总溜子

通过以上对"头子""溜子"的结构分析，可归纳出"打溜子"的曲式结构（见文末表格）。

4. 引子和尾巴

在"打溜子"的曲牌结构中，"头子"的前面往往加有引子。保靖各地流行用大锣的"邀锣"：仓 — 仓 仓仓仓仓 仓 仓 — ；龙山各地则用马锣的引点领奏：呆呆 | 呆 . 呆 呆呆 | 0 呆 呆 ‖；永顺习惯于把曲牌《小纺车》的"头子"乐句作为每首曲牌的引子。

尾巴是曲牌的终止乐句，又叫"尾子"，是各类曲牌固定的终止句。各地流行的几乎都一样：拍拍拍 | 仓卜仓卜 七卜七卜 | 仓 — ‖。乐曲最后用一槌大锣的亮音结束。颇多地区也采用大锣的邀锣前后呼应，结束乐曲。

综上所述，"头子"是"打溜子"曲牌的主体结构，用来表达主题的音乐形象，"头子"可以是一段体或多段体。"溜子"则是渲染热烈欢乐气氛的色彩乐段，它可以是一段体的，也可以是在"老溜子"的基础上发展、创新起来的各种类型的多段体结构。

湖南湘西土家族"打溜子"曲牌结构图表				
	头子	溜子	结构曲体	流行地区
一类	A 单头子	B 老溜子	两段体	永顺、龙山
	A	B $b^1 + b^2$ 老溜子　新溜子	三段体	龙山
	A	B $b^1 + b^2$ 长绞溜子　老溜子	三段体	永顺
	A $a^1 + a^2$ 头一　头二	B 老溜子	三段体	永顺、龙山
	A	B $b^1 + b^2 + b^3$	四段体	保靖、古丈
二类	a^1　b + a^2　b + a^3　b+……X 头一句 溜子 变奏 溜子 变奏 溜子		变奏合尾体	保靖、永顺
	A + B + C + B +……X 头一 溜子 头二 溜子		合尾体	保靖、古丈

黄传舜　李真贵

民族打击乐的兴起与繁荣
（1994 年传统打击乐研习营暨巡回讲座专刊）

一、表演艺术的发展

近四十年来，随着中国民族器乐和大型民族乐队的发展，打击乐愈来愈显示出它的重要地位。各种打击乐器在民族乐队中得到广泛的运用，并在乐队中作为独立声部出现，逐步从民间走向专业化、从广场艺术转变为舞台艺术。在现今音乐作品中，打击乐不但在各类合奏中被广泛应用，在重奏、独奏方面亦有所发展。八十年代，一批专业音乐工作者从民族器乐发展的困境中，开创了中国打击乐表演艺术发展的新局面。其中首开先河者为打击乐演奏家安志顺先生，他为陕西古典艺术团的《仿唐乐舞》所作的两首打击乐作品《鸭子拌嘴》《老虎磨牙》，于1982 年在北京首次上演并获得极大的成功，且受到音乐界高度评价。

1984 年 12 月，中央音乐学院李真贵先生，结合音乐教学与艺术表演，带领部分学生，在北京举办了首次中国打击乐专场音乐会。

1985 年 7 月，在打击乐演奏家安志顺先生和数位同行的倡导与努力下，陕西省文化厅在西安举办了七省市打击乐演奏家"金石之声"音乐会，邀请了来自北京、上海、安徽、湖北、江苏、吉林以及西安当地的十几位演奏家同台表演了不同风格色彩的打击乐乐曲，向人们展示了中国打击乐的艺术魅力与风姿，并彰显了其广阔的发展前景。有二十多个省市派观摩代表出席了此次活动。

1986 年 10 月，李真贵先生随中国民族器乐演奏团在香港举办了中国打击乐音乐会。1987 年 3 月，李真贵先生再次随中国民族器乐演奏团在新加坡举办中国打击乐音乐会。

1988 年 7 月，陕西省歌舞剧院安志顺先生、中央音乐学院李真贵先生、广东省歌舞剧院陈佐辉先生，应日本佐渡鼓童打击乐团邀请，赴日本参加"1988 年世界打击乐艺术节"，并举办了专场中国打击乐音乐会。

1989 年 10 月，上海音乐学院李民雄先生率部分学生，在上海举办了专场中国打击乐音乐会。同年由山西省歌舞剧院王宝灿先生率领的山西鼓乐队，应邀赴法国参加"1989 年巴黎世界鼓乐节"。

1991 年 9 月，山西省文化厅在太原举办了"山西国际锣鼓节"，来自法国、苏联以及北京、上海、陕西、河南、广东、甘肃、山西等省市专业及业余鼓乐队在剧场、广场进行了数场表演。

1992 年 12 月，中央民族乐团朱啸林先生应台北市立国乐团邀请，在台北举办了"朱啸林打击乐音乐会"。

1993 年 5 月，中央音乐学院李真贵先生在北京音乐厅再度举办"李真贵中国打击乐音乐会"，并邀请山西绛州鼓乐团同台表演。同年 10 月，由中央音乐学院李真贵、王建华，中国广播民乐团田鑫、李硕，中国煤矿文工团孙钺，中央民族学院（现为中央民族大学）袁炳昌、向红茹组成的北京中国打击乐团，应柏林世界文化中心邀请参加"1993 年柏林世界打击乐艺术节"的演出，来自亚洲、非洲、美洲、大洋洲、欧洲的八支打击乐团在艺术节期间进行了表演。北京中国打击乐团在艺术节结束后，前往德国、奥地利的十个城市，进行了为期两个星期的巡回演出。

1994 年 7 月，安志顺先生应国际艺联邀请，率陕西乐团赴香港、澳门举办中国打击乐专场音乐会。

以上各项活动的开展，无疑促进了中国打击乐表演艺术的进一步提升，推动了中国打击乐事业的发展。近年来，李民雄、安志顺、李真贵、朱啸林、裴德义、陈佐辉、王宝灿等一批有影响力的打击乐演奏家，先后多次应邀赴中国香港、中国澳门、中国台湾以及新加坡、澳大利亚等地进行表演与讲学活动，扩大了对外交流与影响。

二、民间锣鼓乐的兴盛

在同一时期，各地民间锣鼓亦极为兴盛。从古至今，锣鼓乐无论是作为一种社会文化现象，还是作为一种音乐类别，始终活跃于民间，从未间断。即使在那些不幸的年代里，也不曾完全消失。锣鼓乐通过世代相传来繁衍，显示出强大的生命力。数千年来，民间锣鼓乐伴随着各族人民的喜怒哀乐，一直在持续发展着。自20世纪70年代末中国大陆实行改革开放政策以来，神州大地发生了翻天覆地的变化，经济的腾飞为文化艺术生活的活跃奠定了基础，大众喜闻乐奏的民间锣鼓乐于是迅猛发展。各地相继成立各种锣鼓协会及鼓乐团，其中以山西、陕西、河南的发展最为迅猛。它们地处黄河流域，民间锣鼓乐极为丰富，鼓乐品种繁多，仅山西一地的民间锣鼓、戏曲锣鼓、舞蹈锣鼓就不下几十种。无论是在城市还是农村，民间锣鼓都极为普遍。以临汾市为例，其郊区有24个乡，每个乡有十几个自然村，每个自然村都有自己规模不等的锣鼓队。其普及程度之广，不言而喻。两年一度的山西省民间锣鼓大赛，从1989年至今已连续举办过三次。1991年3月4日至6日，在山西省体育馆举行的"山西省第二届民间锣鼓工行储蓄杯大赛"，吸引了来自全省各地区、市、县及乡镇各行各业的表演队伍共35支，人数达2000人左右。在整个比赛过程中，群情激奋、场面壮观。这个锣鼓比赛使得整个省城热闹非凡，几乎是无人不知、无人不晓。

随着民间锣鼓的蓬勃兴起，产生了一批相当有艺术水准的民间鼓乐艺术表演团体，其中以山西绛州鼓乐艺术团最具代表性。他们淳朴的艺术风格、高超的击鼓技艺，受到各界人士的瞩目与赞誉。1992年北京全国民间音乐舞蹈比赛中，他们表演的鼓乐《秦王点兵》《滚核桃》分别获得大奖和一等奖。这个民间艺术团体成立于1988年，团员农忙时务农，农闲时集中练习。以王秦安先生为首的乐团领导，克服重重困难，艰苦创业，为乐团建设竭尽心力，不仅多方收集民间鼓乐资料，并创作新曲目，聘请专家指导，参加各种表演活动。几年下来硕果累累、声名大噪，预计将于1994年到台湾进行巡回表演。

近年来，由农民组成的大型鼓乐队相继出现在各项活动中，如大连的"中国第一届民间艺术节"、太原的"中国第二届民间艺术节"、"广西国际民歌艺术节"、"1992年香港区局艺术节"以及"全国第二届农民运动会"等。在第一届亚洲运动会开幕式上，来自山西、陕西、北京的千人大型锣鼓的精彩表演，震撼了全场的数万观众，那质朴、深沉、坚毅、图强的鼓声，拨动了每个中国人的心弦。这可说是将民间鼓乐的兴盛推向了新的高峰。

三、作品创作的繁荣

中国民族打击乐的兴起，激发了专业和业余作曲家的兴趣和热情。80 年代以前，舞台上少有纯打击乐作品的表演，多数是以吹打乐合奏的形式出现。这一时期的代表性作品有《抛网捕鱼》《大得胜》《舟山锣鼓》《钢水奔流》《渔舟凯歌》《丰收锣鼓》《夺丰收》《夜深沉》《军民团结心连心》等。在这些作品中，打击乐发挥了重要作用，显示了中国打击乐的独特个性和鲜明的民族风格。

80 年代，中国打击乐以崭新的面貌出现在舞台上，一批有志于民族打击乐事业的演奏家和作曲家，创作并演奏了数量众多的打击乐作品。依据其演奏形式，可划分以下几类：

第一类为打击乐与交响乐队合奏，如编鼓与乐队合奏《跑火池》（朱广庆曲），编铙与小乐队合奏《枫桥夜泊》（金复载曲），排鼓与乐队合奏《关山随想》（张列曲）、《中国狂想曲》（周龙曲）、《金沙滩》（景建树、王宝灿曲）、《双龙戏梅》（安志顺、孙而敏曲），板鼓与乐队合奏《百花园》（朱毅编）。

第二类为打击乐与民族器乐独奏、重奏，如笙与打击乐演奏的《晨露》（周成龙曲），笛子与打击乐演奏的《醉》（杨青曲），琵琶与打击乐演奏的《漂》（莫凡曲）、《滴水成音》（安志顺曲），笛子、管子、笙与打击乐重奏曲《空谷流水》（周龙曲），管子、唢呐、三弦与打击乐重奏的《山谣》（谭盾曲）。

第三类为吹打乐合奏，如《东王得胜令》（裴德义、肖江曲），《赛龙舟》（万治平曲），《夺丰收》（李民雄曲），《龙腾虎跃》（李民雄曲），《秦王破阵乐》（林伟华、张大华曲），《八仙过海》（李真贵、朱润福曲），等等。

第四类为打击乐独奏、协奏、重奏，如《锣鼓乐三折——戚、雩、旄》（周龙曲），《打击乐协奏曲》（瞿小松曲），《打击乐组曲——开天、女娲、追日》（郭文景曲），《鼓诗》（李真贵、谭盾曲），《锦鸡出山》（田隆信曲），《西域驼铃》（张列曲），《潮音》（李民雄曲），《醉鼓》（景建树曲），《秦王点兵》（景建树、王宝灿、绛州鼓乐团曲），《滚核桃》（王宝灿、郝世勋曲），《黄河激浪》（安志顺曲），《牛斗虎》（李真贵、王宝灿曲），《冲天炮》（李真贵曲），等等。

纵观这个时期的打击乐作品，其数量之多，远远超过过去 30 年之总和。且这些作品在题材、体裁以及乐队组合形式等方面，呈现出多元化的局面，大大拓展了打击乐的表现范围，增强了表现能力，充分展现了这一领域的发展前景。在这些作品中，特别引起人们注意的是一批清锣鼓乐曲（即纯打击乐作品），它们在当今民族器乐曲的创作和表演中脱颖而出，引人注目，开创了前所未有的新局面。同时我们可以看出，新作品无论是在发掘各类打击乐器特性还是发挥演奏技巧方面，均有长足的进步。在舞台表演方面，演奏家们的精彩表现赢得了广大听众的喜爱，同时也激发了更多专业作曲家的参与热情，这对打击乐的创作和表演将产生积极的影响，从而进一步推动打击乐专业继续向前发展。

四、专业学科的创立

民族器乐专业教学从刘天华先生于20世纪20年代在高等学府创立以来，至今已有半个多世纪。在诸多前辈的奋力拼搏之下，取得了长足的发展。如今，各音乐学院都开设了多种民族器乐专业课程，各校教学都根据自身条件，各有专精。

民族打击乐专业，始建于20世纪60年代初，首先在中央音乐学院及上海音乐学院创立。起初仅设立打击乐共同课，后来在此基础上，发展为专业主修课，并招收打击乐专业学生。当时著名的民间音乐家朱勤甫先生，受杨荫浏先生的推荐，于中央音乐学院、上海音乐学院、中国音乐学院传授苏南十番锣鼓、苏南十番鼓。同时，另一著名的民间音乐家赵春峰先生与集打击乐教师、演奏家、音乐家于一身的李民雄先生，分别在中央音乐学院、中国音乐学院、上海音乐学院传授北方民间锣鼓、京剧锣鼓和浙江、苏南民间锣鼓。"文革"后，朱勤甫先生再次受聘于上海音乐学院和中央音乐学院。由于这些前辈的倾囊相授，中国打击乐专业知识的传承基础得以奠定。

为适应民族器乐发展需要，70年代以后，国内各地音乐院校也相继创建了中国打击乐专业科系，如天津音乐学院、西安音乐学院、广州星海音乐学院、武汉音乐学院、四川音乐学院、山东艺术学院、安徽艺术学校等。中国打击乐专业科系在音乐院校的建立，是中国打击乐从民间走向专业化的重要标志。

从当今世界打击乐的发展趋势来看，东西方音乐文化的互补与融合是一个主要的发展潮流，西方的许多打击乐团已将东方打击乐器广泛运用于新作品中。因为打击乐主要是透过不同色彩的乐器及不同的节奏组合来表达人们的思想感情，所用的乐器绝大多数为节奏型乐器，其演奏方法亦最具共通性，这是中外皆同的。当然各个国家、民族的打击乐间仍存在差异，但在世界打击乐这个大家庭中，彼此间的互相组合并无任何障碍，只会更加丰富击乐家族的各种音响色彩。为顺应这一趋势，全国的音乐院校要有一个统一但又具地方特色的教学方案，应朝下列几个方向发展：

（一）在教学目的和任务方面

通过对打击乐器演奏技巧的训练以及艺术表现能力的培养，使学生能掌握多种中、西打击乐，成为具有相当水准的演奏与教学人才。

（二）教材建设方面

根据教学需要，学习、收集、整理民间锣鼓乐教材，以本地区主要戏曲锣鼓为主，做好教材建设的基础工作。

（三）教学形式与方式

专业课教学以个别授课为主。由于中国打击乐多为合奏形式，鼓类乐器处于领奏和指挥地位，要培养学生领奏的能力，必须再开设打击乐合奏课，使学生的领奏能力可以得到实际的锻炼与提升。

（四）教学内容

为求拓宽学生视野，在学习中国传统打击乐的同时，应再要求其学习西洋打击乐。若师资及经费许可，应当再让学生接触亚洲、非洲、拉丁美洲等具有不同特色的民族打击乐。

我国打击乐专业科系的设立，由于起步较晚，目前尚属探索发展阶段。要使中国打击乐在教材编写、教学方法等方面得到完善的规范，以建立中国打击乐专业教学体系，尚需几代同仁的共同努力。

五、结论

80年代以来，中国打击乐的崛起与繁荣，与一批有志之士的努力是密不可分的。他们形成了一个群体，为发展中国民族打击乐而辛勤耕耘、团结合作、互相支持，在不同的区域和岗位上，做出了可喜的成绩。他们不但在中国乐坛产生了广泛影响，其影响力还广及海外。他们的作品，如吹打乐《渔舟凯歌》《丰收锣鼓》《龙腾虎跃》，打击乐《老虎磨牙》《鸭子拌嘴》《锦鸡出山》《鼓诗》《西域驼铃》《滚核桃》《冲天炮》等，已成为海内外专业与业余表演团体经常上演的压轴节目，对传播与普及中国民族打击乐功不可没。

谱写中国民族打击乐新篇章，有赖各岗位音乐工作者的共同努力，也就是演奏家们的乐曲表演、作曲家们的创作参与、理论家们的理论指导、教育家们的传授培养，才能使中国打击乐的发展更具深度和广度。面向世界、面向未来，中国打击乐必将与世界打击乐并驾齐驱、争芬斗艳，让这朵独具东方特色的艺术奇葩，在中华大地上更加发扬光大。

李真贵

锣鼓在鼓吹乐中的运用
——兼谈鼓吹乐艺术的继承与发展

（《首届中国民间鼓吹乐学术研讨论文集》山东友谊出版社 1994 年）

鼓吹乐，这一传统民间器乐演奏形式，在当今人民大众现实音乐生活中，占有重要地位。它遍及全国各地，尤其在广大农村地区更为流行。从目前全国民族民间器乐集成各地方卷所收集的资料可以清楚看到，鼓吹乐在民族器乐合奏音乐及宗教音乐中充分显示了其广泛性和普遍性。其地域分布之广、曲目数量之丰富、乐种之多，是其他乐种所远不及的。就这个意义上来讲，可以说鼓吹乐是我国传统民间器乐合奏中最主要的一种演奏形式。

数千年来，鼓吹乐始终伴随着我国各族人民的生活与思想感情不断繁衍、传承和发展。无论过去还是今天，它已成为人民大众喜闻乐奏的艺术品种，深深扎根于民间音乐的沃土之中，并继续发挥它那无可替代的社会精神作用。改革开放以来，随着人民生活水平的普遍提高和文化艺术生活的复苏，作为与人民大众生活息息相关的鼓吹乐更是以前所未有的规模活跃于全国各地。如何继承和发展我国鼓吹乐艺术，多年来倍受民乐界及新音乐工作者的关注，无论是在理论研究、舞台实践、音乐创作还是田野收集等诸方面，都做了大量工作。今天，召开首届中国民间鼓吹乐学术研讨会，正是这方面工作的继续和深化。

锣鼓作为鼓吹乐中不可分割的部分，它在鼓吹乐中扮演什么角色，发挥什么作用，如何运用，本文就自己在艺术实践与教学中所感受到的，谈谈点滴体会，供大家参考。

一、锣鼓在鼓吹乐中的运用

鼓吹乐在乐器配置上是以吹奏乐器和打击乐器相结合为主，这主要是沿袭了古代鼓吹乐队模式，这种模式在今天仍具有普遍性。随着戏曲音乐的形成发展，以及后来民间音乐与戏曲音乐的相互影响，鼓吹乐在演奏戏曲音乐时，吹奏乐器模拟唱腔"咔戏"时，为体现音乐风格，根据不同剧种，加进了相应的拉弦乐器和弹拨乐器。

打击乐器（俗名锣鼓）无论在过去还是今天，在鼓吹乐中都占有相当重要的位置，它不单起到了为吹奏乐器伴奏的作用，有时还成为乐曲结构中不可缺少的组成部分。它与吹奏乐器交相辉映，共同完成乐曲所要表达的内容与情感，尤其体现在有独立锣鼓段出现时。在打击乐器的使用上，因地区、乐种的不同，甚至同一地区、同一乐种的不同乐曲，打击乐器的配置也不尽相同，形成了与吹奏乐器不同的组合模式，并且发挥了其多种功能特征。

（一）打击乐器配置的组合形式

1. 一件打击乐器与吹奏乐器的组合形式

● 鼓与吹奏乐器组合，如陕西眉县地区，演奏"小开门"曲牌时，只用一面堂鼓为唢呐伴奏。

● 梆子或小钹与吹奏乐器组合，如山东鲁西南鼓吹乐，用锡笛演奏的乐曲只用一件梆子伴奏。

● 铛锣与吹奏乐器组合，如重庆璧山县吹打乐曲《金银扣》只用一只铛锣伴奏。

● 臻与吹奏乐器组合，如陕西淳化县，演奏曲牌"满眼小开门"时只用一支臻（云锣）伴奏。

2. 两件打击乐器与吹奏乐器的组合形式

● 堂鼓、小镲与吹奏乐器组合，这是我们常见的一种组合形式，如河北吹歌、山西八大套等乐种。

● 梆子、钹与吹奏乐器组合，如鲁西南鼓吹乐。

● 梆子、单面钹与吹奏乐器组合，如河南开封闷笛。

● 堂鼓、云锣与吹奏乐器组合，如北京智化寺京音乐。

● 铛锣、竹板与吹奏乐器组合，如川东吹打乐。

● 堂鼓、铛锣与吹奏乐器组合，如陕西关中鼓吹乐。

- 铛锣、铰子与吹奏乐器组合，如川东巴县吹打乐。
- 堂鼓、铰子与吹奏乐器组合，如川东江津县吹打乐、陕西关中蒲城县鼓吹乐。
- 云锣、小镲与吹奏乐器组合，如山西岚县吹打乐、陕西关中蒲城县鼓吹乐。

3. 三件打击乐器与吹奏乐器的组合形式

- 堂鼓、小钹、大锣与吹奏乐器组合，如辽宁鼓吹乐。
- 堂鼓、铛锣、竹板与吹奏乐器组合，如川东吹打乐。
- 堂鼓、铰子、铛锣或马锣与吹奏乐器组合，如川东吹打乐、陕西关中鼓吹乐。
- 乐鼓、钹、梆子或小镲与吹奏乐器组合，如鲁西南鼓吹乐。
- 大鼓、大钵、小镲与吹奏乐器组合，如辽宁秧歌鼓吹乐。
- 大鼓、大锣、铛锣与吹奏乐器组合，如川东吹打乐。
- 堂鼓、包锣、铛锣与吹奏乐器组合，如川东吹打乐。
- 小鼓、马锣、小镲与吹奏乐器组合，如陕西关中地区鼓吹乐。
- 小鼓、小镲、乳锣或云锣与吹奏乐器组合，如：陕西子长县、旬阳县鼓吹乐。
- 包锣、铛锣、梆子与吹奏乐器组合，如川东吹打乐。

4. 四件以上打击乐器与吹奏乐器的组合形式

- 堂鼓、大锣、铛锣、铰子与吹奏乐器组合。
- 堂鼓、包锣、铛锣、木梆与吹奏乐器组合。
- 堂鼓、包锣、更锣、铰子与吹奏乐器组合。
- 堂鼓、大锣、大钵、马锣与吹奏乐器组合。

以上均为川东吹打乐中几种打击乐器的组合形式。

- 乐鼓、铜鼓、云锣、小镲或梆子与吹奏乐器组合。
- 乐鼓、大锣、云锣、小镲或梆子与吹奏乐器组合。

以上两种为鲁西南鼓吹乐中"对大面"演奏形式。

- 堂鼓、小钹、细乐、铜鼓（又名疙瘩锣）与吹赛乐器组合，如辽南鼓吹乐中丧事乐队所使用乐器配置。
- 堂鼓、大锣、头钹、二钹、小锣与吹奏乐器组合，如陕西佳县鼓吹乐、道教鼓吹乐。

- 堂鼓、大锣、铙钹、小锣、小镲与吹奏乐器组合，如河北吹打乐。

- 板鼓、大锣、钹、小锣、小镲或梆子与吹奏乐器组合，如鲁西南鼓吹乐。

- 鼓、锣、镲、小锣、马锣、二王子（小镲）与吹奏乐器组合，如佛教鼓吹乐曲。

- 暴鼓、中钹、乳锣、堂鼓、云锣、碰铃、海锣与吹奏乐器组合，如陕西宝鸡地区鼓吹乐。

- 大鼓、云锣、乳锣、铰子、拜拿子、铛锣、木鱼、梆子与吹奏乐器组合，如陕西洋县鼓吹乐。

（二）表现手法与功能特性

1. 色彩功能

色彩性和节奏性是打击乐的主要特性。就鼓吹乐种所使用的打击乐器而言，无论是鼓类、锣类、镲类及板、梆类，均属节奏性乐器。每一件打击乐器都以其本身具备的不同音响色彩和节奏的变化体现于乐曲之中，同时又可通过不同的演奏手法——即使是同一件打击乐器——产生多种不同的音色变化。另外由于地区不同，各地打击乐器在形制上也有所差异，这就形成了色彩斑斓的音响世界。从打击乐的色彩，就能反映出鲜明的地方音乐风格特点。

我们将北方鼓吹乐中所使用的大锣、铙钹与南方潮州锣鼓使用的斗锣、大钹和四川吹打乐种中所使用的川大锣、川钹作一比较，就不难发现它们在音响色彩方面的迥然差异。

各地鼓吹乐中打击乐的配置以不同的组合形式表现，从而产生了不同的复合音响色彩。这些打击乐器与吹奏乐器紧密配合，为乐曲增添了鲜明的节奏感和丰富而奇妙的音响色彩，充分体现了打击乐在鼓吹乐中的色彩功能特性。

2. 伴奏功能

吹奏乐器在鼓吹乐中扮演着主奏的角色，无论是以唢呐为主奏乐器，还是以管子、笛子为主奏乐器，打击乐均处于从属地位，在乐器的选用、组合形式、演奏手法、力度及速度变化、情绪的起伏等诸方面，无不服从于乐曲及主奏乐器的需要。在长期的艺术实践中，打击乐器已成为鼓吹乐中不可缺少的伴奏乐器。因其音响强烈、色彩丰富、节奏性强，在烘托、渲染主奏乐器情绪方面发挥着其他任何乐器所不可替代的重要作用，有着独特的伴奏功能。民间素有"三分吹，七分打"之说法，正是这种功能作用的恰当比喻。这里所说的"三"与"七"，并非指"吹"与"打"二者之间是一种数量比例，而是强调"打"在鼓吹乐中的重要性不容忽视。

3. 节拍加强功能

在鼓吹乐中，打击乐器如板、梆子、小镲、铛锣、包锣等，在演奏乐曲时，主要表现为敲击节拍。节拍乐器的演奏看似简单，但若要担负起带领乐队准确而富有感情地吹奏，就不是一件易事，演奏者必须相当熟悉乐曲内容才能担当此任。因此即使是一件梆子这样的伴奏乐器，仍具有极强的感染力。无论是在演奏 4/4、2/4、1/4 拍，还是在"紧打慢唱"的演奏中，都给人们一种强烈的节拍加强作用。这样的运用与表现手法，不仅能使整首乐曲的节奏稳定，控制速度的快慢及力度的变化，同时对吹奏乐器来讲，也是一种极好的"制约"和依托，使二者的演奏达到天衣无缝的境界。

4. 独立表现功能

在各地鼓吹乐中，有的乐曲中有独立的锣鼓乐段，如河北民间乐曲《淘金令》、山西八大套《鹅郎套》、陕西鼓吹乐《唢呐锣鼓联曲》等。从乐曲整体结构来讲，锣鼓段虽然起到段落之间乐曲重复再现演奏的一种连接作用，但不失锣鼓本身所具有的独立表现功能。在整首乐曲中，它与吹奏乐器交替演奏，共同完成乐曲所要表达的内容与情感，同样起着至关重要的作用。在一个地区的民间鼓吹乐中，有优秀的管乐家，就必有优秀的鼓手，二者相依相存，必不可缺。

二、鼓吹乐艺术的继承与发展

新中国成立之后，民族音乐事业发展迅猛，各职业民族乐团（队）以及音乐院校中的民族器乐演奏专业相继成立。如今，各省市艺术表演团体和音乐院校中，无不存在民族器乐表演和教学两支队伍。在这两支队伍的发展过程中，我们不能忘记，早在50年代，一批在专业艺术上有相当造诣的民间音乐家被聘请到各专业艺术表演团体和音乐院校工作，他们之中，绝大多数都是民族管乐演奏家。其代表性人物有：中央歌舞团笛子演奏家冯子存（同时在中国音乐学院兼课）、王铁锤先生，唢呐演奏家赵春亭（同时在中国音乐学院兼课）、刘仲秋、刘凤桐、胡海泉先生，管子演奏家张忠孔、刘泉水先生，笙演奏家王传云、张忠道先生；中国广播民族乐团管子演奏家高亮、李国英先生，唢呐演奏家郑国贵、许占田、李镇水先生，笛子演奏家钱绽之先生，打击乐演奏家蔡惠泉先生；中国电影乐团唢呐演奏家叶纯良、刘聚兴先生，管子演奏家唐荣朴先生，笛子演奏家郑喜奎先生；中央实验歌剧院管子演奏家孟庆云先生，唢呐演奏家赵金铭先生，笙演奏家贺振钰先生，打击乐演奏家朱勤甫先生（同时在中国音乐学院兼课）；海政文工团管子演奏家张计贵先生，笙演奏家任贵和先生；公安军文工团唢呐演奏家王维民、马德鑫先生，笙演奏家胡天泉先生；天津歌舞团笛子演奏家刘管乐先生（同时在天津音乐学院兼课），唢呐演奏家殷二文先生（同时在天津音乐学院兼课），笙演奏家阎海登先生；上海实验歌剧院唢呐演奏家任同祥先生（同时在上海音乐学院兼课）；山东省歌舞团唢呐演奏家魏永贵、刘云海、刘炳臣先生；中央音乐学院管子演奏家杨元亨先生，唢呐演奏家赵春峰先生（同时在中国音乐学院兼课）；上海音乐学院唢呐演奏家宋保才先生，笛子演奏家宋祖礼先生，笙演奏家宋仲奇先生；西安音乐学院呐演奏家刘长胜先生；山东省艺术学校唢呐演奏家袁自文先生；安徽省艺术学校刘风鸣先生等四十多位民间音乐家。

在半封建半殖民地的旧中国，经济落后，民间音乐既不受重视，也没有社会地位，各地基本处于封闭状态，即使相互有所影响，其范围也是极其有限的。新中国成立之后，经济迅速恢复和发展，属于人民大众的民间音乐文化在党的文艺方针指引下，重新获得了新生。一大批民间音乐家被聘请到中央及地方艺术表演团体和音乐院校工作，使表演和教学，以及传播、推广和促进民族器乐的发展方面，发挥了承前启后、功不可没的历史作用。

在表演艺术方面，他们将传统的鼓吹乐表演带上了城市音乐舞台，由于深受听众欢迎，多数节目成为该团（校）经常上演的保留节目，并且出国表演，为鼓吹乐这一演奏形式在表演艺术团体赢得了一席之地。之后，随着民族器乐的发展，鼓吹乐在老一辈民间音乐家和新音乐工作者相互学习、相互结合影响下，相继产生了一批有影响的鼓吹乐新作品，如《抛网捕鱼》（蔡余文、林运喜整理），获第六届世界青年联欢节金质奖；《大得胜》（前卫歌舞团改编），获第六届世界青年联欢节金质奖；《舟山锣鼓》（前线歌舞团改编），获第七届世界青年联欢节金质奖；以及《渔舟凯歌》（浙江省歌舞团集体创作）、《丰收锣鼓》（彭修文、蔡惠泉曲）、《军民团结心连心》（刘汉林曲）、《庆丰收》（刘炳臣、刘万羚曲）、《将军令》（彭修文编曲）、《龙腾虎跃》（李民雄曲）、《秦王破阵乐》（林伟华、张大华曲）等。这些作品在继承传统鼓吹乐风格特点的基础上，无论是在演奏形式、乐器配置、创作手法等方面，在不同程度上都有了新的发展。像《渔舟凯歌》《丰收锣鼓》《龙腾虎跃》《将军令》等，这类作品突破了传统演奏形式，采用新型民族管弦乐队和新的创作手法来展现当今人们的精神意识和审美情趣，而又不失以吹管乐为主奏的传统鼓吹乐特性。另外，在打击乐器的运用方面，它们有一个共同特点，除仍旧体现伴奏作用之外，作者们还特别注重充分调动和发挥打击乐的丰富表现力。《渔舟凯歌》乐曲中出现了排鼓独奏段，《丰收锣鼓》乐曲中有三段独立锣鼓乐段，《龙腾虎跃》乐曲中则出现以群鼓表现的鼓段。其他类型作品，虽无独立打击乐段，但打击乐声部群也得到了相当程度的加强。综观今天鼓吹乐总的发展走势，应是使"鼓"和"吹"两个方面均得以充分展现，以增强乐曲感染力，适应时代要求，达到最佳舞台表演效果。

在教学实践方面，纵观中国近代音乐史，民族器乐从民间走向建立专业教学的道路，只不过经历了半个多世纪的历程。最初只设有二胡、琵琶、古琴等几项专业，真正得到大的发展是在1949年新中国成立，九所音乐院校相继成立以后。现今，中央音乐学院民乐系专业设置有二胡、板胡、琵琶、扬琴、古筝、三弦、古琴、阮、柳琴、唢呐、管子、笛子、笙以及打击乐十四种门类，其他八所音乐院校的专业设置与范围也大致相同。其中，管乐、打击乐专业学科的建立，与前文所述五六十年代这批民间音乐家进入音乐院校课堂任教是分不开的。长期以来，他们为民族管乐、打击乐学科的建立，为培养新一代的民族音乐人才，无私奉献出自己的毕生心血和技艺。也正是这批受人尊敬的民间音乐家为今天各大音乐院校奠定了民族管乐、打击乐学科发展的基础。

如今在各大院校任教的民族管乐、打击乐专业教师，绝大部分都是经他们培养的亲传弟子。如中央音乐学院管子教师胡志厚先生，唢呐教师陈家齐、郭雅志先生，笛子教师蒋志超、张维良先生、戴亚先生，笙教师杨守成先生，打击乐教师李真贵先生、王建华先生，唢呐教师丁怀成、左继存先生；上海音乐学院打击乐教师李民雄先生，唢呐教师刘英先生；西安音乐学院唢呐教师焦杰先生；天津音乐学院唢呐教师范国忠先生；武汉音乐学院唢呐教师鲁斌先生；四川音乐学院唢呐教师张放先生；山东艺术学院唢呐教师仲冬和先生；等等。新一代的民族管乐教师，在继承老一辈民间音乐家传统音乐的基础上，对民族管乐在演奏艺术、教材建设、理论研究、乐器改革以及培养造就民族器乐发展所需的管乐人才等方面做出了不懈努力。多年来，他们孜孜不倦，辛勤耕耘，为民族管乐的继承发展做出了新的奉献。

具有鲜明民族特性的鼓吹乐艺术，多年来，在专业与业余工作者的共同努力下，取得了长足的进步和发展。同时我们也应当认识到，鼓吹乐艺术为适应当今民族乐队演奏实践与社会发展的要求，还需要同仁们在人才培养、繁荣创作、理论研究等各个方面，作出进一步的努力。我国有着悠久的音乐文化历史传统，民间鼓吹乐极其丰富。继续深入学习，挖掘民间传统音乐，使今天的创作具有深厚的民间传统音乐功底，在今天仍具有非常重要的现实意义。

愿鼓吹乐艺术在中华大地更加发扬光大！

李真贵

中国锣鼓乐特性探微

（《音乐研究》1994 年第四期）

　　中国锣鼓乐，这一民间传统器乐演奏形式，以其悠久的历史渊源、宏伟的民族气派和独特的东方神韵著称于世。从古至今，锣鼓乐无论是作为一种社会文化现象，还是作为一种音乐类别，它始终伴随着我国各族人民的生活与思想感情不断繁衍、传承和发展，成为人民大众喜闻乐奏的艺术品种，深深扎根于民间音乐沃土之中，并始终发挥着它那无可替代的社会精神效应。近些年来，随着人民生活水平的普遍提高与文化艺术生活的复苏，作为与人民大众生活息息相关的锣鼓乐，以前所未有的规模活跃于全国各地，专业与业余两支队伍携手并进，共同开创了中国锣鼓乐的繁荣局面。专场锣鼓乐表演在海内外舞台的积极展现，各地锣鼓乐比赛活动的广泛开展，以及一批优秀打击乐作品的相继产生，可以说，中国锣鼓乐自 80 年代以来，在演奏与创作方面得到了空前发展，在音乐生活中独树一帜，可谓异军突起，令人刮目相看。谱写中国锣鼓乐的新篇章，使其发展更具深度和广度，离不开演奏家们的乐曲表演、作曲家们的积极创作、音乐理论家们的理论指导以及教育家们的传授培养。

　　对中国锣鼓乐的理论研究，音乐界前辈及众多同仁已取得相当成果，为我们提供了宝贵的学习经验。中国锣鼓乐特性这一课题所涉及的方面甚多，本文主要针对乐队形态、功能特性与表现手法两个方面，结合本人教学及演奏实践，谈谈自己的粗浅体会，供大家商榷。

一、关于乐器分类

　　当今世界音乐理论界，根据发音的物体性质，将乐器大致分为四大类别：（一）体鸣乐器；（二）皮乐器；（三）气乐器；（四）弦乐器。

我们的祖先早在周代(约公元前11世纪—公元前256年)就创立了乐器的分类，即金、石、土、革、丝、木、匏、竹八类，俗称"八音"。(见《周礼·春官》中的记载："大师……皆播之以八音：金、石、土、革、丝、木、匏、竹"。)在之后漫长的历史时期里，乐器的演变虽不断发展，但大体上仍沿用这种"八音"分类法。中国古代音乐家并未特别对打击乐器再进行分类，所以打击乐器散见于八音之中。近代中国音乐界对打击乐器的再分类，大致有如下几种：

(一)《民族乐队乐器法》(中央音乐学院编，1963年7月由人民音乐出版社出版)将打击乐器分为五大类：鼓、锣、钹、板、星。

(二)《民族音乐概论》(中国艺术研究院音乐研究所编，1964年3月由人民音乐出版社出版)将打击乐器分为五大类：鼓类、锣类、钹类、板梆类、其他类。

(三)《中国民族乐器分类》(简其华，《民族民间音乐》1985年第四期)将打击乐器分为六大类：鼓类、锣类、铙钹类、钟类、竹板木梆类、铁板石片类。

(四)《中国乐器图志》(刘东升、胡传藩、胡彦久编著，1987年12月由轻工业出版社出版)将打击乐器分为三大类：皮膜类、金属类、竹木玉石类。

(五)《中国乐器》(赵沨主编，1991年由现代出版社出版)将打击乐器分为两大类：体鸣乐器和膜鸣乐器。

(六)《中国乐器图鉴》(中国艺术研究院音乐研究所编，1992年7月由山东教育出版社出版)将打击乐器分为四大类：皮膜类、金属类、竹木玉石类、综合类。

(七)《中国打击乐器图鉴》(李民雄主编，1996年2月第一稿，待出版)将打击乐器分为五大类：鼓类、钟类、锣类、铙钹类、其他类。

从以上几种分类法可以看出，近代中国音乐界对中国打击乐器的分类并无统一定论。他们各自从不同角度进行分类，一是按中国民间传统习惯分类，二是按国际通例分类，三是兼顾国际通例和中国民间传统习惯分类。多种分类法的存在本身就说明目前任何一种分类法，都并非尽善尽美。对品种繁多的中国打击乐器，如何进行系统的、规范的、科学的分类，还有待在实践中进一步总结和完善。

二、乐队形态

中国锣鼓乐，就其乐队形态可分为清锣鼓乐队和丝竹锣鼓乐队两大类别。在乐器组合、演奏形式等诸方面，无论清锣鼓乐队还是丝竹锣鼓乐队，都因不同地区、不同乐种而呈现出差异。也正是这些差异，形成了它们各自所具有的独特性。与此同时，不同地区、不同乐种在诸多方面又有着他们外部和内部之间的共同性。

（一）乐器组合与演奏形式

1. 清锣鼓乐队

完全由打击乐器组合而成的乐队为清锣鼓乐队，亦称锣鼓乐队。锣鼓二字在这里应是对打击乐器广义的泛指，是我国民间的一种传统习惯称谓，实际上清锣鼓乐队的乐器组合配置并非完全是由锣与鼓两类乐器所组成。代表性乐种有苏南十番锣鼓（清锣鼓部分）、浙东锣鼓（清锣鼓部分）、陕西打瓜社、四川闹年锣鼓、安徽花鼓灯锣鼓、土家族打溜子、山西威风锣鼓、太原锣鼓、绛州花敲鼓等。其主要特征表现为：其一，以群体合奏表演为主，少则 3 ~ 4 人，多则十几人，甚至到今天已发展为上百人的大型锣鼓队；其二，包含以鼓、锣、镲三大类为主要乐器的多种组合与表演形式；其三，鼓占据主导地位，并起到领奏与指挥作用；其四，节奏性强，音响色彩丰富。

我国传统的锣鼓乐在乐器配置方面有多种乐队组合形态。在打击乐器的使用上，因地区、乐种的不同，乃至同一地区、同一乐种中的不同乐曲，打击乐器的配置也不尽相同。再加上乐器形制各异，形成了具有多种风格特色的不同组合形式。

（1）以鼓、锣、镲三类乐器为主的乐队组合形式。例如：

苏南十番锣鼓使用的乐器有同鼓、板鼓、大锣、中锣、内锣、汤锣、春锣、喜锣、七钹、大钹、拍板、木鱼、双星等。

西安鼓乐使用的乐器有坐鼓、战鼓、乐鼓、独鼓、单面鼓、大锣、马锣、小叫锣、贡锣、双云锣、大饶、小饶、大钹、小钹、铰子、梆子等。

山西威风锣鼓使用的乐器有扁鼓、锣、斗锣、大饶、大钹等。

东北秧歌锣鼓使用的乐器有大鼓、小鼓、大锣、小锣、大钹、中钹、小钹等。

四川闹年锣鼓使用的乐器有堂鼓、大锣、马锣、大钹、水镲等。

安徽花鼓灯锣鼓使用的乐器有挎鼓、大锣、狗锣、手锣、大镲、小镲等。

京剧锣鼓使用的乐器有板鼓、大堂鼓、小堂鼓、大锣、小锣、钹、铙、小钹、水镲等。

（2）以鼓与镲两类乐器组合而成的乐队形式。例如：

太原锣鼓使用的乐器有大鼓、大铙、大钹。乐队编制可大可小。小型编制不少于五人，由一面大鼓、两副铙、两副钹组成；大型编制多达几十人，乐器配置可按比例增加，以求得音响的平衡。

山西岳村钑子锣鼓使用的乐器有大鼓、钑子（即小钹）、大铙、大钹。传统配置大鼓一面、钑子十四副、大铙五副、大钹七副共二十七件。

（3）以鼓与锣二类乐器组合而成的乐队形式。例如：

山东临清驾鼓使用的乐器有大扁鼓、点锣（即直径四寸的高音手锣）、筛锣。乐队编制少则十一人，鼓八面、点锣二面、筛锣一面；多则三十四人，鼓二十四面、点锣八面、筛锣二面。

山西背花锣鼓使用的乐器有扁鼓、花锣。传统乐队编制为扁鼓一面、花锣四至八面。

四川薅草锣鼓使用的乐器有鼓、锣、马锣。

（4）以鼓与板两类乐器组合而成的乐队形式。例如：

山西绛州花敲鼓使用的乐器有扁鼓、夹板和梆子。传统乐器配置为二十八件，其中扁鼓二十四面、夹板两副、梆子两副。

苏南十番鼓鼓段使用的乐器有板鼓、堂鼓和板。

（5）以锣与镲两类乐器组合而成的乐队形式。例如：

土家族打溜子使用的乐器有大锣、马锣、头钹、二钹。

（6）以鼓类乐器组合而成的乐队模式。例如：

山西转身鼓使用若干面同类鼓乐器演奏。传统乐器编制为鼓四面，演奏员八人，两人击奏一面鼓。

2. 丝竹锣鼓乐队

将打击乐器和吹奏乐器、弹奏乐器与拉弦乐器相结合的乐队，总称为丝竹锣鼓乐队。按其不同的乐队形态又可分为鼓吹乐队和吹打乐队两种，这是中国锣鼓乐另一种重要的表现形式。

（1）鼓吹乐乐队

鼓吹乐乐队以吹奏乐器和打击乐器相结合为主，偶尔加入弹奏与拉弦乐器。这主要是沿袭了古代"鼓吹"乐队的演奏形式，这种形式在今天仍具有普遍性。随着戏剧音乐的形成与发展，以及后来民间音乐与戏曲音乐的相互影响，鼓吹乐在演奏戏剧音乐时、吹奏乐器模拟唱腔"咔戏"时，为体现音乐风格，根据不同剧种加入了相应的拉弦乐器和弹奏乐器。代表性乐种有鲁西南鼓吹乐、辽南鼓吹、河北吹歌、泉州笼吹、山西八音会、西安鼓乐（行乐）、陕北鼓吹乐、四川鼓吹乐等。主要特征表现为：其一，吹奏乐器居主导地位，锣鼓次之，主要体现其伴奏功能；其二，锣鼓虽居伴奏地位，但鼓这种乐器仍起指挥作用。在打击乐器的使用上，因地区、乐种的不同，打击乐器的配置也不尽相同，与吹奏乐器形成多种不同的组合形式。

a. 一件打击乐器与吹奏乐器的组合

使用的乐器种类有鼓、梆子、小镲、铛锣、臻子（直径约十厘米的小铜锣，系于金属环上，插入木柄中）等。

b. 两件打击乐器与吹奏乐器的组合

使用的乐器配置类别有堂鼓与小镲、堂鼓与云锣、堂鼓与铛锣、堂鼓与臻子、梆子与钹、铛锣与竹板、铛锣与铰子等。

c. 三件打击乐器与吹奏乐器的组合

使用的乐器配置类别有堂鼓、小钹与梆子，堂鼓、铛锣与竹板，堂鼓、铰子与马锣，大鼓、大钵与小镲，堂鼓、大锣与铛锣，堂鼓、大镲与手锣，包锣、铛锣与梆子等。

d. 四件以上打击乐器与吹奏乐器的组合

乐器配置含鼓、锣、镲与板梆类乐器，形式多样。

（2）吹打乐乐队

吹打乐乐队以吹奏乐器与打击乐器相结合为主，时有弹奏乐器和拉弦乐器加入。代表性乐种有潮州大锣鼓、浙东锣鼓、苏南十番锣鼓、西安鼓乐等。主要特征表现为：其一，打击乐器同吹奏乐器有着同等重要的地位，独立的锣鼓乐段常与丝竹乐段交替轮奏出现，锣鼓成为整体乐曲结构中不可缺少的组成部分。它与丝竹乐交相辉映，共同完成乐曲所要表达的内容与情感内涵。如浙东锣鼓《万花灯》，全曲分为十六小段，其中丝竹乐五段，锣鼓夹丝竹乐两段，锣鼓乐九段。

《万花灯》结构图示如下：

头	第一部分	1. 锣鼓段《帽头子》
		2. 锣鼓段《沙船锣鼓》
		3. 锣鼓段《急急风》
		4. 锣鼓段《帽头子》
身	第二部分	5. 丝竹乐唱段　　　　♩=60
		6. 锣鼓段《乱锣》
		7. 丝竹乐唱段
	第三部分	8. 锣鼓夹丝竹乐段　　♩=80-100
	第四部分	9. 丝竹乐唱段　　　　♩=132
		10. 锣鼓段《绕藤》
		11. 丝竹乐唱段　　　♩=152
		12. 锣鼓夹丝竹乐唱段
		13. 锣鼓段《三门》
		14. 丝竹乐唱段　　　♩=168
尾	第五部分	15. 锣鼓段《大结顶》　♩=176
		16. 锣鼓段《小结顶》　♩=200

其二，锣鼓与丝竹乐旋律用叠奏或对奏手法展开。

叠奏：

例1

《万花灯》片段

浙东锣鼓

例2

《大得胜》片段

晋北八音会

快板 ♩ = 160

吹奏乐

锣鼓经

仓 才 乙 才　仓 才 乙 才　仓 才 乙 才　仓 才 乙 才　仓 才 才 仓 才

仓 才 仓 才　仓 才 仓 才　乙 冬 乙　　仓　仓　仓　龙 冬 乙 冬 乙

对奏：

例3

《下西风》大四段

苏南十番锣鼓

合头 ♩ = 96

扎　　　　丈　　　　丈　　　　正丈 一丈

扎　　　　扎丈　　　扎 正丈丈　　扎 正丈 一丈

丈丈 一正 一丈 扎

例4

《万花灯》片段

浙东锣鼓

♩ = 152

扎　　　　　　　庄丈 丈

扎扎　已扎扎　　　　庄丈　丈庄　已呈　丈　　　　扎扎　已扎　　已扎扎

庄丈　已呈　丈　　　　扎已　扎　　　　　丈

其三，锣鼓段或锣鼓乐句作为连接、过渡、转换旋律乐段及乐句的手法运用。

例5

吹打乐《淘金令》片段

简音作5

河北民间乐曲

都　隆冬　衣冬　衣　仓　仓　冬仓

衣冬　仓仓　衣冬　仓

都　隆冬　衣冬　衣　仓

其四，发挥锣鼓为丝竹乐旋律烘托气氛、加强节奏力度、增添音响色彩的伴奏作用。

例6

《将军得胜令》片段

浙东锣鼓

例7

《将军得胜令》片段

浙东锣鼓

（二）不同组合之间的共同性与独特性

中国打击乐器种类繁多、形制多样，不同乐种在乐器配置上有着不同的组合形式，众多乐种的组合形式之间在乐器配置、乐器使用、演奏方法等诸方面既有共同性，又有独特性，二者既有联系，又有区别，并相互依存。认识这种共性与个性，对我们进一步了解中国锣鼓乐是必要的。

1. 共同性

（1）以鼓、锣、镲三类打击乐器为主的乐器配置法

锣、鼓、镲三种乐器，民间俗称中国锣鼓"三大件"。从最具代表性的清锣鼓以及吹打乐中的锣鼓乐段中，不难发现这一共性存在于各地及各锣鼓乐种之中（个别乐种除外）。如果说各地、各乐种所使用的锣、鼓、镲有所不同的话，那也只是乐器形制、大小规格、音响色彩的差异以及乐队编制多少不一。

（2）确立以鼓为中心地位的击乐群

在种类繁多的击乐群中，鼓这件乐器，经过长期的社会音乐文化活动实践，确立了它在锣鼓乐中的中心地位，担当了乐队领奏与指挥的重要角色。在清锣鼓乐队中无疑是这样，就是在鼓吹乐或吹打乐中也仍然是这样，它与主奏乐器互为依托，成为整个乐队中的核心。

（3）音响平衡的一般规律

从乐队音响平衡角度看，中国锣鼓乐在乐器配置上有几种常见形式：一是以板梆、铃类乐器组合的配置形式；二是以小鼓、小镲、小锣类乐器组合的配置形式；三是在第一、二种乐器配置的基础上，加进大鼓、大锣、大镲类乐器组合的配置形式。这就形成了三种不同音响力度和音响色彩变化的层次。前两种配置形式在乐曲中主要表现为旋律乐器的伴奏，第三种配置形式在乐曲中除仍具有伴奏性质外，还主要表现为以独立的锣鼓乐段或锣鼓乐句为主的演奏形式。

（4）演奏方法的共通性

诚然，各类打击乐器因形制不一、风格特色的差异，其演奏方法也有所区别。但从总体宏观来讲，无论是鼓类乐器、锣类乐器、镲类乐器和其他类打击乐器，就演奏方法而论，在手腕运动、力度变化、音色控制等方面，大同小异，有着诸多的共通性。在我们学习中国锣鼓乐的过程中，会有这样的体会：当我们确实掌握了一种类别的打击乐器演奏法后，再去学习别的同类打击乐器，就会容易许多。只需进行一定的练习，就不难掌握。

2. 独特性

中国幅员辽阔，历史文化悠久，在漫长的历史发展过程中，各地锣鼓乐结合本地区的人文地理、政治经济、文化艺术等特点，逐步形成自己独特的地方风格

特色。如苏南十番锣鼓以不同乐器按照一定的数列结构原则而轮番领奏为特色，苏南十番鼓以同鼓、板鼓的鼓段独奏为特色，浙东锣鼓以多鼓与十面锣为特色，西安鼓乐以多鼓与双云锣为特色，潮州大锣鼓以多面斗锣和独特而优美洒脱、威武粗犷的司鼓技艺为特色，安徽花鼓灯以挎鼓演奏与狗锣的特殊音色和用法为特色，山西太原锣鼓以钹与镲的对奏为特色，山西绛州花敲鼓以群鼓齐奏及鼓槌的多种技巧变化为特色，四川锣鼓以川钹与马锣的特殊音色反差为特色，土家族打溜子以头钹、二钹的独特音色与前后拍快速交替演奏为特色，等等。这足以说明在中国锣鼓乐的共性中存在着独特性，也正是这些独特性，构成了色彩斑斓的中国锣鼓乐。

三、功能特性与表现手法

（一）节奏与色彩功能

节奏性与色彩性是锣鼓乐的主要特性。就锣鼓乐中所使用的打击乐器而言，无论是鼓类、锣类、镲类还是板梆、铃类，其绝大部分均属节奏性乐器。它们音响强烈，发音相对短促，给人一种鲜明的节奏感。每一件打击乐器，又以它本身所具备的不同音响色彩和节奏变化体现于乐曲之中。同时，还可通过不同的演奏方法，使它产生多种音色变化，即使在同一件打击乐器上也是如此。还有无数的不同乐器组合形式，又可产生丰富多样的复合音响色彩。另一方面，由于地区不同，各地打击乐器的形制也有所差异，同属一类乐器却能产生不同的音响色彩，这就形成了一个五光十色、变化丰富且多姿多彩的奇妙音响世界。不同的锣鼓乐种，从打击乐器本身的色彩性方面，就能反映出鲜明的地方音乐风格特点。我们试将北方锣鼓乐中所使用的大锣、铙钹与南方潮州大锣鼓中所使用的斗锣、大钹和四川锣鼓乐中所使用的川大锣、川钹进行比较，就不难发现它们在音响色彩方面所呈现的迥然差异。

在各地的鼓吹乐和吹打乐中，锣鼓与丝竹乐密切配合，极大地赋予了乐曲节奏性与色彩性，同样充分体现了锣鼓在鼓吹乐与吹打乐中的节奏与色彩功能特性。

（二）伴奏功能

吹奏乐器在鼓吹乐和吹打乐中担任着主奏的角色，无论是以唢呐为主奏乐器，还是以管子、笛子、笙为主奏乐器，在它们演奏乐曲旋律时，锣鼓一般情况下处于伴奏的从属地位。在乐器的选用、组合形式、演奏手法、力度及速度变化、情绪的起伏等方面，无不服从于乐曲及主奏乐器的需要。在长期的艺术实践中，锣鼓已成为鼓吹乐和吹打乐中不可缺少的伴奏乐器。由于它音响强烈、色彩丰富、节奏性强，在烘托、渲染主奏乐器情绪方面，发挥着别的任何乐器所不可替代的重要作用。在民间素有"三分吹，七分打"之说法，这也正是对这种功能作用的恰当比喻。我想这里所说"三"与"七"的关系，并非指"吹"与"打"二者之间是一种数和量的比例，而应理解为是强调"打"——锣鼓——在鼓吹乐和吹打乐中的重要性不可忽视。

锣鼓的伴奏功能同时也体现在舞蹈、戏曲及说唱音乐之中，尤其是戏曲锣鼓尤为突出。锣鼓无论是在配合演员动作、舞蹈、唱腔方面，还是在渲染戏剧效果、表现剧中人物的情绪变化和内心活动等方面，都充分发挥了伴奏功能，成为戏曲音乐中不可缺少的重要组成部分。

（三）节拍加强功能

在鼓吹乐和吹打乐所使用的打击乐器中，像板、梆子、木鱼、小镲、铛锣等这类乐器，在演奏乐曲时，它们主要表现为敲击节拍。节拍性乐器演奏固然简单，但若要担负起带领乐队准确而富有感情地演奏乐曲，也并非一件易事，演奏者必须相当熟悉乐曲内容才能担当此任。因此，节拍乐器，即使是一件梆子，在为乐队伴奏时，也仍具有极强的感染力。无论是在演奏4/4、2/4、1/4节拍，还是在"紧打慢唱"的演奏中，都给人们一种强烈的节拍加强之感。这样的运用与表现手法，不但对整首乐曲起到稳定节奏、控制速度快慢及力度变化的作用，同时对吹奏乐器来讲，也是一种极好的"制约"和依托，使二者的演奏达到天衣无缝的完美效果。

（四）独立表现功能

各地的锣鼓乐都具有其独立的表现功能，大量的清锣鼓曲就是例证。近年来，不少锣鼓曲展现于国内外舞台，使人为之振奋。它既能表现红火的场面，又能表现细腻的情趣。自 80 年代以来，锣鼓乐的兴起与繁荣，充分展现了它那广阔的发展前景。鼓吹乐和吹打乐中的锣鼓段，在整首乐曲中，仍具有锣鼓独立表现功能的作用，它与丝竹乐共同完成乐曲所要表达的内容与情感。

（五）鼓的领奏功能与即兴演奏手法

鼓，在中国锣鼓乐、鼓吹乐与吹打乐中占据着特殊且重要的地位。古人云：鼓"为群音之长"，也是"八音之领袖"。在清锣鼓中，鼓为领奏乐器；就是在鼓吹乐和吹打乐中，它也与主奏乐器同样具有领奏和指挥的功能。鼓师通过鼓点以及动作的变化来把握整首乐曲的速度、力度、表情和整体结构中的"起、转、收"，以便使丝竹乐器和打击乐器的演奏达到统一、协调和完美。与此同时，鼓师还应当具备即兴演奏的能力，这就要求鼓师不但要熟习乐曲与锣鼓，还要有良好的音乐素质和娴熟的击鼓技艺。在乐曲演奏中，除锣鼓段落外，鼓的演奏手法主要表现为随主奏乐器的旋律和节奏自由发挥，而非完全采用与主奏乐器的旋律、节奏相同的刻板演奏手法。鼓的即兴演奏，为乐曲增添了活力和光彩，给人一种无穷节奏变化之感，这也正是我国民间音乐的魅力所在。我们在向民间音乐家采风学习时，对这一点颇有感受，这也是我们新一代音乐工作者需要学习并掌握的一种演奏技能。

鼓的领奏指挥功能还体现在，一支好的鼓乐队，纵然首先取决于优秀的主奏乐手，但鼓师的演奏技艺和领奏能力对乐队同样起着至关重要的作用。在一个地区的民间鼓乐队中，既要有优秀的管乐家，也必须要有优秀的鼓手相配合，二者相依相存，必不可少，这样才能成为一支高水准的鼓吹乐队。

李真贵

绛州鼓乐天下闻

——兼评绛州鼓乐《滚核桃》

（《研究与辅导》1998 年第二期）

1987年，在首都人民大会堂"龙年音乐周"闭幕式上，一曲绛州鼓乐《秦王点兵》以其恢宏的气势，独特且壮观的演奏形式，以及大段令人叹为观止的华彩技巧表演，震撼了在场的万名听众，他们无不为之兴奋而欢呼。而另一首鼓乐精品《滚核桃》，运用鼓梆、鼓槌等多种演奏技法，惟妙惟肖地表现了核桃晒干后从房顶滚落而下的音乐形象，同样赢得了听众阵阵掌声。这两首作品"一大一小""一文一武"，可谓新绛县绛州鼓乐中的"姐妹篇"。它们相继在全国各类赛事活动中荣获多项殊荣和奖项，也可以说是绛州鼓乐团之成名作，同时也为乐团的艺术发展奠定了良好基础，在风格特点上确立了正确定位。

十年来，乐团在王秦安先生的率领下，艰苦奋斗，锲而不舍，坚持不懈，并以立足绛州、放眼全国、走向世界为远大目标，与众多专家学者建立了广泛的合作关系，使乐团得以健康成长。在不长的时间里，乐团陆续编创排练了《老鼠娶亲》《牛斗虎》《黄河鼓韵》《山里汉子》等一批优秀鼓乐作品。在此基础上，乐团还有意识地吸取学习威风锣鼓、太原锣鼓、西安鼓乐、土家族打溜子、四川锣鼓、山西吹打乐等多种风格特色的打击乐曲目，从而进一步拓宽了乐团自己的表演套路，将多姿多彩、绚丽夺目、振奋人心的中国锣鼓乐世界展现在听众面前。乐团先后应邀出访中国香港、中国台湾、中国澳门等地以及新加坡、马来西亚、丹麦等国家，所到之处好评如潮，赞不绝口，在国际舞台上为中国锣鼓打出了一片火红天地。真是绛州鼓乐天下闻，硕果十载满园春，可歌可贺！

《滚核桃》由乐团集体讨论，王宝灿、郝世勋执笔整理而成。1987 年首次与观众见面，并在之后的实践中逐步得到修订完善，成为近年来广为人知的一首打击乐精品。1992 年，在我与乐团的合作过程中，为推广此首作品，正式将乐谱记录下来，并于 1994 年收入我编著的《中国打击乐实用教程》一书，由台湾摇篮文化事业有限公司出版发行。而今，这首打击乐精品可以说已"滚"遍海内外，深受听众喜爱。究其成功之处何在！本人有如下认识：

一、源于民间还于人民

作品取材于当地民间锣鼓曲牌《厦坡里滚核桃》，"厦坡"是晋南方言，指瓦房房顶。乐曲内容表达的是：秋收时节，农民将核桃晾晒于房顶上。核桃干熟之后，风吹自落，沿坡滚下，坠地作响。这首作品本身就极富生活气息，经过他们的再创作，赋予了作品新的生命力。也正是由于它源于生活，而又高于生活，真正做到了艺术作品的真、善、美，再加上作品短小、精干，便于得到推广普及。

二、音乐形象的捕捉

整首作品由头、身、尾三部分所组成，塑造准确的音乐形象是作品成功的重要因素。为捕捉核桃沿房顶滚动而下的音乐形象，乐曲第一部分运用了递增传递式的鼓梆演奏，乐器（扁鼓）由少增多，速度由慢渐快，加上演奏员们自由敲击鼓梆不同部位和闷击鼓面等手法，生动而准确地表现了核桃沿房顶滚动而下的声响色彩效果，一开始就将主题音乐形象成功地展现在观众面前，扣人心弦，令人耳目一新；第二部分主要借用了花敲鼓（绛州鼓乐代表性乐种）的演奏技法，表达农民丰收后的喜悦之情；第三部分乐曲再现了第一部分的表现手法，使音乐形象在观众心中得以进一步增强，给人们留下难以忘却的深刻印象。

三、风格特色的把握

如前所讲，《滚核桃》得名于民间锣鼓曲牌《厦坡里滚核桃》。新改编创作的绛州鼓乐《滚核桃》已同原曲牌截然不同，无论从表演形式还是乐曲结构均做了重新构思和安排，但整体又不失绛州鼓乐之风格特色。乐曲成功而巧妙地借用了流行于本地区的"花敲鼓"的表演形式和各种演奏技法。花敲鼓使用的乐器只有鼓、板两类、无锣、镲之类金属铜制乐器，故又名干鼓，有民间常用鼓二十四面、夹板两副、梆子两副。《滚核桃》则用鼓八至十面，夹板一副。鼓有座架，横排成一字形，夹板置于其后。花敲鼓中的多种演奏技巧在乐曲的第二部分得以充分展示和发挥，如不同鼓梆部位的左右手交叉演奏法，鼓梆与鼓面相结合的交替演奏法，鼓面不同部位的闷击演奏法，鼓梆与鼓槌的交替演奏法，鼓槌、鼓梆与鼓面的综合演奏法，等等。在速度的处理上，乐曲由慢板开始，后逐渐加快到急板，最后用左右手使鼓槌不同部位与鼓梆、夹板的快速演奏中将乐曲推向高潮。每到此时，台下观众总是报以热烈掌声，使表演达到极佳的舞台效果。

四、出色的演奏技巧

一首好的作品，需要有优秀的演奏家去演绎，同时也需要演奏家去进行二度创作，将作品完美地呈现给观众。这一点，乐团的演奏家们自始至终发挥了他们集体的聪明才智。长年累月地苦练基本功，方得一手好绝活，各类舞台实践又赋予了他们施展才能的天地和机会。他们的表演动作整齐、配合默契、技巧娴熟，达到了神、情、韵、技的完美结合。观看他们的演奏真是一种美的享受。

最后我想谈一点，从绛州鼓乐团所走过的路，到该团创作的优秀鼓乐作品，我们专业音乐工作者是否需要从中思索一些什么问题？这值得大家研究，借以共创民族音乐的美好未来。

祝愿绛州鼓乐团为弘扬中国鼓乐艺术做出更大贡献！

李真贵

中国打击乐学科建设的探索与思考

（2009 年全国民族打击乐学科建设与发展教学研讨会）

在全国音乐院校中，开设民族打击乐专业始于上世纪 60 年代之后，至今也只不过四十余年时间。由于各校条件不同，学科创建年代也有先后，可以说，民族打击乐学科相对来说还是一个比较年轻的专业学科。我个人认为，学科目前仍处于创建、发展、逐步探索完善的阶段，有关学科建设的方方面面都需要总结、交流，以促使学科建设发展得更好，为国家培养出更多的民族打击乐专业人才。在这次全国性的研讨会上，我将就学科创建的回顾、专业课程设置、教材建设、人才培养等方面作一个提纲性的发言，供大家参考。如有不妥之处，还望得到同行们的指正。

一、学科创建的历史回顾

中央音乐学院是我国最高音乐学府之一，建立民族打击乐专业学科较早，为我国培养了一批民族打击乐专业人才。本文选择中央音乐学院民乐系打击乐专业的相关资料与议题进行论述，具有一定的代表性意义。

中央音乐学院民族打击乐专业始建于 20 世纪 60 年代初，其创立与发展大致可分为两个阶段：

1. 筹备起步期

上世纪 60 年代初，民族音乐得到了极大的发展，这种发展是空前的。全国各地文艺表演团体，包括部队文艺团体，纷纷建立了民族乐团（队），中央民族乐团和上海民族乐团也是在这一时期组建的。中央音乐学院声乐系创办民族声乐专业，民乐系招收作曲专业学生，民族器乐演奏专业扩大招生名额，招收器乐专修班等举措，也都是为适应当时民族音乐极速发展的需要。

在新型民族乐队的编制中，打击乐已经作为一个独立声部出现。在众多乐队作品中，打击乐声部越来越显示出其重要性。民乐队的大发展急需专业人才的充实来提高打击乐声部的整体水平。正是在这一历史背景下，时任民乐系主任的黄国栋先生提出建立打击乐专业的构想，并着手从在读学生中物色并招收一名打击乐专业学生。1961 年 7 月，就读于民乐系二胡专业的学生李真贵被选派参加暑期赴广东采风学习小组，其任务为学习潮州锣鼓。9 月，在中央音乐学院小礼堂，学习小组进行了汇报演出，其中潮州大锣鼓《抛网捕鱼》、小锣鼓《粉蝶采花》受到赵沨院长和黄国栋主任的赞许与鼓励。1963 年，著名民间音乐家朱勤甫先生经民族音乐理论家杨荫浏先生的推荐，先后在中央音乐学院、上海音乐学院、中国音乐学院传授苏南十番锣鼓和苏南十番鼓音乐。同一时期，中央音乐学院著名民间音乐家赵春峰先生和上海音乐学院著名音乐理论家李民雄先生也相继在两所音乐院校传授北方民间锣鼓、戏曲锣鼓和浙江、江苏民间锣鼓，前辈的传授为中国打击乐专业的建立奠定了基础。1964 年，中国音乐学院成立。1965 年，第一个中国打击乐专业学生李真贵毕业留校，专职从事打击乐专业的建设和教学研究工作。同年，中国音乐学院附中招收了余其铿、黄光强两名打击乐专业学生。

2. 建设发展期

20 世纪 70 年代后期至今，是中央音乐学院民族打击乐专业的建设发展阶段。1978 年恢复中央音乐学院建制后，在迎来音乐教育事业大发展时期的机遇中，民族打击乐专业学科才在真正意义上开创并成长。同年，学院招收了"文革"后也是民族打击乐专业建立以来的第一批本科学生王建华、何建国、安志刚以及附中学生孟晓亮等。为适应民族器乐发展的需要，70 年代以后，各地音乐艺术院校也相继建立了民族打击乐专业。可以说，民族打击乐专业在音乐院校的建立，是中国民族打击乐从民间走向专业化道路的重要标志。

上世纪 80 年代，中国民族打击乐迎来了第一个发展高潮，其主要表现为：一批专业音乐工作者在民族器乐的发展中，开创了中国民族打击乐表演艺术的新局面。1982 年，安志顺先生创编的两首打击乐作品《鸭子拌嘴》《老虎磨牙》在北京首演，并获得极大成功；1984 年、1989 年，李真贵、李民雄先生结合教学实践，分别在北京、上海举办中国打击乐专场音乐会；1985 年，陕西省文化厅在西安举办了七省市打击乐演奏家"金石之声"音乐会；1986 年至 1988 年，中国打击乐音乐会先后在中国香港、新加坡、日本举办。到 80 年代后期至 90 年代，民间锣鼓乐得以迅猛发展，各地锣鼓协会和不同类型、不同风格的鼓乐团相继成立，大小锣鼓赛事频繁而红火地举办，这其中以山西、陕西、河南等地的锣鼓乐发展最具活力和规模，也最有代表性。在神州大地鼓乐盛开的万花丛中，一支具有专业水准的农民鼓乐团——绛州鼓乐艺术团，以它恢弘璀璨、催人振奋、光彩夺目的鼓舞英姿，脱颖而出，独树一帜。而北京亚运会开幕式上千人锣鼓的精彩表演，带给数万观众强烈的视觉与听觉的震撼，将民间锣鼓乐推向一个时代的高峰。

这一时期，中国民族打击乐专业建设在稳步发展的基础上取得了初步教学成果，培养出一批优秀的专业人才，如王以东、王满、孙钺、李聪农、张仰胜、张忠、蒲海、乔佳、李瓦等。在教学思路上逐渐明确、清晰：第一，确立以"以中为主、中西兼学"为教学目的和教学内容的指导思想；第二，学习，收集，整理民间锣鼓、戏曲锣鼓以及现代创作、改编的打击乐作品，以此作为教材建设的基础工作；第三，培养学生的合奏和领奏能力，实施专业个别课与合奏课相结合的教学形式和教学方式；第四，主动争取，确保大学、附中的招生名额，尽快培养更多年轻的民族打击乐专业人才，以适应民族打击乐专业发展的需要。

中央音乐学院民乐系打击乐专业自创建至今已为国家培养民族打击乐专业人才本科生 47 名，硕士研究生 2 名。目前在校附中学生 14 名，本科生 19 名，研究生 6 名（共计 39 名）。

二、学科建设与思考

有关学科建设所涉及的问题是多方面的，今天仅就课程设置、教材建设以及人才培养与社会需求几个基本层面的问题，结合本人多年教学实践，谈谈自己的看法，供大家思考。

（一）专业课程设置

专业课程的设置主要体现于专业个别课与专业合奏、重奏课相结合的教学方法和教学原则，其目的是除具备独奏能力外，更重要的是对学生合奏、重奏能力的培养。

1. 专业主科课程

专业主科教学应包括两个方面的学习内容，即中国打击乐和西洋打击乐。这是为了适应当今世界打击乐的发展趋势，也是为适应中国社会发展中表演、教学、求职的需要。同时，我们还要考虑继承发展民族音乐文化的重任，故确立以以中为主、中西兼学为教学思路和教学内容的指导思想。

具体内容安排：

（1）中国打击乐器：主要包括大鼓、排鼓、板鼓以及锣、镲类和少数民族打击乐器等科目的学习。

（2）西洋打击乐器：主要包括小军鼓、定音鼓、马林巴以及其他类常用打击乐器的科目学习。

2. 合奏、重奏课程

民族打击乐合奏、重奏课程的设计，主要从以下三个方面考虑。

（1）民间锣鼓类

中国民间锣鼓的乐队形态应包含清锣鼓和丝竹锣鼓两大类别，后者亦可称鼓吹乐或吹打乐。在我们目前的民间锣鼓合奏课安排中，吹打乐曲目的安排容易被忽略，这其中主要涉及与管乐学科的协调问题，但不难解决。这很重要，因为这是中国民族打击乐传统演奏形态的重要组成部分，不能丢掉，而且这也是培养学生领奏能力的有效方式。有关教材的选择由老师考虑，在此仅提出问题。

（2）戏曲锣鼓类

戏曲锣鼓也是中国民族打击乐的重要组成部分，戏曲艺术几百年来发展规模庞大、剧种繁多。作为文武场之锣鼓乐自成体系、专业性强，民族打击乐专业学生理应学习戏曲锣鼓之宝贵遗产。因地域的差别，各院校可根据不同地方剧种选择学习相应的戏曲锣鼓，而不求同一，这更具办学特色。学习戏曲锣鼓是必需的，但如何学？学多长时间？学到何种程度和水准？这些问题有待进一步研讨和实践。

（3）创作乐曲类

在继承和发展中国民族打击乐的历程中，我们始终在探索这二者之间的辩证关系。我们要继承，我们更需要发展创新，以适应新时代的社会要求。只有这样，中国打击乐专业才能实现更好的继承和更大的发展。四十余年来，尤其是近二十多年间，演奏家和作曲家们为中国打击乐创作了一大批新作品，其中不乏优秀的打击乐精品，并在音乐界产生了影响。这就为我们的打击乐合奏、重奏课提供了丰富的教材选择，这既让学生的合奏能力得到锻炼，同时也让学生了解了不同时期作品的风格和特点。当然，新创作的中国打击乐作品数量还不够多，选择的余地还不够大，这是另外一个议题，待后再谈。

（二）教材建设

教材建设是学科建设根本性的重要任务，直接影响到学科发展前途。中国打击乐作为音乐院校中的一个专业学科，教材仍然匮乏，适合用来学的曲目数量还远不能满足教学进程的需要。这一现象近年来一直困扰着老师和学生们，以至于诸多演奏家也深有同感。希望通过本次研讨会，能引起我们的重点关注，以刻不容缓、只争朝夕的精神来抓好中国打击乐专业教材的建设工作。

关于教材工作的几点意见如下：

1. 民间锣鼓的收集、整理

中国幅员辽阔，有着数千年的悠久历史文化传统，民间音乐资源极其丰富，其中锣鼓乐尤为突出，遍及全国各地、各民族。在现代化社会的今天，田野工作更显其重要意义。社会越是现代化，传统文化就越突显其民族文化价值，越应当被珍惜。在收集、整理传统民间音乐的工作中。前辈为我们付出了艰辛的劳动，成果显著，作出了卓越贡献，是我们学习的榜样。希望我们的年轻一代也能在民间锣鼓的收集、整理方面努力作出成绩。

2. 戏曲锣鼓的引进

前面谈到戏曲锣鼓可以作为合奏、重奏课程来安排，学生侧重学习锣、镲类的演奏技法，以及锣鼓经、常用锣鼓曲牌等。这里所说"引进"是指将戏曲板鼓的演奏技法引入到专业主科个别课教学之中，包括板的演奏以及板与鼓的配合演奏，这是学习中国打击乐的重要内容之一。

3. 新作品的创作

（1）积极鼓励作曲家参与中国打击乐新作品的创作，同时，老师和演奏家们也可以努力去创作新作品。我们要看到自己的优势，由于演奏家们更加了解传统，熟悉乐器性能，所以写出来的作品往往更顺畅，这样的作品目前在我们的教材中已占了不小的比例。本次研讨会安排了新作品的演奏会环节，这正是基于我们大家对新作品的渴望，尽管有的作品还很不成熟，存在不满意之处，但这种态度和精神应受到尊重、鼓励和支持。有总比没有好，当然，我们更希望作曲家们写出高水平的作品，丰富我们的教材和演奏曲目。

（2）创造条件举办作品征集比赛和新作品音乐会等活动，以此促进中国打击乐新作品的创作。各大院校、表演艺术团体均可承办此类活动的相关事宜，如2008 年四川音乐学院就曾举办此类活动。

（三）人才培养与社会需求

高等院校的人才培养，始终要考虑社会的需求。随着社会的变化，作为人才培养基地、摇篮的院校系、科，在专业设置、教材内容、教学方式方法等一系列办学思路都要进行相应的调整，绝非一成不变。

1. 本科生的培养

近年来，教育界主张在大学本科阶段应以培养通才为主，专才的培养则放在研究生阶段实施。这也是为适应社会对人才的需求而作出的方针性调整。打击乐专业学科对通才这一概念应如何理解？我认为：通过本科四年的专业学习，应使学生尽可能掌握多种中、西打击乐器以及世界各民族打击乐器的演奏技艺，并具备一定的相关理论知识。中国民族打击乐器也同属世界民族打击乐的范畴，这里只是突出了它在中国打击乐教学中的主体地位。实践证明，这样的学生更能适应社会的各种需求，无论是在从事专业和业余的教学活动方面，还是从事艺术表演团体的各种不同类型的乐队工作能力方面，都会得以施展和发挥。换一个角度讲，也就是学生的求职与生存发展之路会更宽广

2. 人才培养中的个性发展问题

我们在关注本科阶段以培养通才为主的教学方针的同时，在整个教学过程中，还应当注意到人才培养中学生的个性发展问题。对艺术来讲，没有个性，就没有特色。在打击乐的教学中，在完成教学大纲的前提下，应鼓励支持学生的个性发展，无论是表演风格还是在打击乐的选项上。如有的学生对爵士鼓非常喜爱，且具备这方面的才能，作为老师不能阻拦，应正确引导其发挥聪明才智和悟性。总之，我们不能按一种模式去培养所有的学生。

3. 加速对研究生层次的培养

当前，我国大学生就业困难的局面，我想在短时间内难以根本改善。但与此同时，我们也看到了，全国有一百八十多所大学相继成立了艺术类（包括音乐）院、系，这就为我们的研究生提供了就职和创建民族打击乐专业的机会和出路。形势要求我们努力创造条件，加速对研究生的培养工作。我们要用长远的眼光去分析中国教育事业发展的前景，满怀信心地去开拓我们的打击乐事业。目前，我们的打击乐师资队伍还不够壮大，人数仍屈指可数。待到明天，打击乐的师资队伍壮大了，全国各大院校都设置了打击乐专业学科，到那时中国打击乐事业定会更加兴旺、红火！

李真贵

《土家族打溜子传统曲牌精选》之序

欣悉《土家族打溜子传统曲牌精选》一书即将与读者见面。书中收录有 70 首传统曲牌和两首创作乐曲，特别让我珍视的是，这 70 首传统曲牌是从土家族民间音乐家田隆信先生搜集、整理的 200 多首"打溜子"传统曲牌中精选汇编而成的。因涉及"打溜子"的不同地域、多种流派，以及记谱采用字谱与分声部相结合的方式，使得此书是一本具有相当宝贵史料价值的优秀乐谱书籍，提供给大家学习、研究。目前，在我国民族器乐打击乐的领域中，此类专著并不多，实为难得。

改革开放使文艺重获新生。80 年代初，土家族"打溜子"这一优秀民间传统器乐艺术逐步得到恢复和发展，并以它独一无二的组合表演形式，精致细腻、风趣灵巧的表演风格，娴熟、高难的"挤钹"技巧征服了听众。20 余年来，土家族"打溜子"的足迹遍及亚洲、欧洲、美洲的多个国家和地区的各大艺术节及各类演出活动，所到之处无不受到热烈欢迎。可以说土家族"打溜子"已是誉满天下，传遍海内外，成为各大、小民族乐团和专业艺术院校经常表演的保留节目，也是打击乐专业学生的必修科目。近年来，关于"打溜子"的理论研究也成为艺术院校研究生所选择的研究课题之一，这再次证明土家族"打溜子"在音乐界所产生的广泛影响。

田隆信先生是土家族著名的民间音乐家，自幼聪慧，5 岁学会吹"咚咚喹"，8 岁学会"打溜子"。他几十年扎根山区，活跃于基层，将毕生精力投入到土家族民间音乐的搜集、整理、改编、创作、表演和传授的系列工作中，为土家族民间音乐，尤其是"打溜子"的传承、推广作出了重大贡献。长期以来，以他为首的溜子表演队在全国性各类表演、比赛等诸多艺术活动中，多次获得各种奖项，成绩骄人。他所创作的"打溜子"《锦鸡出山》已被业内公认为民族打击乐之精品。2008 年 2 月，田隆信先生被文化部授予"国家级非物质文化遗产项目代表性传承人"光荣称号，现为湖南省吉首大学特聘教授。

1983 年 9 月，我有幸在北京结识田隆信先生，他的精彩表演使我深受感染。正是"打溜子"的艺术魅力，促使我于当年冬天组织民乐系三人小组，赴湖南湘西地区进行采风、学习和带有任务性质的创作活动。不同地区、不同风格的"打溜子"民间艺人的表演深深吸引着我们，至今难以忘怀。之后，在我们创作的民乐合奏曲《湘西风情》中，大量运用了"打溜子"的音乐素材，并获得成功。该作品在全国第三届音乐作品评奖中荣获二等奖，本人撰写的论文《论土家族"打溜子"的艺术特点》1991 年发表于中央音乐学院学报。25 年间，我曾多次在不同地点、不同场合聆听、观赏田隆信先生的演奏，每次都让我心动不已。2009 年，中央音乐学院音乐学系举办的"世界音乐周"活动再次邀请田隆信先生的溜子队来院进行土家族"打溜子"的专场讲解性表演，当晚的演出大获成功，场面热烈，演员们多次谢幕，听众欲罢不能。其间，田隆信先生和吉首大学音乐舞蹈学院副院长李开沛向我提及出版本书的意向，并有意约我作序。鉴于吉首大学音乐舞蹈学院多年来一直致力于当地土家族、苗族等少数民族民间音乐艺术的挖掘、整理、创作和研究，并在保护和传承方面开展了许多工作，加之我本人在 20 多年来的教学和艺术实践中，对土家族"打溜子"所产生的一种特殊情怀，我欣然接受了这一邀请。本书就是该学院实施"本土民族民间艺术进校园、进教材、进课堂、上舞台"工程的主要成果之一，也是该学院音乐学国家级特色专业的建设成果之一。

一点感言，借《土家族打溜子传统曲牌精选》出版之际，以表祝贺！

李真贵

2010 年 9 月于北京

《中国打击乐论文集》之前言

中国民族管弦乐学会打击乐专业委员会成立十余年以来，已连续举办了四次全国性的学术研讨会。2001年11月，由中国民族管弦乐学会主办，打击乐专业委员会承办的"首届全国民族打击乐学术研讨会"在北京举行，这可以说是一次开创历史先河的专业学术研讨会。2005年11月和2009年10月，同样在北京，由中国民族管弦乐学会、中国音乐学院主办，打击乐专业委员会、中国音乐学院国乐系与科研处承办的"全国首届中国民族打击乐演奏符号规范化研讨会"与"全国首届中国民族打击乐专业学科建设与发展理论研讨会"相继召开。举办这样全国性的中国民族打击乐专题性学术研讨会，在其细分领域以内均属建国以来的首次，其意义同样重大而深远。2011年10月，在天津音乐学院的鼎力支持下，由中国民族管弦乐学会、天津音乐学院主办，打击乐专业委员会、天津音乐学院民乐系承办的"第四届全国艺术院校民族打击乐教学研讨会"在天津隆重召开。为突显本次研讨会理论与实践相结合的特点，组委会特意安排了理论研讨、公开教学、"中国打击乐名家·名曲音乐会"三个环节，使得研讨会取得了圆满成功，并产生了积极的社会效应。

本文集是在四次全国性学术研讨会上所发表的数十篇论文中，经编委会讨论，挑选了具有代表性的33篇论文编辑而成。同时，又根据论文的不同研究趋向，大致归类为"研究与探索""创作与表演""动态与特色"三部分，以此反映论文的方方面面。

从本文集作者名录中，不难看出，他们多为中国民族打击乐在表演和教学领域的践行者。这也正是学会坚持连续举办全国性学术研讨会的初衷和目的之一，旨在提高这两支队伍的理论研究水平和学术水准。回顾自上世纪80年代以来，一批专业音乐工作者突破民族器乐发展的困境，开创了中国打击乐创作和表演艺术的新局面。在当今的音乐作品中，中国打击乐不但在各类合奏中广泛运用，在重奏、独奏、协奏方面亦得到发展，打击乐专场音乐会更在国内外相继举办。与此同时，各地民间锣鼓乐、各艺术院校的中国打击乐学科建设在这一时期也得到蓬勃发展。相对而言，我们在理论建设工作方面较为薄弱，未能紧跟时代发展需求，真正既具有学术价值，又能指导当前中国民族打击乐在创作、表演、教学等方面的研究文论并不多见。从这一角度上讲，文论的出版发行具有积极的现实意义，因论文均为作者自身多年艺术实践经验的心得体会与研究总结，实为难得，想必定会对中国民族打击乐的继承与发展，以及年轻一代打击乐工作者产生一定的学术影响。

理论与实践是事物发展的两个重要方面，二者缺一不可，必须引起足够的重视和关注，适时加以研究总结，并引领中国民族打击乐事业朝着正确的方向不断向前发展。

由于编辑水平有限，书中有误在所难免，敬请读者指正。

李真贵

2012 年 7 月 5 日于北京

期待完整科学的教学体系早日建立

——专访中国民族管弦乐学会打击乐专业委员会会长李真贵

（《中国民乐》报，2012 年 10 月）

1.《中国民乐》： 从刚刚交付初稿的《华乐大典·打击乐卷》说起吧。作为本卷的主编，您和您领导的团队为此书迅速、完整的出版付出了很多艰辛的劳动。请您向我们介绍一下成书的大致过程。

李真贵： 2010 年 6 月，朴东升老会长在学会会议室召开琵琶、扬琴、古筝、竹笛、打击乐五个专业委员会相关负责人会议，作了关于编纂五种乐器分卷的动员会，这是我们工作的开始。至 2012 年 7 月 15 日《华乐大典·打击乐分卷》初稿的完成与交付仪式举行，此间历时两年之久。回首这些日子，整个编纂工作大体大致分为三个阶段：筹备阶段、启动阶段、合成阶段。

筹备阶段是从 2010 年 6 月至 2010 年 8 月。我们打击乐专业委员会主要负责人在动员会之后，立即召开工作会议统一思想、统一行动。大家充分意识到编纂工作是一件意义重大的事情，是历史赋予我们这一代民乐人的重大机遇与挑战。为了确保编纂工作的顺利进行，我们将打击乐专业委员会的工作进行调整，将重心放在编纂上，一切工作都让位于"大典"。编委会的建立，则经历了"从小到大"再"从大到小"的反复过程。本着"精干、高效"的原则，在征求上上下下各方面意见的基础上，于 2010 年 8 月最终确立了以我和张伯瑜为主编，王以东、王建华为副主编，李长军、王先艳为主编助理的六人编委会，并确定了每位成员的具体分工。编委会一经成立，即在第一时间着手起草有关文件、研究发函人选等。

接下来的启动阶段，是从 2010 年 9 月至 2011 年 12 月。2010 年 9 月，编委会第一批函件正式对外发出。其中，有作品、文稿征集商榷函（带附件，包括文字、稿酬等说明）和编委会成员名单以及分工、联系方式等信息文件，标志打击乐分卷的编辑工作正式全面启动。这么大一部专著，这么多的篇幅和内容，工作是繁重而辛苦的。这一阶段，编委会共召开过 27 次会议，每次不少于三四个小时。大家共同研究分卷的整体构架、文论部分的筛选、乐器乐种部分的选定、乐人的选定与撰写规格、乐曲部分的选用等。编辑过程中所遇到的各种问题，均要通过反复的集体讨论、研究，才最终得以确定。我认为，修典无小事，必须慎重、严肃、认真、细心地对待。我们每次召开编委会需要事前做好准备，讨论内容要提前告知，尤其是涉及到某编委负责的那一部分，更需要做好准备。整体进程由主编来掌控、把握。所有细节的确定一定要通过编委会集体讨论决定，这既是工作程序，也是编辑原则，非常重要。

最后一个阶段是合成阶段，各编委分工负责的初稿材料汇总到主编手中，由主编审阅。其重点是全书的架构、篇幅及各个部分的完成情况和质量，有无需要调整、补充、修订之处等。对于各个部分的材料汇总合成，主编要制定清晰的时间表，一来可借以推动整体编辑工作的进度，对编委会同样起到督促作用。二是汇总后可以尽快地发现问题，为调整、修改留出一定的时间。正是有了这个汇总的时间表（原定 2010 年 9 月，后推迟至 12 月），方能在今年的 1 月 9 日，在五个卷的汇报工作会议上拿出打击乐分卷的整书目录。也正是有了这个基础，再经过 6 个月的冲刺努力，于 2012 年 7 月 15 日完成初稿的送审。

2.《中国民乐》： 请问大典下一步的工作还有哪些？中国民族打击乐种类繁多、浩繁跌宕，对其的梳理和归纳是个艰巨的任务。那么，在整个编辑过程中遇到的最棘手的问题是什么？

李真贵： 下一步，要根据总编委会和出版社社长的初审意见进行修订调整，同时处理初稿的遗留工作，例如乐器的选定、乐种照片等。在将初稿交付出版社之后，我们想到还应该增加一部分，即中国传统乐谱——锣鼓谱。显然，这是再次为自己加重负担和工作量，但我与张伯瑜主编都认为增加传统乐谱这部分非常具有学术意义和现实意义。目前，涉足此领域的研究并不多见，需要引起学术界的关注。

在编辑过程中，分类是一个首先遇到的棘手问题。所有文献的分类编目就不好确定，比如某篇文章是归入乐种还是乐器部分？还有乐器的分类标准。目前打击乐器的分类有很多种，现在研究领域内有很多种，至少有七八种，那么我们按什么分类呢？还有一个问题是，入典的 130 个乐种文字介绍的甄别和确定。很多介绍文字是从其他途径获得的，我们不可能了解全部乐种，所以很难判定这些文字的准确性和权威性。制谱也是个艰巨的任务，要把传统乐谱转换成五线谱，还要把乐谱中五花八门的演奏符号统一。而且，与其他乐器不同，打击乐还必须出总谱。这些都是非常专业的问题，都棘手。

3.《中国民乐》：作为一名资深的打击乐专家，您拥有近 50 年的专业生涯，请谈谈您眼中中国打击乐的宏观发展历程。

李真贵：对于民族打击乐，我从一无所知直到今天略有所知，经历了从学生到老师再到学生的循环往复的过程。

1961 年大学二年级开始学习打击乐，当时我主修二胡。一年级暑假，系里派我去广东学习潮州锣鼓，是一个学习小组里。直到 1965 年我毕业留校，我才明白当初系里派我学习打击乐的目的——筹备民族打击乐专业。大学几年里，我学了潮州锣鼓、河北民间锣鼓、苏南十番锣鼓。当我成为一名教师后，我才认真地开始考虑拿什么教给学生，所以我还得不断到民间采风学习。

1965 年开始筹办民族打击乐专业，但是很快"文革"就开始了，直到 1978 年正常教学才恢复。因此，真正意义上的民族打击乐学科建设和发展是在改革开放之后。在我五十余年音乐人生里，亲身见证了从无到有的发展过程。专业学科的创建，首先是建立在民族器乐，尤其是民族乐队快速发展的基础上，当然，总是离不开党和国家文艺方针的指引，百花齐放、百家争鸣、推陈出新的大背景。上世纪 60 年代初民族音乐得到快速发展，创建民族打击乐专业学科也是势在必行。

我还亲历了民间锣鼓乐的兴盛。上世纪 80 年代后期至 90 年代再到今天，各地锣鼓协会的成立、各种赛事的举办如火如荼，其中山西、陕西、河南、河北、山东、浙江、广东、四川、北京、上海等省市尤为突出。同时，打击乐表演艺术多元化格局渐渐呈现，出现专业院团与职业民间社团并存的局面。代表性团体有绛州鼓乐艺术团、安志顺打击乐团、红樱束打击乐团等。

新作品不断产生，推动专业打击乐表演艺术向前发展，也是我感受到的一个潮流变化。80 年代以后，出现了大批优秀作品，如安志顺的《老虎磨牙》《鸭子拌嘴》，李真贵和谭盾的《鼓诗》，田隆信的《锦鸡出山》，李民雄的《龙腾虎跃》，张列的《西域驼铃》《黄河纤夫曲》，周龙的《鼓钟乐三折》《大曲》，关迺忠的《龙年新世纪》，徐昌俊的《龙舞》，郭文景的《戏》《炫》，陈怡《打击乐协奏曲》等一批打击乐精品。

在普及方面，随着民族器乐的推广、普及，以及大中小学校民族乐团的建立，尤为重要的是艺术特长生政策的多年实施，使得学习民乐的青少年越来越多，其中包括学习民族打击乐的学生，使得我们看到了民乐发展的未来希望。

4.《中国民乐》：您认为，中国民族打击乐的特点和优势是什么？前景如何？

李真贵：中国民族打击乐，可以用 12 个字来概括——历史悠久、种类繁多、色彩丰富。在这一点上，很难有其他民族能跟我们相比。我们有 6000 多年的历史文化和深厚而广阔的鼓乐文化积淀，并且深深地融入到老百姓的日常生活中。打击乐的种类之多，以至于在音乐界，没有人能说得清中国打击乐器有多少种，都只能说大概 500 多种，这是个绝对的优势。而不同形制的同类乐器、不同类型不同材质的乐器均有着不同的音响色彩，多种不同乐器的组合又可产生不同的复合音响色彩。就其音响色彩而言，可形容为一个五光十色、千姿百态、变化神奇、感觉无限的音响色彩世界。

中华鼓乐文化有着几千年的历史传统，有改革开放后 30 多年创新发展所取得的引人注目的成果。无论是在民众对鼓乐文化的参与规模、热情，表演艺术的发展速度，专业学生的培养，新作品的创作，理论研究的深度和广度，还是业余爱好者的推广普及程度都是前所未有的，再加上当前国家提出建设文化强国的宏大规划和投入力度，其前景一定是光明的。我对此充满信心。

5.《中国民乐》：当前民族打击乐的发展态势您满意吗？哪些方面比较突出？哪些是需要加强的？

李真贵：就专业和业余两支队伍来看，我个人相对更看好的是民间锣鼓的发展态势。每年在全国轮番表演很多民间组织的活动，我每次去参加都会深深被感动。像过大节一样，一两百人的大队伍中，人们是发自内心的喜欢和享受打击乐，感受音乐的本质和真谛。

专业领域里，新作品是一个很大的问题。专业领域的创新发展还远不能满足专业学科的需求和教学、表演的需要。新作品创作匮乏已经存在 10 年左右了，这也是我工作上的困惑。希望更多的作曲家、理论家和相关的社会主管部门、院校等来共同关注民族打击乐的创作。在七八十年代我们还可以请作曲家凭借着热情来写作，现在形式不同了，没有这样的环境了，需要足够的经济条件来支撑新作品的产生。在教学中，同样也缺乏适合教学的各类教材。我们拥有如此丰富底蕴的打击乐文化，但是教材又不够，看似是非常矛盾。这些年来，教师们自己做了很多教材建设、作品创作、理论研究等工作，但是孤军奋战是不行的。除了我们自身的努力外，还希望音乐界同行们来共同关注和参与，给予我们帮助，才能推动民族打击乐的大发展。

6.《中国民乐》：谈谈教育吧。在人才培养方面，您的心得和体会是什么？一个时代需要的打击乐演奏家应当具备怎样的素质？

李真贵：我教了近50年打击乐，做老师有什么体会？我有两个感觉——欣慰、压力。每当我看到学生取得进步和成绩，以及踏上社会在各个领域发挥的积极作用，心里就特别安慰，看到他们就像看到了自己的成果。但同时，在几十年教学历程中，一种无形的压力始终伴随着我。因为教学要随着社会发展的需要而变化，这就需要自己不断求索学习、更新知识。从宏观上讲，这种压力就是一种使命感和责任感。

如今的打击乐教学，培养的学生应该是复合型人才。要掌握中外打击乐器的演奏技法（以中为主），对中国打击乐有所研究，对中国打击乐作品创作有所涉猎，这才是当今一为打击乐演奏家所必备的素质。我还希望他是个德艺双馨的专业人才。"德"非常重要，只有做好人才能学好艺。打击乐更多的是一个集体合作的事业，首先要具备奉献精神和团队精神，"宽人严己"才能做好这个事业。

中国民族打击乐还处于一个发展的阶段，还没有那么规范、完善。我希望一个完整、科学的教学体系能够早日建立。

中国民族鼓基本功练习若干问题之探讨
——兼论圆形审美意识对民族鼓表演的启示及运用

基本功对一个演奏者来讲至关重要，尤其是在学习阶段。基本功扎实与否，直接影响到自身未来表演事业的发展和在演奏中对乐曲技术性的准确把握，这一点早已是人所皆知的共识。因为我们所从事的是一种技术性特别强的职业，必须天天练功，俗话说的"三天不练手艺生""台上一分钟，台下十年功"就是这个道理。从这个意义上讲，可以说：基本功练习将伴随一个演奏家的整个艺术人生旅程。可是，同学们在打击乐的学习过程中，常常会忽略基本功练习或是下功夫不够，这需要同学们认真对待。在平时繁忙的学习生活中，在有限的练琴时间里，要合理安排一定的时间段来进行基本功的练习，长此以往，坚持不懈，必有所获。

基本功的内涵是多层面的，有功能性的，也有技术、技巧性的。今天我要讲的基本功问题，就涉及了大鼓和排鼓几个基本层面的问题，供大家探讨。

一、正确的持槌与运槌方法

不同的鼓类乐器有着不同的持槌与运槌方法，今天主要讲的是大鼓与排鼓两类乐器，这两类乐器均为直腕持槌演奏，有着相同的运槌方法。

（一）剪式练习法

其练习要领可用三句口诀概括：

第一，高抬手腕；第二，虎口并拢；第三，上槌主动，下槌放松。

在练习时，我们可以理解为左右手交替上下运动，应看作是一个动作。

（二）演奏时四个部位的有机结合

四个部位指的是：手指、手腕、小臂、大臂。这四个部位的运动仍以手腕为主。结合音乐表现需要，又可分为手腕与手指结合、手腕与小臂结合、手腕与大臂结合的灵活运用。

（三）关于无名指的运用

据我观察，不少同学对此问题缺乏意识，或是容易忽略其重要性，因为从表面上看，不用无名指似乎也可以完成演奏，这就是问题所在。我们可以作一对比，用和不用有何不同的演奏效果？从以下几个方面谈谈我的体会：

1. 减轻大指持槌用的力度，使力完全集中于槌的头部，提高持槌的松弛度。

2. 改善音色，使发音富有弹性。

3. 增强运槌的灵活度，尤其体现在快速的演奏之中。

这里要说明的是，无名指的运用不是在任何情况下都要依从的原则，更多的情况是在双手滚奏、轮奏以及快速演奏时的运用。

（四）鼓槌与鼓面形成的角度问题

角度问题也是一个容易被忽略的问题，在弦乐器上，弓与弦的角度非常重要，有所讲究和要求，角度对音色有直接影响。在鼓的演奏中，同样存在鼓槌与鼓面所形成的角度问题。多大角度合适呢？个人认为大致在 20 度左右为宜。

二、站位与移步

演奏大鼓时，首先要注意站位问题，也就是站立姿势；而演奏排鼓时，除了站位，还有移步的问题。

（一）站位

本人主张采用"跨步骑马桩"式的站位姿势。

如果说传统琵琶古曲有"文曲"和"武曲"之分，戏曲有"文场"和"武场"之别，那么可不可以将大堂鼓和排鼓曲归为武曲？至少目前是这样认为的。这就要求我们演奏时要有一个"武姿"和演奏"武曲"的气势和神态，可以形象地比喻为类似于中国武术，要求刚柔兼备，行云流水。

（二）移步

排鼓在演奏中的移步问题需要引起重视。随着音符的流动，演奏的脚步也应当移动。一是为了准确演奏，同时也是为了更好地发力。其原则如下：

1. 保持"跨步"式站位，两腿稍曲，身体前倾。

2. 鼓与身体的距离大小，也在随时发生变化，并非一成不变。

3. 边演奏边移步。

三、左右手的力度均衡练习

这是最基本的也是最重要的内容。由于左右手在力度和灵活度方面存在差异，我们只能通过练习，使左右手的功能达到基本一致。

练习方法如下：

（一）奇数练习

谱例 1

谱例 2

谱例 3

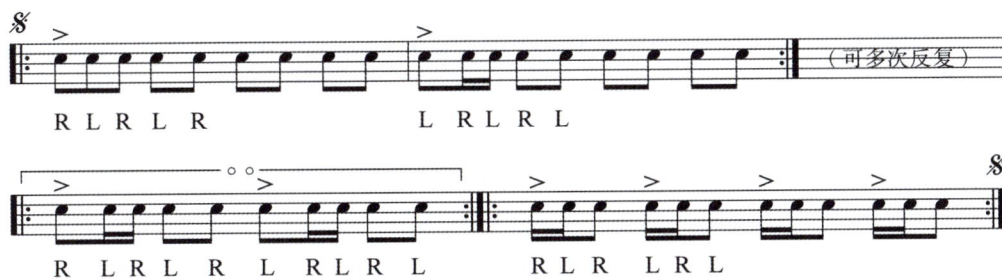

谱例 4

（二）偶数练习（传统练习方法）

谱例 5

谱例 6

谱例 7

四、音色的辨别与要求

任何一件乐器对音色都有极高的要求，演奏家总是在追求将最美的乐音呈现给听众。一件乐器本身所具备的好听音色（除乐器制作工艺的差异）是内部因素，而外部因素有鼓槌的选择，也有演奏者对音色的追求与把握，其中后者当然更为重要。以上因素都会对音色产生直接影响。要知道，鼓类乐器同样存在音色问题。

（一）树立对音色的分辨能力

首先要培养对音色优劣的分辨能力，才能对自己的演奏有所要求。这方面需要指导教师的帮助与指导，同时主观上也要有对音色要求的意识。

（二）鼓槌的选择

鼓槌的材质、长短、粗细、轻重是否合适，都会对音色产生影响，这是我们大家经常遇到的问题。一位马林巴演奏家、定音鼓演奏家为什么会有多种类型的鼓槌可供选择？这是因为不同的音乐表现有着各种不同的需要，其核心仍是一个音色问题。不同的音色表现对音乐有着不同的要求。

在民族大鼓、排鼓的艺术实践中，我们常发现有鼓槌选用不合适的问题，或偏粗，或偏长，或偏短，影响排鼓的振动和音色。排鼓是由多个不同大小的鼓组成的，上下、大小鼓都需要兼顾，首先要考虑高音排鼓的发音。为了省力而选择偏粗、偏长的鼓槌，会影响到鼓的振动和音色，同时灵巧度和速度也会受到一定影响。

五、节奏的识别与训练

节奏的准确性对学习打击乐的专业学生来讲，尤为重要。打击乐器的发音特点和演奏方法决定了这些乐器对节奏的准确度要求极高，在学习过程中必须高度重视，严格要求，刻苦练习。

（一）节奏识别

首先要从音乐理论上理解各种节奏型在不同节拍中的时值，并学会分析复杂节奏型，可以用先分解后合成的方法进行解读。

（二）节奏训练

从识别各种节奏型到能准确演奏，需要在练习时严格要求和积极训练。第一步是要确保基本节奏型的准确演奏，然后再用不同的速度和力度进行练习。如全音符、二分音符、四分音符、八分音符、十六分音符、三十二分音符，三连音、六连音，切分音、延音线、休止符等。同时要重视节奏练习曲的训练，其目的是从简单到复杂节奏的把握。

（三）节拍器的运用

在节奏练习时，使用节拍器辅助是有必要的，能够对培养节奏的准确度有所帮助，最终为培养、建立个人内心节奏感（也叫"心板"）打下基础。练习时，对于用脚打拍子的问题，业界存在不同的理解和看法。我个人认为，平时的练习中身边若没有节拍器，可以用脚打拍子给予辅助。我甚至建议不会用脚打拍子的学生要学会这项技能，这有助于"心板"的培养。当然，我们不会主张学生在台上表演时使用。

六、力度与速度的练习

在基本练习过程中，对力度和速度的练习，我的体会如下：

（一）取"中"的练习方法

这里所说的"中"，是指在练习时对力度和速度的要求，也就是在最初的练习阶段，我主张以中强（mf）和中速（moderato）的力度与速度练习为宜。用这样的力度与速度练习，其演奏状态最为松弛，符合自然规律，我认为这是科学的。在此基础之上，再逐步用阶梯式的加快方式进行练习。

（二）耐力的练习与训练

力度与速度需要我们有一定的耐力作为基础，尤其是强力度和快速度的持续演奏更是如此。这就需要我们平时加强这方面的训练，如同一个运动员的体能训练一样，没有体能支撑，技术就难以正常发挥，我们常常说的运动姿势变形，也就是体能出现问题所致。民族打击乐，尤其是大鼓、排鼓的演奏，在客观上，音乐表现要求我们具有相当的耐力支撑，方能达到整体演奏的最佳效果，技术上得以充分发挥。在教学实践中，我们常常会发现一首乐曲，尤其是大型乐曲，演奏到最后，演奏者因体力不支而出现技术失控，碰槌、击边乃至掉槌难以避免。同时我们也会发现，分段或分乐句练习时没有问题，而连续演奏整首乐曲时就会出现问题，这一来是耐力与娴熟度的问题，同时也存在练习方法的问题。练习时可将困难片段摘出来单独练习，然后再加上前面若干小节或乐段连接起来练习，如排鼓曲《楚汉决战》"小战"乐段中六连音的演奏，第一步要练好六连音，第二步再加上前四小节或整乐段练习。

七、圆形审美意识对民族鼓表演的启示及运用

我们生活在一个由各种圆形天体组成的浩瀚宇宙中的地球上。我们直接感受到的太阳系是由无数天体按照各自的轨道围绕太阳运转而成的，而我们能看到的太阳、月亮都是圆形球体。在我们的生活中，圆形物体无处不在。例如，我们使用的鼓类、锣类、镲类乐器均为圆形，这体现了人们千百年来以圆为美的审美艺术价值的存在。

（一）对圆形审美的认识

对音乐表现而言，人们总会要求圆润、饱满、流畅、自然。在民族打击乐的表演中，尤其是鼓类乐器，有着同样的要求与感受。就总体而言，民族鼓类乐器可以理解为是在滚动的律动中完成演奏。

1. 滚奏

亦称轮奏，最为形象，顾名思义，犹如滚动中的车轮。乐曲中有长短不同时值的滚奏，要求左右手力度、速度均匀，方可称"圆"。

2. 擂鼓

谱例 8

擂鼓是指从慢到快，从大臂、小臂到手腕的左右手交替演奏，可以理解为从大"圆"到小"圆"的滚动过程。

3. 切分音节奏型的演奏

谱例 9

谱例 10　关迺忠《打击乐协奏曲》第一乐章"太阳"片段

谱中第一、二小节与五、六小节的槌法（手法）设计，仍然是围绕"圆"的审美理念而构思的，可用连线演奏法来体现。

4. 手法设计中的运用原则

谱例 11　朱啸林大鼓曲《鼓魂》（中国民族管弦乐学会考级教材上册）

谱例 12　刘汉林排鼓曲《楚汉决战》中"排阵"乐段的演奏（中国民族管弦乐学会考级教材下册）。

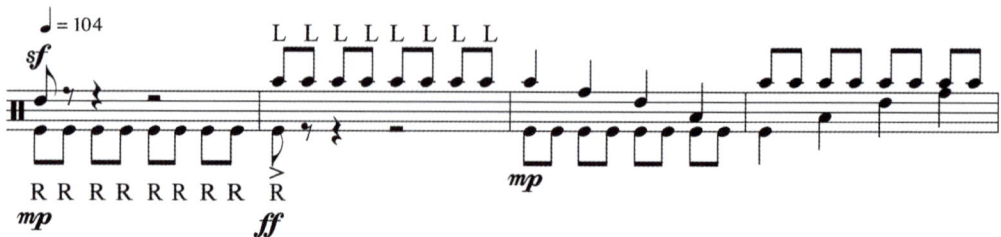

谱例 13　王以东排鼓曲《鼓上飞舞》中的"交叉"手法设计乐段（中国音乐学院考级教材）。

谱例 14　李真贵排鼓曲《龙舞》中的乐句手法设计。

谱例 15　周龙组合打击乐曲《大曲》中大堂鼓乐段的手法设计。

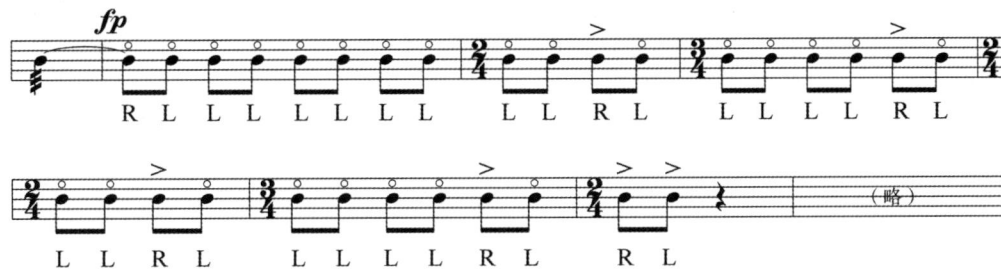

（二）肢体语言的运用

圆形审美意识在民族鼓表演中的运用，也可以理解为肢体语言的配合，使其达到形体与音乐的协调统一，从视觉到听觉，给人一种美的感受。在运用肢体语言表演的同时，应当提醒表演者，一切肢体动作均应为表达音乐内容服务，是从属关系，不能本末倒置，只顾动作的表达而不顾技术的发挥和音乐的准确诠释，其效果会适得其反，也就是我们所说的形体与音乐形成"两张皮"。当然我们也不主张表演者在舞台上表演时，缺乏必要的肢体配合，或者在这方面注意不够或不愿去做。这样势必会使表演缺乏激情和活力，从而失去音乐表演的感染力。

肢体语言在表演中恰到好处、自然地运用和配合，需要建立在一定条件基础之上，并非随意为之。这些条件基础有以下几项：第一，对乐曲所要表达内容的认识、理解；第二，技术娴熟而无负担；第三，对全曲的整体性把握。这里需要说明的是，在教学过程中，不能在刚开始学习乐曲时就要求学生把注意力放在肢体语言的表现上，而是在对一首乐曲学习掌握的整个过程中，随着乐曲的熟练程度而逐渐自然形成肢体与音乐协调融合。在这个过程中，学生要建立这种意识和要求，老师要把握好表演尺度和进度。

以上是本人多年来，在教学实践中的一些体会，有不妥之处，敬请批评指正。

李真贵

2011 年 10 月

民族乐队常用打击乐器名称规范化探究

—— 全国第六届中国打击乐学术研讨会主旨发言

本次研讨会，两个学会特邀了民族音乐理论家、作曲家、民族打击乐演奏家、教育家以及民族打击乐器生产厂家等相关专家学者，围绕民族乐队常用打击乐器名称规范化问题进行研讨，借以求得一个多数与会者认同的共识。这无疑是民族乐队基础理论建设的一项重要工作，也大大有利于民族乐队的对外交流活动，具有很强的实践性和现实意义。

现就以下四个方面问题，发表自己的一点认识，供大家商榷。

一、问题提出的历史由来

近一个世纪以来，尤其是近半个世纪以来，在民族乐队创建与发展的实践中，打击乐器的运用越来越广泛，越来越丰富。这是基于中国民族打击乐历史悠久、品种繁多、色彩极其丰富，这一独特的民族属性倍受作曲家的青睐。纵观近年来，不少作曲家在乐队作品的创作中，大量运用了打击乐声部的群体表现力，极大地丰富了乐队的张力和多色彩的音乐表现力，充分展示了民族打击乐在乐队中的重要作用。

在乐队的长期实践中，我们也因打击乐器的名称不规范、不统一，使作曲家、演奏家、指挥家倍受困扰，常常在排练过程中造成不必要的麻烦。由于搞不清是什么乐器而随意替代的现象时有发生，从而影响排练效率与演出质量。规范民族乐队常用打击乐器名称的问题，多年来已在业内引起广泛关注，希望能通过全国性的专业学术研讨会加以解决。两年前，在北京召开的全国第四届民族打击乐学术研讨会已对此问题作了一次初步讨论。会上，代表们对召开专题研讨会的必要性、可行性以及研讨会相关事宜提出了很多宝贵意见，由于这是一次学术性、专业性较强的跨学科专题研讨会，故邀请在座各位专家出席，以确保研讨会能取得一定的实效和成果。

二、研讨范围设定原则

（一）传统锣鼓乐部分

中国鼓乐文化有着数千年的历史发展进程，世代传承，生生不息，绵延不绝。同时，我国又是一个幅员辽阔、多民族的国家，不同地域特色的锣鼓乐种极为丰富，其数量不下数百种之多，就山西一个省就有 20 多个锣鼓乐种。各地锣鼓乐种在长期的艺术实践中，对本乐种所使用的打击乐器及其名称叫法已经形成，相对稳定。虽然各地区不同锣鼓乐种在使用打击乐器的名称叫法方面也存在"同乐器、不同名称"或者是"同名称、不同乐器"的现象，但它并不影响该乐种在该地区的发展与传承，故本次学术研讨会不涉及各地方锣鼓乐种以及特色打击乐器名称叫法的"异同"问题。

（二）现代民族乐队部分

现代民族管弦乐队的发展，从上个世纪初（1919 年）上海大同乐会算起，至今已有近百年的发展历程。乐队规模从最初的 20 余人，到五六十年代的 60 余人。如今，大型民族乐队编制已发展为 80 多人，其乐队形态在声部结构、编制等方面已初步形成，打击乐声部也逐渐得到完善。在乐队常用打击乐器的使用方面，也逐渐形成常规化，即以鼓、锣、镲为主的三类击乐群。由于使用打击乐器的种类越来越多，对各种打击乐器的不同叫法问题越发突显。比如山西马锣与四川马锣，前者直径为 50 厘米，后者为 8 厘米；潮州苏锣与京剧苏锣，前者直径为 70～100 厘米，后者为 28 厘米，二者差别很大。因此，召开全国性民族打击乐专题研讨会势在必行，理应提上议事日程。此问题本应早日解决，今天不解决，迟早也会有人去推动解决。其实，两个民族打击乐学会，对其必要性和可能性等相关内容进行过多次评估讨论，最后确定了本次研讨会主题："关于民族乐队常用打击乐器名称规范化专题学术研讨会"。

三、乐队常用打击乐器的界定

什么是民族乐队中的常用打击乐器？恐难准确界定，只能采用一种模糊概念的处理方法。因为中国现代民族乐队仍处于发展之中，乐队编制并没有完全定型，不少问题有待在日后的实践中加以认识。

界定民族乐队中的常用打击乐器，是召开本次专题研讨会的一个基本认识和最终目的。由于研讨范围设定在现代民族乐队中的常用打击乐器，这就为研讨会的可操作性奠定了基础，具有灵活把握的空间，尤其是对"常用"两字的理解与把握。今天是 2014 年 11 月 18 日，我们有多少能界定为常用打击乐器就界定多少，10 年、20 年后，一定会有新的变化，届时将由后人去完善。有了这样的认识，我们今天所研讨的问题也就不难解决了。下面，将分类进行研讨。

（一）鼓类

1. 小堂鼓　　　　曾用名：战鼓。

2. 中堂鼓　　　　曾用名：同鼓。

3. 扁鼓　　　　　曾用名：战鼓（建议用山西花敲鼓尺寸）。

4. 花盆鼓　　　　曾用名：大堂鼓、缸鼓、南鼓。

5. 大堂鼓　　　　曾用名：大鼓、中国大鼓，尺寸在 70 厘米以上。

6. 排鼓　　　　　改革乐器，有 5 音、6 音、13 音。

7. 建鼓　　　　　立式。

8. 板鼓　　　　　曾用名：班鼓、单皮鼓。

9. 大堂板鼓　　　曾用名：苏南板鼓

10. 手鼓　　　　　维吾尔族称达卜。

（二）锣类

1. 月锣	曾用名：汤锣、马锣、沟锣等。
2. 小锣	曾用名：手锣、京小锣、内锣。
3. 武锣	曾用名：小光锣、奉锣。
4. 苏锣	曾用名：仿苏锣。
5. 高虎音锣	
6. 中虎音锣	
7. 低虎音锣	
8. 低音大锣	曾用名：大抄锣、大筛锣、大沙锣。
9. 风锣	
10. 云锣	
11. 舟山锣	曾用名：十面锣
12. 铓锣	曾用名：包锣、疙瘩锣、乳锣。

（三）镲类

1. 小钹	曾用名：小镲、镲锅。
2. 铙钹	曾用名：京钹。
3. 水镲	曾用名：腰鼓镲
4. 齐钹	曾用名：七钹、哑钹。
5. 大钹	曾用名：顶钹、草帽钹。
6. 川钹	四川、重庆地区民间戏曲音乐用钹。
7. 大铙	曾用名：疙瘩钹。
8. 广钹	广东地区，质薄，形同大铙，直径约 50 厘米。
9. 头钹、二钹	湘西土家族打溜子用钹。

（四）其他类

1. 木鱼
2. 北梆子　　　　　曾用名：梆子。
3. 南梆子
4. 板　　　　　　　曾用名：挎板、檀板、手板、唱板。
5. 竹板
6. 四块瓦
7. 碰铃　　　　　　曾用名：碰钟、双星。
8. 串铃　　　　　　曾用名：马铃。
9. 铜磬　　　　　　曾用名：磬、碗磬。
10. 编磬　　　　　　多具石制磬组合而成。
11. 编钟　　　　　　多枚编钟组合而成。

四、其他打击乐器处理意见

（一）民族打击乐器部分

中国民族打击乐器品种繁多，据不完全统计，至少有数百种之多。在现代民族乐队中，打击乐器的使用完全由作曲家根据乐曲的需要而选定，因此会出现打击乐器的选用不在常用打击乐器之列的情况，这一点在体现地域特色和风格性较强的作品中尤为常见。对这部分打击乐器的使用，对此类乐器的称谓，仍沿用其原地域或原乐种的特定名称。

（二）外国打击乐器部分

中国现代民族乐队中借用外国打击乐器的情况已成常态，至少目前是这样，几乎包括了西方管弦乐队中全部常用的打击乐器，如定音鼓、大军鼓、小军鼓、铃鼓、三角铁、吊镲、对镲、钢片琴、颤音琴、木琴、马林巴以及爵士鼓、康加鼓、邦戈鼓等。对这部分打击乐器，统一采用国际通用名称。

这两部分打击乐器均不在今天研讨之列，在今后的使用中，按上述意见处理，在此说明。

结束语：

今天的发言，就当作本次研讨会的开场白，共提出 42 种打击乐器为民族乐队常用打击乐器，纯属个人见解，供与会者讨论之用。

谢谢大家！

李真贵

2014 年 11 月 18 日

抓机遇　迎挑战

——《华乐大典·打击乐卷》编纂感言

由中国民族管弦乐学会、上海音乐出版社携手合作，打击乐专业委员会组织编纂的《华乐大典·打击乐卷》在各方面的大力支持和努力下，历时 6 年，即将与读者见面，可喜可贺。

中国民族打击乐历史久远、种类繁多、涉及面广，编纂一部如此宏大的打击乐典籍巨著，其难度可想而知，对我们的确是极大的挑战。与此同时，作为一位民乐人，怀着对民族音乐的一份深厚情怀，能在中华民族伟大复兴的历史变革洪流中，肩负起这份使命和责任，又是一次千载难逢的机遇，其意义重大，必须努力尽职完成，为弘扬中华优秀传统文化的大政国策，作出应有的贡献。

《华乐大典·打击乐卷》共包含文论篇和乐曲篇两大部分。其中文论篇由文献、乐种、乐器、乐人、乐事、打击乐文献目录六个部分组成。篇幅有 800 多页，约 160 多万字；乐曲篇分为传统乐曲（上）和当代乐曲（下）两部分，共收录乐曲 122 首，并以传统状声谱与当代线谱相结合的谱式呈现给读者，有利于传播、继承和发展。

回顾打击乐卷编委会六人团队所走过的路，感受良多，这是一次凝聚"民心"、增进友谊、再学习的过程。

2010 年 6 月，为积极响应朴东生会长（大典总编委会主任）关于启动打击乐、扬琴、古筝、竹笛、琵琶五个分卷的动员报告，打击乐专业委员会立即召开会长、秘书长会议，研究编纂打击乐卷前期的相关事宜。

2010 年 7 月，学会多次讨论编委会组织成员人选，经历了一个从"小"到"大"再从"大"到"小"的认识过程。最终以"精炼、多效、专业、可行"为准则，正式组建打击乐卷编辑委员会：主编李真贵、张伯瑜，副主编王以东、王建华，主编助理李长军、王先艳。编委会成立后，密集召开全体会议，确立集体讨论、分工负责、相互合作的编辑原则，讨论本卷整体构架的制定等多项议题。

2010年9月29日，第一封打击乐卷稿件征用商榷函的发出（含文稿、作品、乐人简历等）标志着打击乐卷编辑工作的全面启动。

2010年10月至2012年5月，这一时期是各个部分资料收集、整理的阶段，也是进入编辑工作的实质性阶段，团队成员充分发挥团队智慧，不辞辛苦，克服时间难以统一的困难，均能自觉保证编委会工作的顺利进行。据不完全统计，其间共召开27次编委会全体会议，每次会议至少持续3～4个小时，这是因为众多议题专业性、学术性较强，需要深入讨论，甚至可以说，每次专题会议就是一次小型研讨会。

2012年6～7月，是打击乐卷各个部分资料统一汇总编辑工作的最后冲刺期，由两位主编负责统筹编审成册，并于同年7月25日向总编委会交付初稿。7月31日，《华乐大典·打击乐卷》初稿交稿仪式在中国民族管弦乐学会会议室举行。参加交稿仪式的有大典编委会主任朴东生、副主任刘锡津（常务）与乔建中、打击乐卷主编李真贵，上海音乐出版社社长费维耀、副主编刘丽娟、中国民族管弦乐学会秘书长刘裕升及大典执行编委黄俊兰等。

2013年至今，打击乐卷编委会的主要工作是协助上海音乐出版社、北京朱峰音韵文化交流有限公司，在编审、校对和绘谱等方面，完成了大量疑难而纷繁的工作。

由于种种原因，《华乐大典·打击乐卷》的编纂工作难免有不尽如人意和遗憾之处，甚至可能有所疏漏和错误，诚望读者批评指正。如果说有所欣慰的话，那就是有了我们自己的首部中国民族打击乐典籍专著。

感谢中国民族管弦乐学会、大典编委会、上海音乐出版社、海内外打击乐专家及本卷编委的鼎力支持、关心和指导。

李真贵

2016年3月23日

《华乐大典·打击乐卷》之序

　　《华乐大典·打击乐卷》是继《华乐大典·二胡卷》之后的又一项宏大工程，与其他乐器卷不同，打击乐卷包含不同的乐器和地方性乐种，又有现当代创作的乐曲，使得该工作更具复杂性。该卷尽可能包容广泛，综合了有关中国打击乐的史论、乐器、地方乐种、乐人、乐谱和乐曲等诸方面信息，使其更具学术价值。

　　《华乐大典·打击乐卷》共包含文论篇和乐曲篇两个部分。在文论篇中又含七个部分：其一为概论，其中含 6 篇文章；其二为文献，其中有历史研究、乐种研究、教学与创作研究等不同类型的文章共 81 篇；其三为乐人，共介绍了 105 位打击乐演奏家、作曲家、教育家；其四为乐种，其中介绍了一百多个地方性乐种，包括清锣鼓、舞蹈锣鼓、吹打锣鼓、戏曲锣鼓；其五为乐器，分为古代打击乐器和现代打击乐器（鼓类乐器、锣类乐器、镲类乐器、板梆类乐器、铜铃及其他响器）；其六为乐事，主要包含书籍的出版发行、重要作品的创作、重要赛事、音乐节与音乐会、打击乐专业教育；其七为资料，其中介绍了打击乐谱的几个示例、中国的打击乐论文发表情况以及中国打击乐论著出版。

　　乐曲篇分为上、下两卷，上卷为传统乐种曲目，其中包含四川闹年锣鼓 4 首、四川耍锣鼓 2 首、湖北点子锣鼓 4 首、湖北花灯锣鼓 2 首、湖南打溜子 6 首、陕西打瓜社 5 首、安徽花鼓灯 2 首、山西绛州鼓乐 2 首、山西太原锣鼓 2 首、山西威风锣鼓 2 首、河北开坛钹 1 首、东北锣鼓曲 2 首、潮州锣鼓 3 首、浙东锣鼓 4 首、苏南十番锣鼓 4 首、苏南十番鼓 5 首、西安鼓乐中的打击乐曲 4 首与戏曲锣鼓 4 首，共计 58 首传统乐曲。下卷为当代创作作品，其中包含大堂鼓曲 4 首，板鼓曲 2 首，排鼓曲 12 首，云锣曲 3 首，组合独奏曲 7 首，重奏、合奏曲目 35 首，共计 63 首创作作品。

　　20 年前，李真贵老师和张伯瑜老师曾商讨过编辑一部中国打击乐综合性书籍，并已经形成了初步的构架。但由于工作繁忙，最终没能完成。2013 年 7 月 22 日，中国民族管弦乐学会和上海音乐出版社在北京举办了《华乐大典·二胡卷》的首发式，之后便启动了琵琶卷、笛子卷、古筝卷、扬琴卷和打击乐卷的编撰工作。打击乐卷在李真贵老师的主持下，邀请张伯瑜、王以东、王建华、李长军和王先艳等同仁，组成了工作团队。之后，六人经常在一起开会，沟通思路，商讨打击乐卷的整体结构。按照二胡卷的模式，打击乐卷也分成两个部分：文论篇和乐谱篇两部分。但是，中国打击乐有其特殊性。首先，它不是一件乐器，而是一类乐器，而且该类乐器包罗万象，古代的、现代的、汉族的、少数民族的，种类繁多，需要将哪些纳入到该大典之中本身就是一个难题。其次，中国打击乐除了有当代的创作曲目之外，还有大量的地方性乐种，其中既包括器乐类的打击乐合奏，也包括吹打合奏乐中的打击乐片段，还有伴奏类的舞蹈锣鼓、戏曲锣鼓等。就戏曲锣鼓而言，全国三百多个地方戏曲剧种，每个剧种都有自己的锣鼓牌子，把它们都包容进来是不可能的事情。该怎样选择呢？就地方性器乐合奏乐种而言，在这么短的时间内，在没有任何经费支持的情况下，怎样去调查了解这些乐种的信息？困难远不止这些。中国打击乐器有些名称相同，但乐器形制完全不一样，所以必须配有图片，以使读者能够对所描述的乐器有直观感受。而这些乐器流传在不同地区，有些古代乐器存放在博物馆，怎么能够获得这些乐器的图片呢？中国打击乐采用状声谱记谱方式，各地不同乐种所用的谱字不同，而当代创作乐曲则采用线谱形式。如果本大典选收一些地方性乐种中的乐曲，那么，这些乐曲是用传统的状声谱来记录，还是采用线谱形式？如果采用线谱形式，怎么能够准确记录各乐器声部的节奏线条？而且，曲目以及打击乐人的选择、研究文献的收录、大纪事的记录等不同方面的工作，每一项都有各种各样的问题。难题重重，任务艰巨。

好在有民族管弦乐学会领导和同事们的支持，有我们这个团队所有成员对该项工作所抱有的极大兴趣和热忱。我们不自觉地赋予了自己一种义务与责任，为了我们所热爱的事业！在李真贵老师的带领下，我们常常坐在一起，商讨各类问题，拿出一项一项解决方案。最终形成的不仅仅是现在所呈现的成果，还有我们之间的友谊以及对中国打击乐所包含的巨大和深刻内涵的理解。

在确定了大典的结构方案之后，编辑组开始进入组稿和材料的收集工作。每一项工作均落实到个人头上，并规定完成期限。其中遇到了几个比较艰难的环节。

一是关于乐谱的制谱。编委会决定传统乐曲采用该乐种本身所用的状声谱和线谱结合的方式，当代创作乐曲则采用线谱形式。如此大量的制谱和校对工作要在如此短的时间内完成，其工作量是很大的。因此，打击乐卷的整个编撰工作大约用了一年时间，而制谱工作又进行了一年多的时间。

二是乐种的介绍。乐种是打击乐卷独有的部分，既体现了本卷的特点，也体现了中国打击乐的特色。但是，编辑委员会的成员们并非对所有乐种都了解，如果请相关的专家专门撰写则需要较长时间。怎么办？最终，编委会商定，以现有材料为基础，进行重新筛选与编辑。我们一方面从网络上收集相关信息，另一方面从《中国民族民间音乐集成》各卷中寻找材料，最终选定了一百多个乐种进行介绍。每个乐种介绍之后均清楚地写明材料来源与出处，以符合学术规范。但是，但由于编者并没有对这些信息进行实际的考察与核对，不能保证其绝对的准确性，只是给读者提供一些基本的材料。对此还需要进一步完善，也希望读者在应用这些材料时加以注意。

三是乐器的介绍。编撰时的基本想法是每件乐器采用少量文字介绍，并配合一幅图片来展示。所用图片既有编者自己拍摄的，也有引自其他出版物的图片，图片的版权经由出版社协商解决。

编撰工作完成之后，我们所有人的心里都非常忐忑，因为很多方面还没有达到完美的状态。文献部分既考虑到文章的质量，又考虑到文章所涉及的研究范围的广泛性，同时也考虑到作者的覆盖率。有些作者虽然发表了多篇有价值的文章，但考虑到不能过于聚焦在某个人身上，可能不能把他所有的文章都选入；在文献目录、乐人材料、音乐相关活动信息的收集等方面，各位编委付出了大量的心血，但是最终也不能保证资料的全面性，很可能有遗漏；中国打击乐在历史上和现实中均存在不同的记谱方式，原本计划把历史上出现的重要打击乐乐谱能够收集齐全并予以发表，但最终也没能实现，只展示了其中很小的一部分。以上种种均待日后进一步完善。

中国民族管弦乐学会对此项工作非常重视，召集了数次会议，朴东生老师、刘锡津老师亲自指导工作，黄俊兰老师在材料收集等方面予以密切配合。来来回回地商榷和讨论，反反复复地加工和修改，到底进行了多少次已不能详细记录清楚了。可见，这是一项集众人之力所做的浩大工程，并最终形成了今天的成果。虽然说还不能做到尽善尽美，但也实现了一个心愿。希望它能够在中国打击乐未来的发展中发挥一定的作用！

感谢中国民族管弦乐学会开启了如此宏大的工程，并给我们提供了完成如此心愿的机会！

谢谢各位编委的努力！

谢谢各位打击乐专家的配合！

谢谢上海音乐出版社编辑们的加工与完善！

李真贵　张伯瑜

2016 年 4 月

传承发展中的中国鼓乐作品创作体验
——以《鼓诗——为一群中国鼓而作》为例

序言

上世纪 70 年代末至 80 年代，我国文化艺术界的一批音乐家和"文革"后考入高等音乐院校，有着理想抱负的青年学子，在我国实行改革开放国策的大潮洪流之中，以满腔热情创作了一批既有社会影响力，又富有时代气息的优秀中国鼓乐作品，开创了中国民族打击乐在表演、创作领域的新时代。

具有代表性意义的作品如：

《丰收锣鼓》1972 年（彭修文、蔡惠泉曲）；

《钢水奔流》1972 年（徐景新、李作明、黄启权曲）；

《军民团结心连心》1973 年（胡天泉、刘汉林、王为民曲）；

《渔舟凯歌》1974 年（浙江歌舞团创作，刘文金改编）；

《夜深沉》1974 年（李民雄曲）；

《龙腾虎跃》1980 年（李民雄曲）；

《夺丰收》1980 年（李民雄曲）；

《喜庆锣鼓》1981 年（谈守文、李真贵曲）；

《鸭子拌嘴》1982 年（安志顺曲）；

《老虎磨牙》1982 年（安志顺曲）；

《锦鸡出山》1983 年（田隆信曲）；

《钟鼓乐三折》1983 年（周龙曲）；

《鼓诗——为一群中国鼓而作》1984 年（李真贵、谭盾曲）；

《东王得胜令》1985 年（肖江、裴德义曲）；

《西域驼铃》1985 年（张列曲）；

《秦王破阵》1985 年（林伟华、张大华曲）；

《赛龙舟》1985 年（万治平曲）；

《鼓上铜乐》1986 年（王以东曲）；

《社庆》1986 年（陈佐辉曲）；

《秦王点兵》1987 年（景建树曲）；

《滚核桃》1987 年（王宝灿、郝世勋曲）；

《冲天炮》1988 年（李真贵编曲）；

《老鼠娶亲》1989 年（郝世勋曲）等。

新作品的产生，在整个音乐界可以说是异军突起、独树一帜，活跃于表演舞台，令人耳目一新，极大地推动了民族打击乐事业的发展。90 年代至今，又有一大批新作品和表演团队诞生，今天不一一列举。

这类作品具有一个共同特点，那就是紧随时代强音，立足传统，走创新发展之路。本文以打击乐作品《鼓诗》为例，谈谈自己在创作过程中的点滴心得体会，供大家探索思考，以期更多的民族打击乐新作品诞生。

一、《鼓诗》创作缘由

1984 年，中央音乐学院举办首届民族器乐作品比赛。此项活动公告发布之后的一段时间里，我心中总是不断浮现对中国鼓的种种思绪——千百年来，中国人对中国鼓深沉、厚重、激情、奋发拼搏、坚不可摧的伟大民族精神力量的表达可谓无与伦比，位居群音之首。正是基于对中国鼓的这种认知和感受，激发了我决心尝试创作一首纯鼓乐作品，无论成功与否。

恰在那段时间，我参与了我院作曲系研究生谭盾的新作品演奏会，其中有一首吹打乐作品《剪贴》，使用了三只大堂鼓（即花盆鼓）作为打击乐声部的乐器配置，这在当时可以说是一种独特的构思，区别于传统吹打乐乐队形态（乐器组合形式），产生了独特的听觉和视觉效果。尤其三只大堂鼓的独奏段落，非常精彩，令人振奋，为听众留下深刻印象。在这次机缘巧合中，我寻觅到了自己所需要的创作素材。随后我便在研究生宿舍与谭盾见面，谈了有关拟将吹打乐《剪贴》改编成一首纯打击乐鼓类作品的想法，在征得他的同意之后，便开始对作品改编进行全面构思。

二、作品创作的整体构思

（一）乐器配置调整

调整后的《鼓诗》用多只不同音高的中国鼓组成群鼓演奏形式，原曲中的大堂鼓可作为中音声部保留，在此基础上增加2组四音排鼓作为高音声部，再将1只中国大鼓放在舞台中心，作为低音声部，供群鼓领奏者使用，使之形成多声部、立体音响鼓群。由此形成了最初的编制：1只中国大鼓+2只大堂鼓+2组四音排鼓，共5人担任演奏。

作品完成后，于当年参加了中央音乐学院首届民族器乐作品比赛活动，并获得三等奖。1985年，在西安举行的七省市打击乐演奏家"金石之声"音乐会首演，并获得好评。

随着时代变化，根据需要，在最初的5人基本编制基础上，中国大鼓与2套四音排鼓的编制保持不变，而大堂鼓与中国大鼓可按约4∶1的比例酌情增加，以声部平衡为原则。

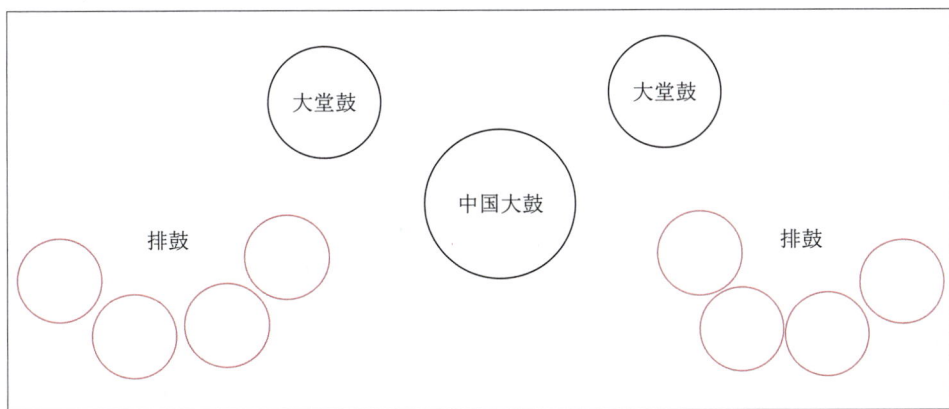

5人编制图

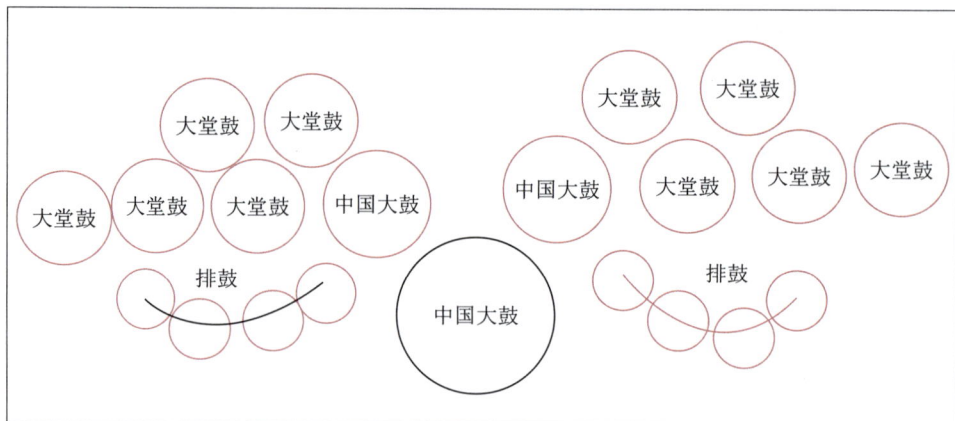

多人编制图（以15人为例）

（二）乐曲结构布局

为增强乐曲的表现力，在慢板乐段之后增添了中速乐段 ④ —— "鼓心与鼓框交替演奏"的方式和乐段 ⑤ —— "鼓框重音移位变化"。这两个乐段通过鲜明的强弱对比和对话式的节奏语言，完成音乐的表述。另外在快板乐段 ⑦ ⑧ ⑨ 之后，设计了一段从慢到快、从弱到强的声部叠加段落，引出全体齐奏，完成无限反复的急速乐句，将乐曲推向高潮，充分发挥演员的技术能力，以 ♩=240 的速度衔接急板，最后冲刺到急收，用长滚奏再现慢板节奏音乐。

乐曲的结束处理是由一名领鼓者强击中国大鼓一声，之后分声部叠加式随领鼓同击，在无定数的强大鼓声中曲终。最后几小节中一锤定音的创意演奏，产生了戏剧性的舞台效果，台下听众与台上演员同呼同吸，共享中国鼓乐给大家带来的激情。

整首作品采用多段体曲式结构，音乐速度的处理由慢至快，力度变化跌宕起伏。

引子的磅礴气势，慢板的厚重深沉，中板的对话抒怀，快板的激情迸发，急板的势不可挡，结尾的万众一击。整曲力求做到层次清晰、逻辑严密，通过群鼓敲击的音乐语言，生动诠释了中国人丰富的内在情感和奋发图强的精神力量。

三、传统锣鼓节奏运用

（一）慢板中《抽头》加花变奏

谱例 1　戏曲锣鼓《抽头》

谱例 2　《鼓诗》乐谱中第 ③ 乐段（第 13 ～ 32 小节）

通过谱例对比，大家不难发现，作品《鼓诗》③ 乐段，是在传统戏曲锣鼓曲牌《抽头》的原型结构之上，在大堂鼓声部运用了加花变奏的创作手法，并在结构方面做了扩充式的变化发展，使其节奏从简到繁，极大地丰富和提升了群鼓的整体音乐表现力。这一段共有 20 小节，其中有 4 小节是两组排鼓音色的对奏变化，增强了音乐的叙事性表述意境。

大堂鼓变奏1
大堂鼓变奏2
15
大鼓
大堂鼓
排鼓 I
排鼓 II
19
大鼓
大堂鼓
p
排鼓 I
排鼓 II
大堂鼓变奏3
板鼓变奏4
21
大鼓
大堂鼓
排鼓 I
排鼓 II

大堂鼓变奏5
大堂鼓变奏6
23
大鼓
大堂鼓
排鼓 I
排鼓 II
大堂鼓变奏7
27
大鼓
大堂鼓
排鼓 I
排鼓 II
大堂鼓变奏9
大堂鼓变奏8
30
大鼓
大堂鼓
排鼓 I
排鼓 II

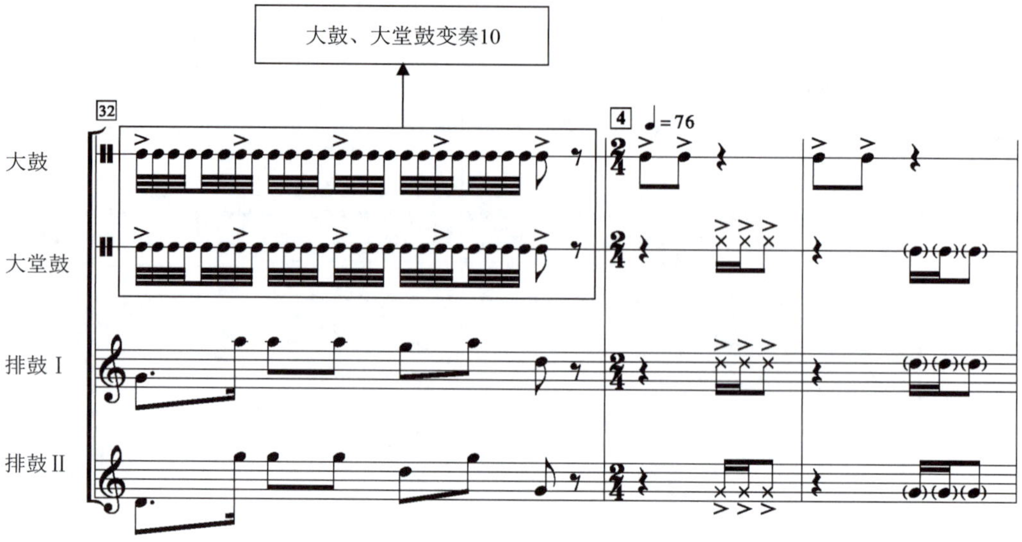

（二）急板中《螺丝结顶》移植

十番锣鼓曲牌《螺丝结顶》与作品《鼓诗》10 乐段对照：

谱例 3　十番锣鼓《螺丝结顶》

△ 丈 | 丈 扎 扎 | 扎 扎 扎 | 扎

丈 | 丈 扎 扎 一 扎 | 扎 扎 扎 一 扎 | 扎

丈 | 丈 扎 扎 一 扎 一 扎 | 扎 扎 扎 一 扎 一 扎 | 扎 丈 | 丈

扎 | 扎 丈 丈 一 正 一 净 | 丈 丈 丈 一 正 一 净 | 丈

扎 | 扎 丈 丈 一 丈 | 丈 丈 丈 一 丈 | 丈

扎 | 扎 丈 丈 | 丈 丈 丈 | 丈

扎 | 扎 丈 | 丈 扎 | 扎

丈 | 丈 扎 | 丈 扎 | 丈 丈 丈 一 正 一 净 | 丈 ‖

注：锣鼓曲牌，选自《十番锣鼓》，杨荫浏编著，1980 年由人民音乐出版社出版发行。

谱例 4 《鼓诗》乐谱中 10 乐段

谱例 4《鼓诗》⑩ 乐段中的音乐节拍、节奏、结构完全取材于十番锣鼓曲牌《螺丝结顶》。不同的是，原曲牌使用两种不同音色的对奏，字谱中的"扎"为板鼓演奏，"丈"为锣鼓齐奏，也可以理解为板鼓领奏乐队，完成 9 小节复合节拍的演奏。《鼓诗》⑩ 乐段演变为使用中国大鼓、大堂鼓、排鼓同击鼓梆为"扎"，引领全体乐队击奏鼓心为"丈"。

四、音乐表现的几点提示

关于作品《鼓诗》的音乐表现方面，我个人的想法是，应尽量用简练的文字语言去描述各个乐段所要表达的音乐意境和场景，并以此激发演奏者创造性的个人想象力，通过团队的磨合和舞台实践，不断完善对作品的二度创作，最终形成一首成熟且受大众喜爱的鼓乐艺术作品。个人对作品的认识和理解以及对音乐的处理方式可以见仁见智，但作为一个团队，必须要形成一致并准确诠释，方能达到最佳效果。

下面对作品不同乐段的音乐表现，提出几点建议性提示，供大家参考：

1. ① 乐段：此乐段为引子，稍自由，气势如虹，呐喊震天。

2. ② ③ 乐段：厚重、深沉，诉说着中华民族的前世今生，坚韧不拔、奋力前行。

3. ⑥ ⑦ ⑧ 乐段（ ⑧ 乐段分为 8 部分）：历史的号角吹响，抬着头，挺着胸，踏上新的征程。

4. ⑨ ⑩ 乐段：团结一致，急速向前，势不可挡。速度由慢逐渐发展至急板，保持强力度，将乐曲推向高潮。

5. ⑫ 乐段：再现乐段至结尾，万众一心，大道至简，行则将至。

结语

传承和发展中国民族打击乐，需要在座同行们的共同努力，这也是我们肩上的一份重要责任。前辈是我们的榜样；千年遗存的中国鼓乐文化是我们的根脉；创新发展是我们必走之路。

最后几点寄语结束今天的讲话：

1. 敬畏中国传统锣鼓音乐，深入向民间学习、研究。

2. 创新发展中国当代锣鼓乐，期待更多的优秀鼓乐作品问世。

3. 扎实做好推广普及工作，做到有计划、有举措、有活动。

让更多的孩子、家长和广大听众，从认识了解中国民族打击乐，到喜欢民族打击乐，最终热爱民族打击乐。

祝艺术周圆满成功！感谢哈尔滨音乐学院的全力支持！谢谢大家！

李真贵

2023.11.5

哈尔滨音乐学院

大钹
小钹
锣鼓经
花鼓
大
大
小
狗
11条基本
♩=198
D.S.
♩=220-248
2X8
♩=152-168
X1:
X2:
X3:
♩=116-128

第三篇
作品集

李真贵　著

11 条基本功练习

李真贵 编曲

L R R L LRLRL R L RLRLR L R L RLRLR L R
♩= 116-128
5.
RRRRRRRR RLRRRRRRR LRLLLLLLL RLRRR RLRRR LRLLL LRLLL
RLRRLR RLRRLR LRLLRL LRLLRL RLRRLRR LRLLRLL LLLLLLLL RRRRRRRR D.S. RLRR
♩= 116-128
6.
RRRRRRRR RRLRRRRRR LLRLLLLLL RRLRR RRLRR LLRLL LLRLL
RRLRRL RRLRRL LLRLLR LLRLLR RRLRRLR LLRLLRL LLLLLLLL RRRRRRRR D.S. RRLR
♩= 138
7.
R LRL R L R L R L RLR L R L R L R LRL R L R
L RLR L R L R LRL R L RLR L R L R L R LRL R
♩= 138
8.
RLRLRLRLRLRL RLLRLLRLLRLR LRRLRRLRRLRL
RLLRLRLRRLRL RLRLRLRLRLRL D.S. RLRLRLRLRLRL R

♩= 106-116
9.
R L R L R L R L R L R L R L R L
R L R L R L R L R L R L R L R R
L R L R L R L R L R L R L R L L
R L R L R L R R L R L R L R L L
R L R L R R L R L R L L
R L R R L R L L
R L R R L R L L
D.S.
R L R L R L R L
R

♩= 48
10.
ff
pp
pp
ff
fp
ff

♩= 76-79
11.
mp
f
p
mf
p
ff
p
ff

喜庆锣鼓

（锣鼓乐）

安徽花鼓灯锣鼓
谈守文、李真贵 编曲

18
匡 匡 令 匡 一 令 匡 台 匡 匡 令 匡 一 令 匡 匡 一 令 匡
25 B
一 打 一 匡 一 打 一 打 一 打 打 匡 匡 令 匡 一 令 匡 弄 冬
31
匡 · 个 弄 冬 匡 匡 一 令 匡 台
A
匡 令 匡 令 匡 匡

36
令 匡 一 令
匡·个 令 丁
匡 匡 一 令
匡 台
匡 令 匡 令
匡 台
匡 匡 一 令
43
匡 台
匡 匡
令 匡 一 令
匡 台
匡 匡
令 匡 一 令
49
匡 匡 匡 令
匡
C
匡 令 匡 令
匡 令 匡
台 台 台 台
台 台 台

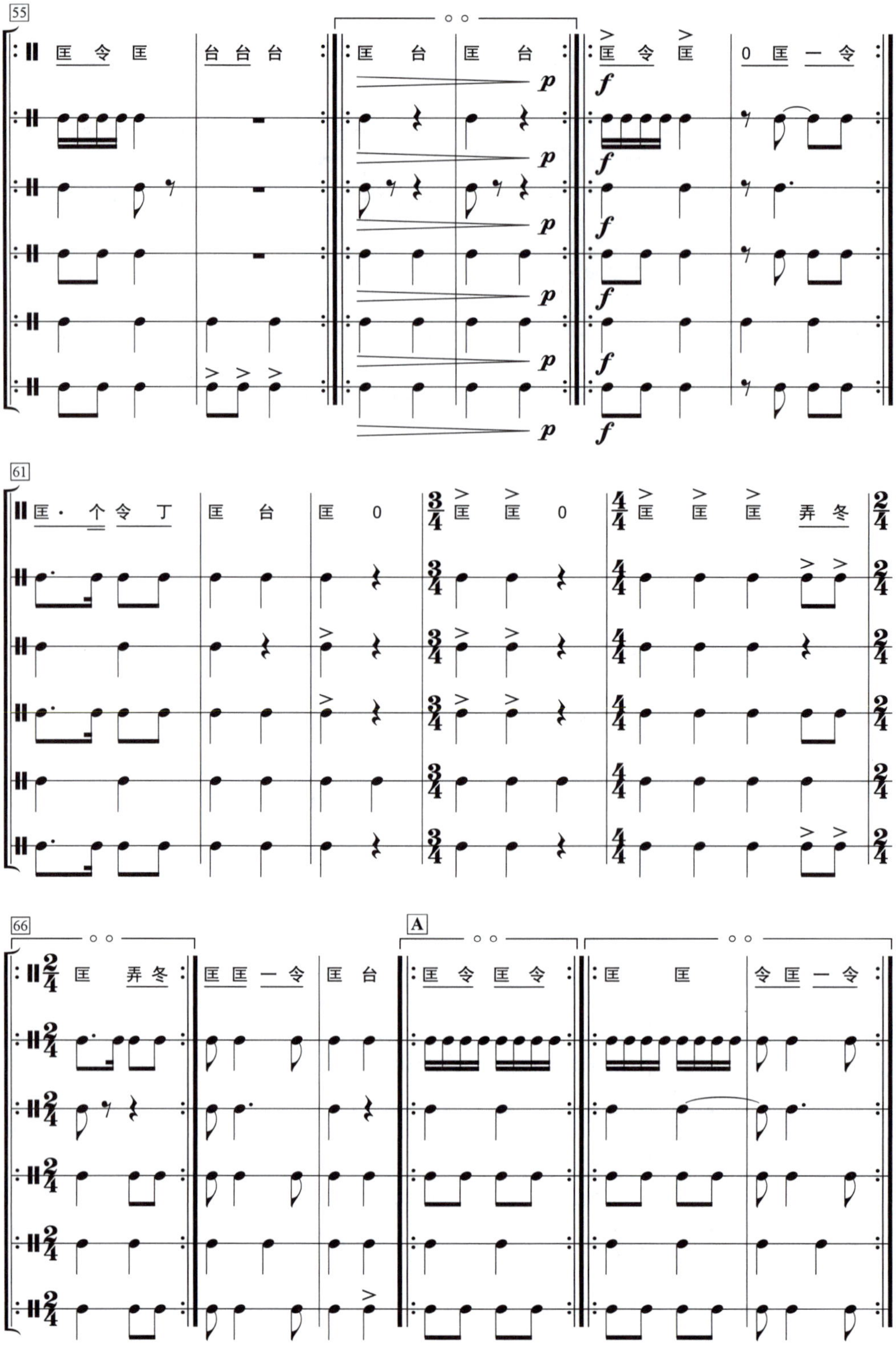
55
匡 令 匡 台 台 台 匡 台 匡 台 匡 令 匡 0 匡 一 令
p
f
61
匡· 个 令 丁 匡 台 匡 0 匡 匡 0 匡 匡 匡 弄 冬
66
A
匡 弄 冬 匡 匡 一 令 匡 台 匡 令 匡 令 匡 匡 令 匡 一 令

72
匡·个 令 丁
匡 匡 一 令 匡 台
匡 令 匡 令 匡 台
匡 匡 一 令 匡 台
79
匡 匡 令 匡 一 令 匡 台 匡 匡 令 匡 一 令 匡 匡 一 令
85
匡 台
D
匡 匡 (次)(次)
匡 匡 令 匡 一 令 匡 0 冬 匡 0 冬
p
f

演奏符号说明：

⊥　敲击鼓梆。

(ρ)　闷击。

茶　通

（锣鼓乐）

河北民间锣鼓
赵春峰 传谱
李真贵 记谱

13
登·不登 仓 仓
台·台台 台 乙 台 台
仓·个冬 仓 乙 冬
17
仓·个 台 台 七 台 乙 台
仓·个 台 台 七 台 乙
都 儿 冬
都 儿 冬
21
都 儿 隆 冬 乙 冬
冬 都 儿 隆 冬 乙 冬
都 儿 冬
仓·个 令 仓 乙 令 仓

25
令 仓 令 仓 乙 令 仓
都 儿 冬 仓 仓
冬 仓 冬 仓
30
冬 仓 冬 仓 乙 冬 仓
崩 登
仓
冬 · 不 冬
仓 仓
35
台 · 台 台 台 乙 台 台
仓 · 个 冬 仓 乙 冬
仓 · 个 台 台 七 台 乙 台

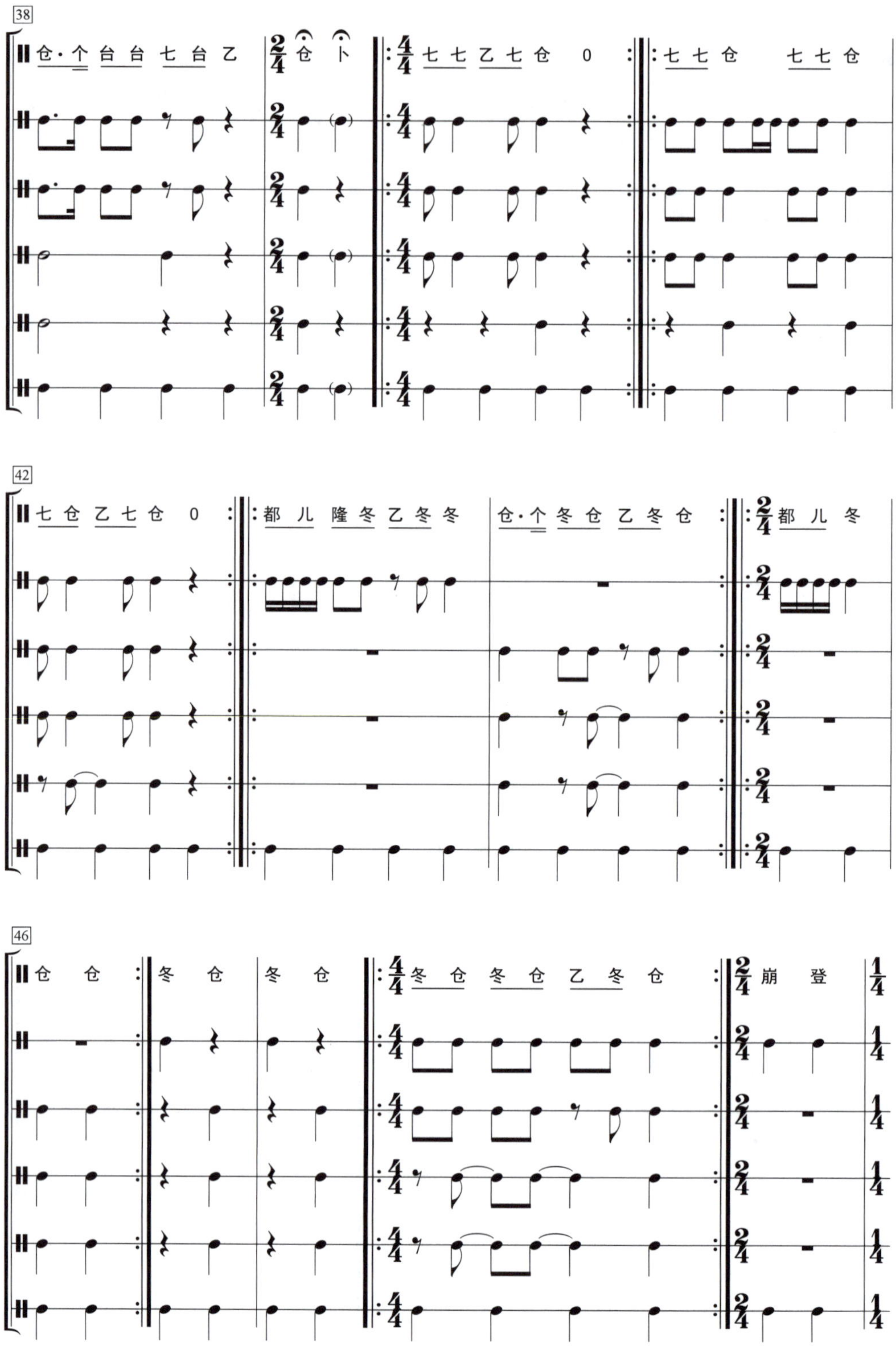
38
仓·个 台 台 七 台 乙
仓 卜
七 七 乙 七 仓 0
七 七 仓 七 七 仓
42
七 仓 乙 七 仓 0
都 儿 隆 冬 乙 冬 冬
仓·个 冬 仓 乙 冬 仓
都 儿 冬
46
仓 仓
冬 仓 冬 仓
冬 仓 冬 仓 乙 冬 仓
崩 登

51
仓
冬·不冬
仓 仓
台·台台台乙台台
仓·个冬仓乙冬

56
仓·个台台七台乙台
仓 0 0
七七乙七仓 0

59
七七仓 七七仓
七仓乙七仓 0
七七仓 七七仓
七仓乙七

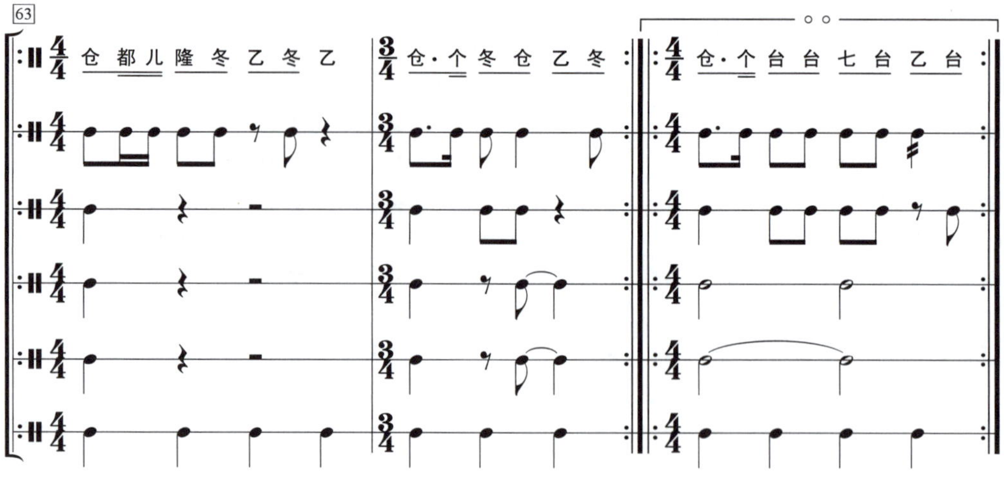
63
仓 都儿 隆 冬 乙 冬 乙
仓·个 冬 仓 乙 冬
仓·个 台 台 七 台 乙 台

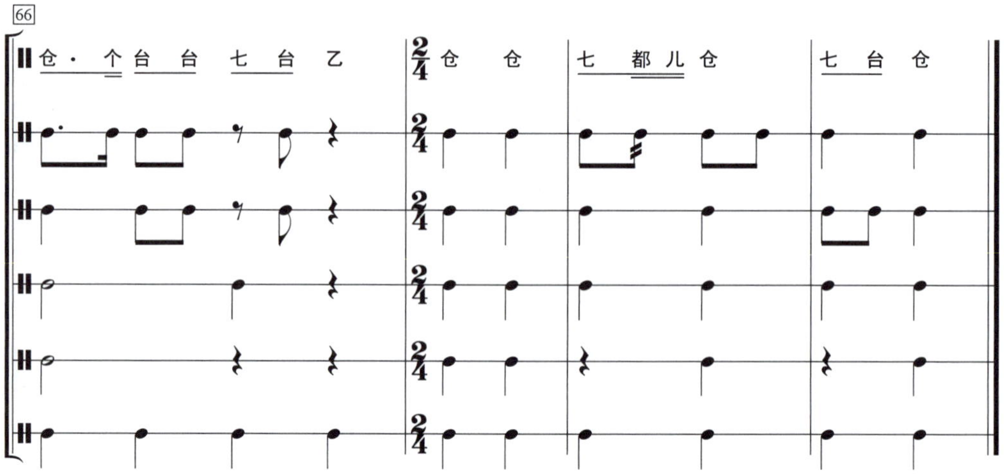
66
仓 · 个 台 台 七 台 乙
仓 仓
七 都儿 仓
七 台 仓

将军令

（鼓吹乐）

苏南民间吹打曲
周荣寿、周祖馥 整理改编
李真贵 演奏谱

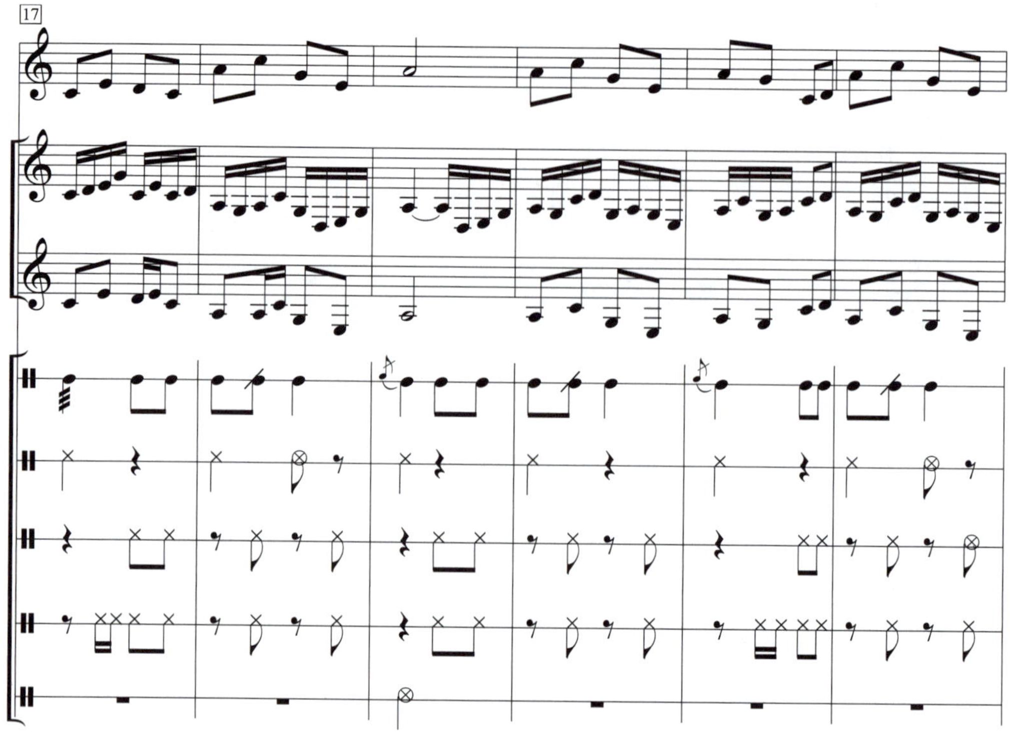
17

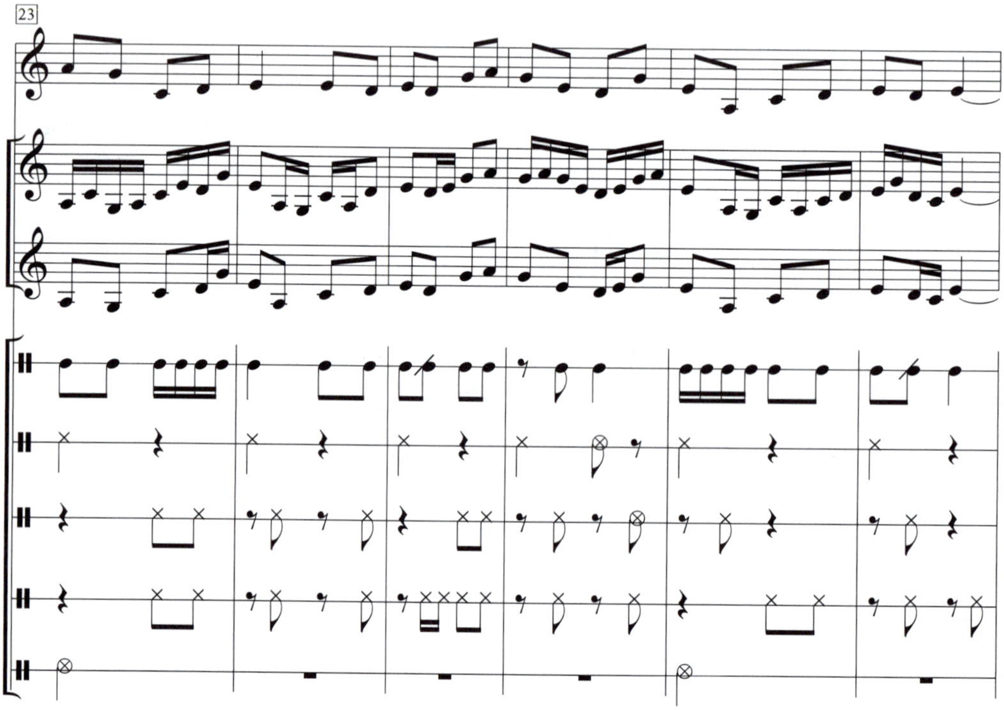
23

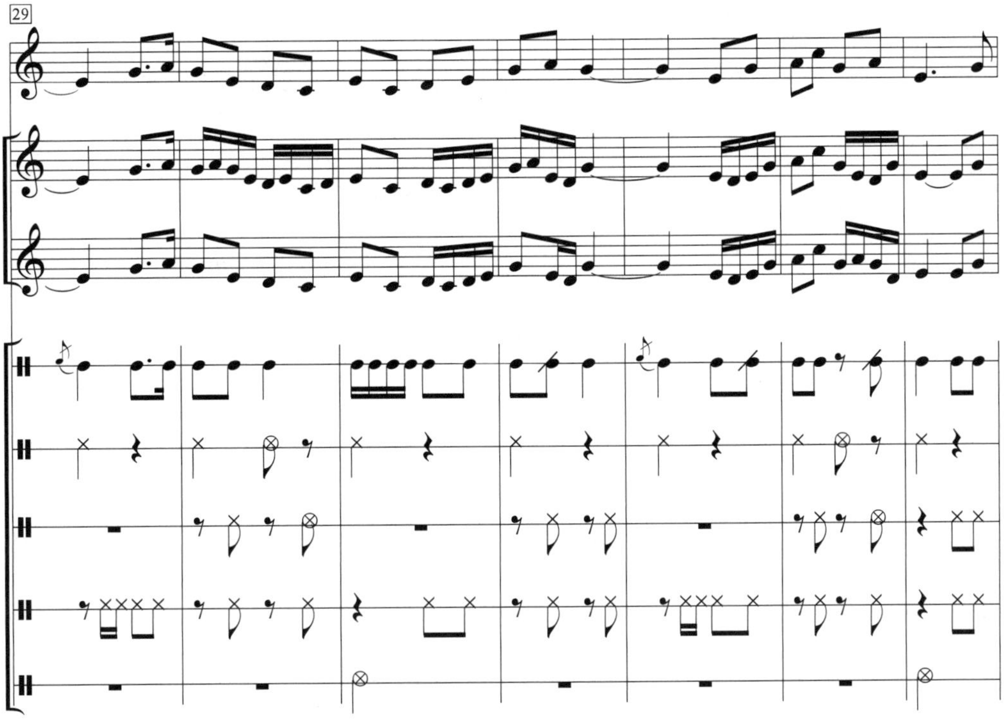
29

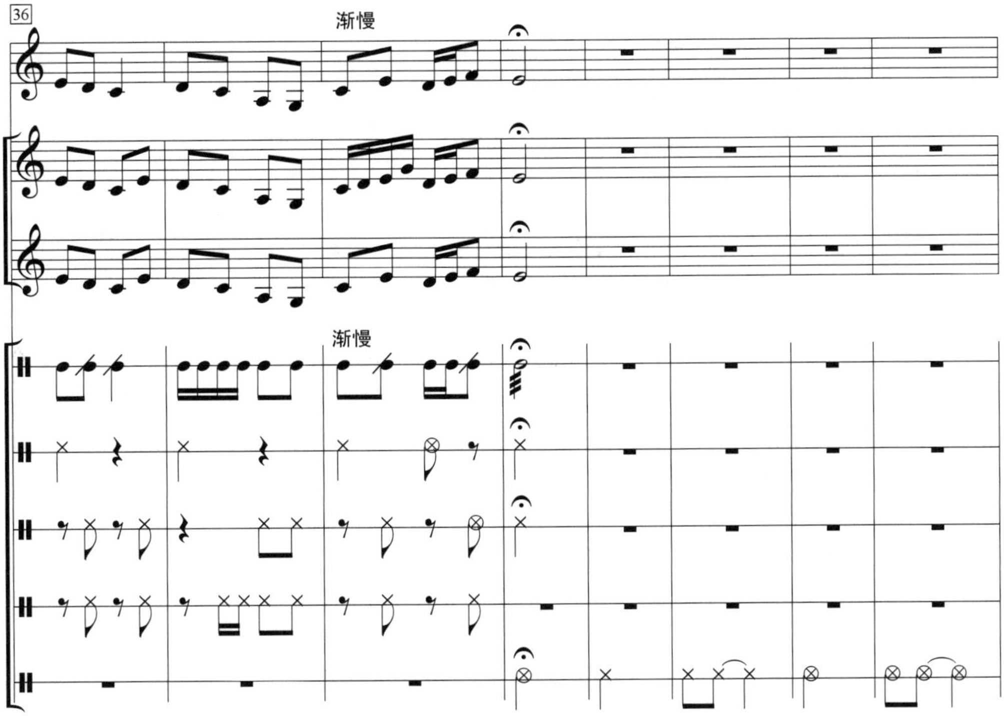
36
渐慢
渐慢

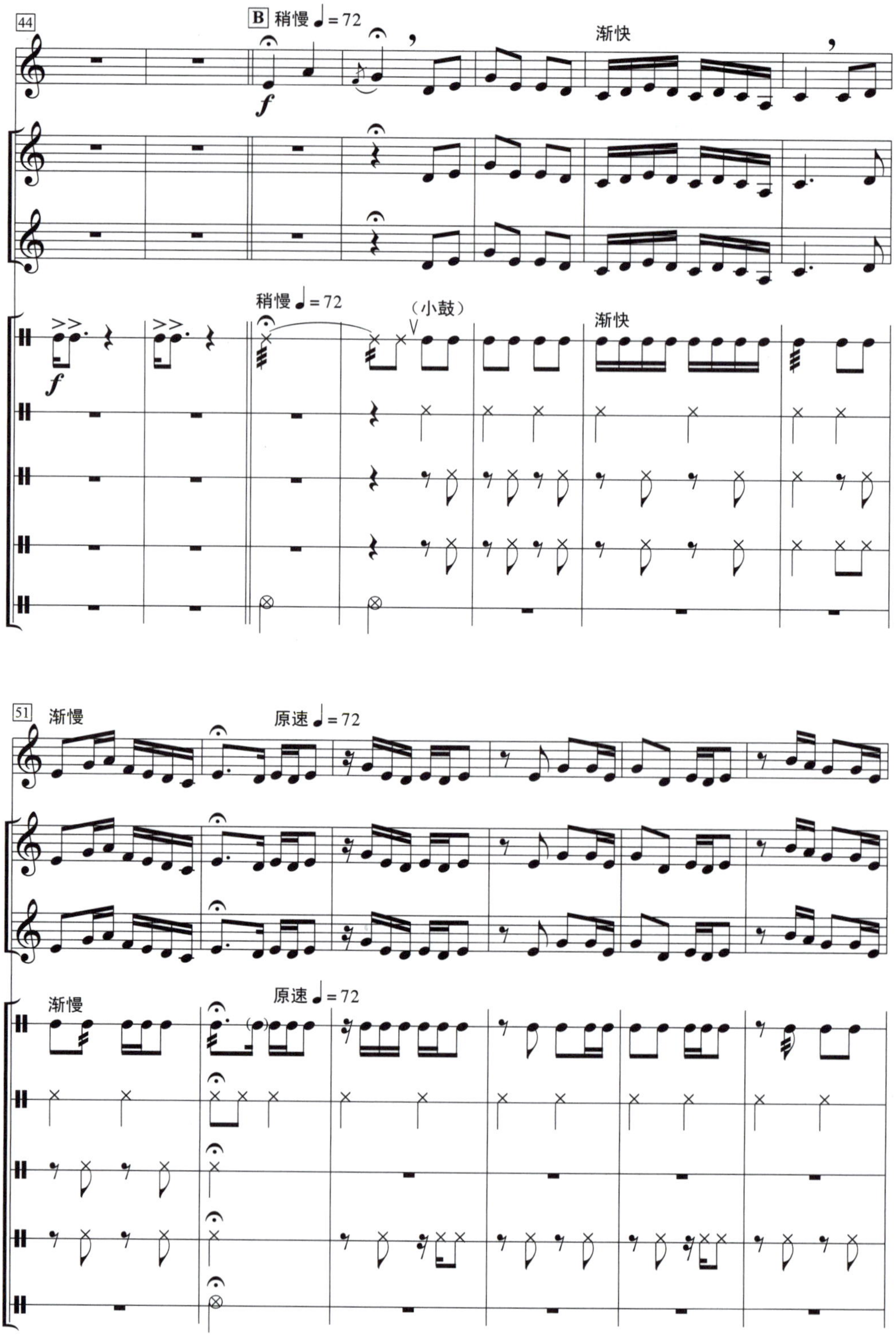
44
B 稍慢 ♩=72
渐快
稍慢 ♩=72
（小鼓）
渐快
51
渐慢
原速 ♩=72
渐慢
原速 ♩=72

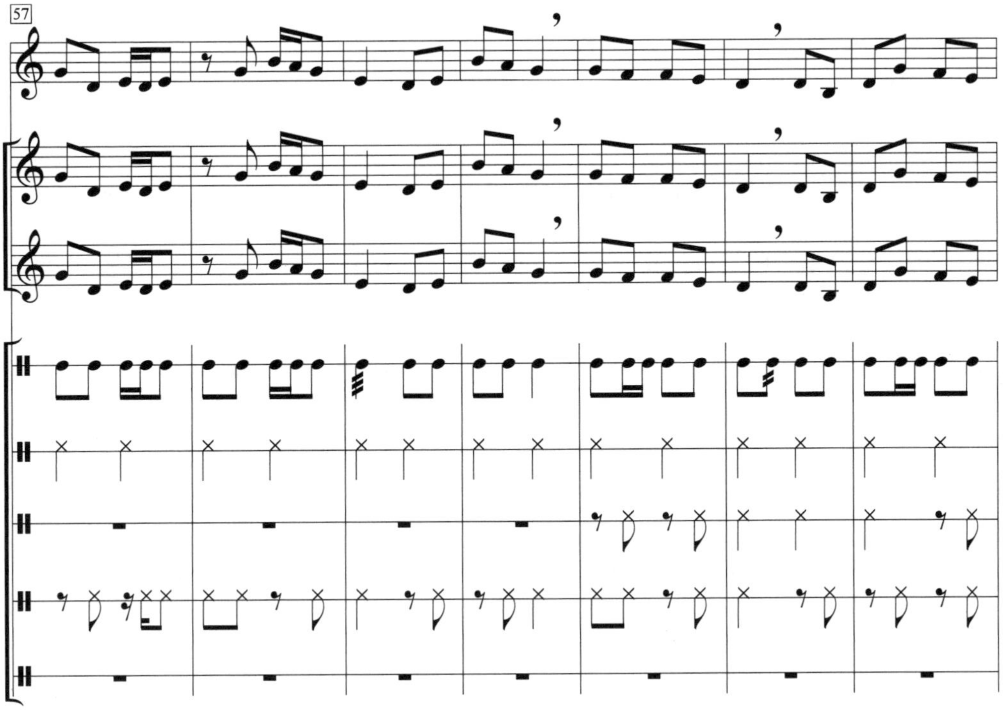
57

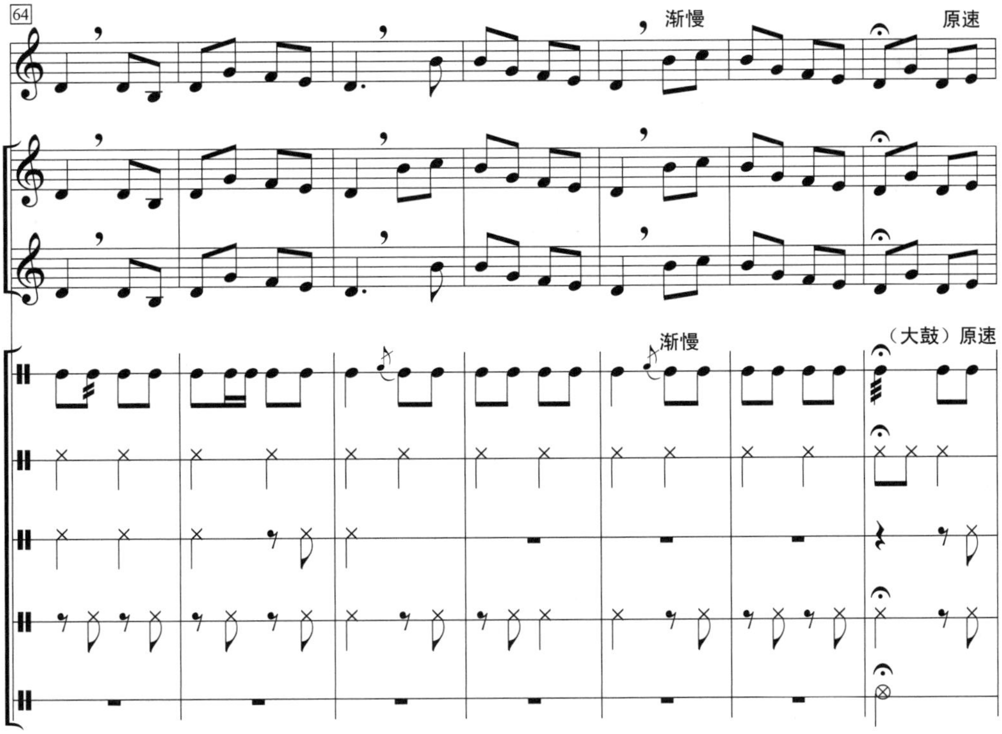
64
渐慢
原速
渐慢
（大鼓）原速

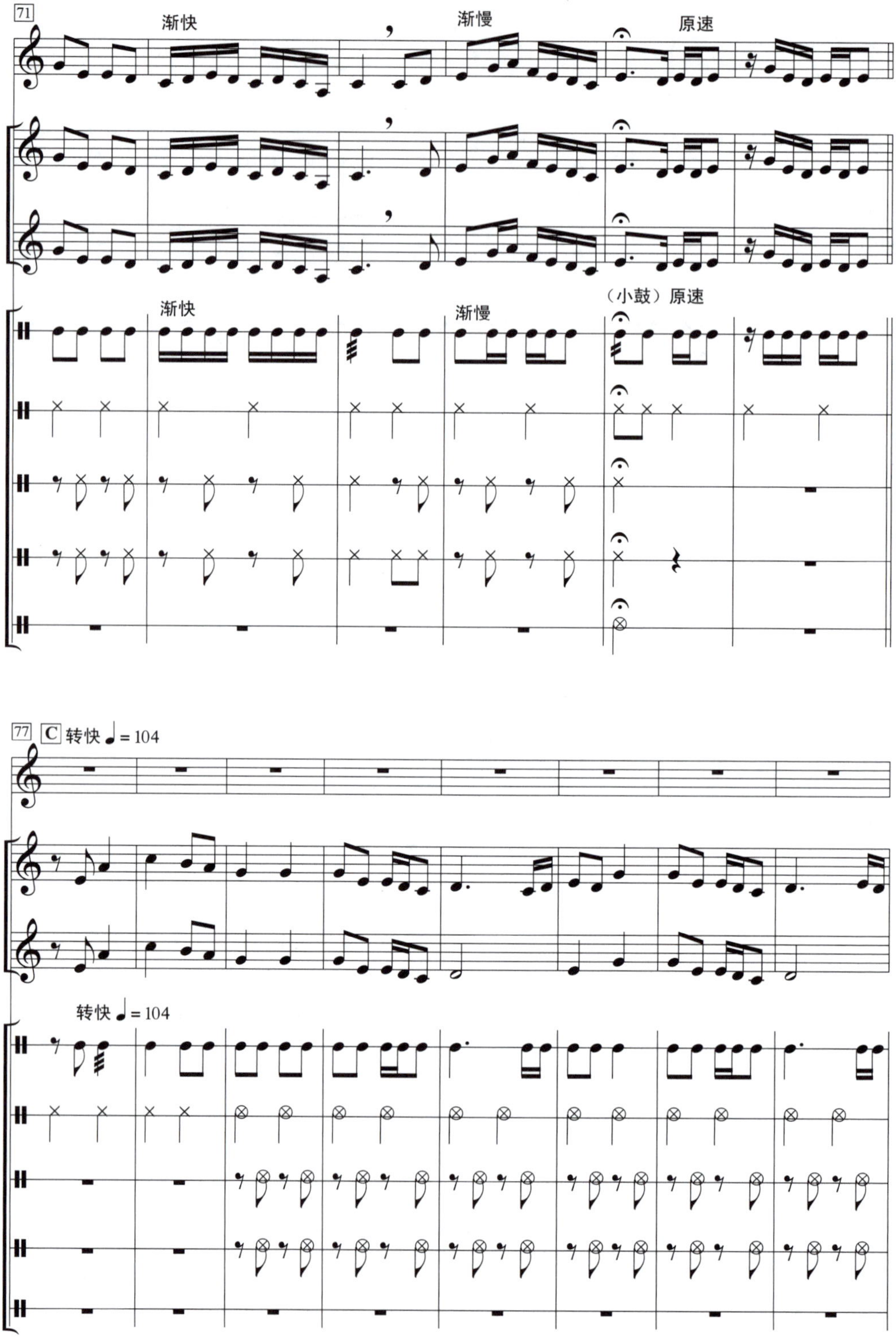
71
渐快
渐慢
原速
渐快
渐慢
（小鼓）原速
77
C 转快 ♩= 104
转快 ♩= 104

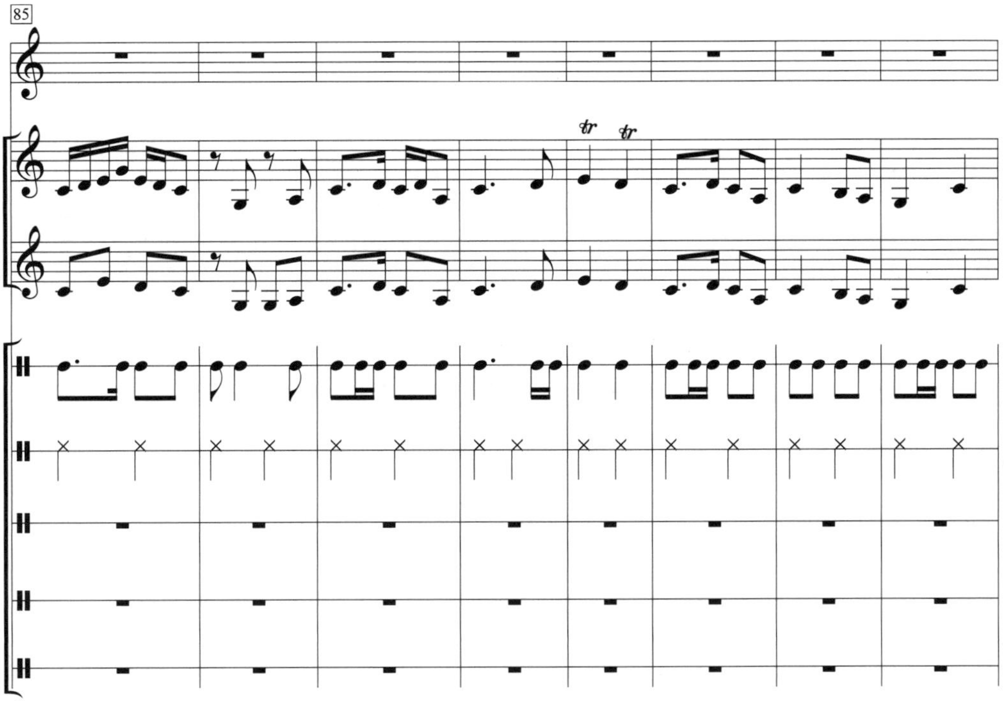
85

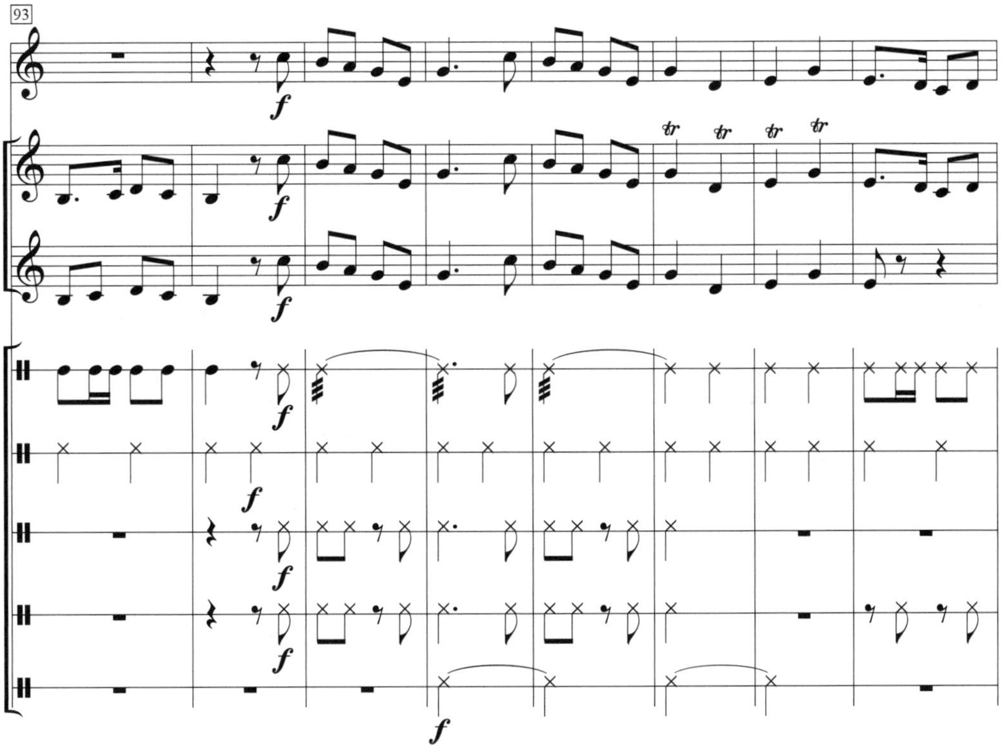
93

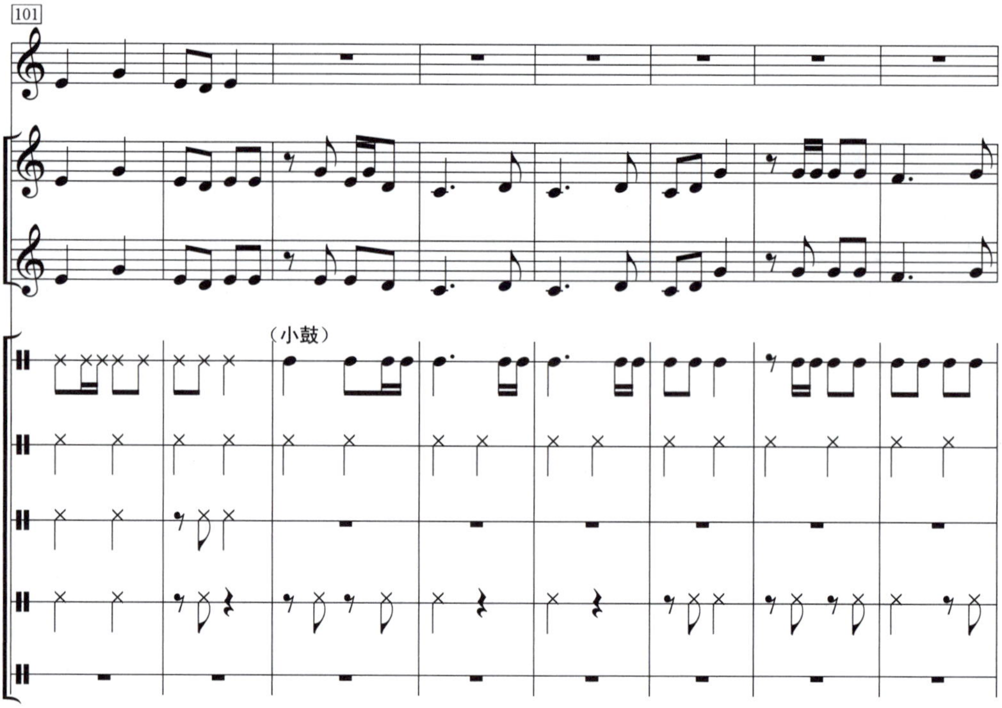
101
（小鼓）

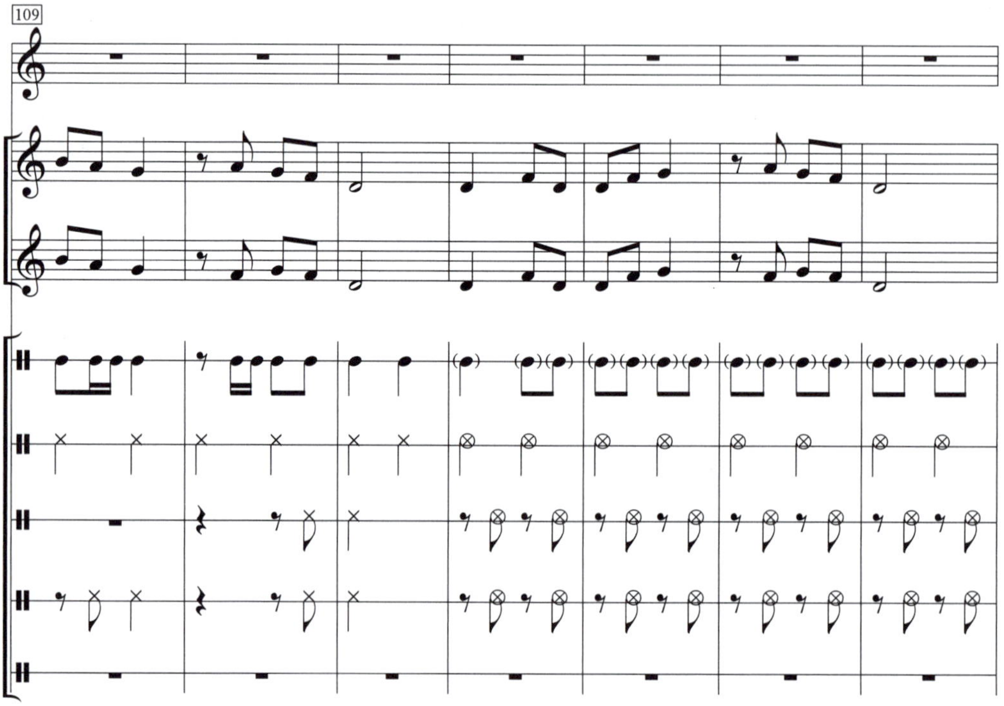
109

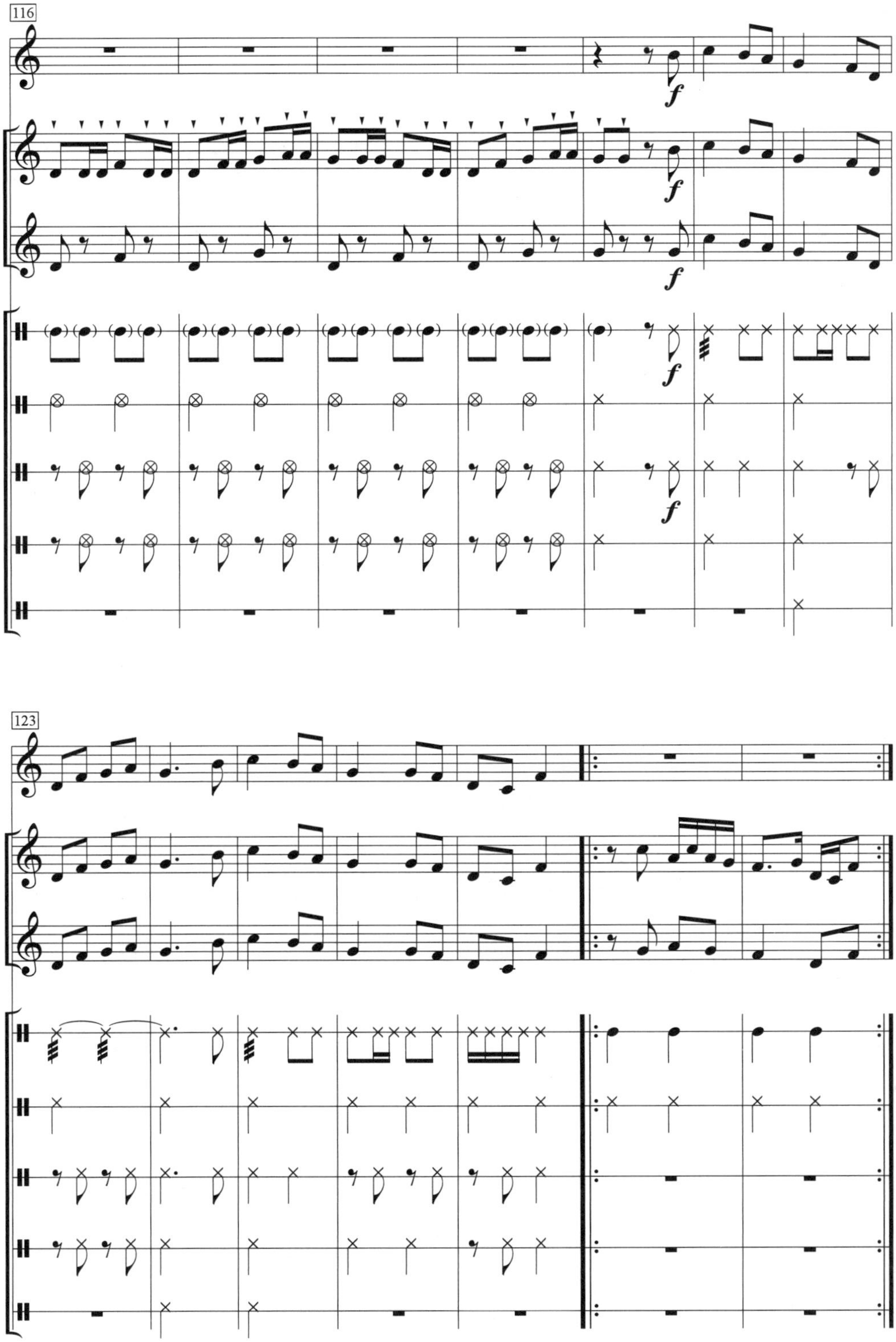
116
f
f
f
f
f
123

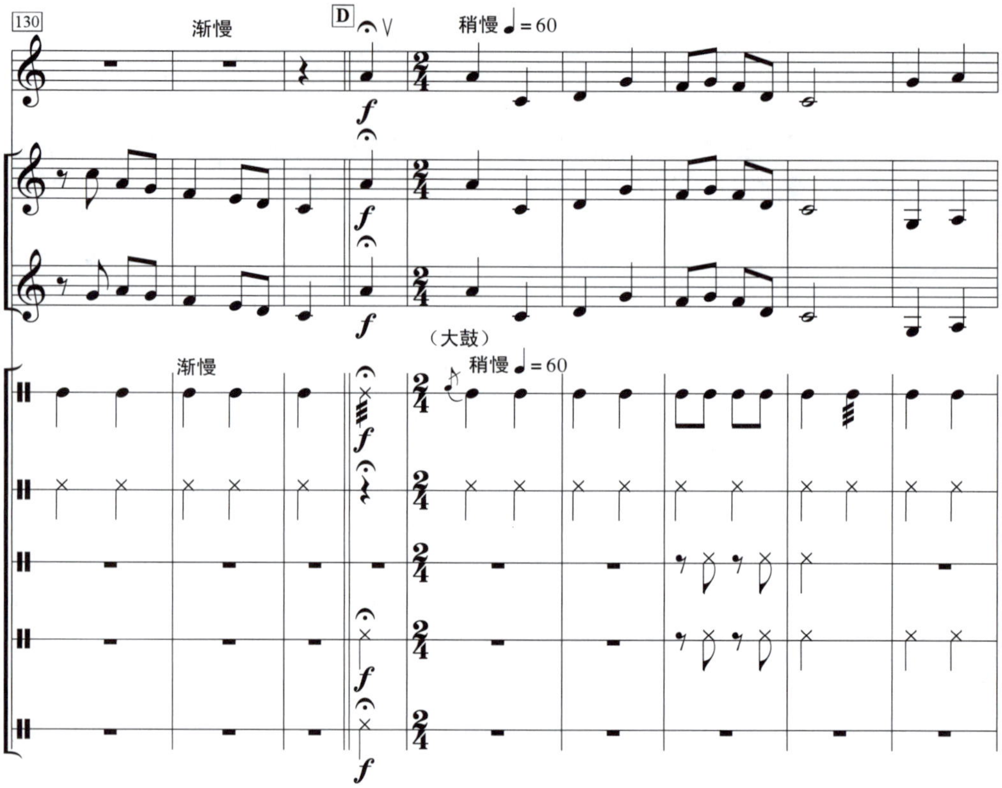
130
渐慢
D
稍慢 ♩= 60
f
f
f
（大鼓）
渐慢
稍慢 ♩= 60
f
f
f

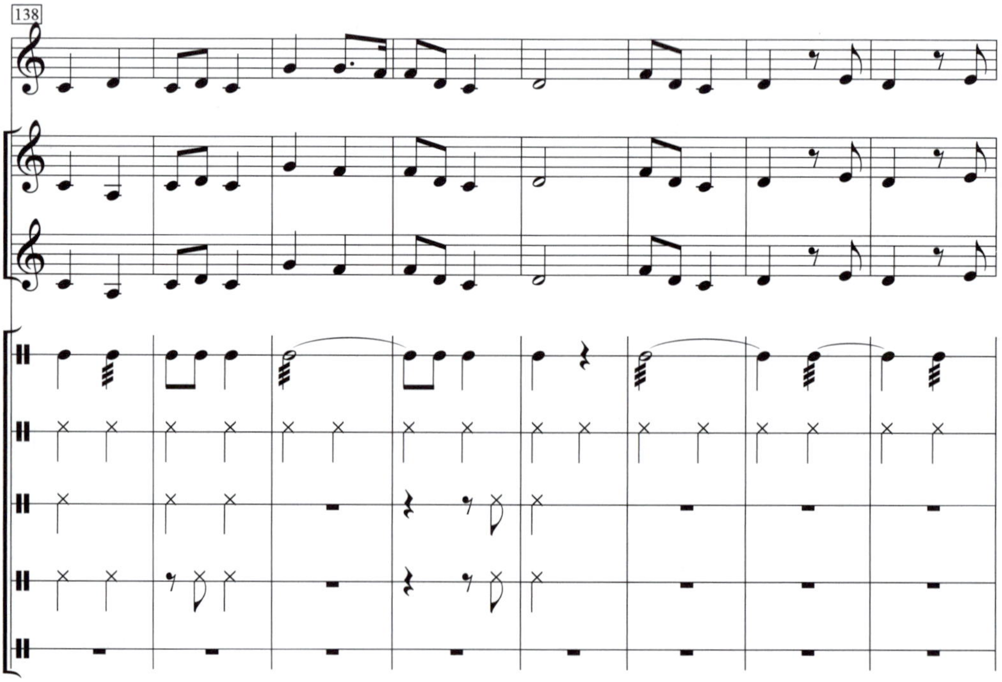
138

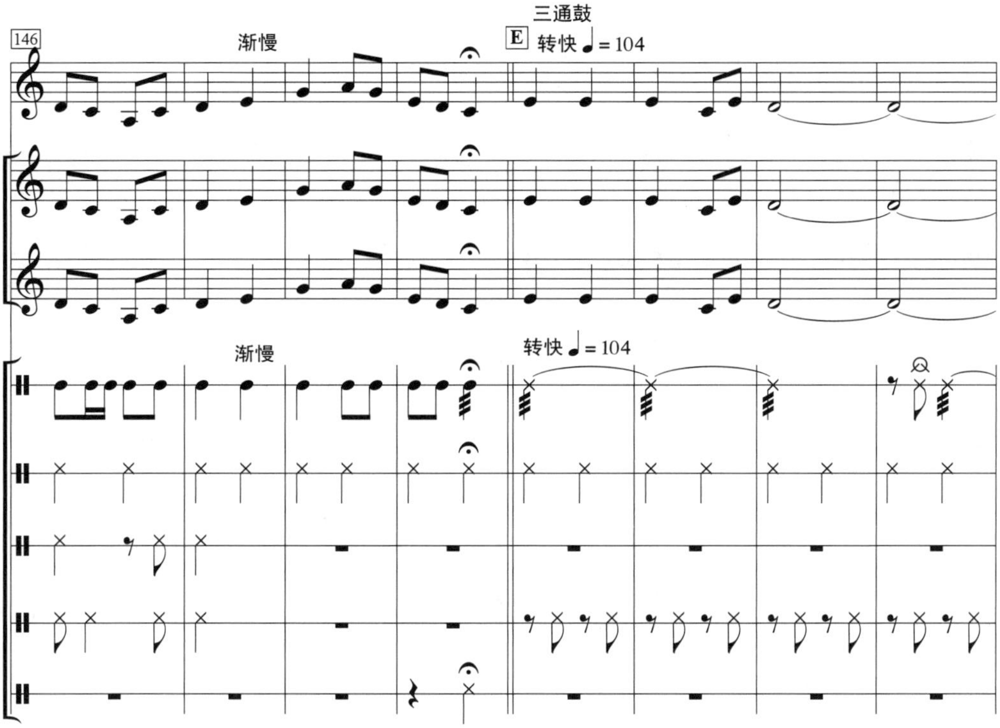
146
渐慢
三通鼓
E 转快 ♩= 104
渐慢
转快 ♩= 104

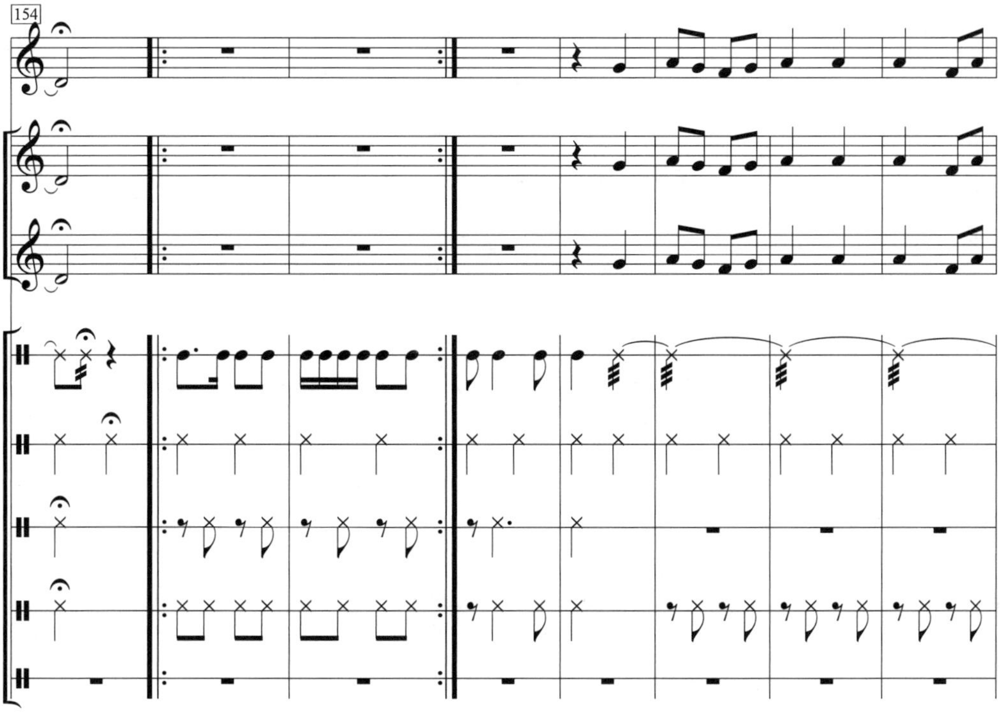
154

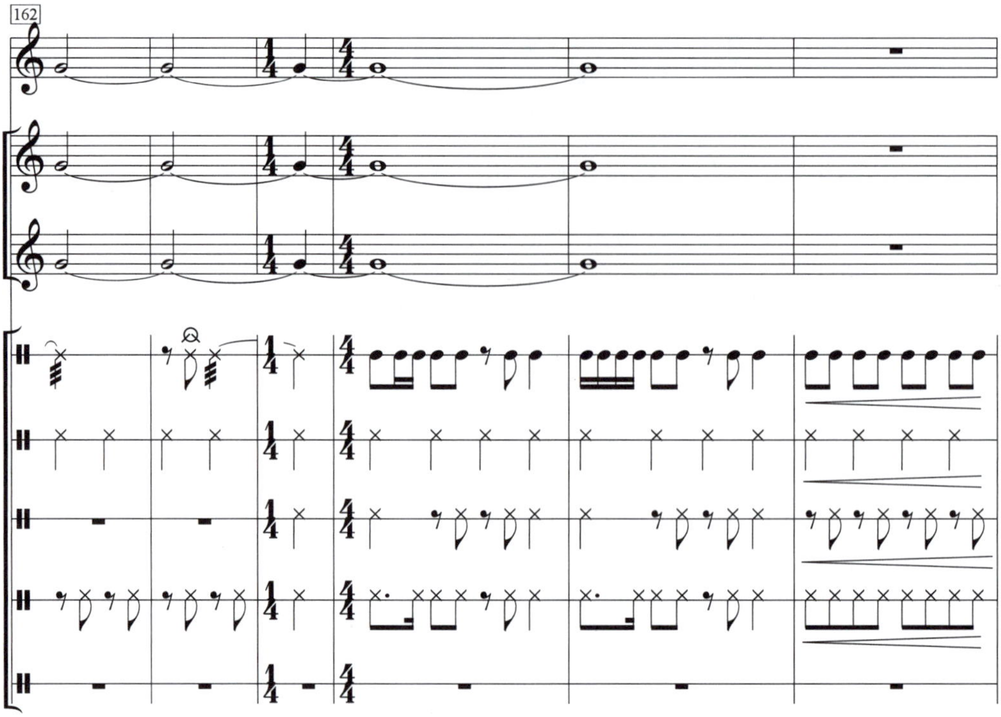
162

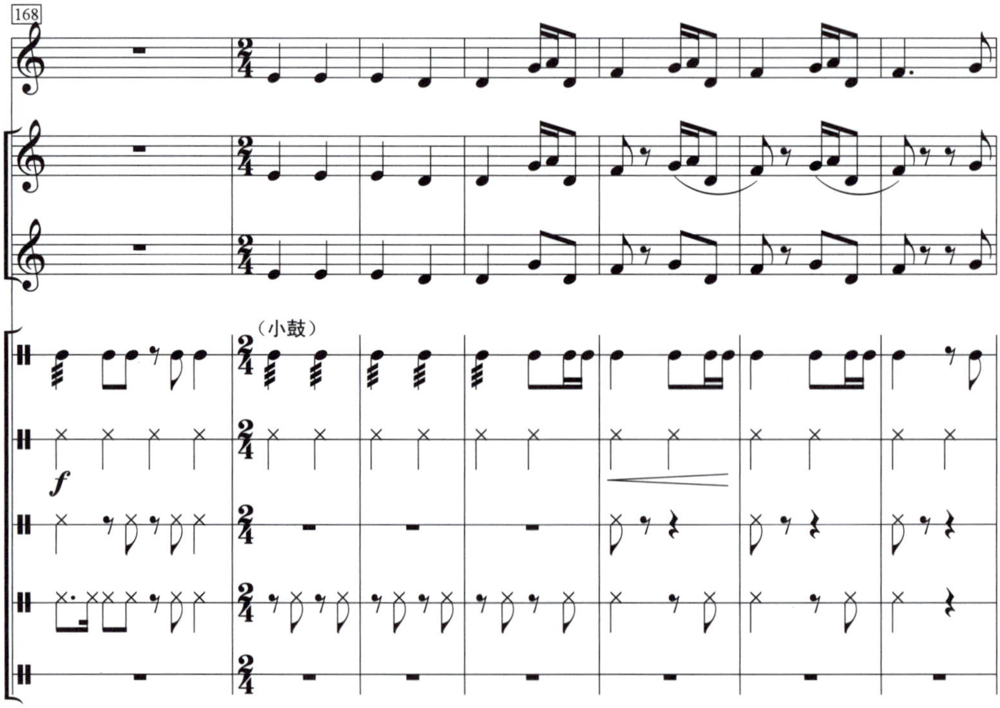
168
（小鼓）
f

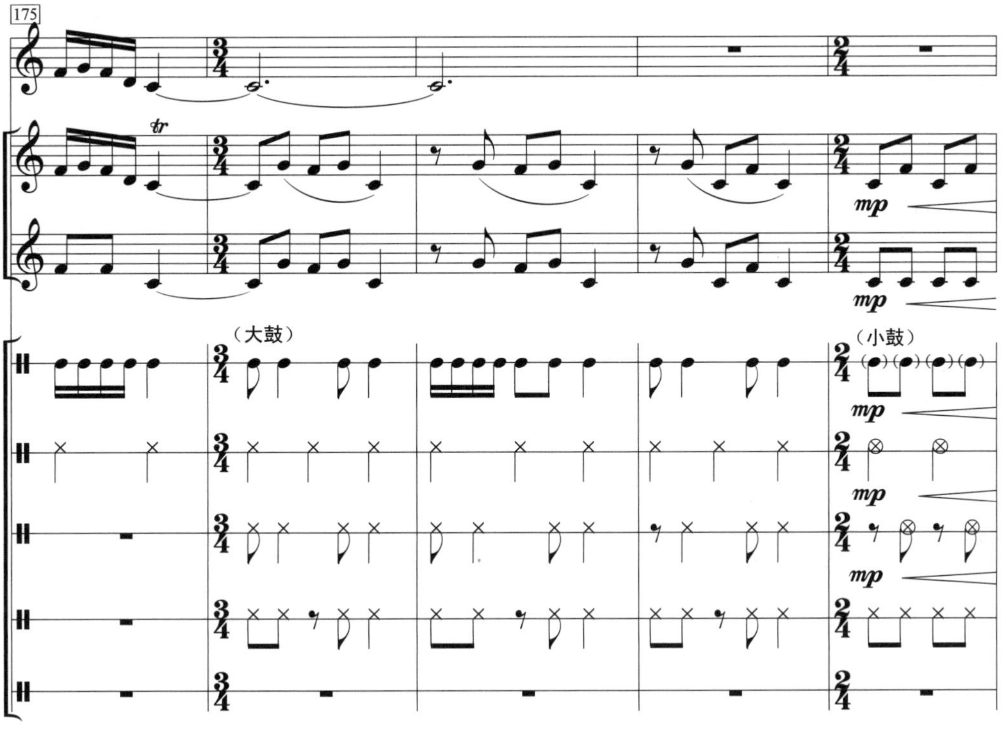
175
tr
mp
mp
（大鼓）
（小鼓）
mp
mp
mp

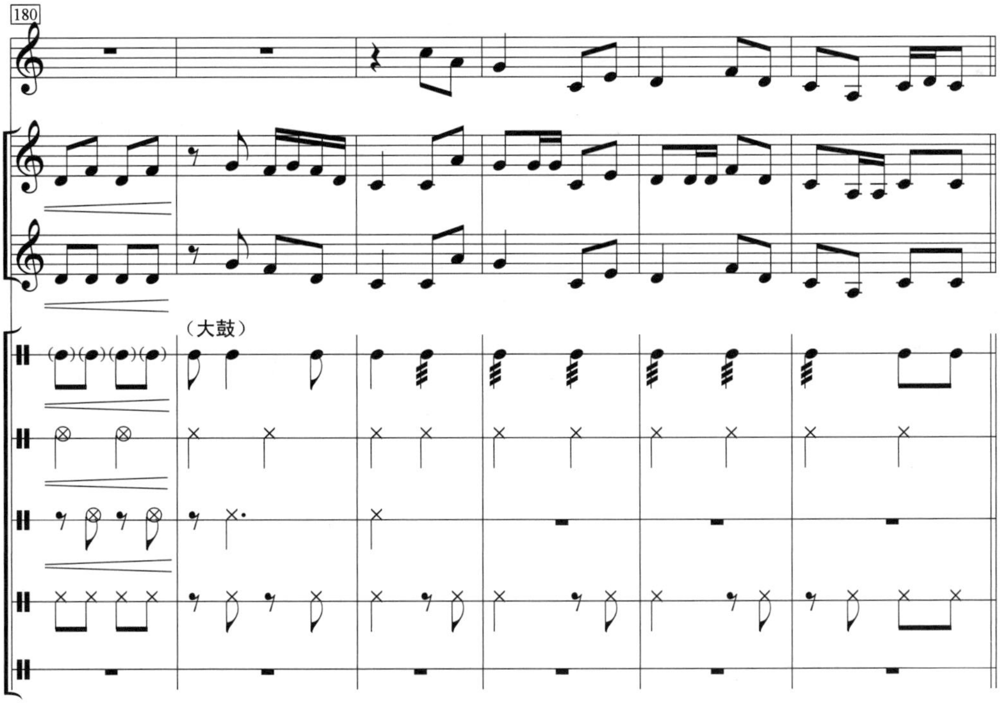
180
（大鼓）

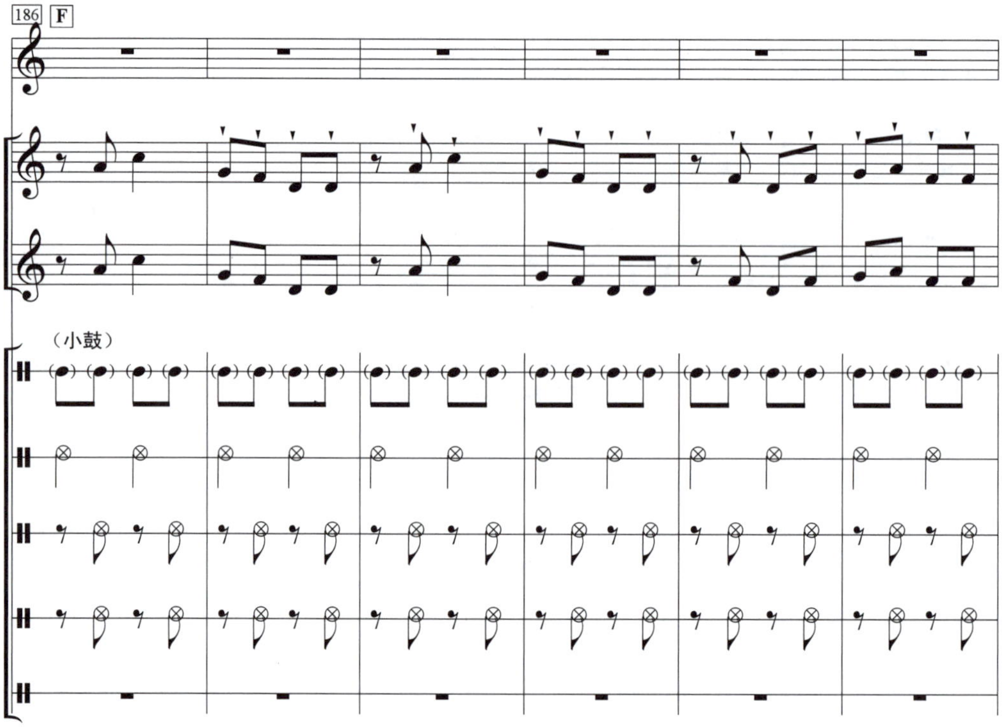
186
F
（小鼓）

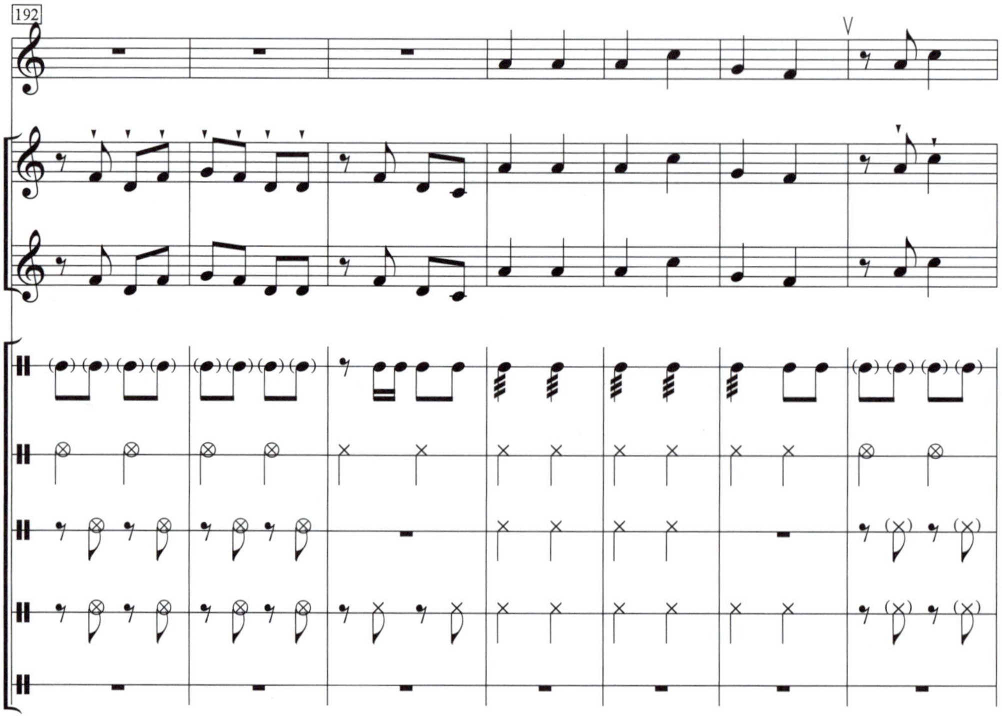
192

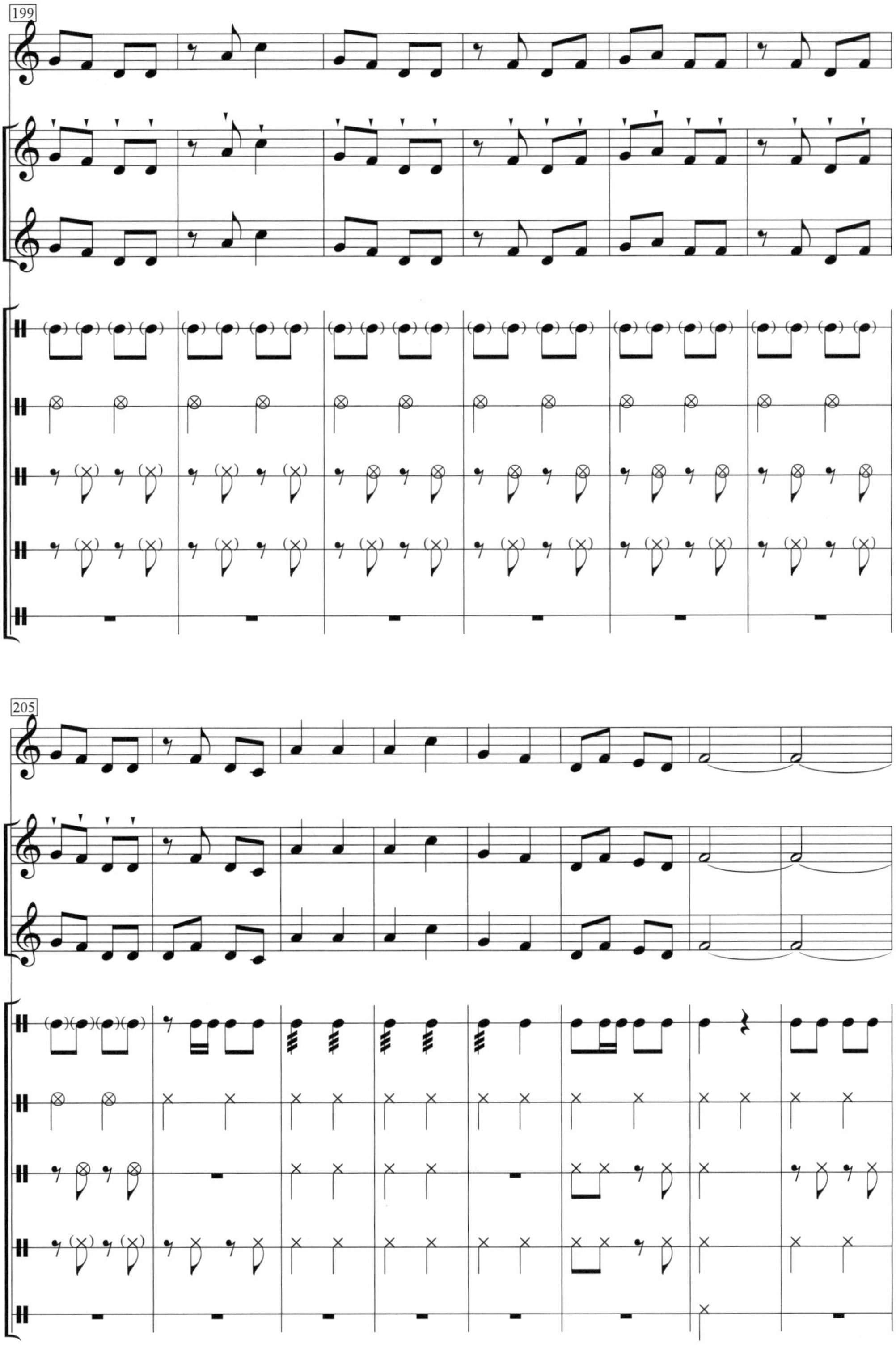
199
205

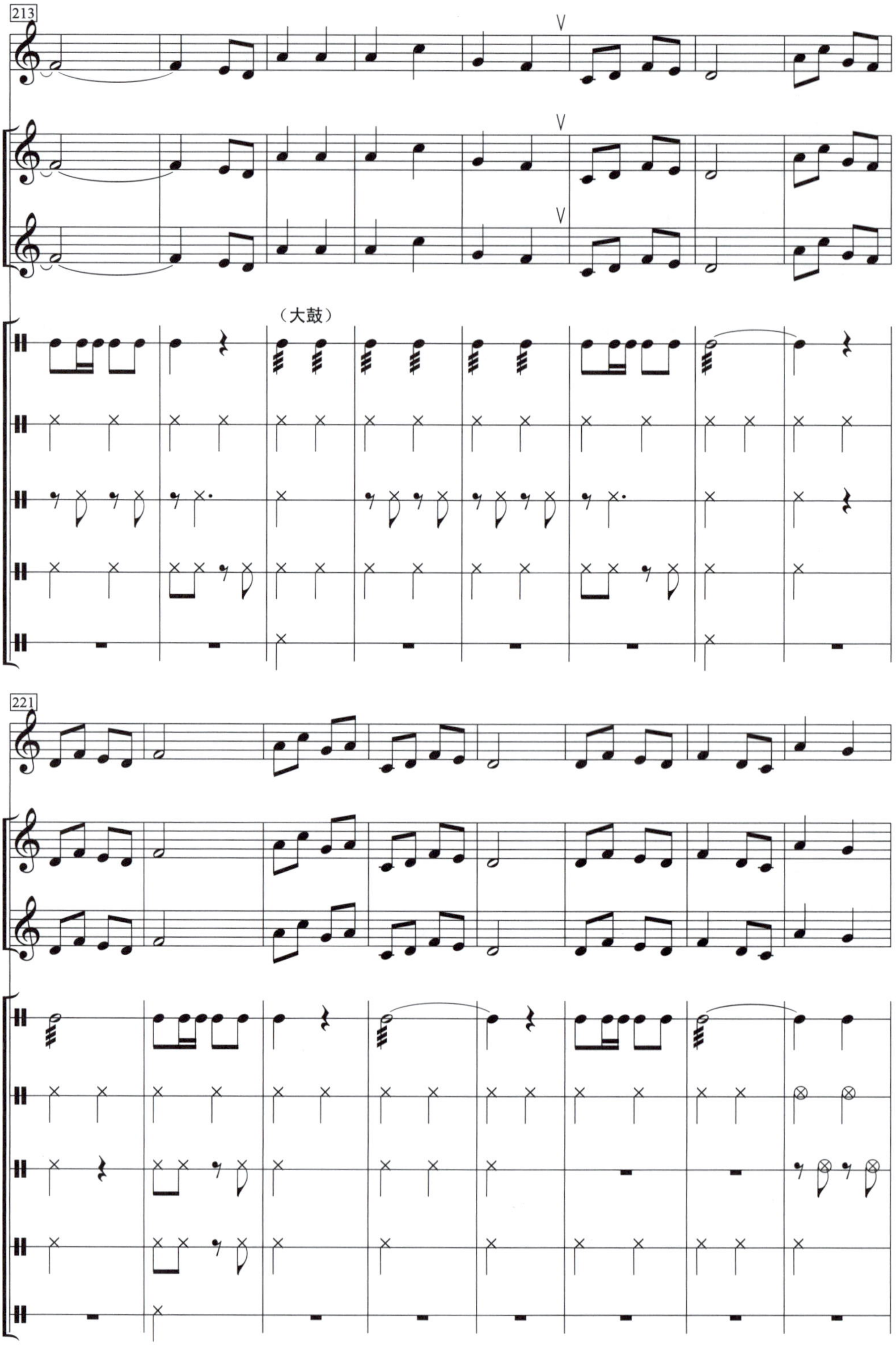
213
（大鼓）
221

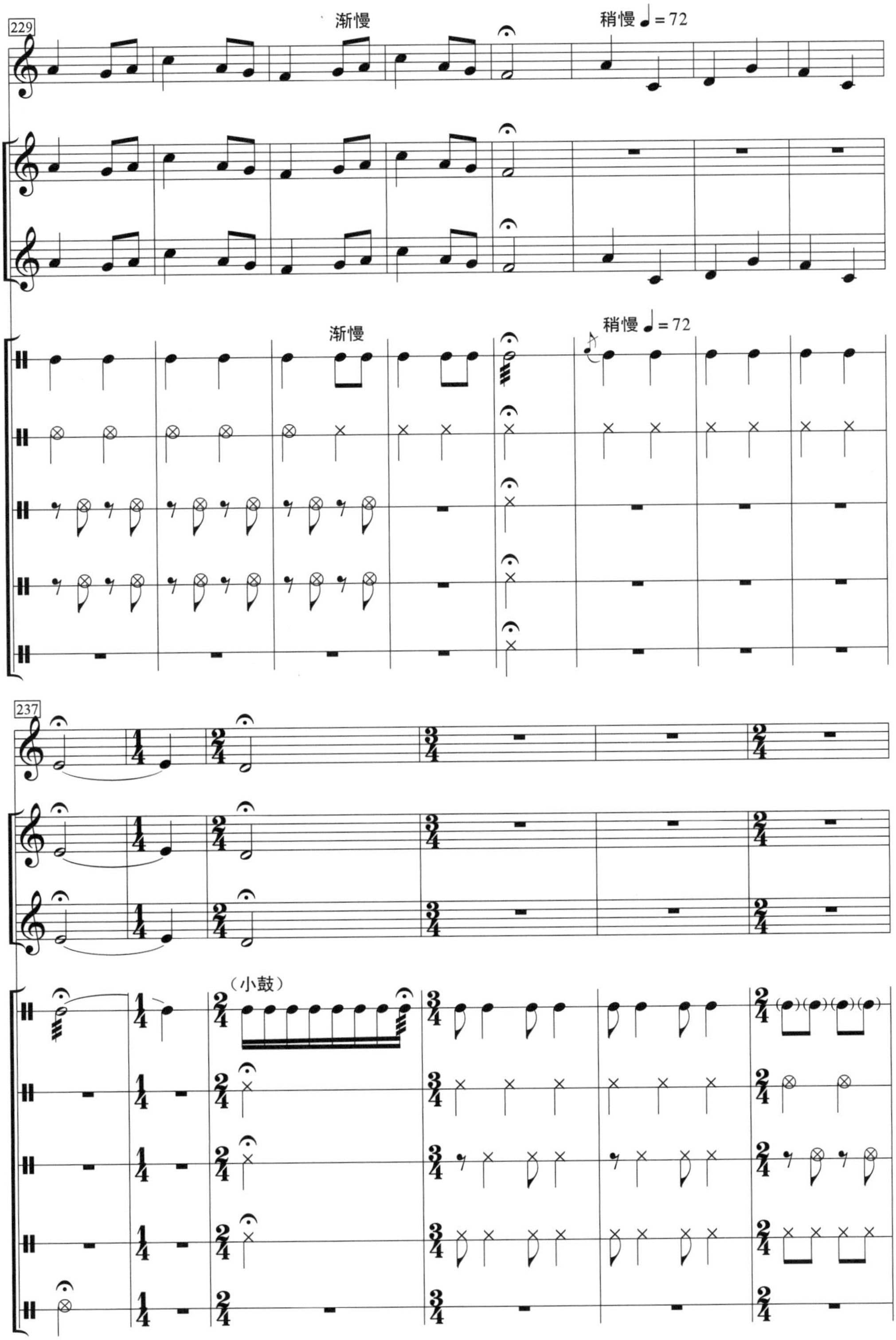
229
渐慢
稍慢 ♩= 72
渐慢
稍慢 ♩= 72
237
（小鼓）

注：

1. 中音唢呐：用筒音为 D 的大 G 调中音唢呐（筒音作 sol）演奏。

2. 高音唢呐：用筒音为 G 的 C 调高音唢呐（筒音作 do）演奏。

淘金令

（吹打乐）

河北民间乐曲
赵春峰传谱
李真贵演奏谱

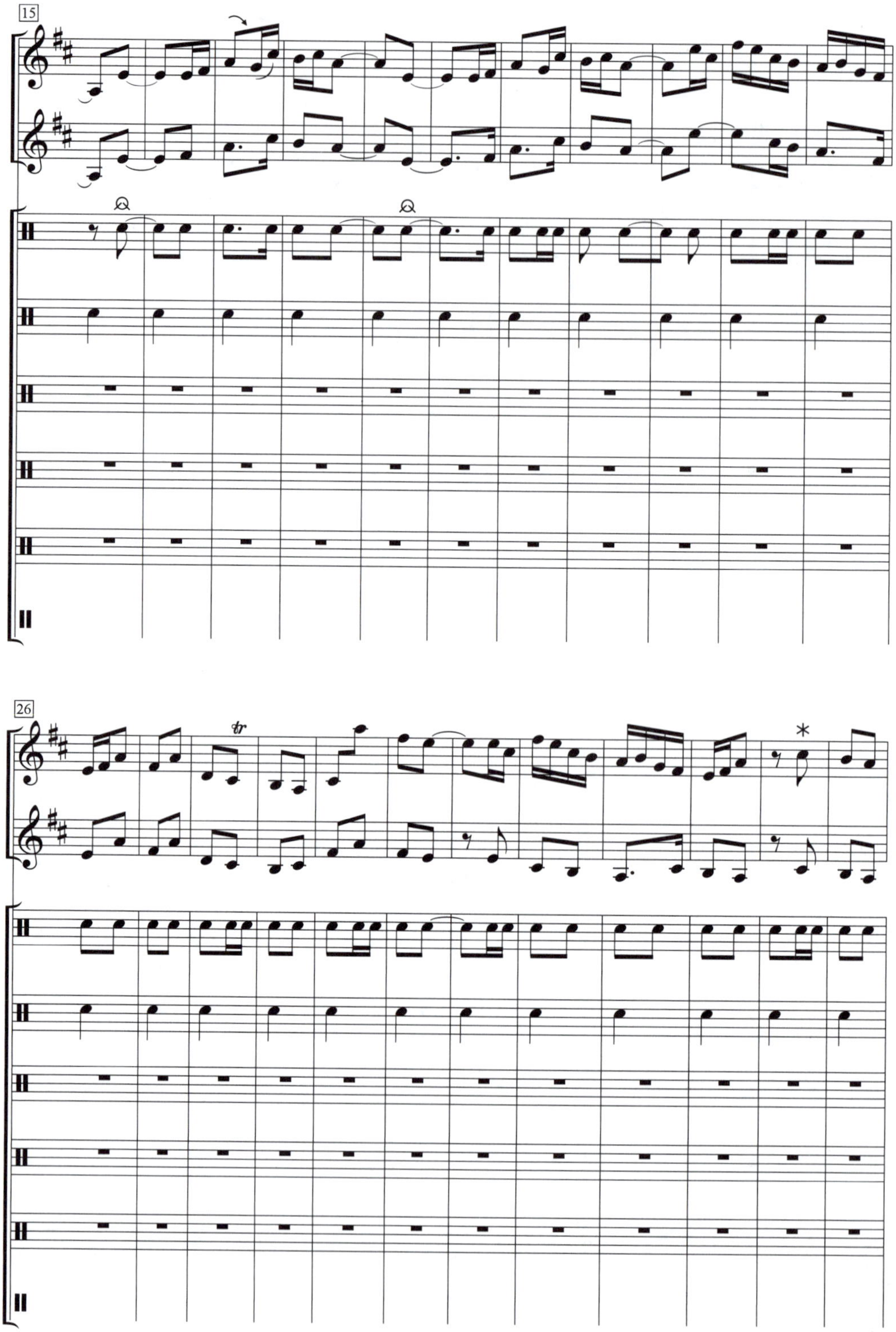
15
26

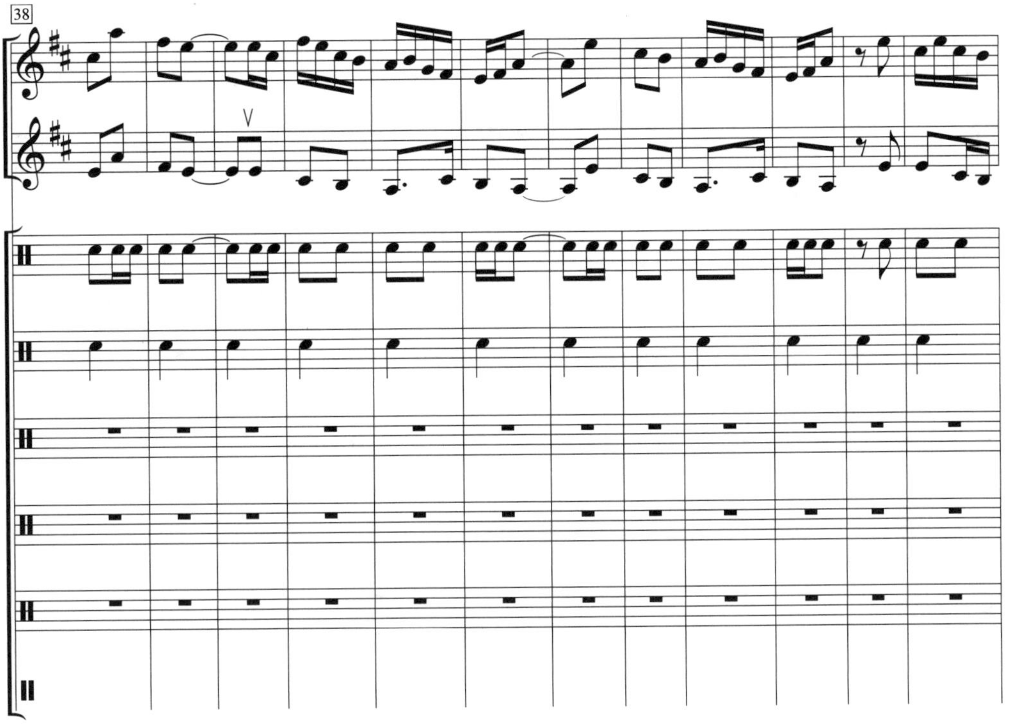
38

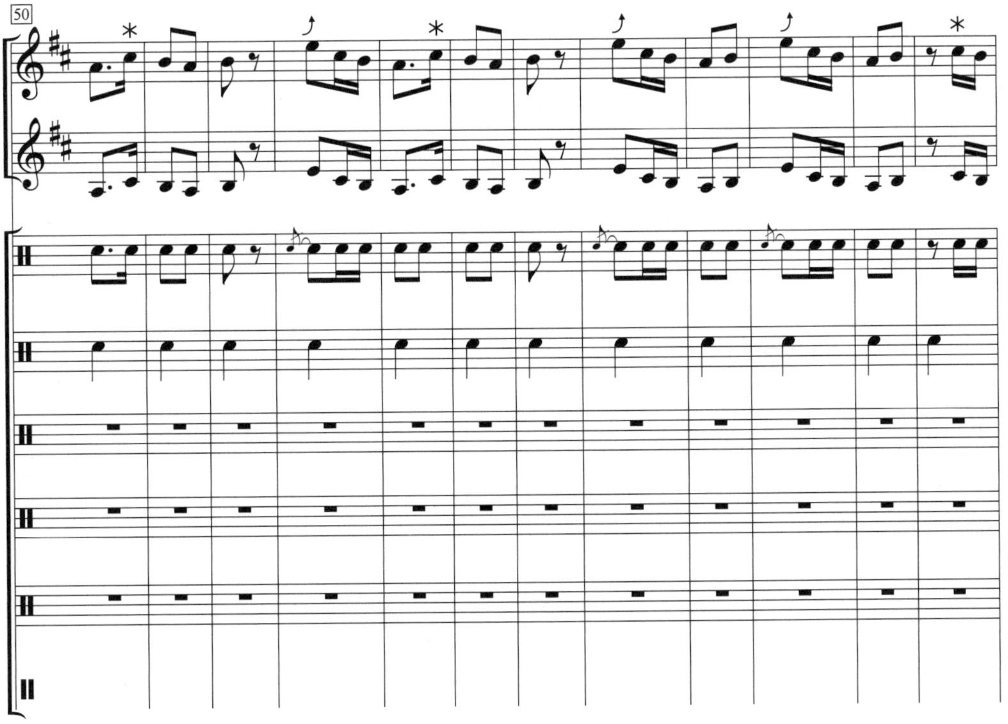
50

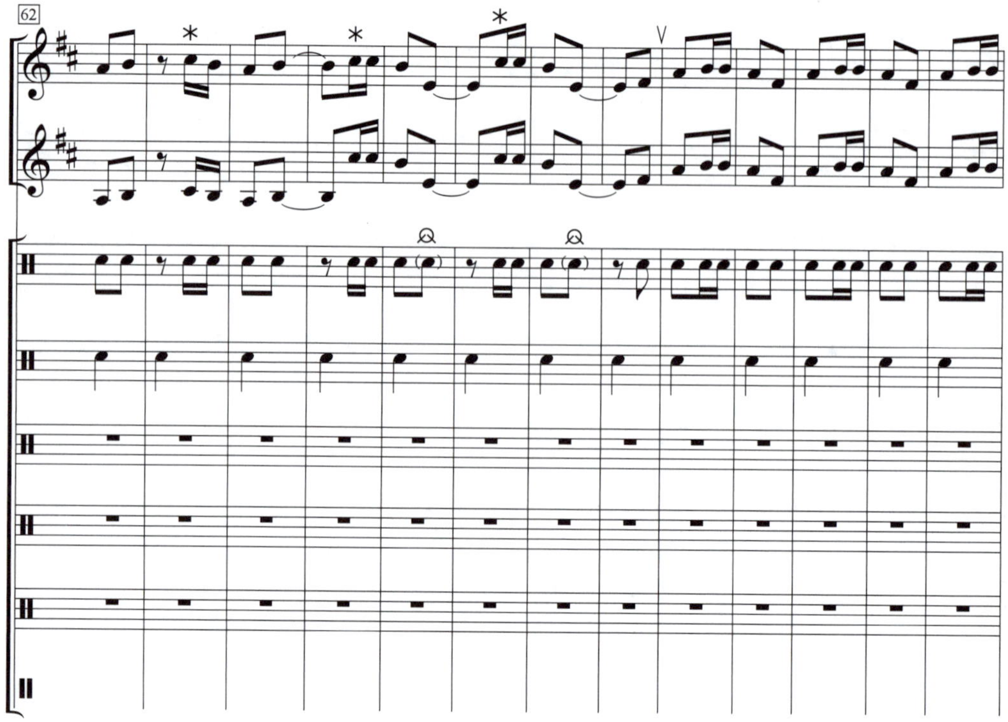
62

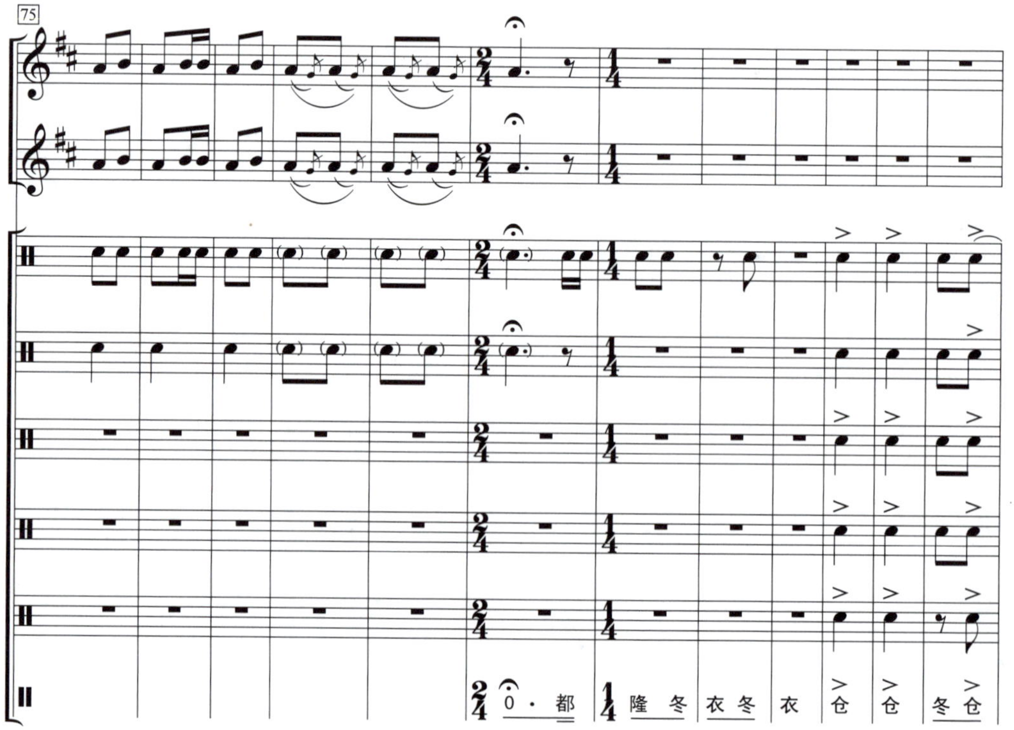
75
0 · 都
隆 冬 衣冬 衣 仓 仓 冬仓

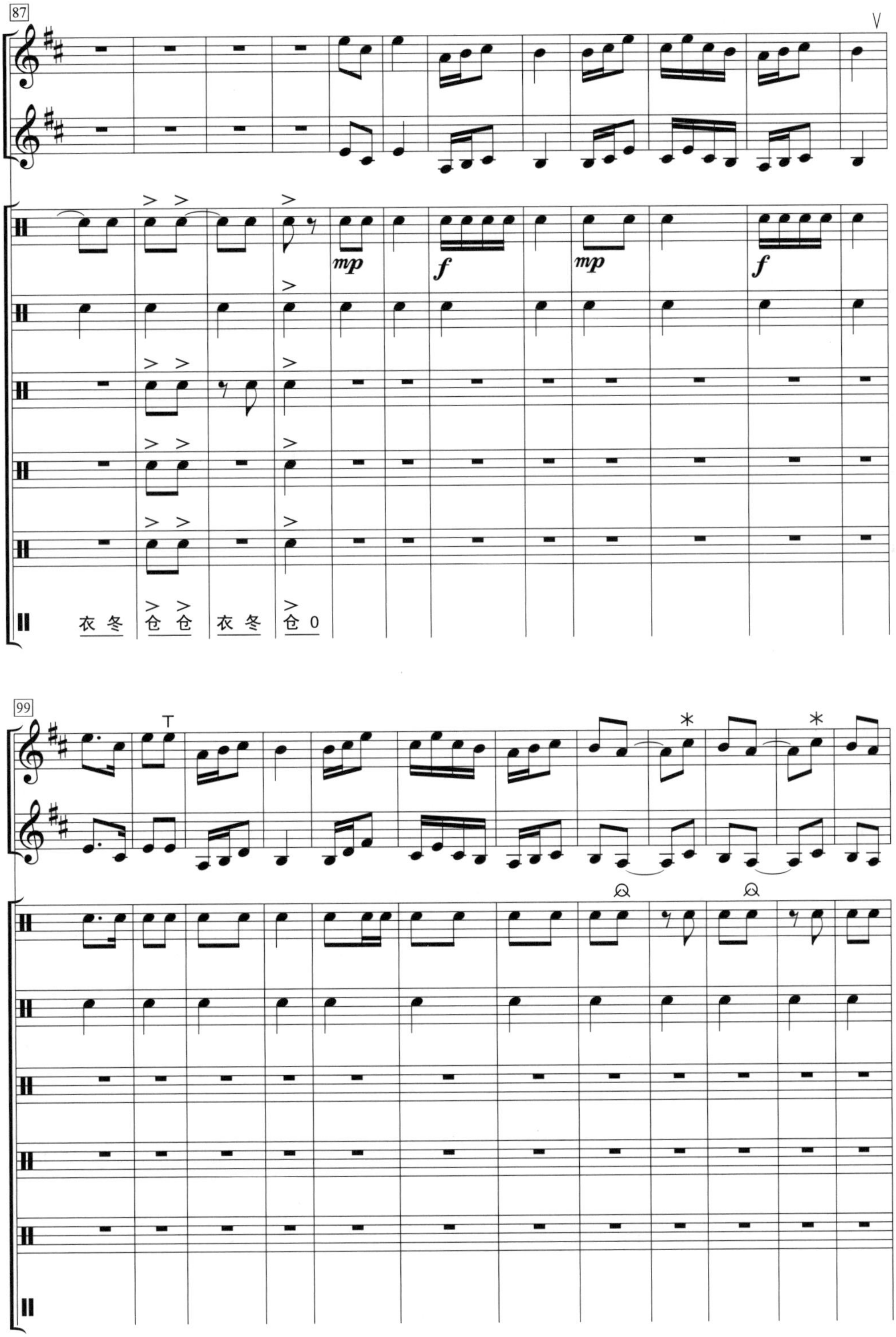
87
mp
f
mp
f
衣 冬
仓 仓
衣 冬
仓 0
99

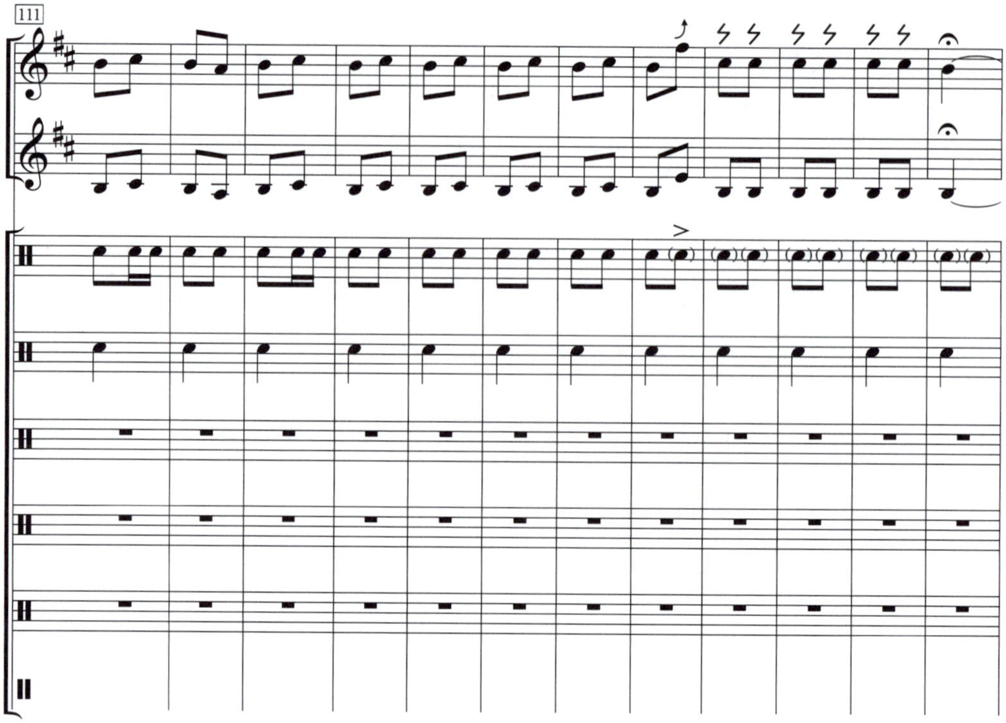
111

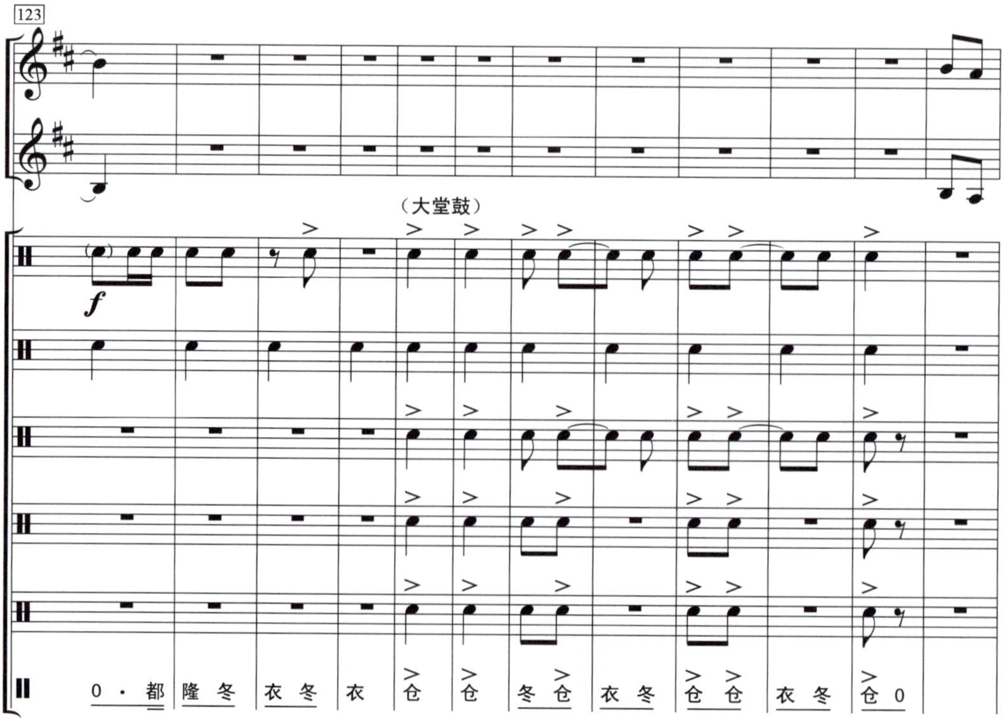
123
（大堂鼓）
f
0 · 都 隆 冬 衣 冬 衣 仓 仓 冬 仓 衣 冬 仓 仓 衣 冬 仓 0

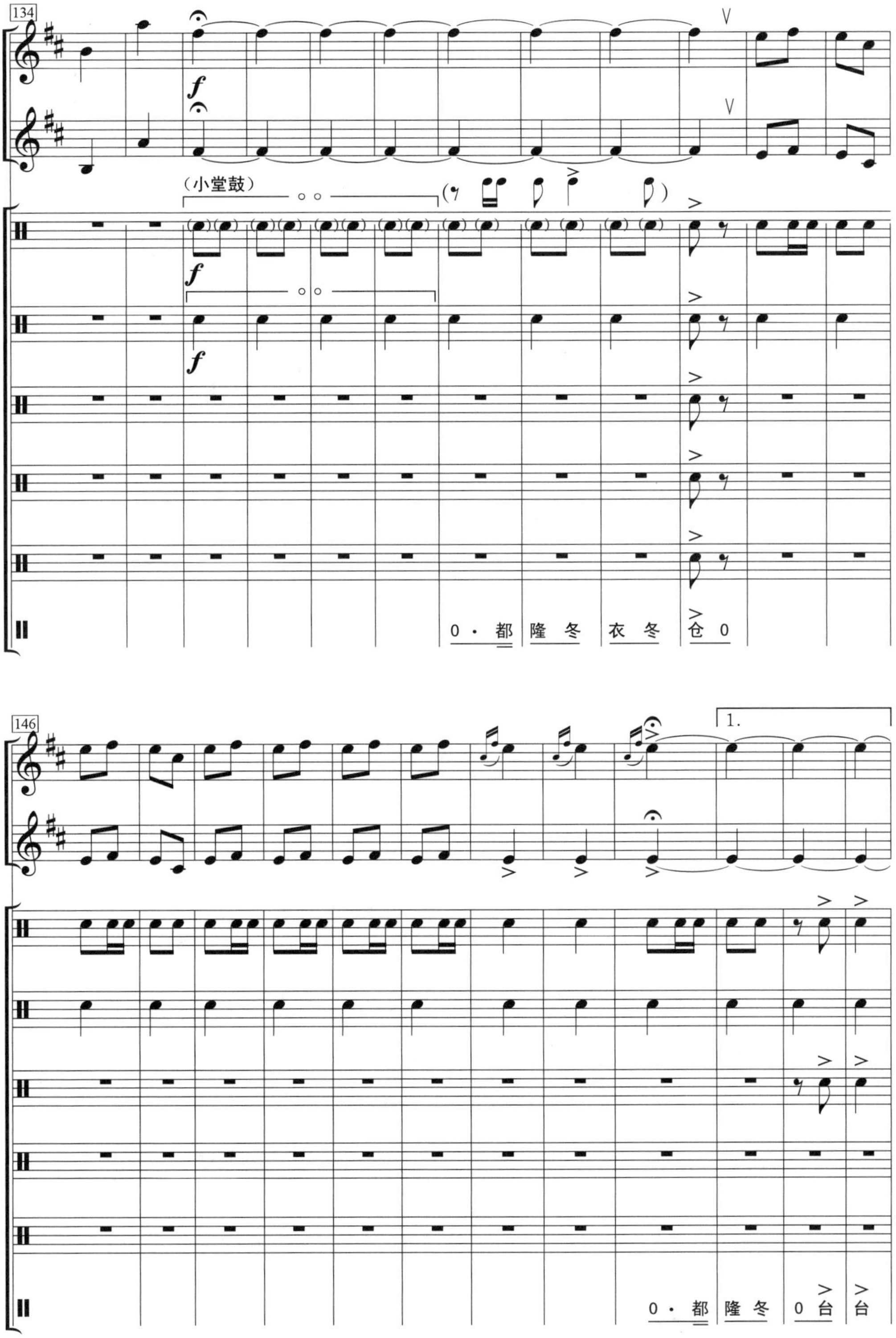
134
（小堂鼓）
0 · 都 隆 冬 衣 冬 仓 0
146
1.
0 · 都 隆 冬 0 台 台

Fine.

175
(0 · 都 隆 冬
衣 冬 冬 冬
仓 切)
(马腿)
仓 切 仓 切
仓 切 仓 切
仓 切
衣 冬 衣 冬 仓 切
衣 冬 衣
仓 仓 仓 0
崩 登
182
(仓·都 隆 冬
衣 切 衣)
仓 0 都 隆 冬
衣 冬 冬
仓 切 仓 切
仓 切 仓 切
仓 仓
仓 仓
冬 仓 衣 冬
仓 仓 衣 冬

龙　舞

（排鼓）

徐昌俊　曲
李真贵改编

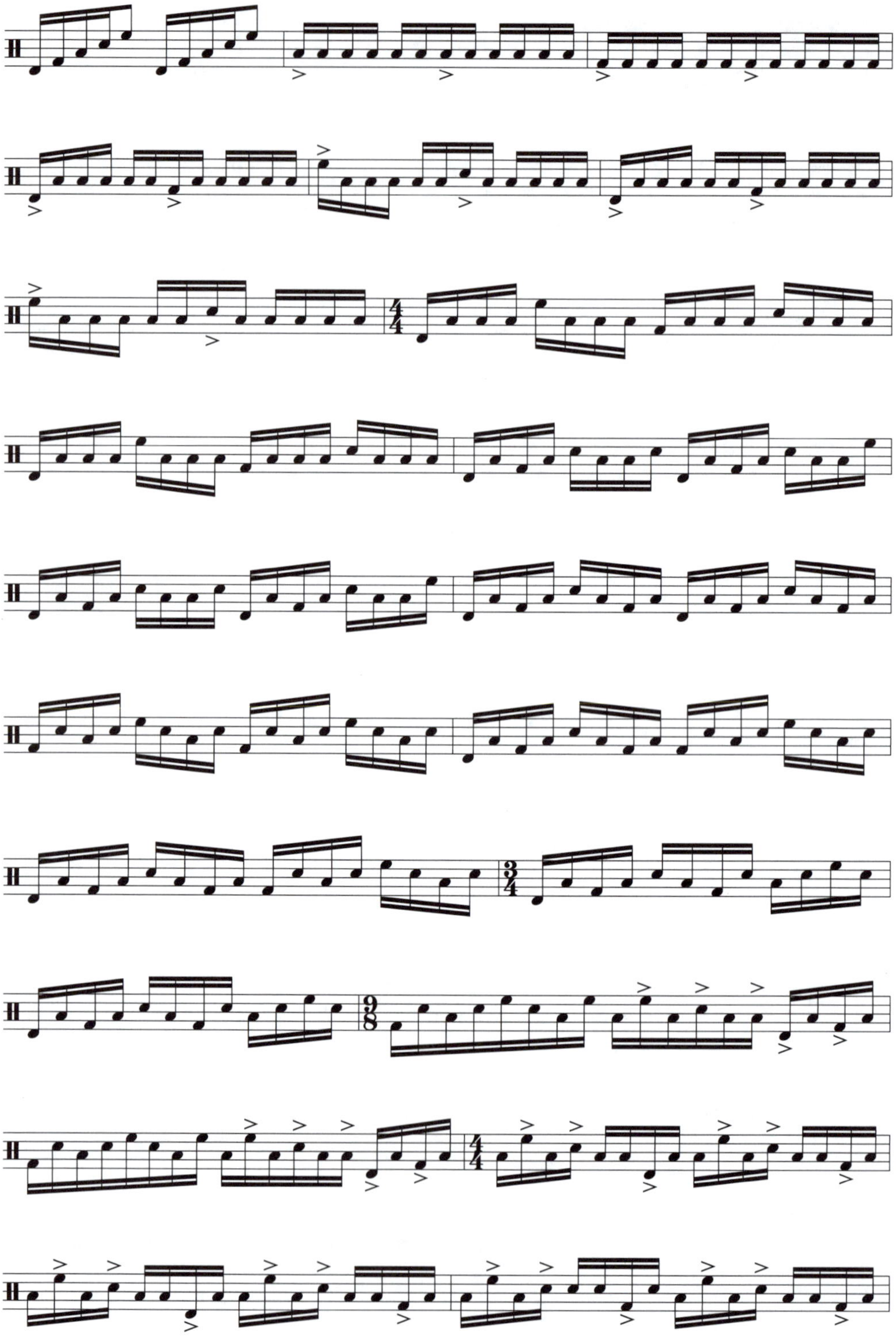

渐慢　　　　　　　　　　　　　　　　　慢起渐快

回原速

演奏提示：

排鼓

快鼓段
（苏南板鼓）

散敲

过桥

鲤鱼扑水

过桥

重宝塔

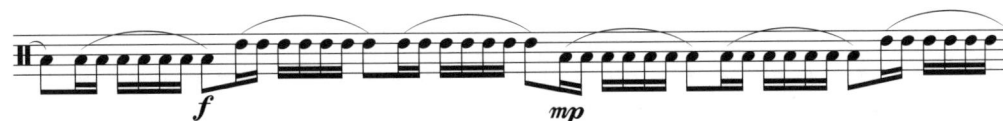

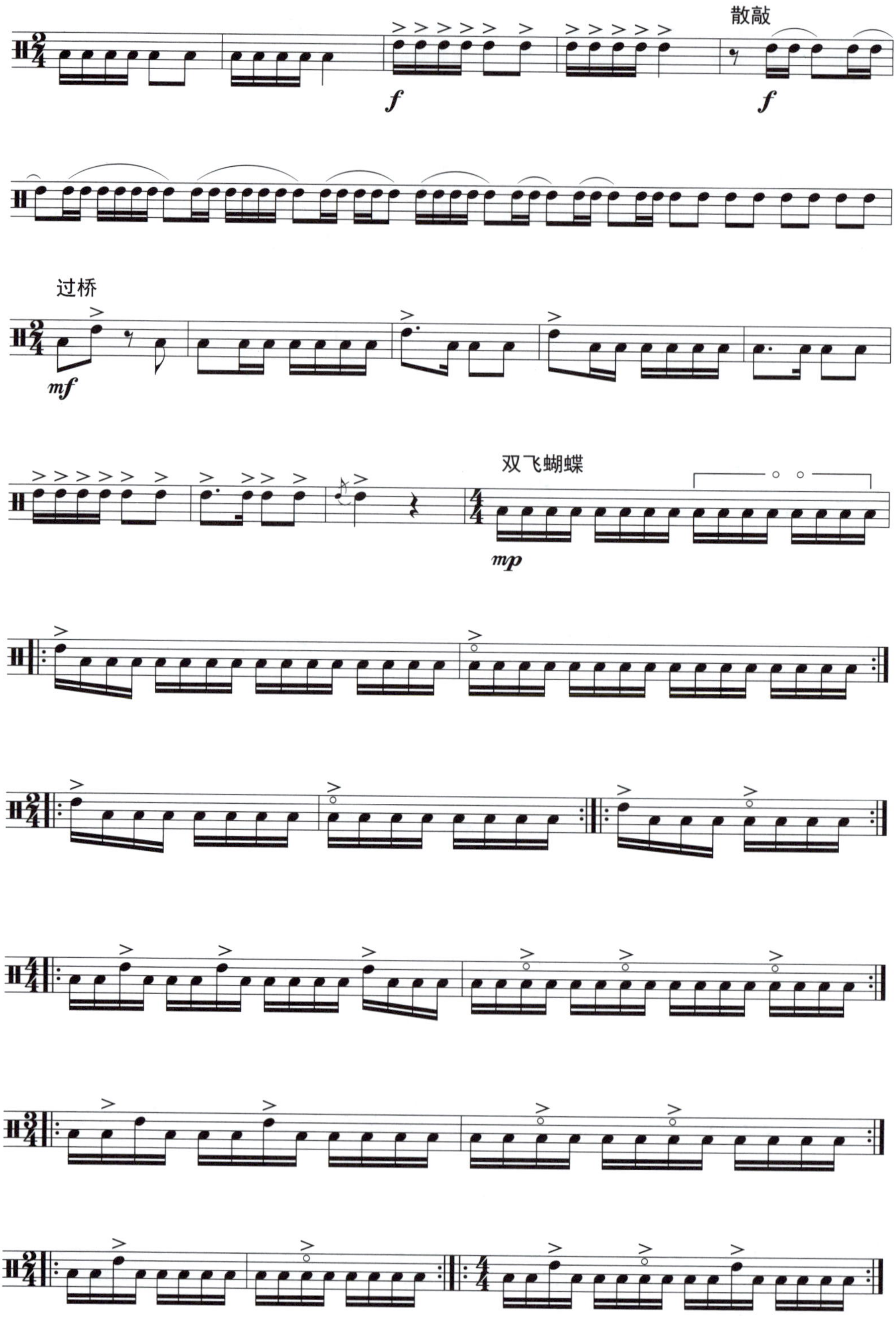
散敲
f
f
过桥
mf
双飞蝴蝶
mp

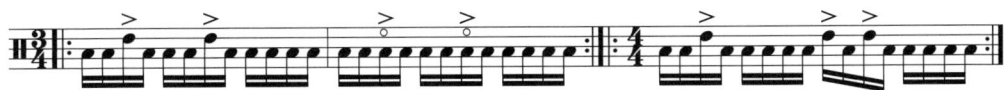

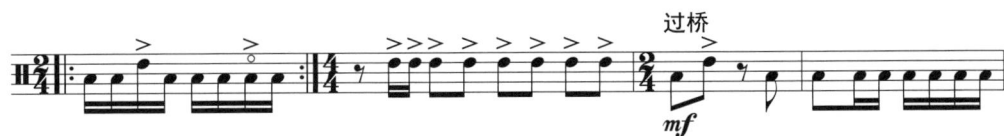

牛斗虎

（锣鼓乐）

山西太原锣鼓
李真贵、王宝灿 编曲

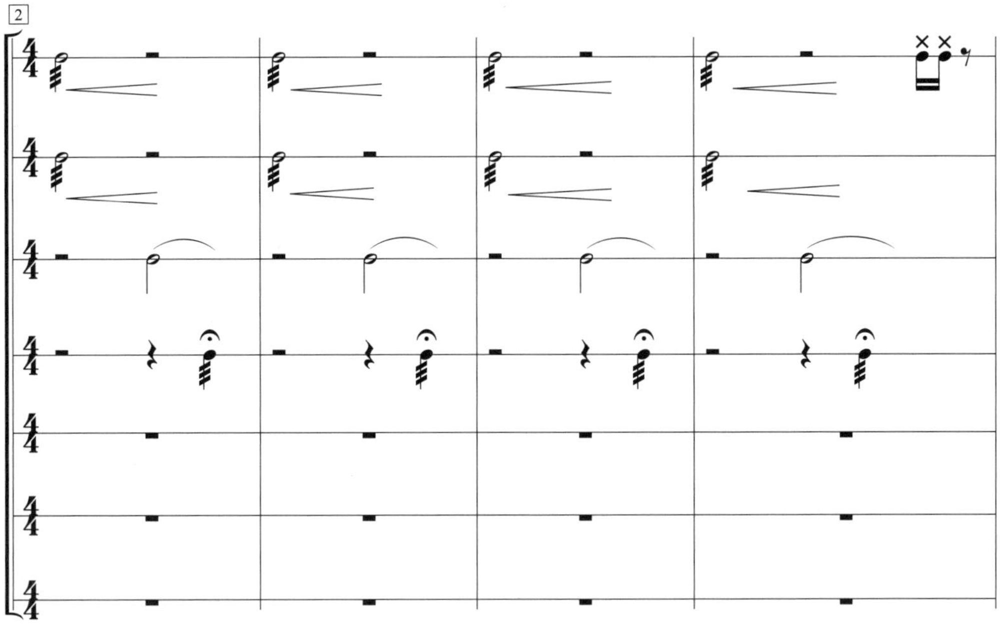

二

6 【二】排阵 ♩=68

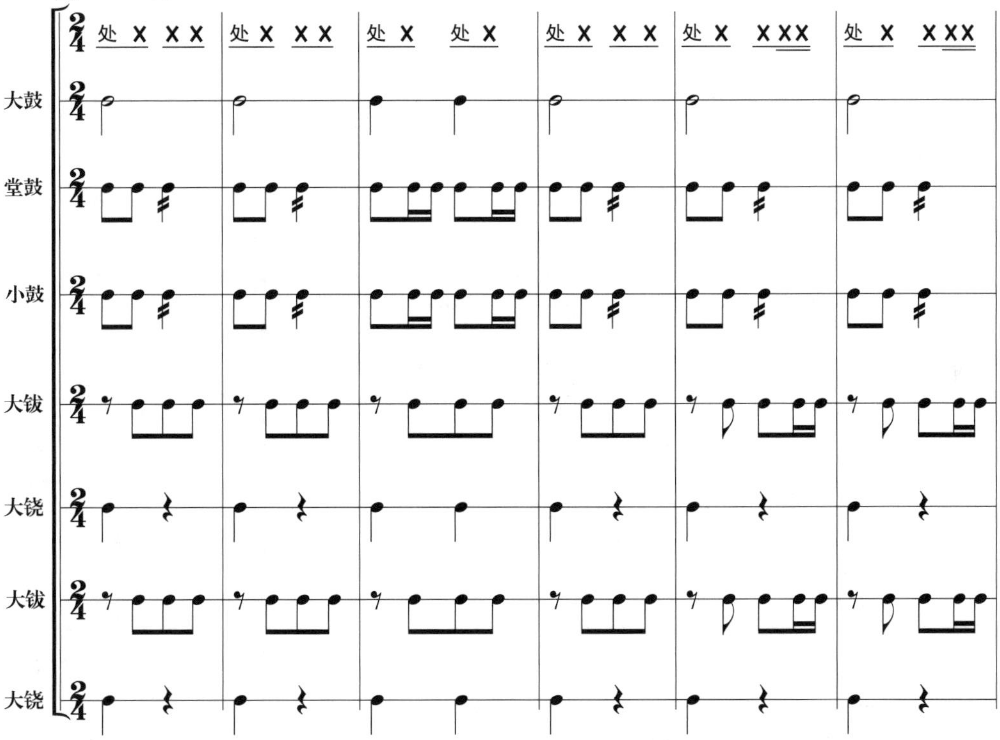

12
处 X 处 X
处 X X
X 处 处 处
X 处 处 处
X 处 X 处
X 处 处 处

18
X 处 处 处 处
X 处 处 处 处
X 处 X 处
处 处处 处
处 X X X
处 X X X

24
♩=102
X处 X处
X处 处处
(处)
X处 处处
X处 处处
处X 处X
处X X X
(X)

30
♩=132
处 处 X 处
X 处 X
处 处 X 处
X 处 起
X 处 处
X 处 处

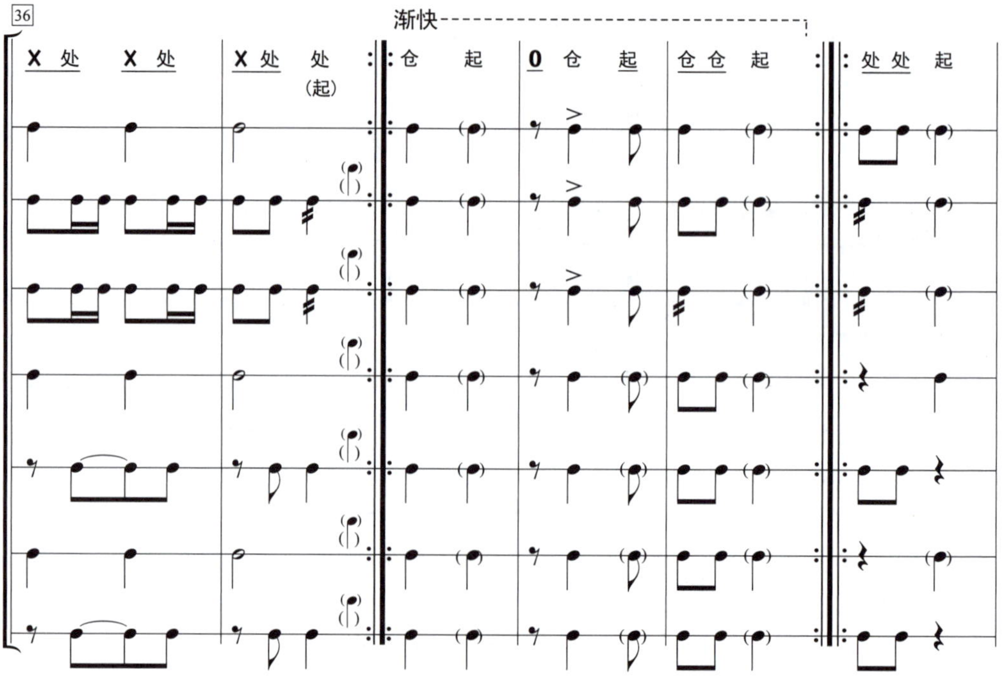
36
渐快
X 处 X 处
X 处 处
(起)
仓 起
0 仓 起
仓 仓 起
处 处 起

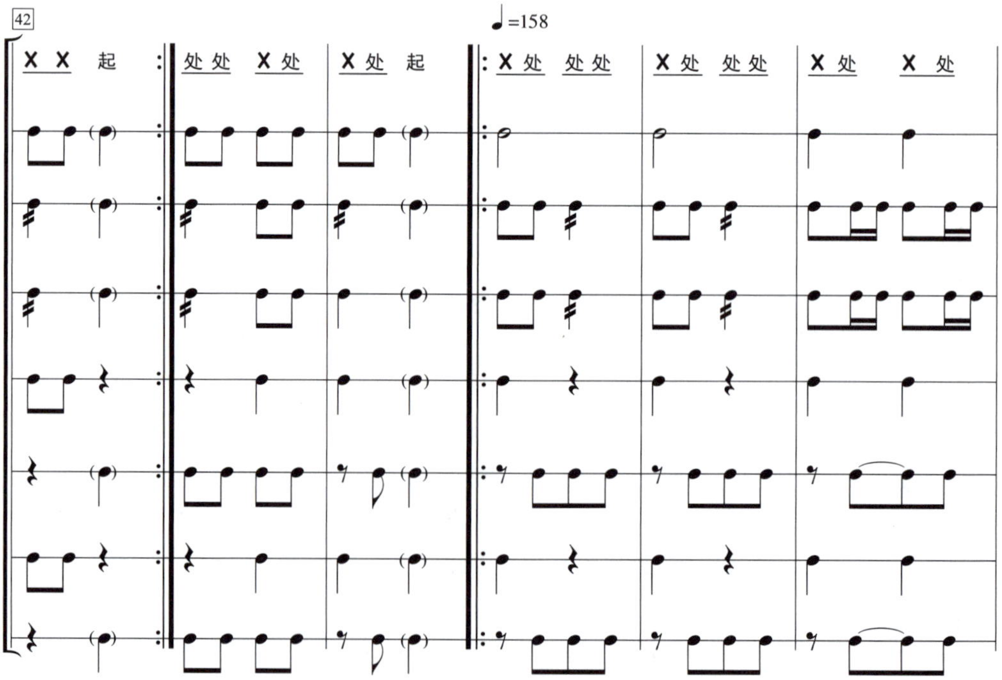
42
=158
X X 起
处 处 X 处
X 处 起
X 处 处 处
X 处 处 处
X 处 X 处

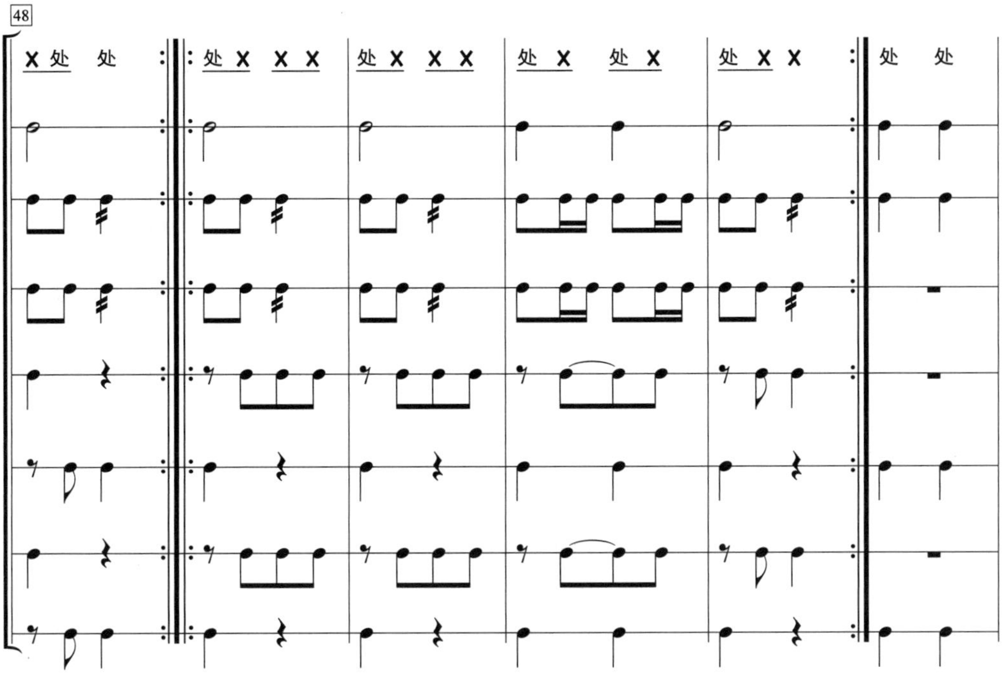
48
X处 处
处X X X
处X X X
处 X 处 X
处X X
处 处

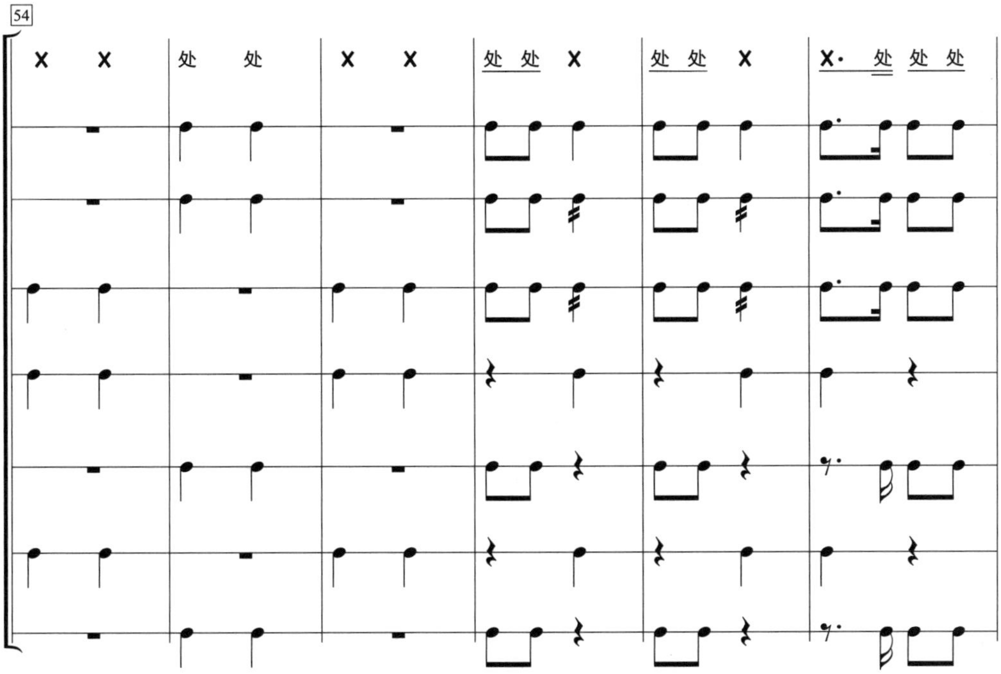
54
X X
处 处
X X
处处 X
处处 X
X· 处处处

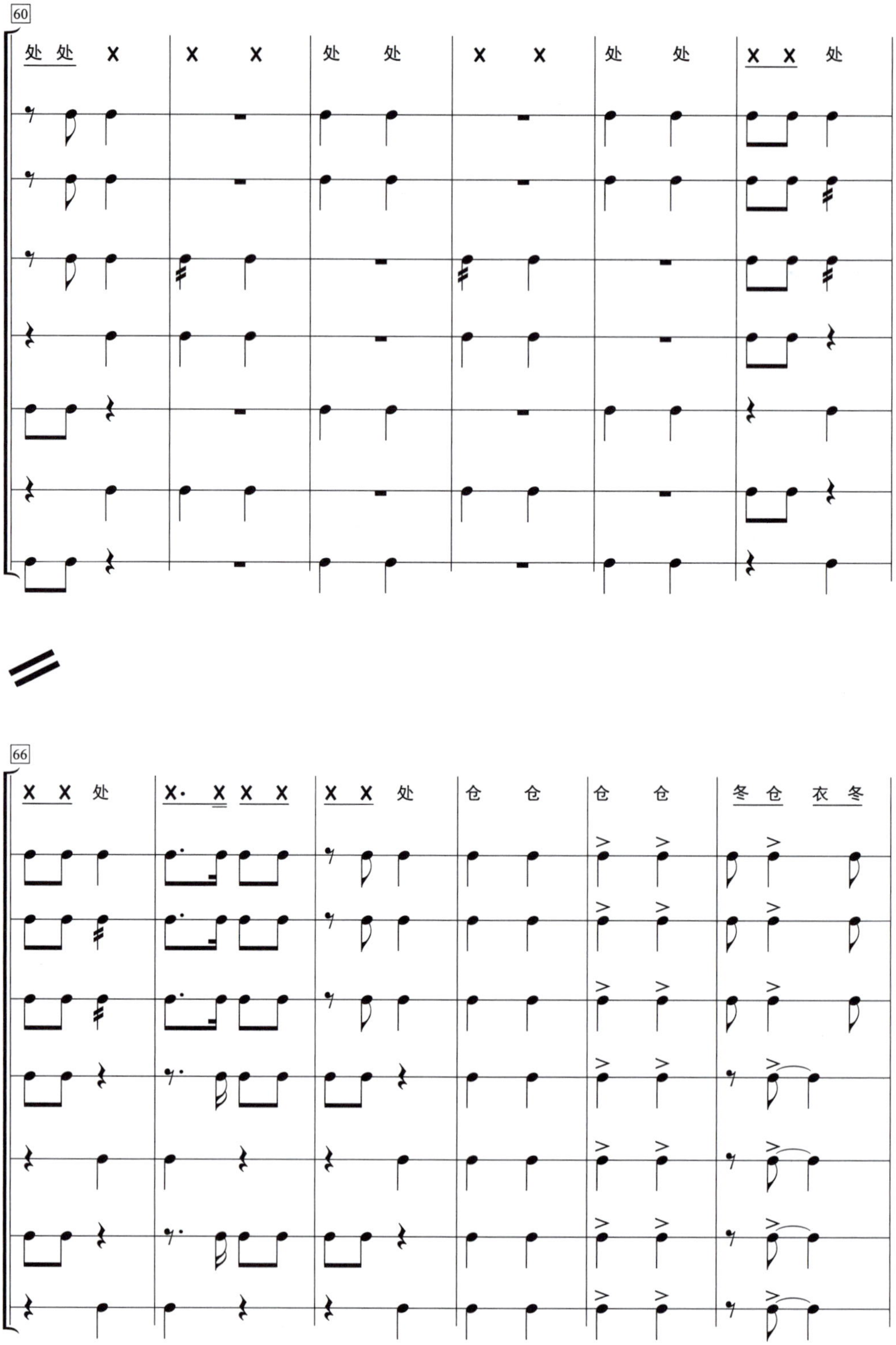
60
处 处 X X X 处 处 X X 处 处 X X 处
66
X X 处 X· X X X X X 处 仓 仓 仓 仓 冬 仓 衣 冬

【三】角斗 ♩=168

72
仓 0
冬冬 冬冬 冬冬 冬冬 冬 冬 冬 冬冬冬 冬 冬 冬

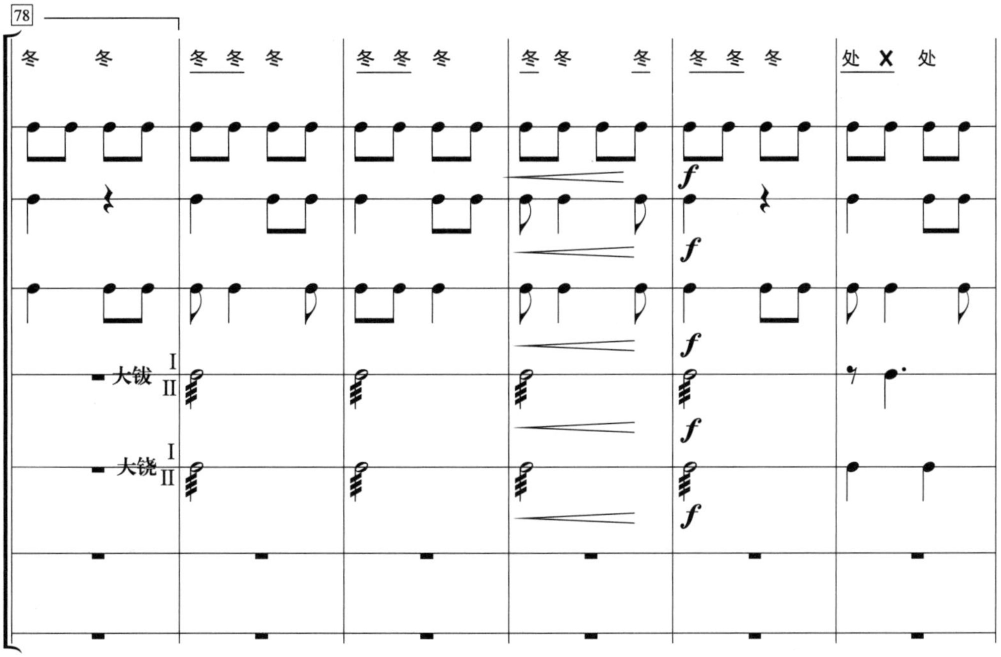
78
冬 冬 冬冬冬 冬冬冬 冬冬 冬 冬冬冬 处 X 处
大钹 I II
大铙 I II

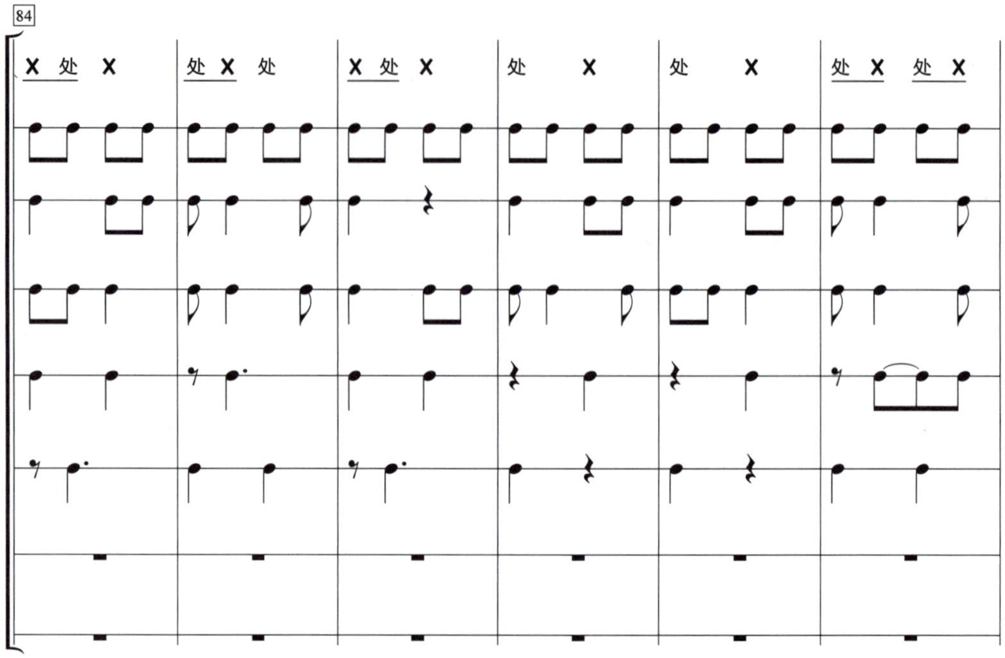

二

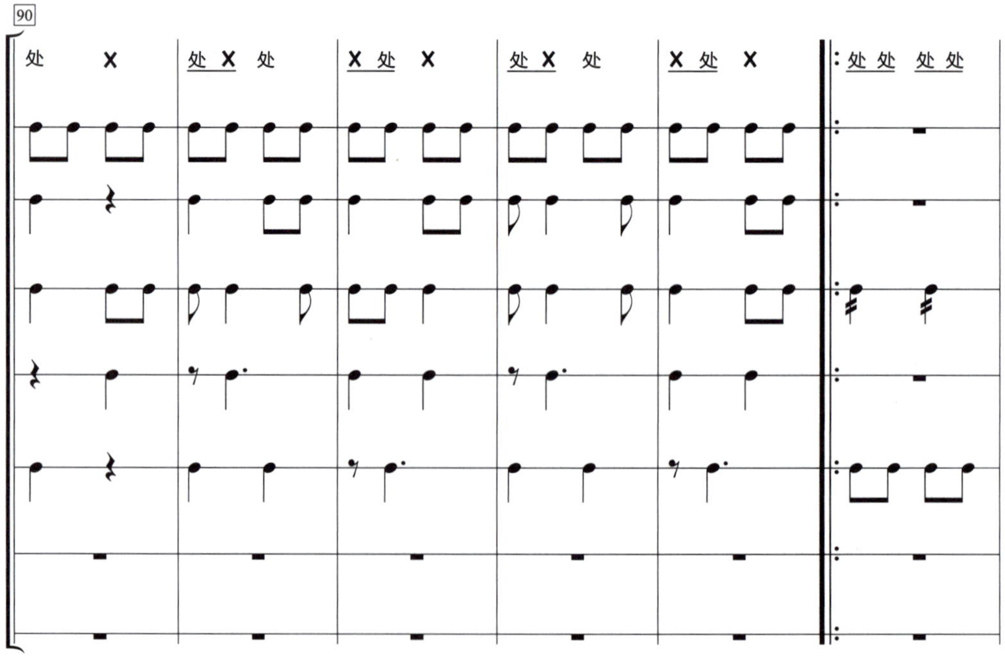

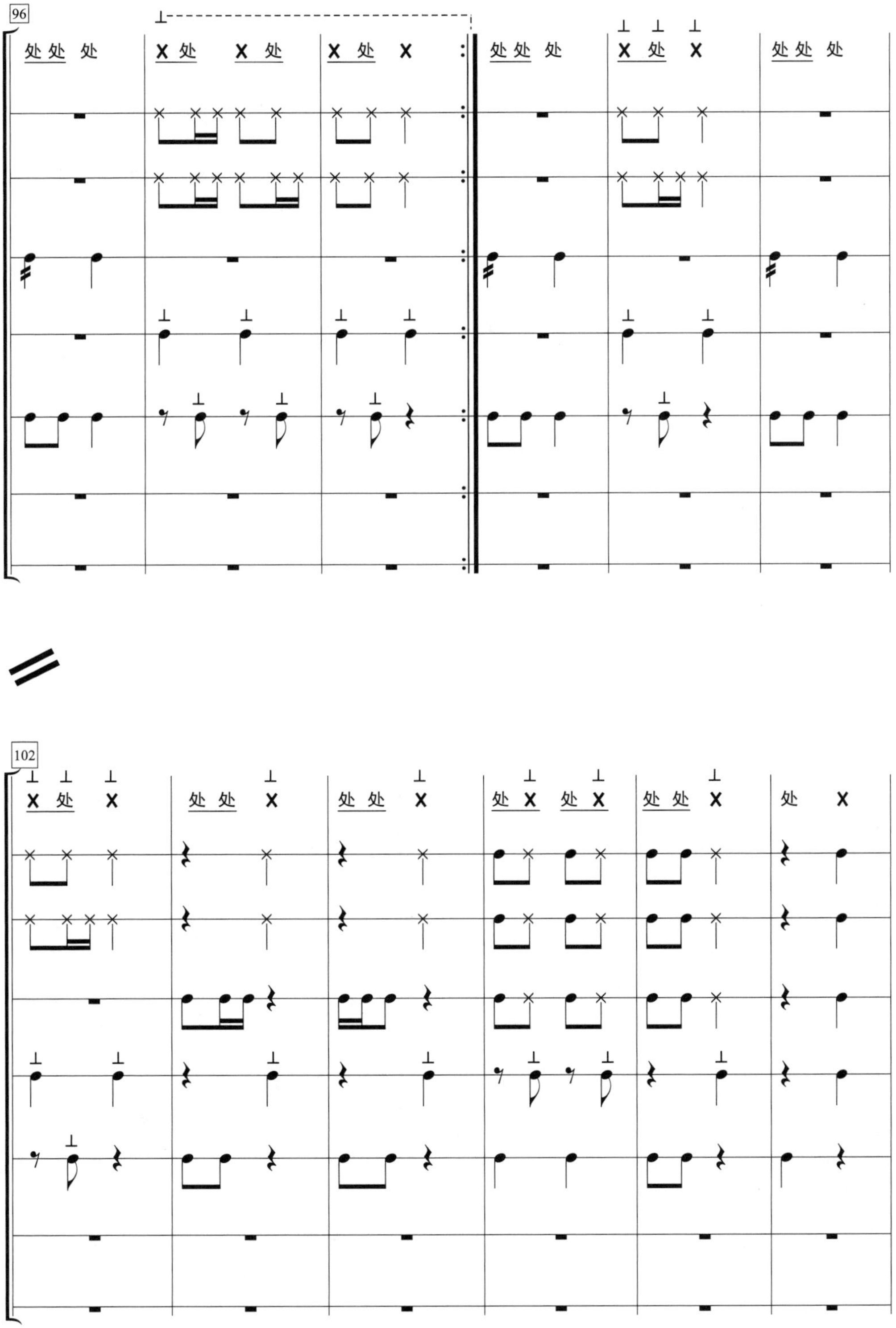
96
处处 处
X 处 X 处
X 处 X
处处 处
X 处 X
处处 处
102
X 处 X
处 处 X
处 处 X
处 X 处 X
处 处 X
处 X

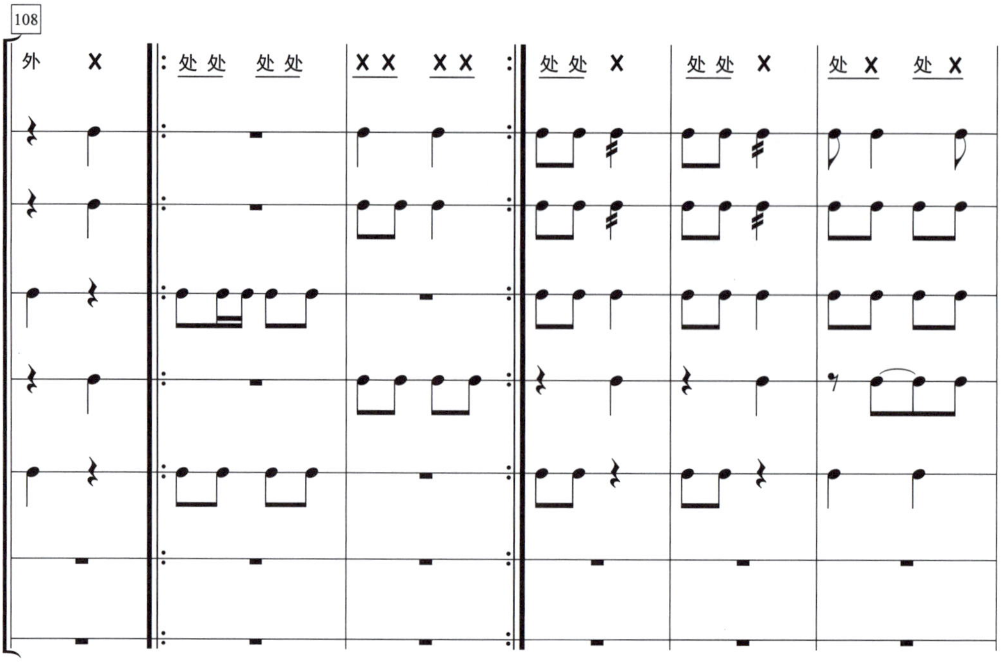
108
外 X
处处 处处
X X X X
处处 X
处处 X
处 X 处 X

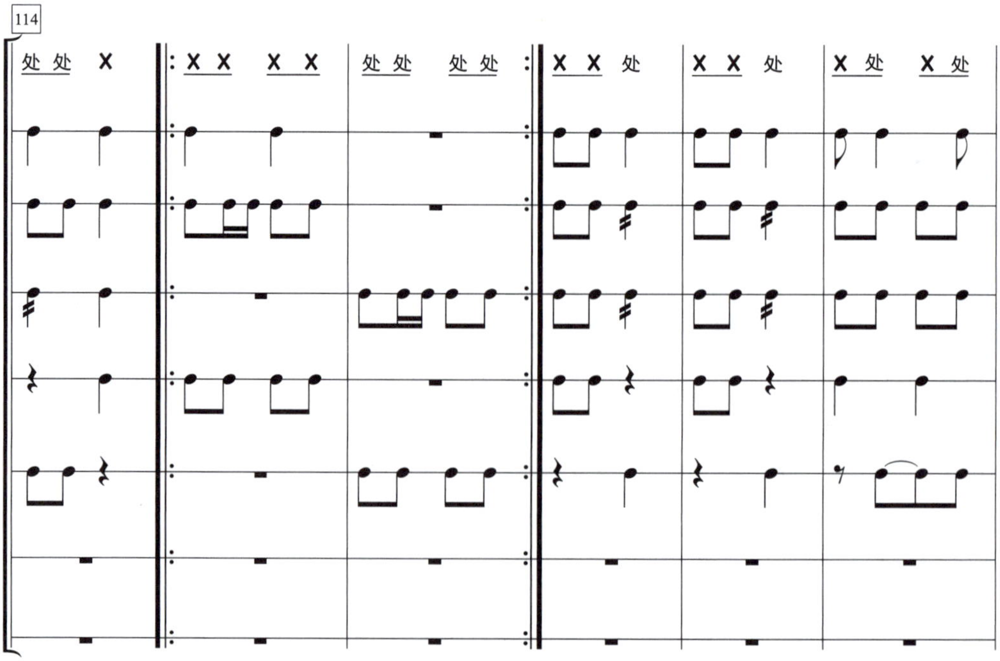
114
处处 X
X X X X
处处 处处
X X 处
X X 处
X 处 X 处

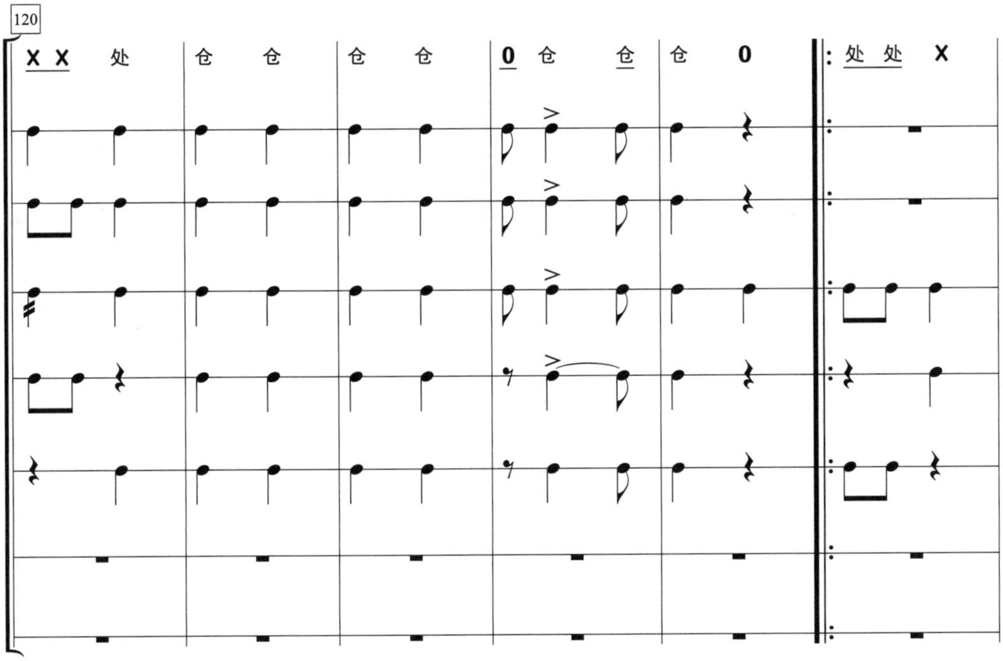
120
X X 处 仓 仓 仓 仓 0 仓 仓 仓 0 处 处 X

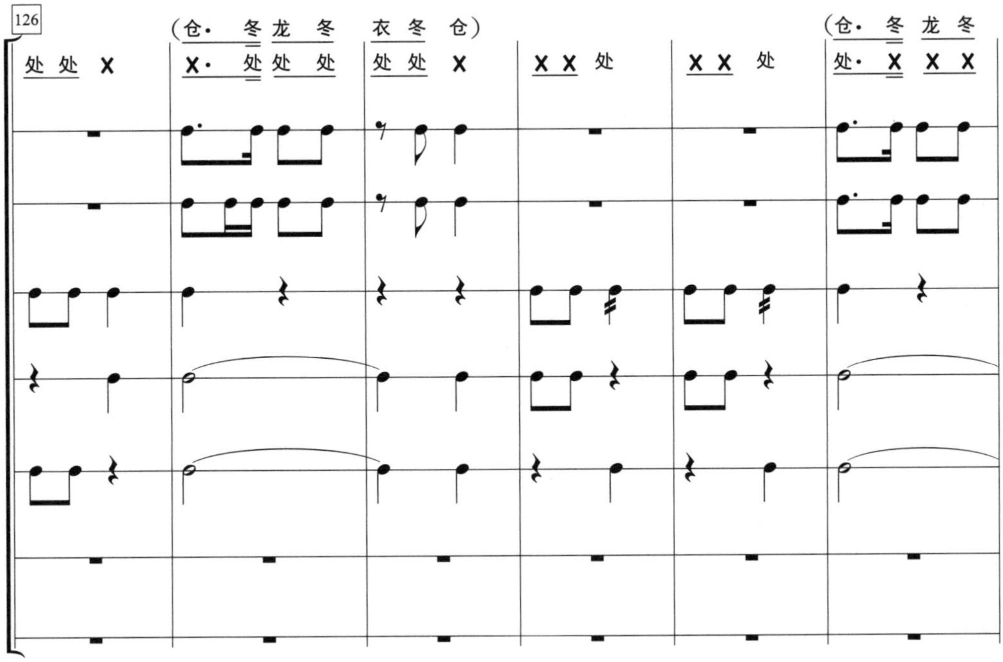
126
(仓· 冬 龙 冬 衣 冬 仓) (仓· 冬 龙 冬
处 处 X X· 处 处 处 处 处 X X X 处 X X 处 处· X X X

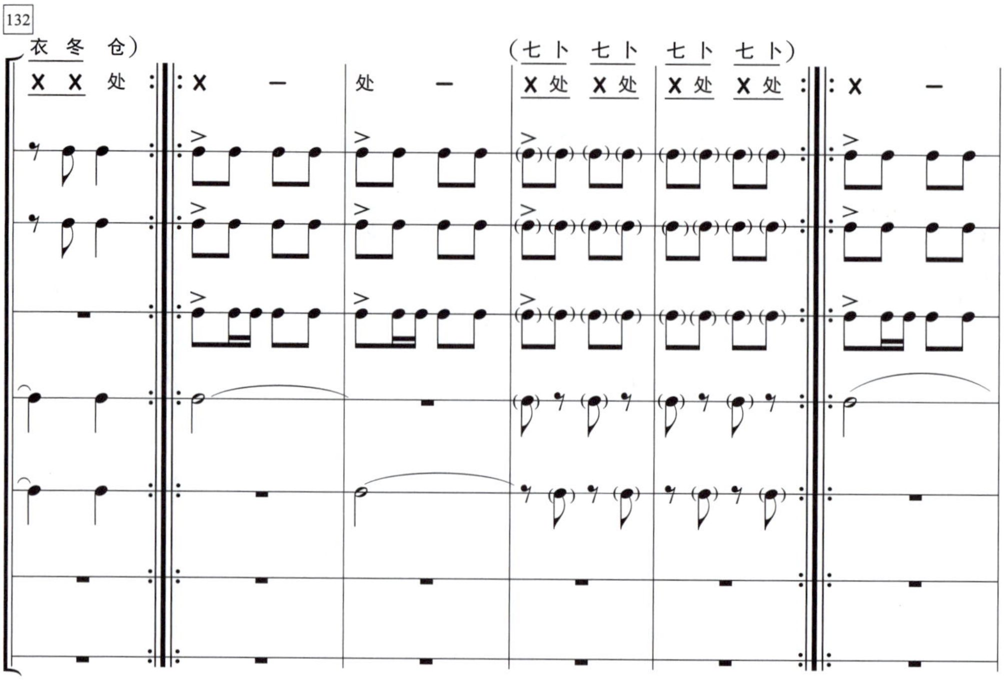

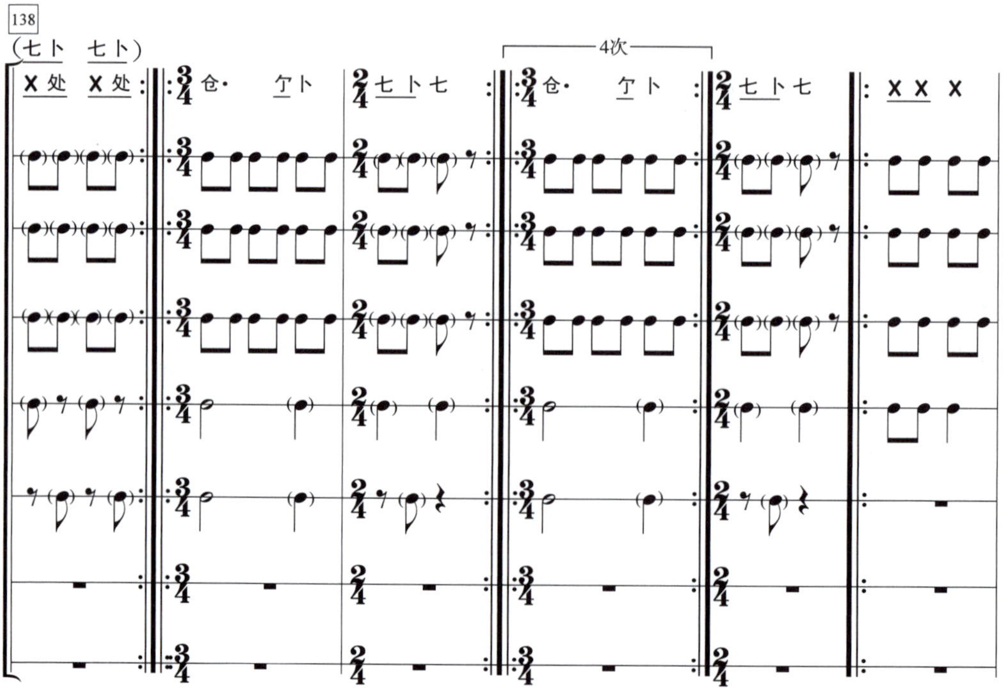

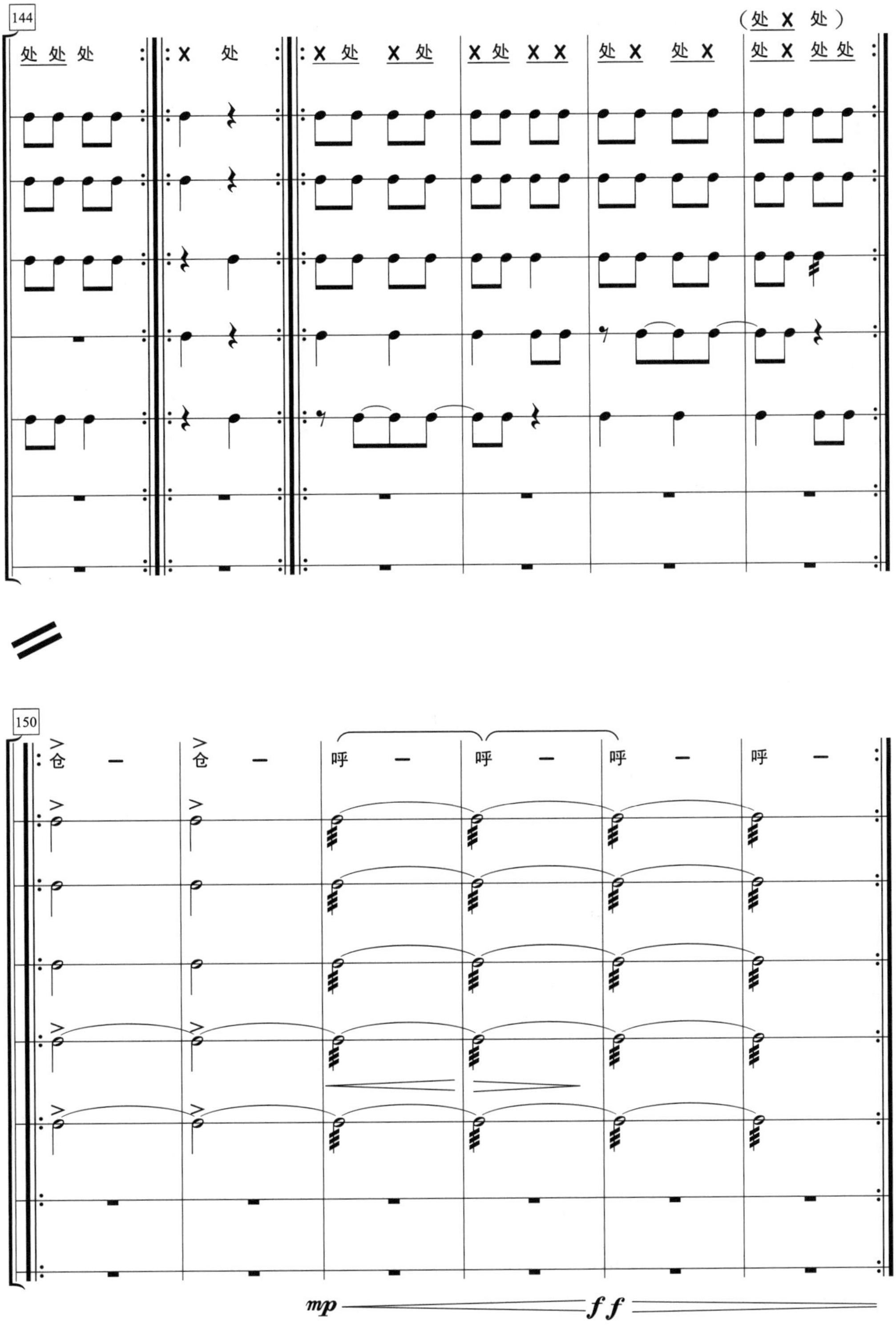
144
(处 X 处)
处 处 处
X 处
X 处 X 处
X 处 X X
处 X 处 X
处 X 处 处
150
仓 —
仓 —
呼 —
呼 —
呼 —
呼 —
mp
ff

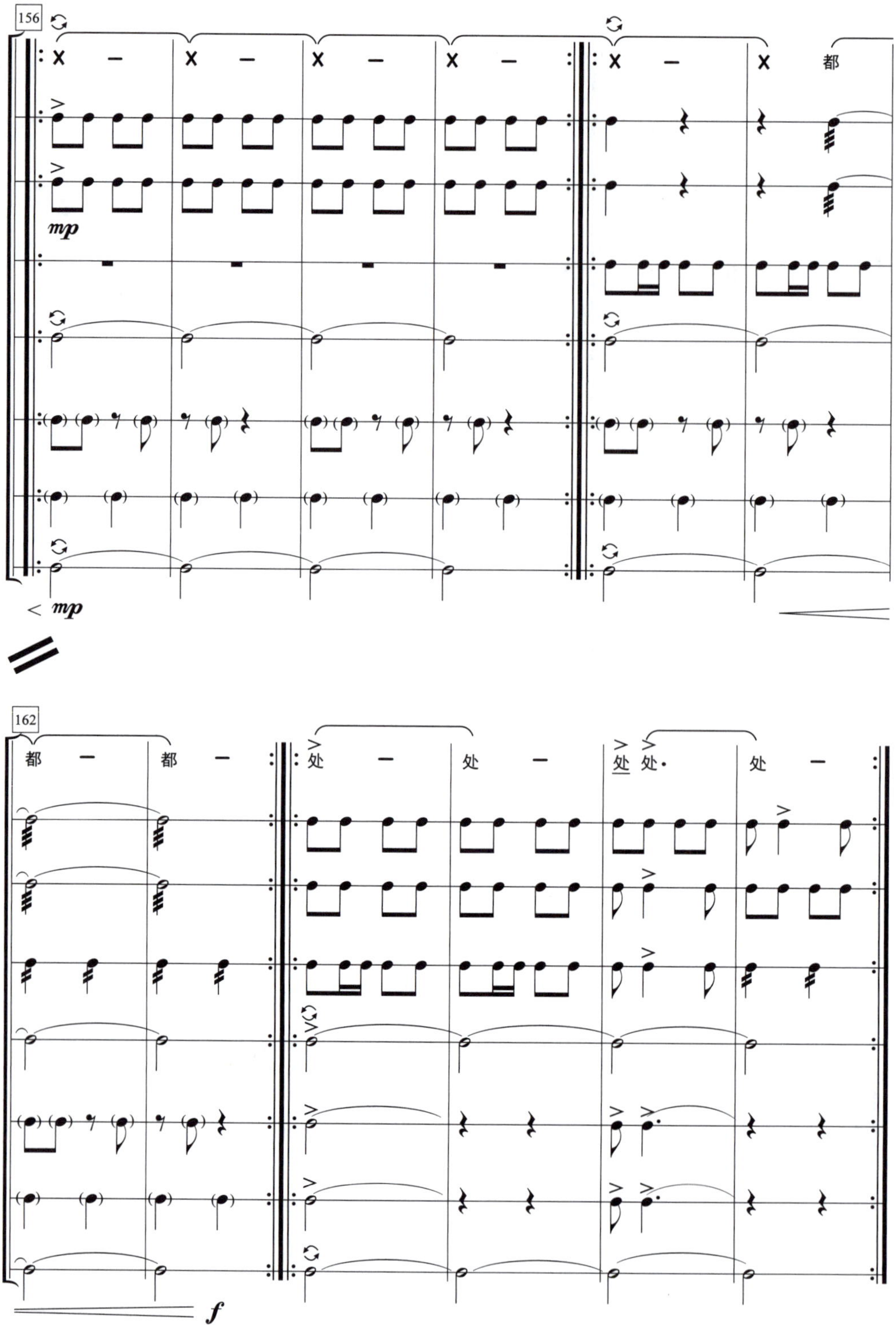
156
X — X — X — X — X — X 都
mp
mp
162
都 — 都 —
处 — 处 — 处 处· 处 —
f

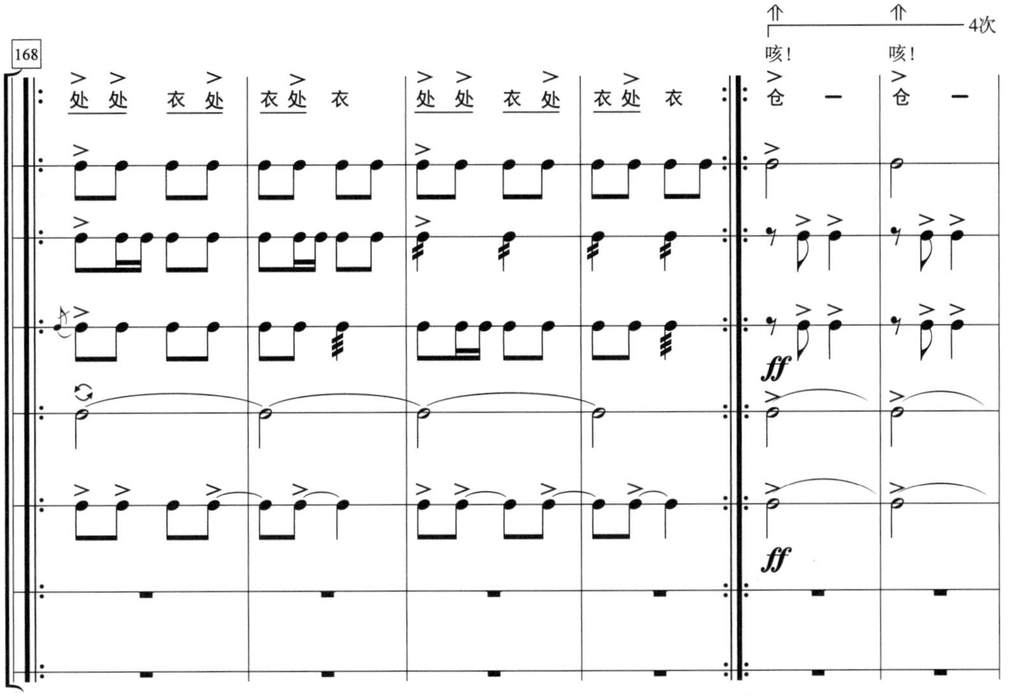
4次
咳！ 咳！
168
处处 衣处 衣处 衣 处处 衣处 衣处 衣 仓 — 仓 —
ff
ff

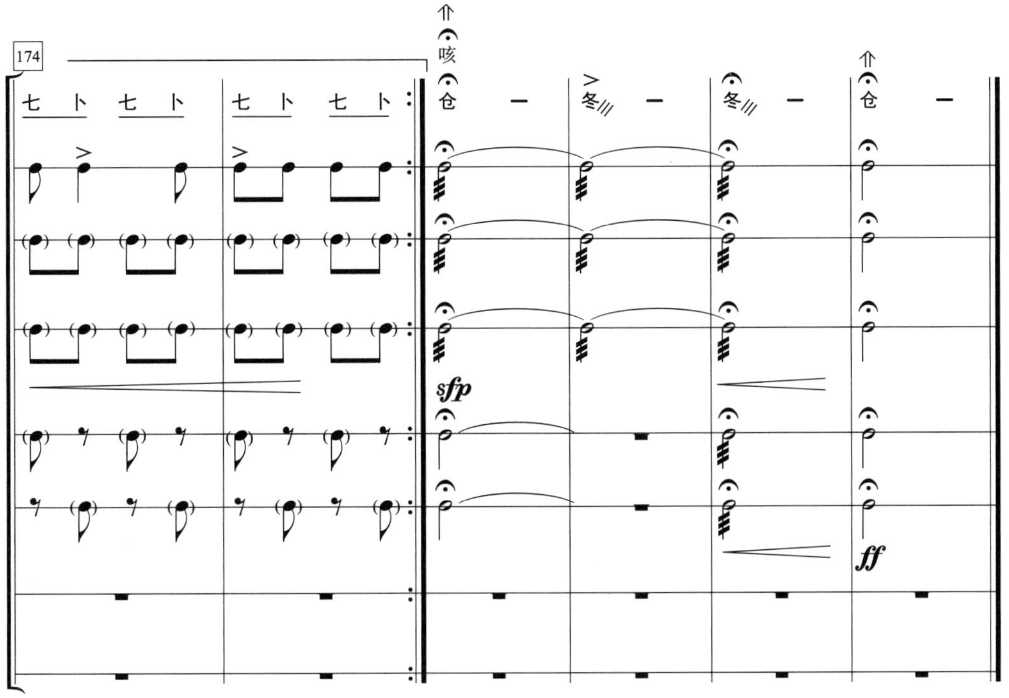
174
咳
七卜 七卜 七卜 七卜 仓 — 冬 — 冬 — 仓 —
sfp
ff

锣鼓字谱与符号说明：

处　　　大铙。

叉　　　大钹（简记作"X"）。

仓　　　鼓、铙、钹重音齐奏。

起　　　鼓、铙、钹闷击。

七卜　　大钹、大铙前后闷击。

(♩)　　　闷击。

⇑　　　鼓双槌同击。

✕　　　鼓击鼓帮。

↻　　　大钹"抱金瓜"击奏法。

马灯舞
（三重奏）

李真贵 编曲

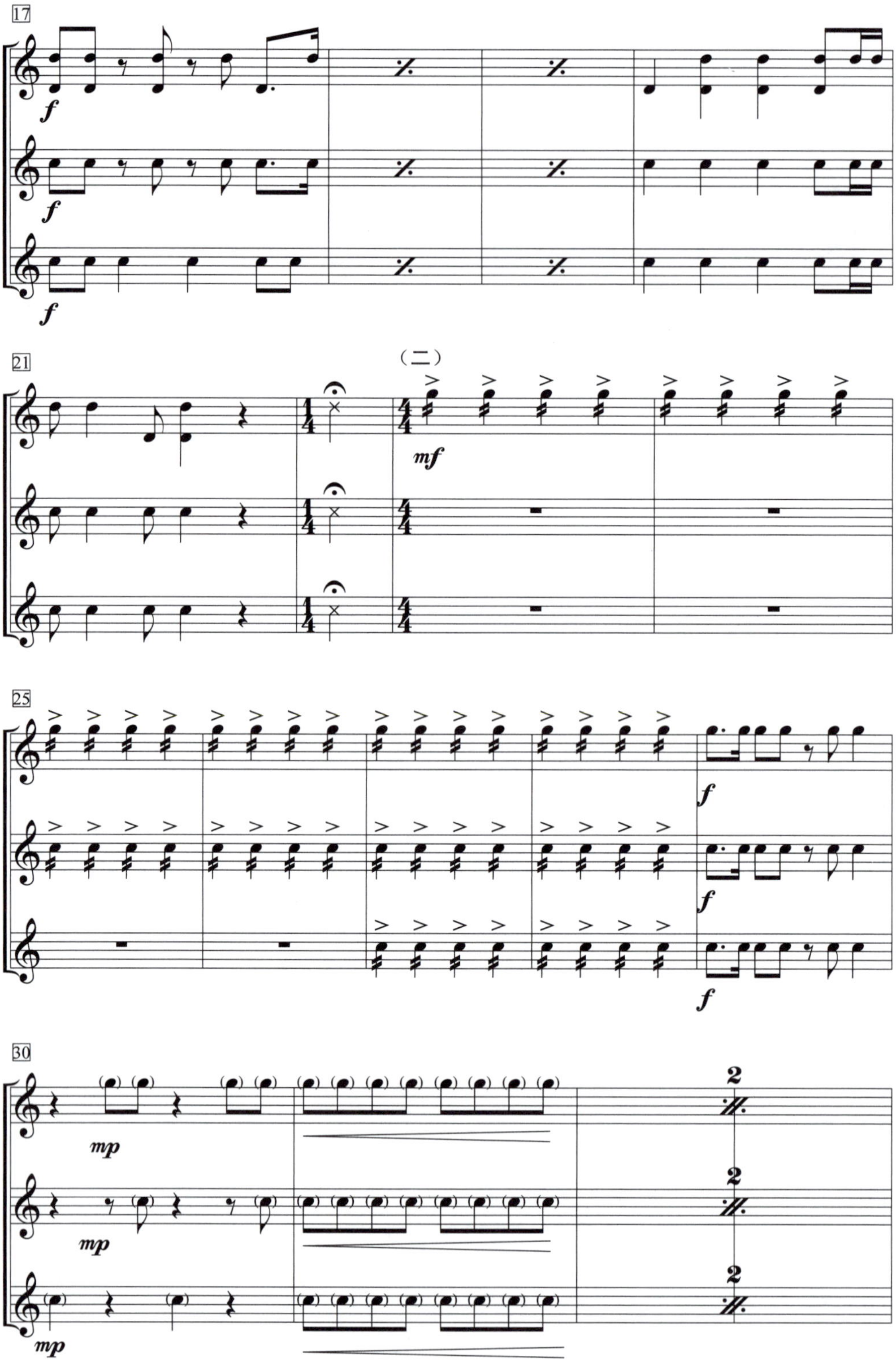
17
f
f
f
21
（二）
mf
25
f
f
f
30
mp
mp
mp
2
2
2

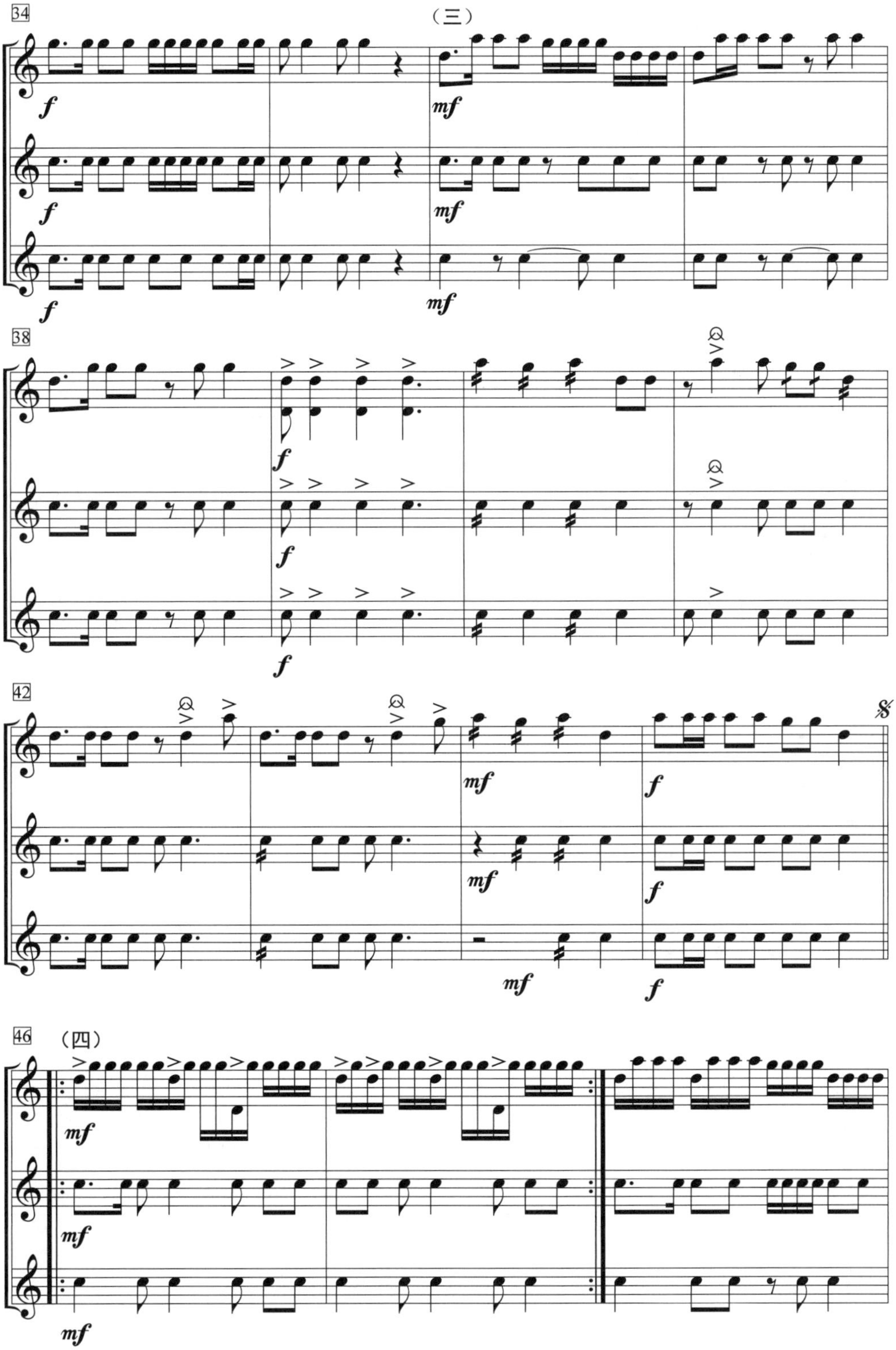
34
（三）
f
mf
38
f
42
mf
f
46
（四）
mf

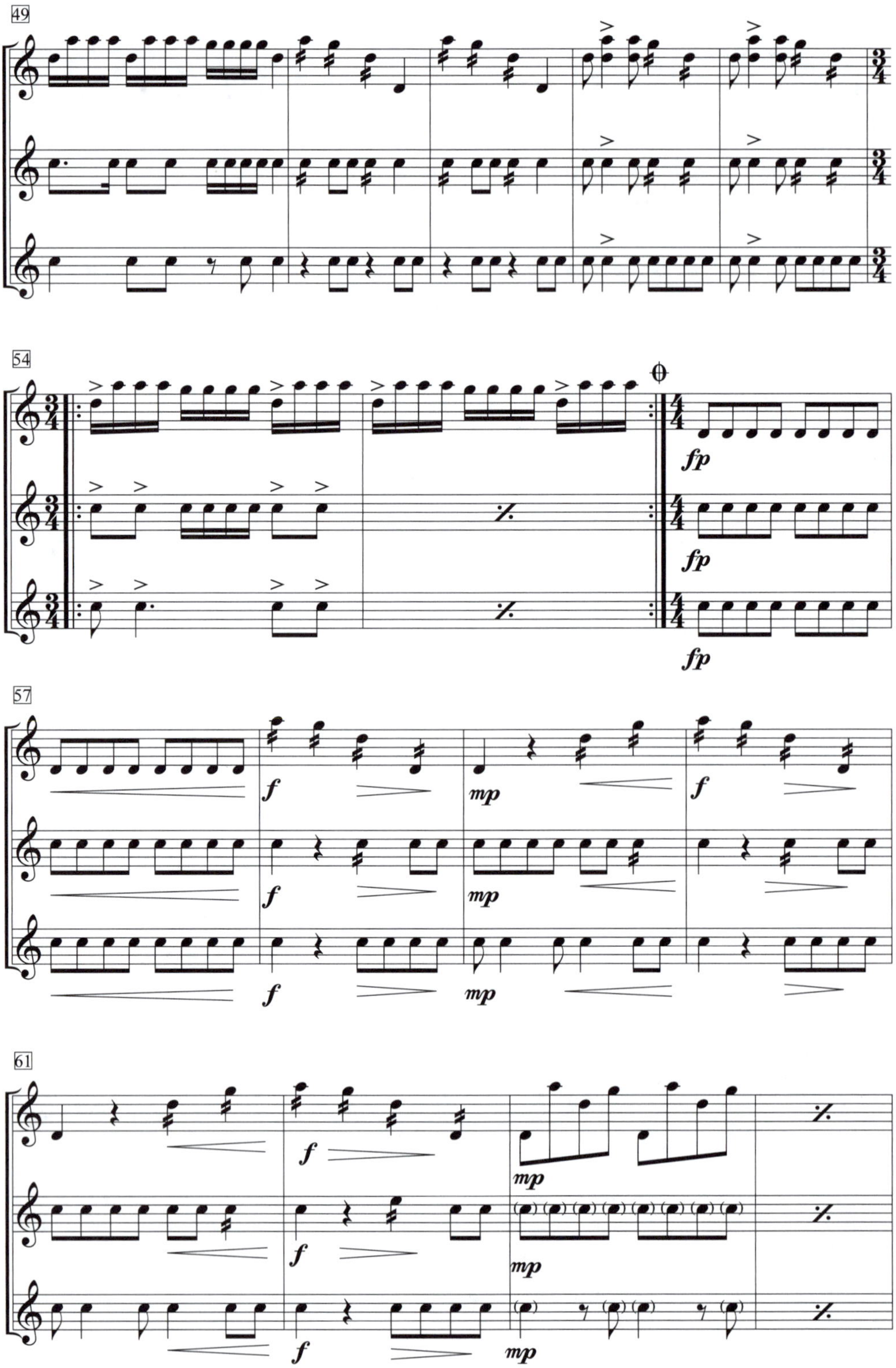
49
54
fp
57
f
mp
61

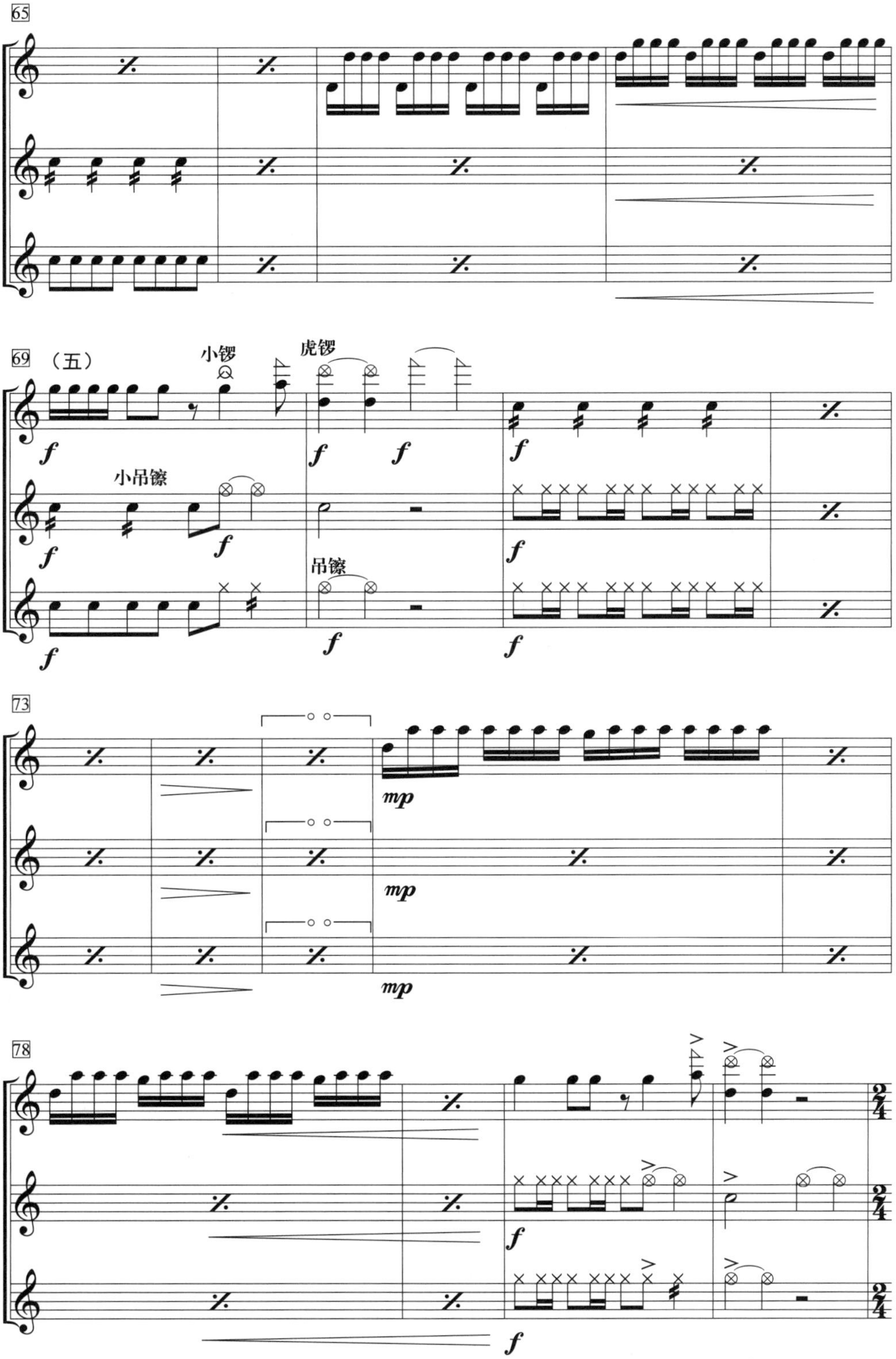
65
69
（五）
小锣
虎锣
小吊镲
吊镲
73
78

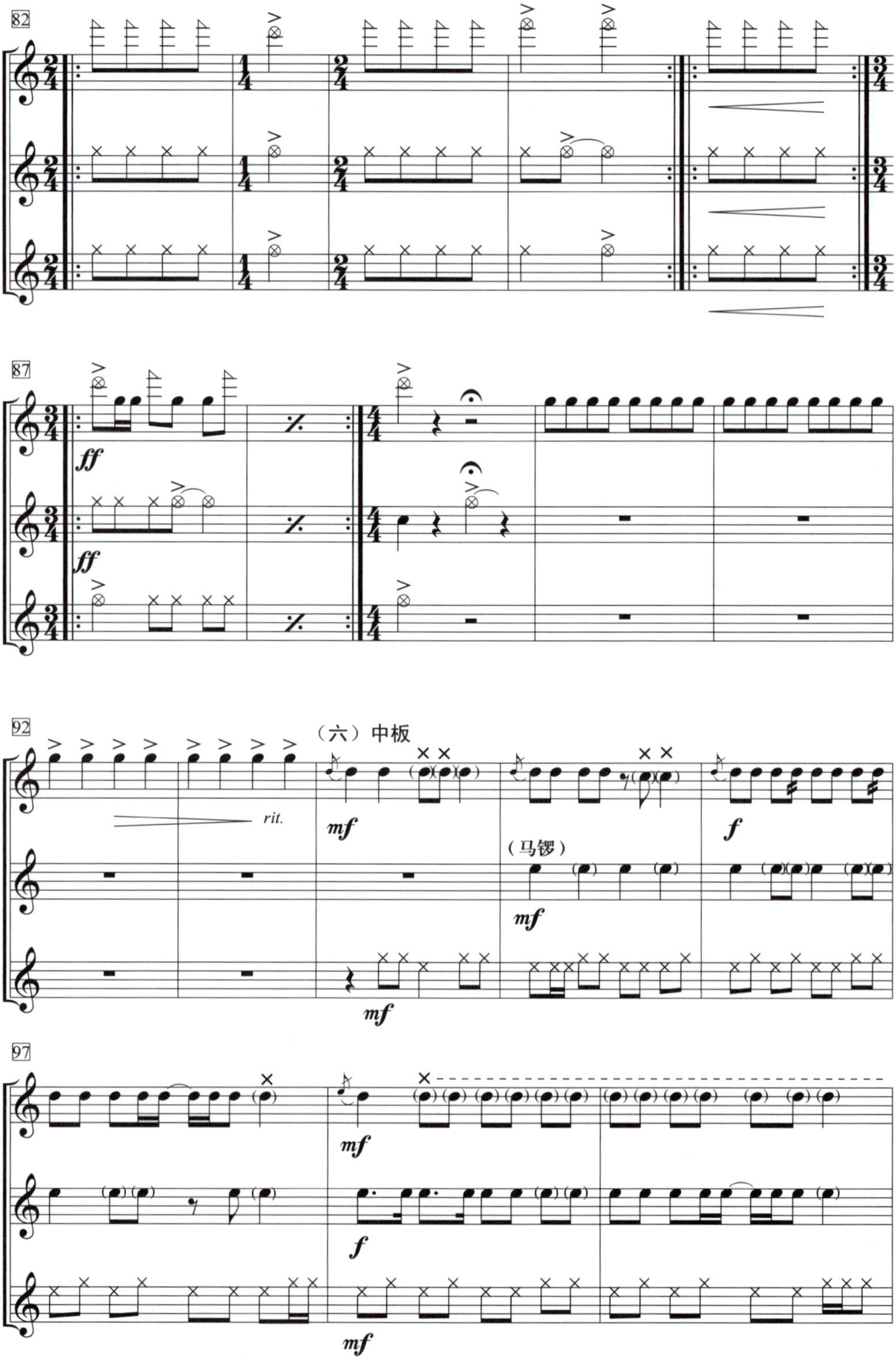
82
87
ff
ff
92
（六）中板
rit.
mf
（马锣）
mf
f
mf
97
mf
f
mf

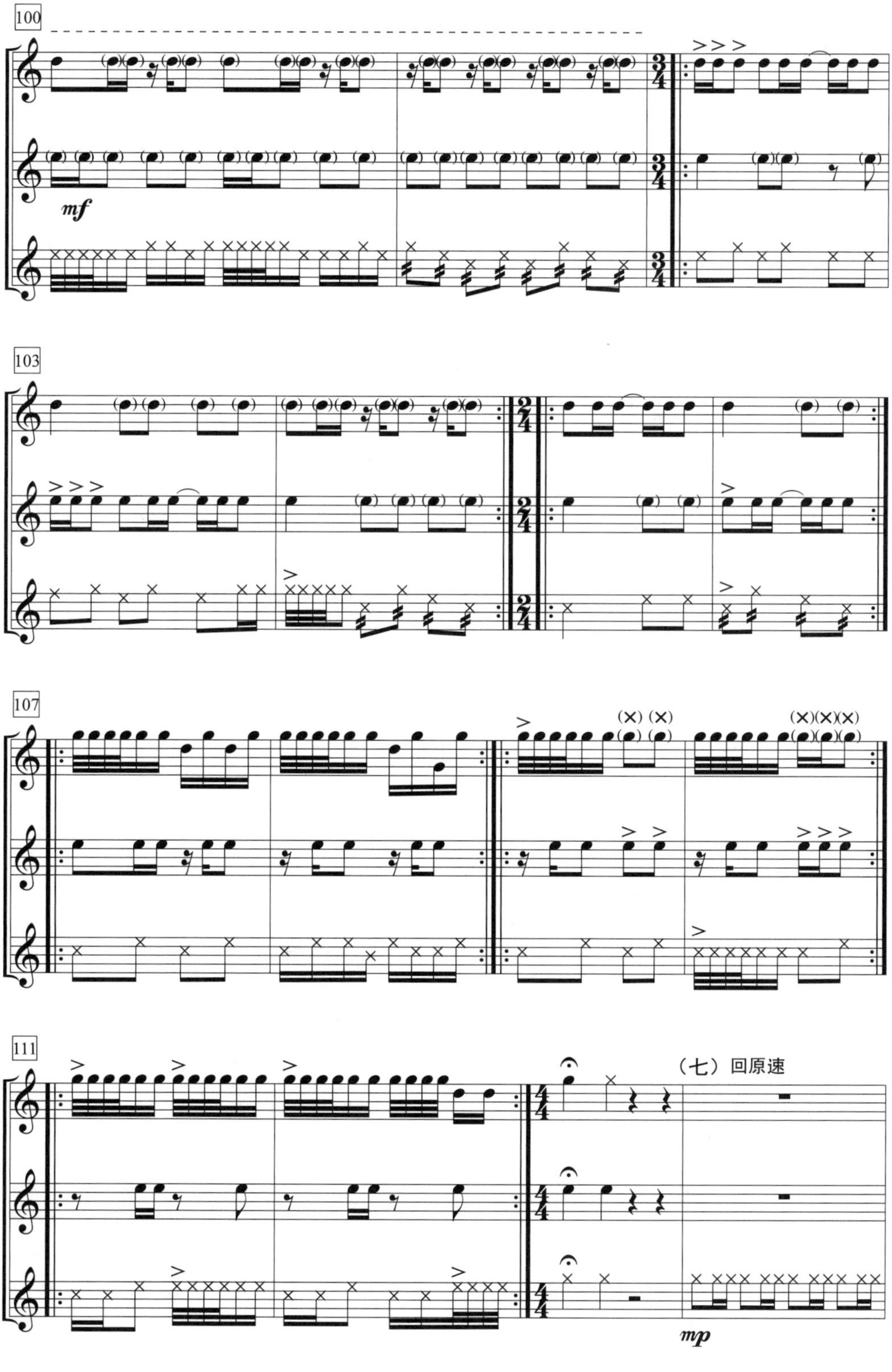
100
mf
103
107
111
（七）回原速
mp

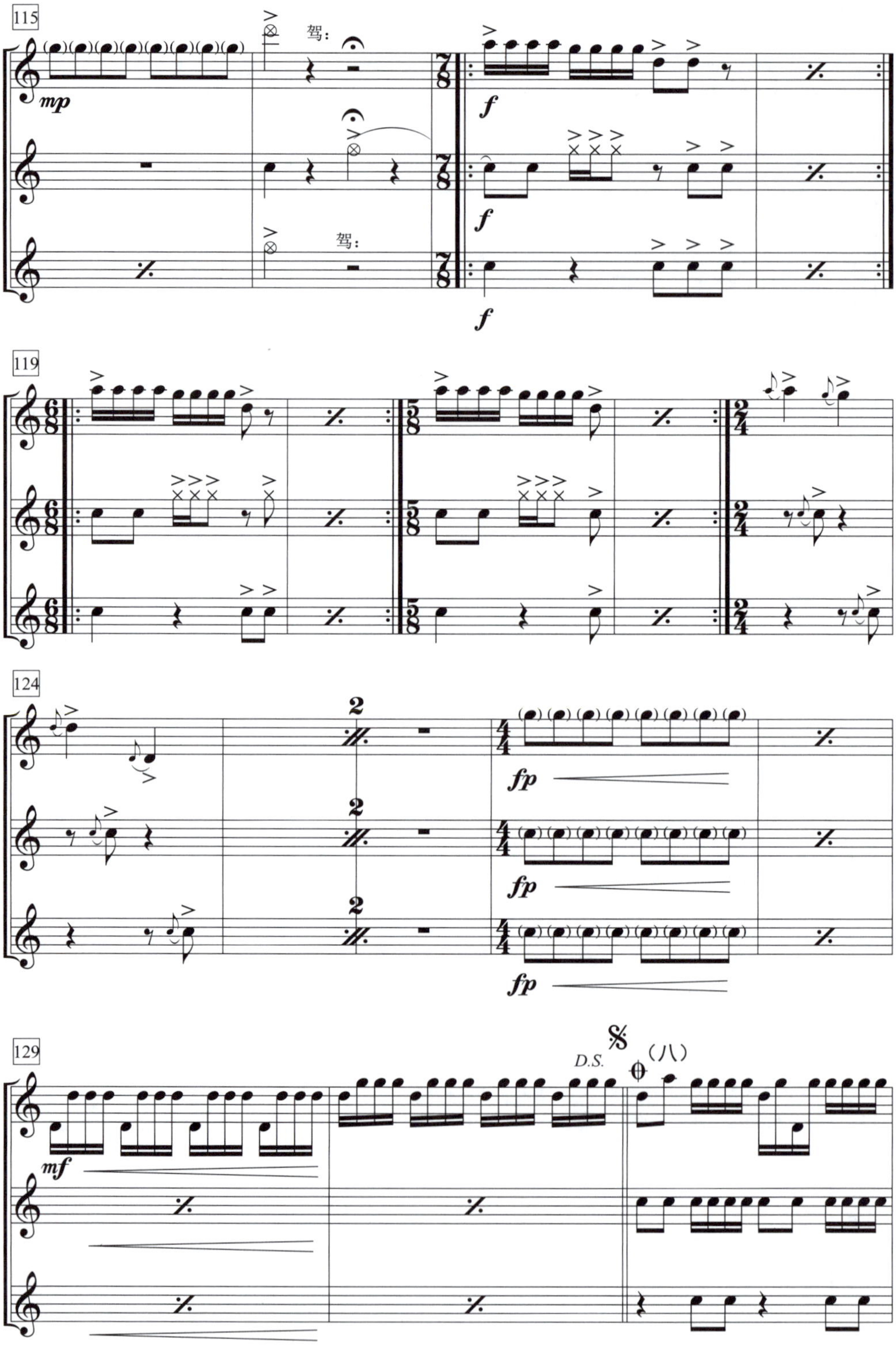
115
mp
驾:
驾:
f
119
124
fp
129
mf
D.S.
（八）

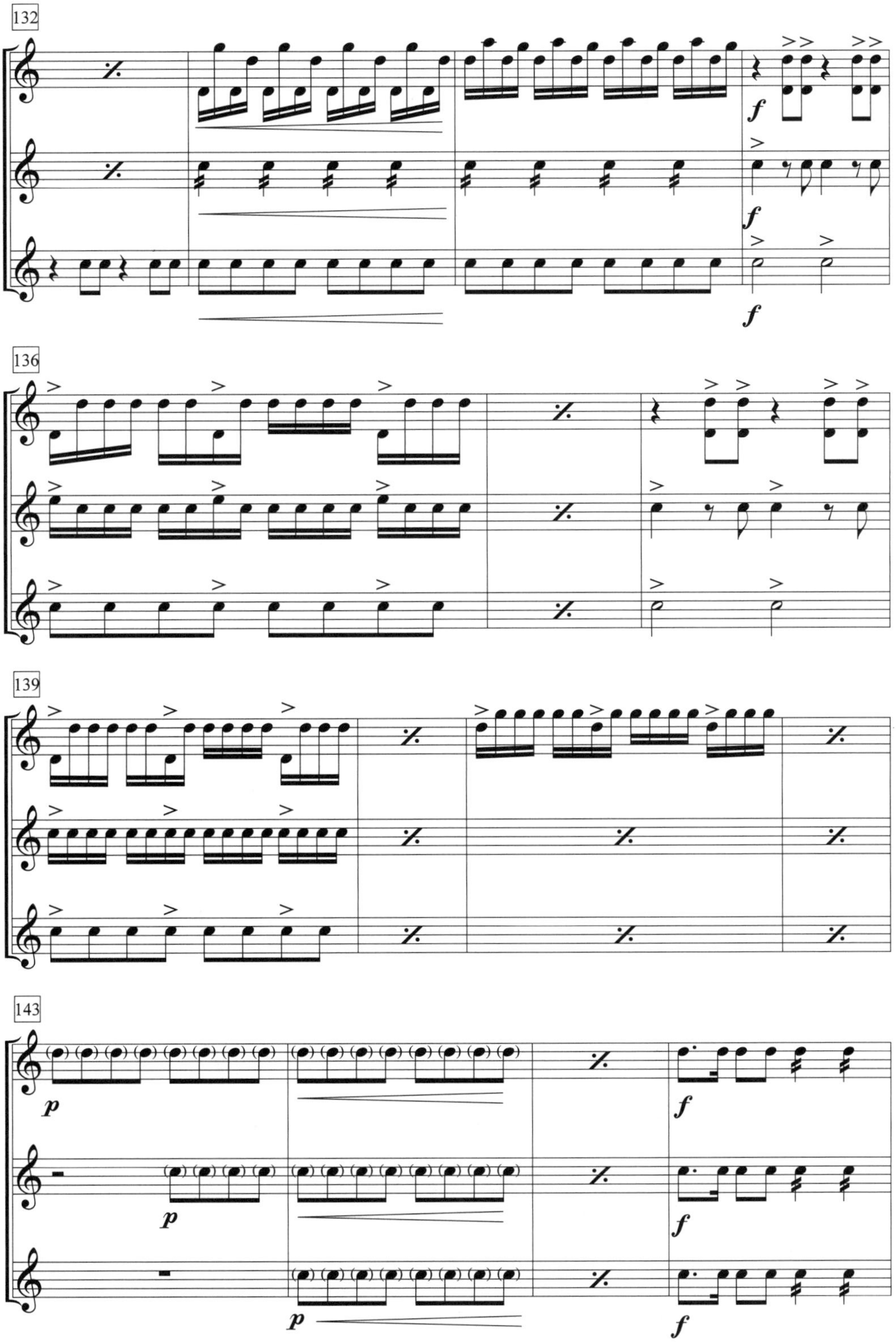
132
f
f
f
136
139
143
p
p
p
f
f
f

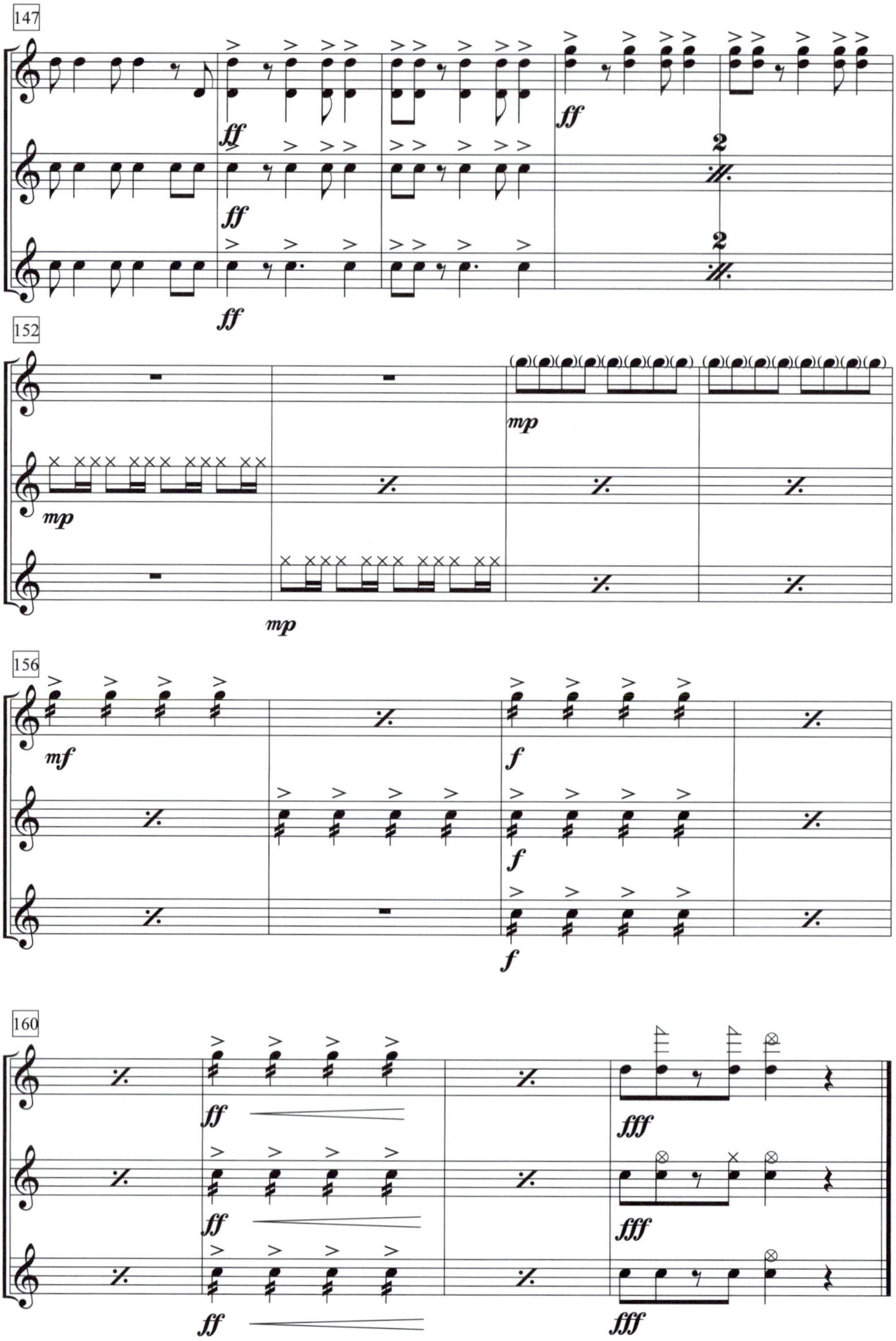
147
152
156
160

演奏说明

乐曲简介:

打击乐《马灯舞》是一首排鼓与打击乐作品,根据同名合奏曲改编而成,乐曲描绘了正月十五闹花灯时的热闹场景。

鼓 1:排　鼓

　　小　锣
　　中虎锣

鼓 2:高音梆子
　　扁　鼓
　　大堂鼓
　　小吊镲

鼓 3:中音梆子
　　中国大鼓
　　吊　镲

李真贵

2009 年 6 月于北京

冲天炮

（锣鼓乐）

重庆小河锣鼓
李真贵　编曲

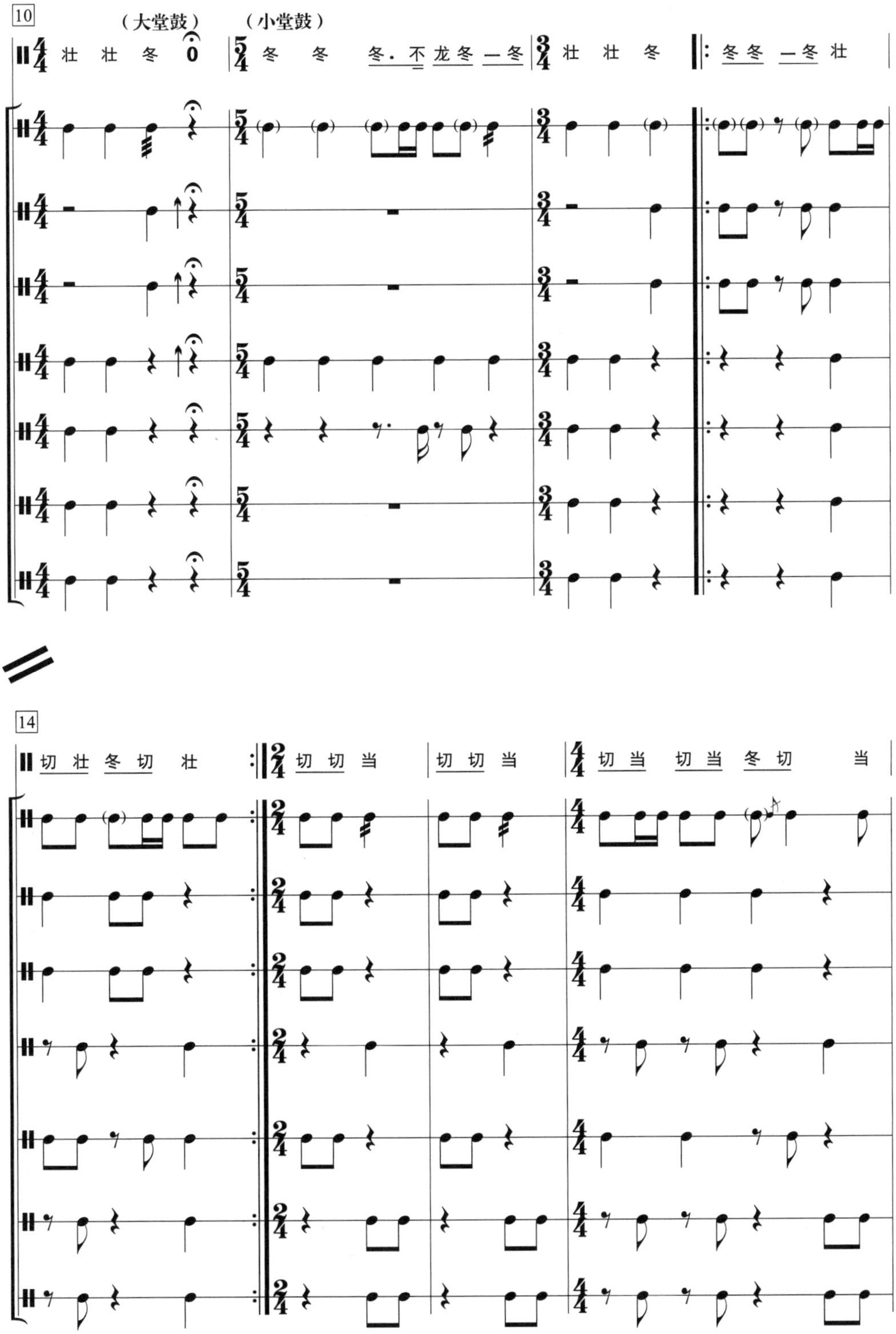
10
（大堂鼓）
（小堂鼓）
壮 壮 冬 0
冬 冬 冬. 不 龙 冬 一 冬
壮 壮 冬
冬冬 一冬 壮
14
切 壮 冬 切 壮
切 切 当
切 切 当
切 当 切 当 冬 切 当

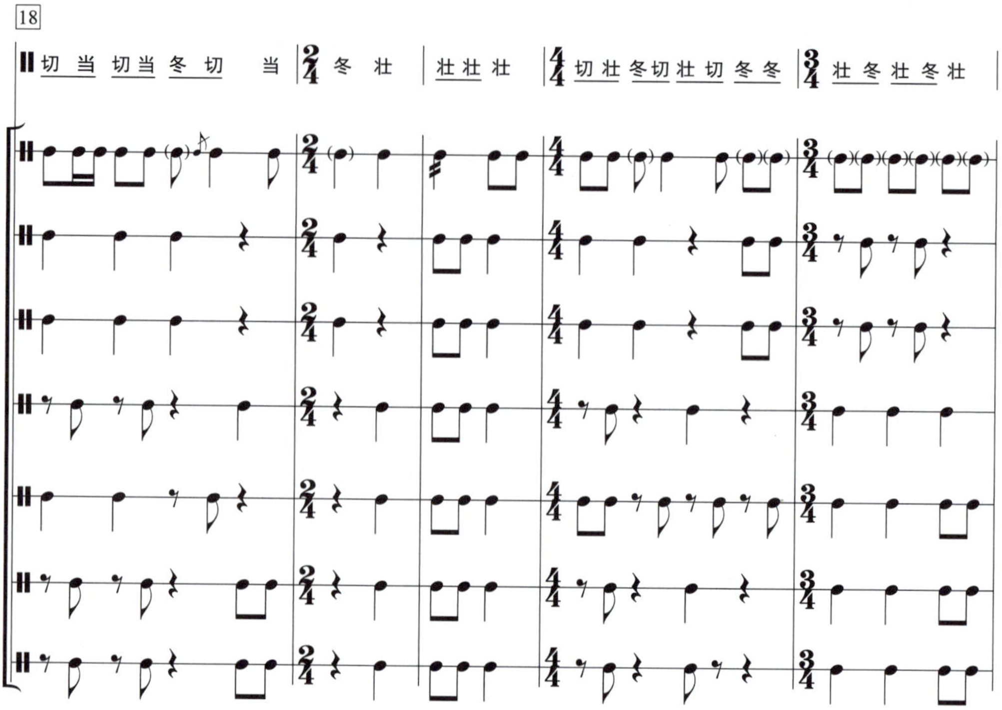
18
切 当 切当 冬 切 当 冬 壮 壮壮 壮 切壮 冬切 壮 切 冬 冬 壮 冬 壮 冬 壮

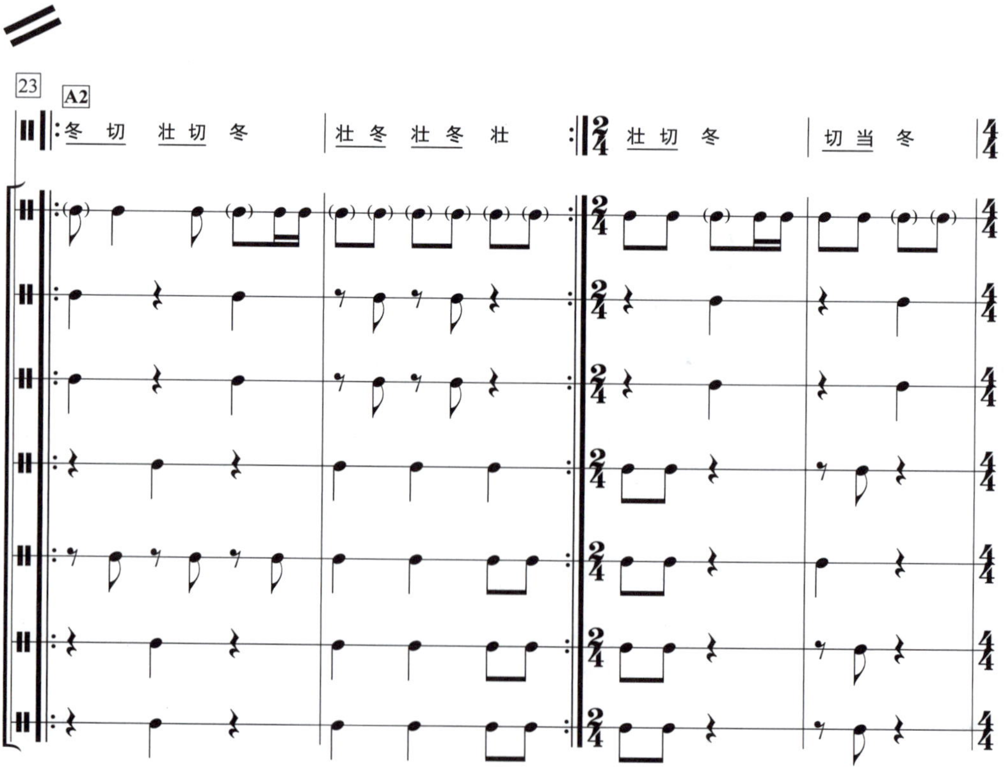
23
A2
冬 切 壮 切 冬 壮 冬 壮 冬 壮 壮 切 冬 切 当 冬

27
切当 冬 切 当 切 冬
当 切 冬 切 切 当 冬
切 当 冬 切 当 切 冬
30
当 切 当 切 切 当 冬
切 当 冬 切 当 切 冬
当 切 冬 切 切 当 冬
壮 壮 冬 壮

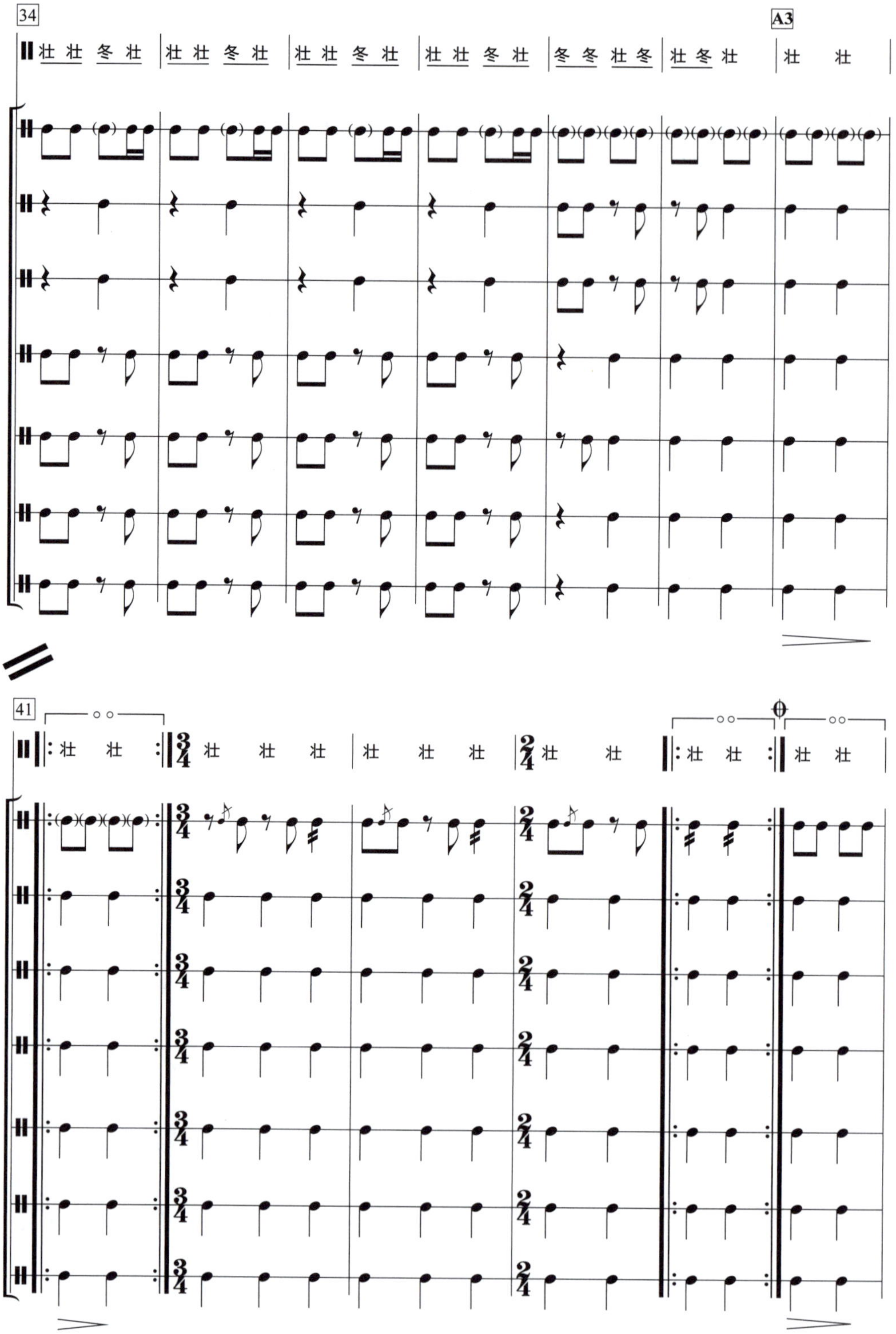
34
壮 壮 冬 壮 | 壮 壮 冬 壮 | 壮 壮 冬 壮 | 壮 壮 冬 壮 | 冬 冬 壮 冬 | 壮 冬 壮
A3
壮 壮
41
壮 壮 | 壮 壮 壮 | 壮 壮 壮 | 壮 壮 | 壮 壮 | 壮 壮

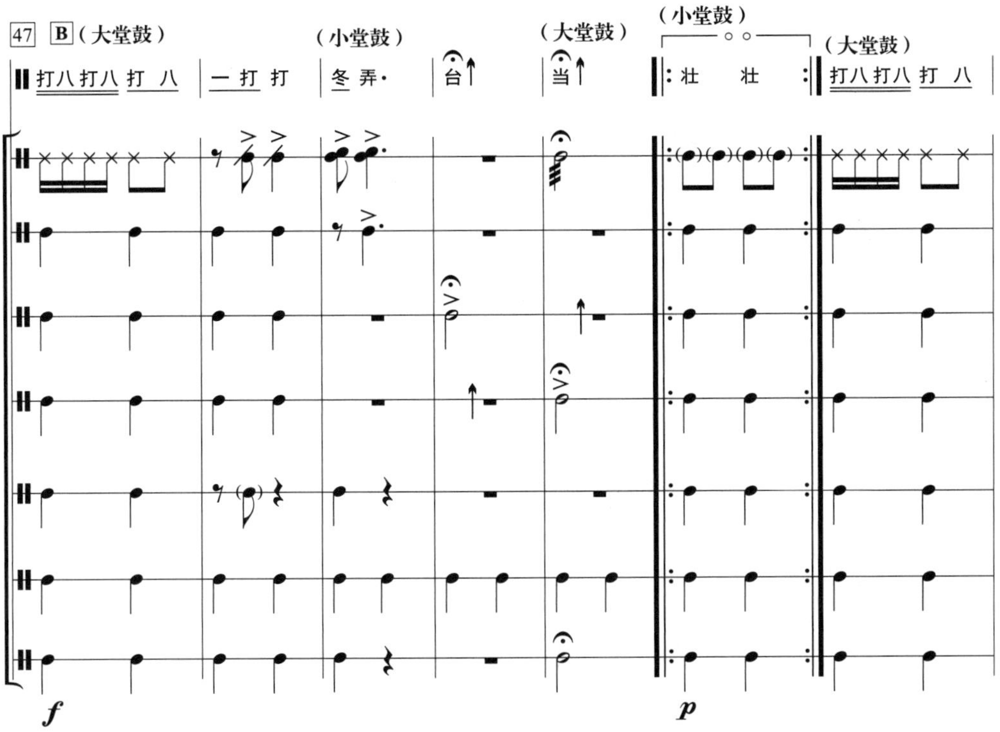
47
B
（大堂鼓）
打八打八 打 八
一 打 打
（小堂鼓）
冬 弄·
台
（大堂鼓）
当
（小堂鼓）
壮 壮
（大堂鼓）
打八打八 打 八
f
p

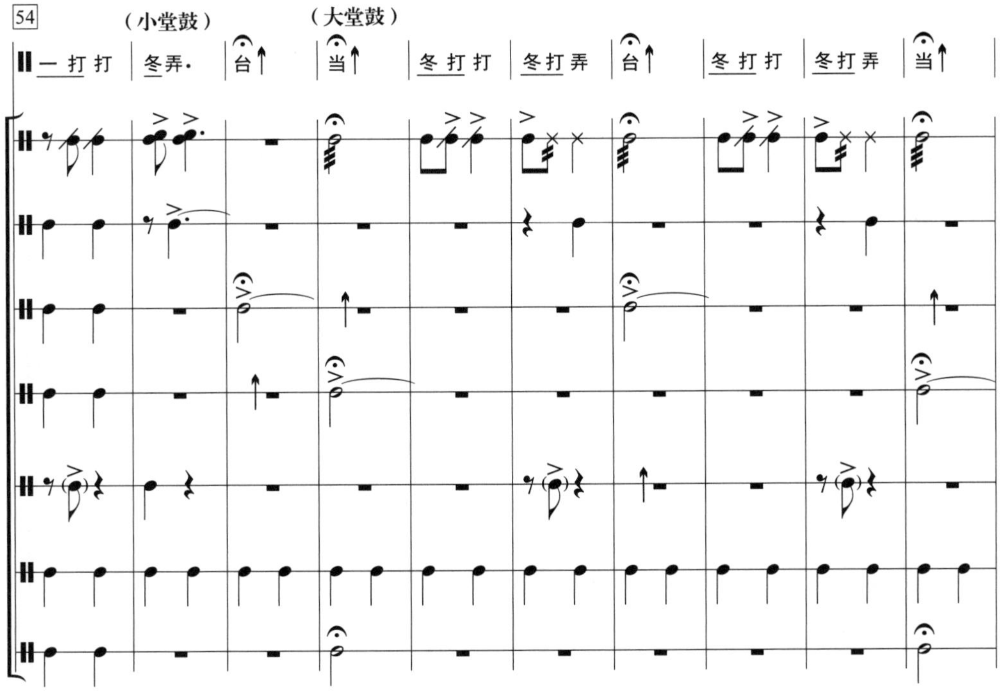
54
一 打 打
（小堂鼓）
冬弄·
台
（大堂鼓）
当
冬 打 打
冬打弄
台
冬 打 打
冬打弄
当

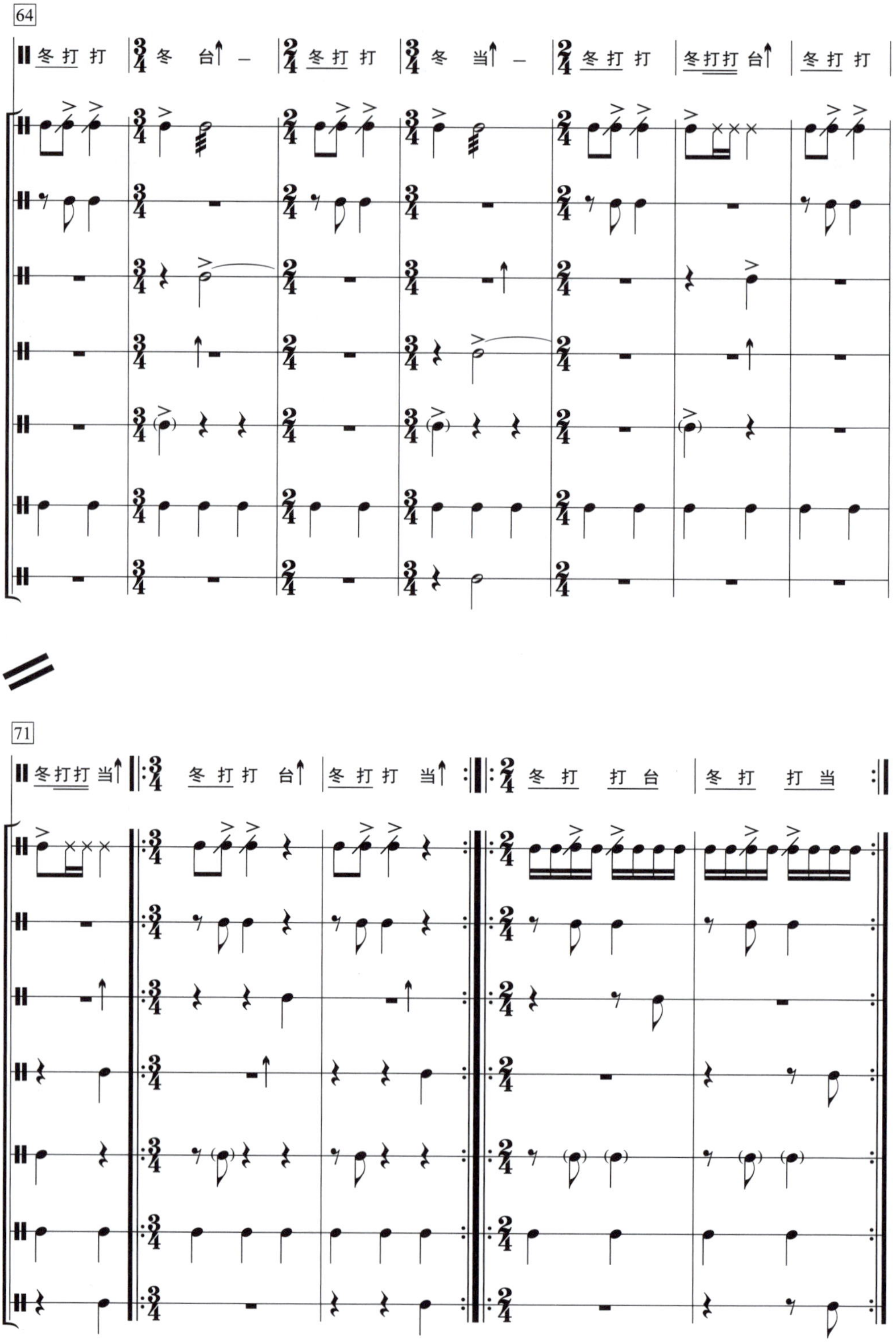
64
冬打打 冬 台 — 冬打打 冬 当 — 冬打打 冬打打 台 冬打打
71
冬打打 当 冬 打 打 台 冬 打 打 当 冬 打 打 台 冬 打 打 当

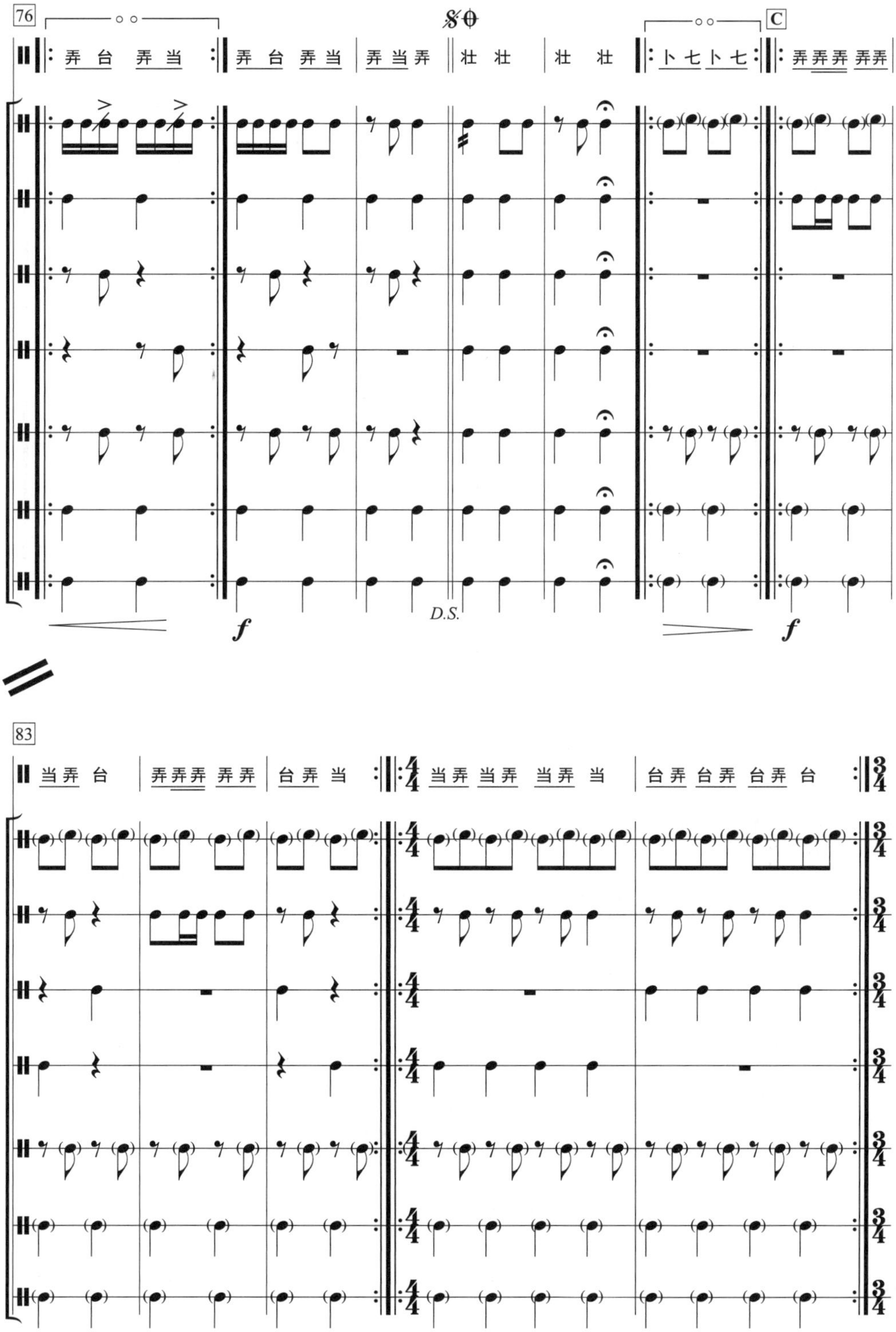
76
C
弄 台 弄 当
弄 台 弄 当
弄 当 弄
壮 壮
壮 壮
卜 七 卜 七
弄弄弄 弄弄
D.S.
83
当 弄 台
弄弄弄 弄弄
台 弄 当
当 弄 当 弄 当 弄 当
台 弄 台 弄 台 弄 台

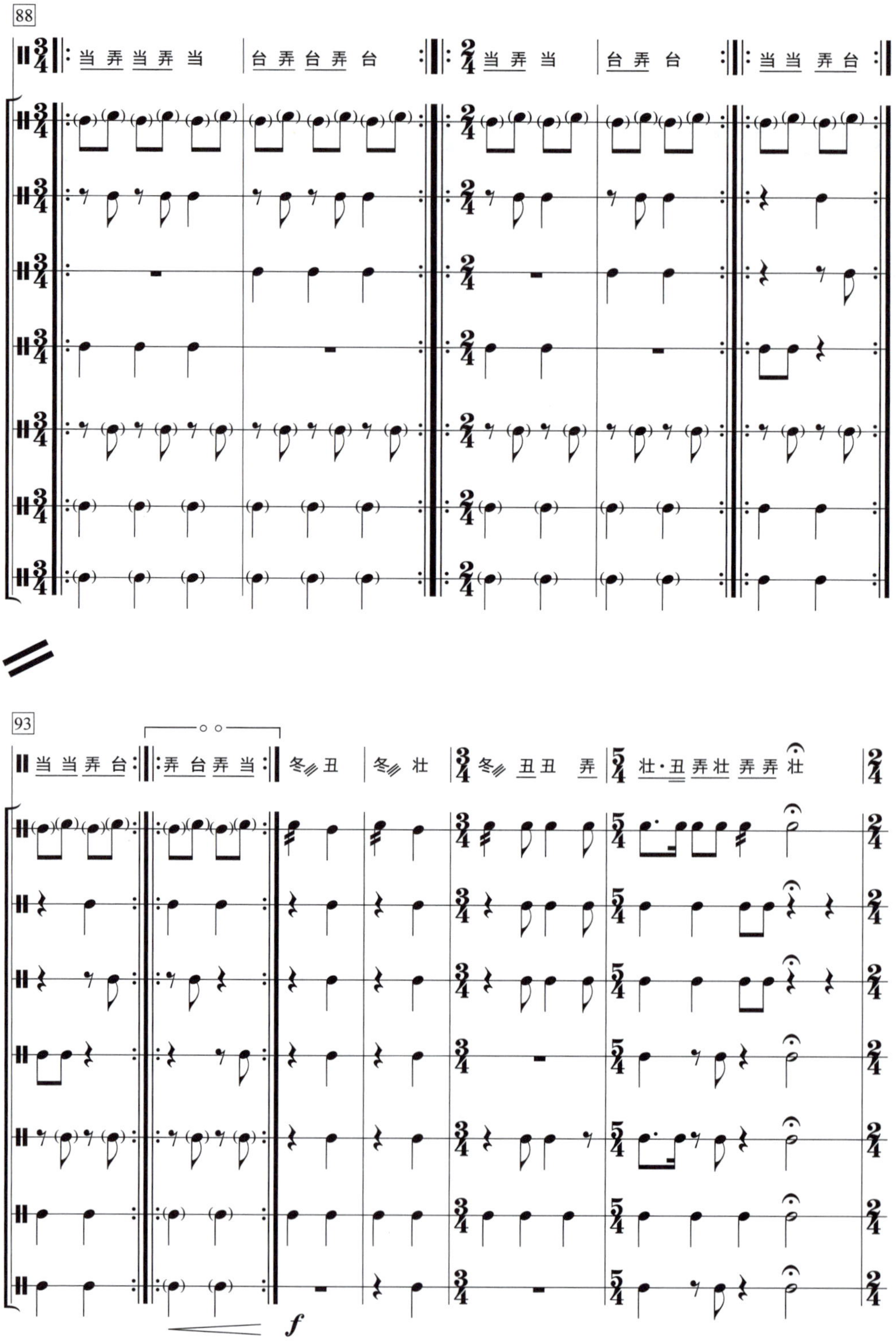
88
当 弄 当 弄 当
台 弄 台 弄 台
当 弄 当
台 弄 台
当 当 弄 台
93
当 当 弄 台
弄 台 弄 当
冬 丑
冬 壮
冬 丑 丑 弄
壮·丑 弄 壮 弄 弄 壮
f

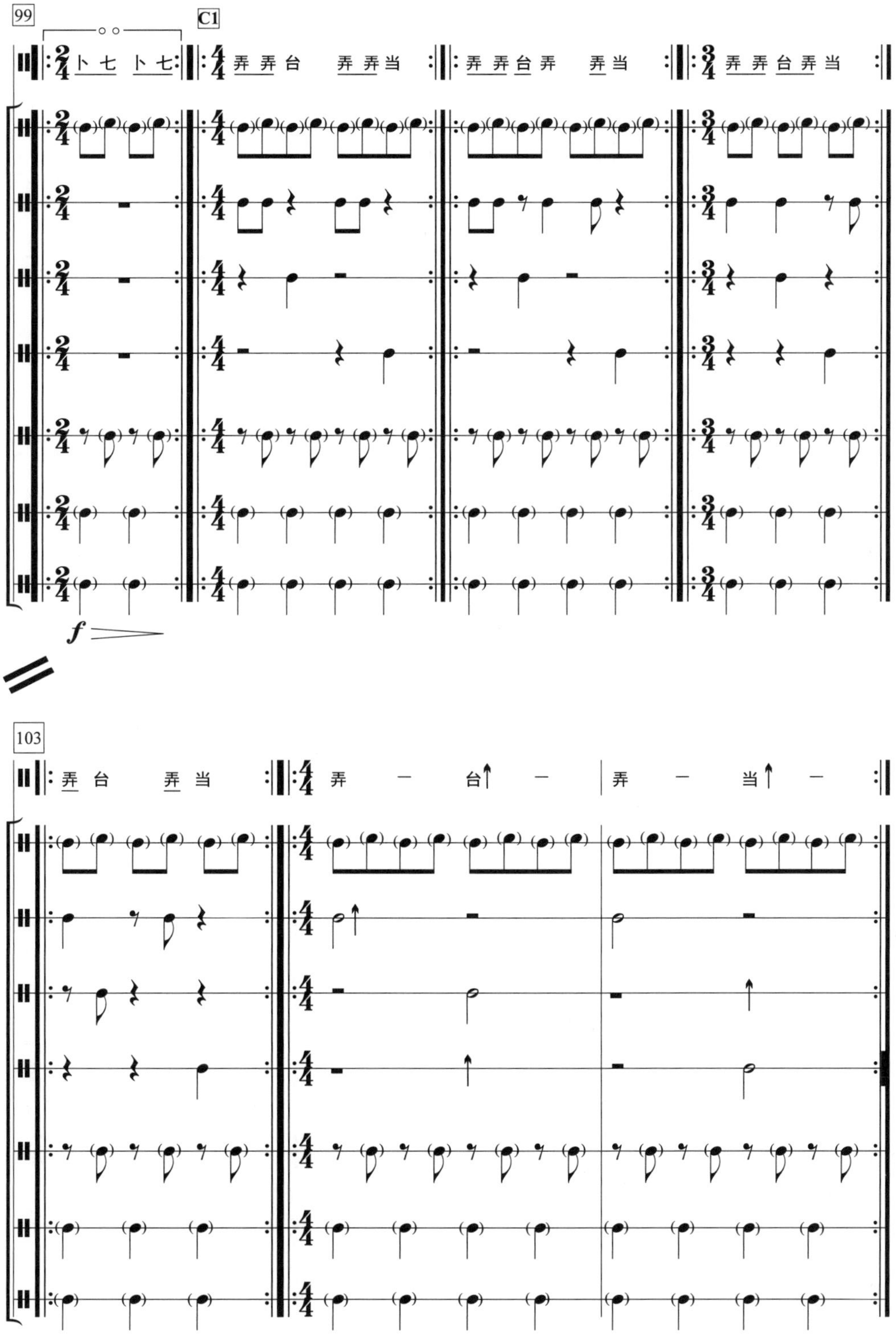
99
卜七 卜七
C1
弄弄台 弄弄当
弄弄台弄 弄当
弄弄台弄当
f
103
弄台 弄当
弄 — 台 —
弄 — 当 —

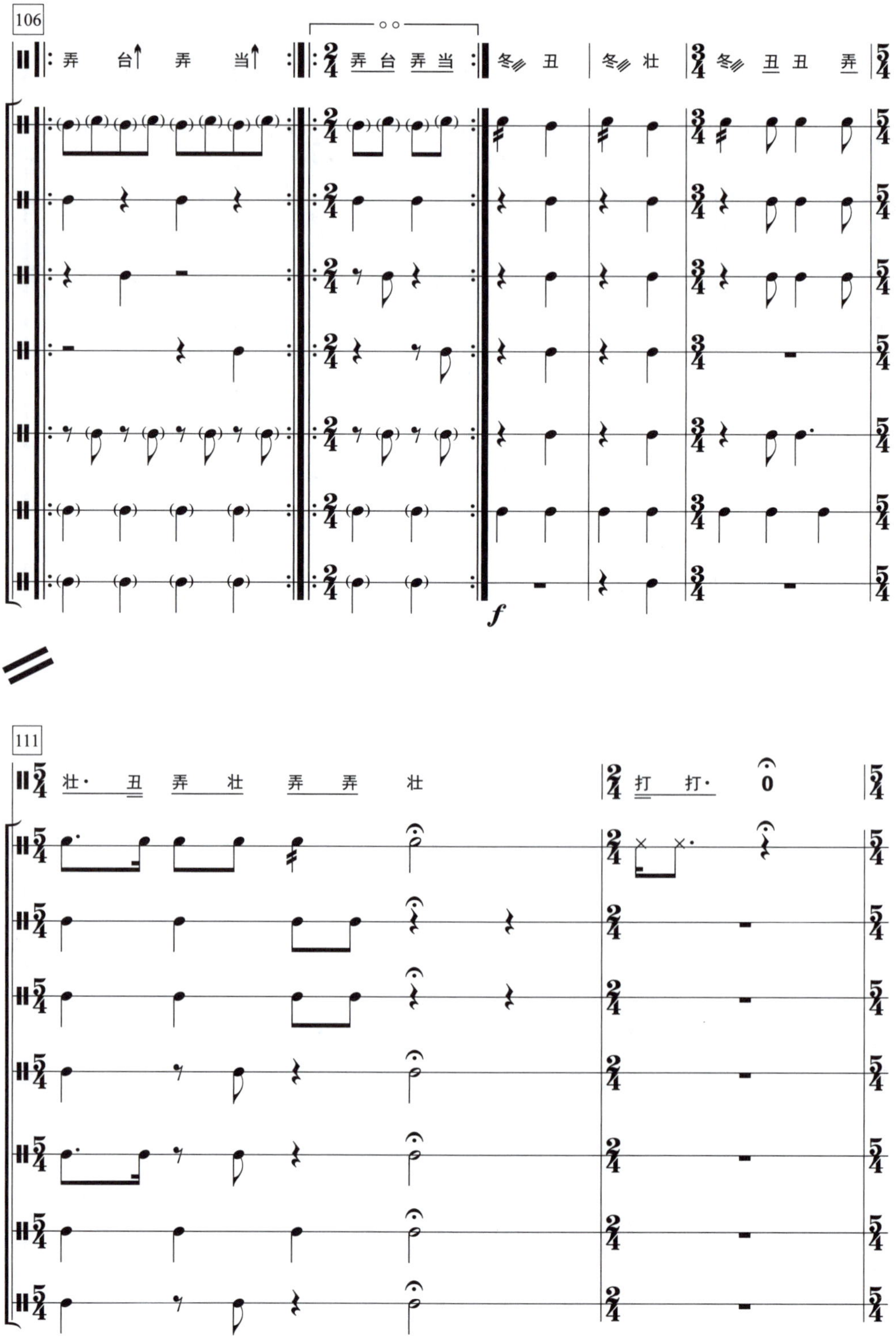
106
弄 台 弄 当 弄台弄当 冬 丑 冬 壮 冬 丑 丑 弄
111
壮· 丑 弄 壮 弄 弄 壮 打 打· 0

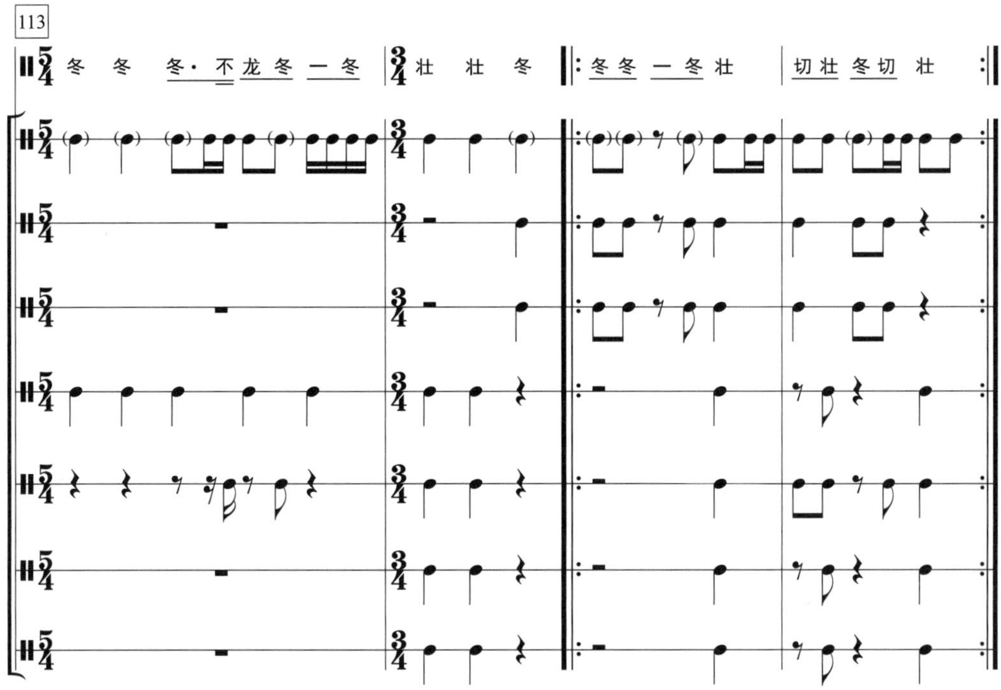
113
冬 冬 冬· 不龙冬 一冬
壮 壮 冬
冬冬 一冬 壮
切壮 冬切 壮

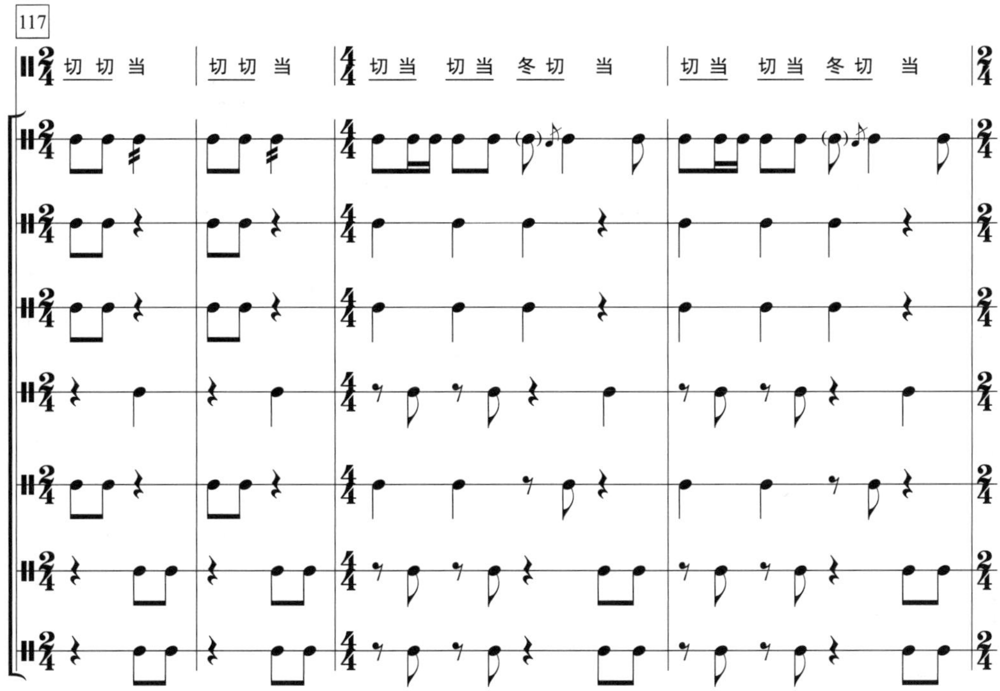
117
切切当
切切当
切当 切当 冬切 当
切当 切当 冬切 当

注：↑为马锣抛锣。

大　曲

（组合打击乐）

周　龙　曲
李真贵　配伴奏

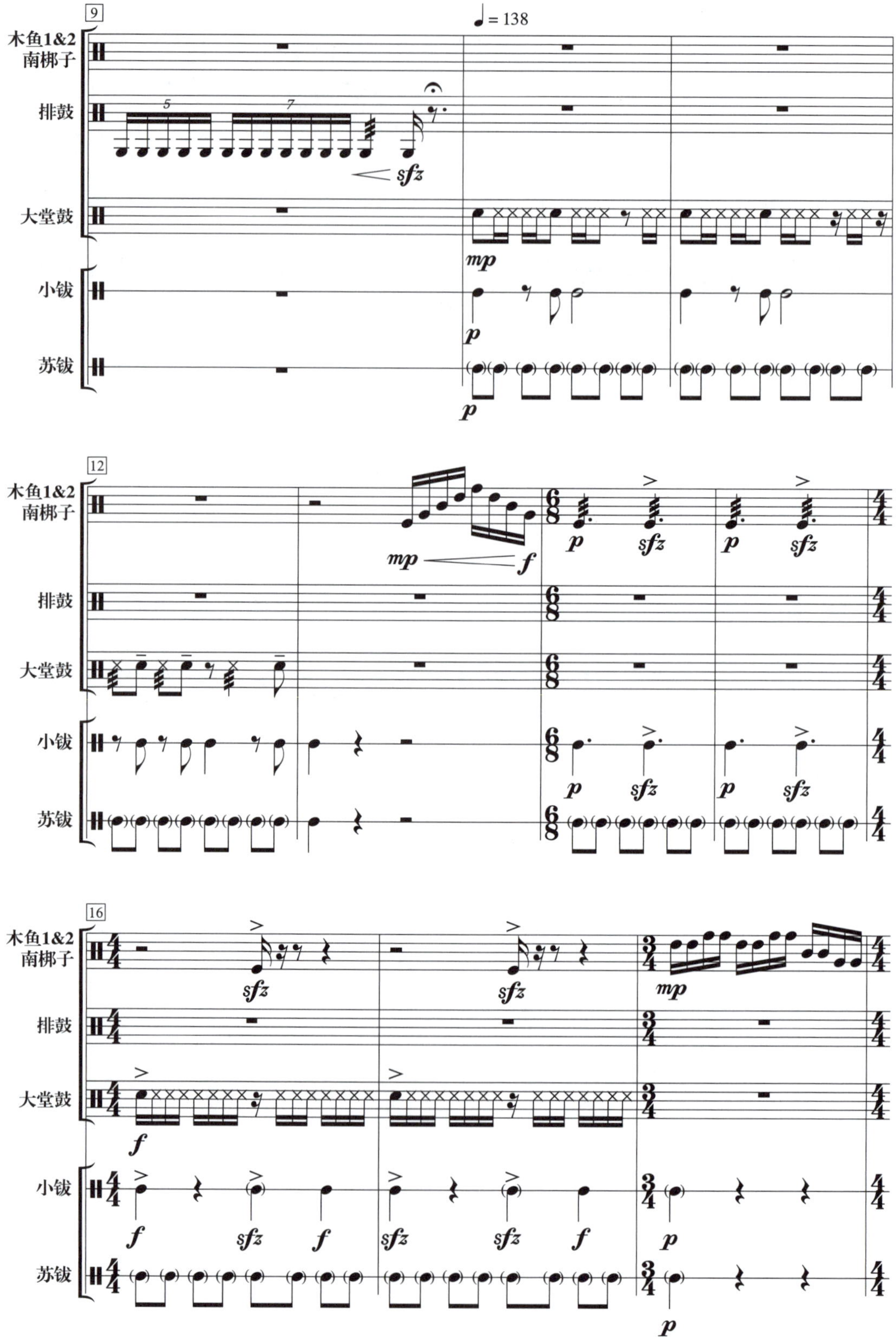
9
♩= 138
木鱼1&2
南梆子
排鼓
大堂鼓
小钹
苏钹
12
16

19
木鱼1&2
南梆子
排鼓
大堂鼓
小钹
苏钹
sfz
f
22
木鱼1&2
南梆子
排鼓
大堂鼓
小钹
苏钹
sfz
27
木鱼1&2
南梆子
排鼓
大堂鼓
小钹
苏钹
♩= 152
（木鱼2）
pp
cresc.
accel
fp
（大镲）
（大钹）

32
♩= 168
木鱼1&2
南梆子
排鼓
（芒锣）
（中马锣）
（高虎锣）
大堂鼓
fp
大饶
大钹
38
木鱼1&2
南梆子
排鼓
大堂鼓
f
p
fp
大饶
大钹
44
♪=♪
木鱼1&2
南梆子
排鼓
大堂鼓
大饶
大钹

50
木鱼1&2
南梆子
排鼓
大堂鼓
大饶
大钹
più mosso
cresc.
54
largo
♩= 66
fp
pp
59
（木鱼2）
♩= 116
mf
dim.
fp
pp
sfz

63
木鱼1&2
南梆子
排鼓
大堂鼓
大饶
大钹
mp
cresc.
（吊镲）
mp
66
fp
pp
73
♩= 152
（木鱼1）
mp
（小钹）
（小锣）
mf

77
木鱼1&2
南梆子
排鼓
大堂鼓
小钹
小锣
（吊镲）
mf
sfz
82
木鱼1&2
南梆子
排鼓
大堂鼓
小钹
小锣
f
sfz
sfz
sfz
sfz
86
木鱼1&2
南梆子
排鼓
大堂鼓
小钹
小锣
sfz
mp
fp
3

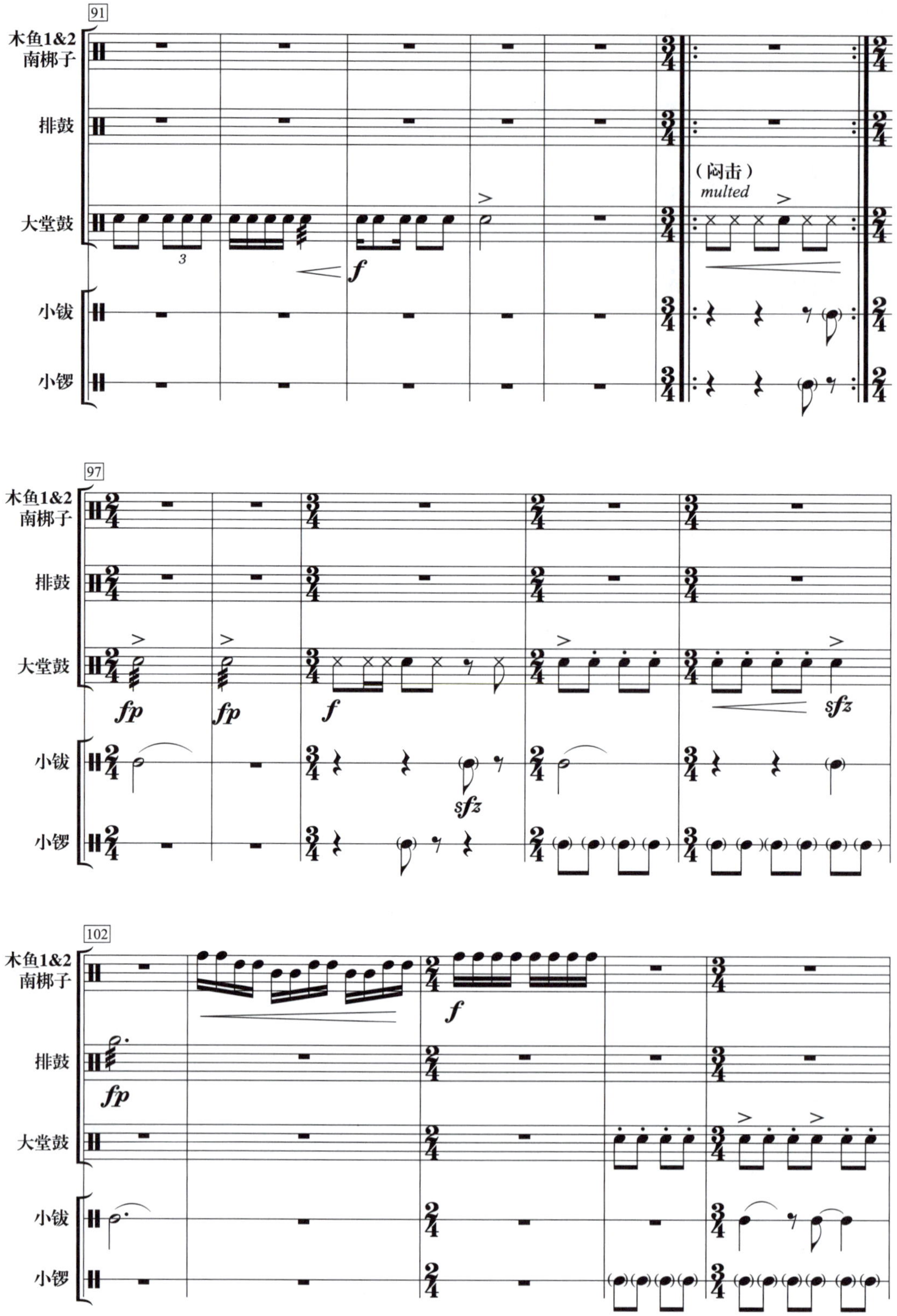
91
木鱼1&2
南梆子
排鼓
大堂鼓
3
f
（闷击）
multed
小钹
小锣
97
fp
fp
f
sfz
sfz
102
f
fp

107
木鱼1&2
南梆子
排鼓
fp
f
大堂鼓
小钹
小锣
111
木鱼1&2
南梆子
排鼓
multed
（闷击）
大堂鼓
f
mp
小钹
小锣
115
木鱼1&2
南梆子
排鼓
大堂鼓
f
小钹
小锣

120
木鱼1&2
南梆子
排鼓
大堂鼓
小钹
小锣
mp
mp
126
cresc.
f
sfz
cresc.
f
sfz
f
sfz
sfz
accel
（木鱼2）
♩= 172
132
pp
cresc.
fp
ff

137
♩= 180
木鱼1&2
南梆子
排鼓
大堂鼓
小钹
小锣
mf
141
sfz
a tempo
accel
145
♩= 160-172
（南梆子）
mf
p cresc.
15"
（beat the top
with changing
the position ）
f
p cresc.

149
a tempo
木鱼1&2
南梆子
排鼓
大堂鼓
小钹
小锣
fff
f
153
poco a
sfz
157
p
fp
(钢片琴)
(颤音琴)

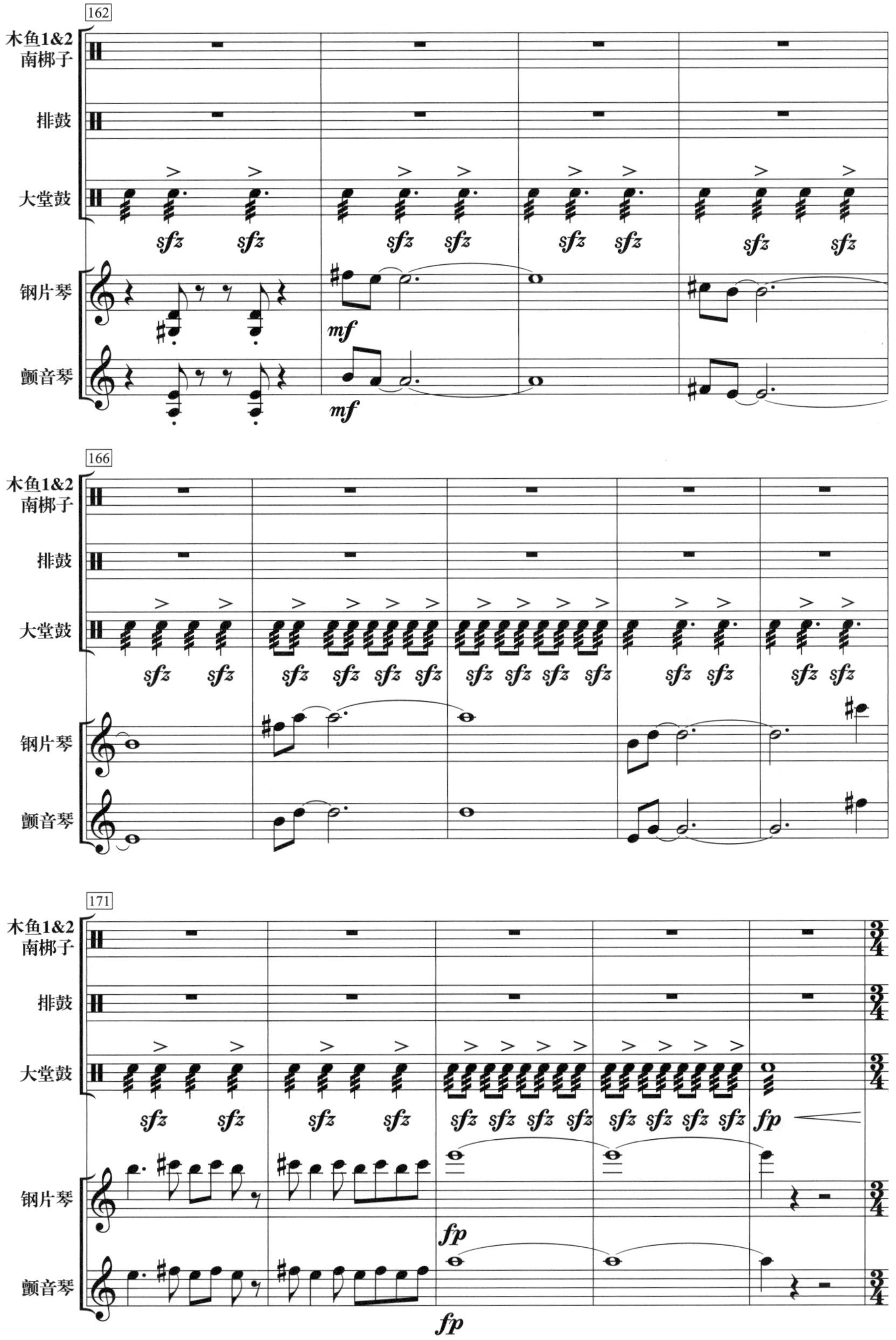
162
木鱼1&2
南梆子
排鼓
大堂鼓
钢片琴
颤音琴
mf
166
171
sfz
fp

176
♩= 152
木鱼1&2
南梆子
排鼓
大堂鼓
fff
(排鼓)
(南梆子)
钢片琴
颤音琴
(大鼓)
181
木鱼1&2
南梆子
排鼓
排鼓
南梆子
大鼓
185
木鱼1&2
南梆子
排鼓
排鼓
南梆子
大鼓

189
木鱼1&2
南梆子
排鼓
排鼓
fp
cresc.
南梆子
大鼓
193
木鱼1&2
南梆子
排鼓
fp cresc.
排鼓
南梆子
大鼓
199
木鱼1&2
南梆子
排鼓
fp
cresc.
排鼓
（吊镲）
南梆子
大鼓

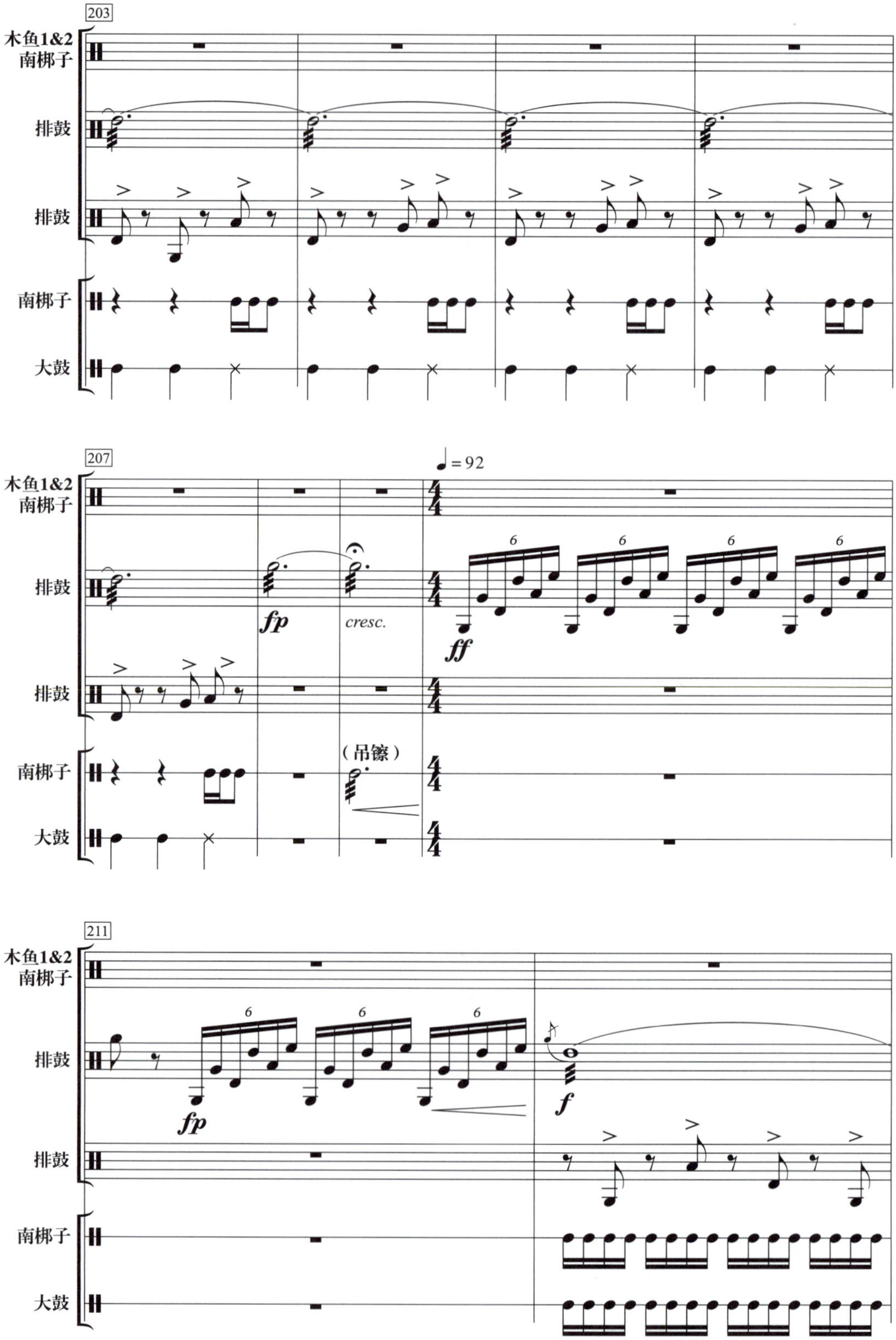
203
木鱼1&2
南梆子
排鼓
排鼓
南梆子
大鼓
207
♩=92
fp
cresc.
ff
（吊镲）
211
fp
f

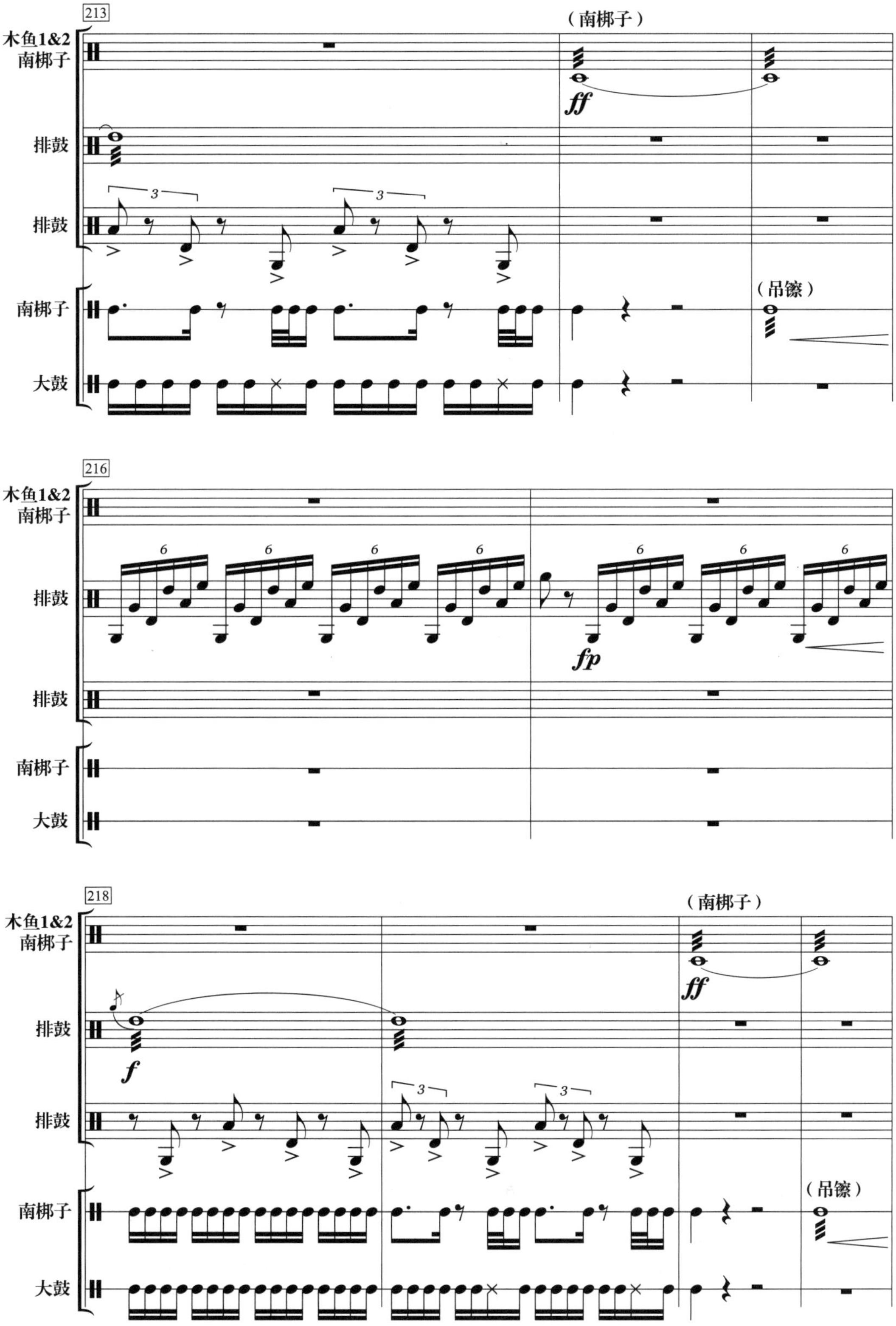
213
（南梆子）
木鱼1&2
南梆子
排鼓
排鼓
南梆子
大鼓
（吊镲）
ff
216
fp
218
f
（南梆子）
ff
（吊镲）

230
（南梆子）
木鱼1&2
南梆子
排鼓
排鼓
南梆子
大鼓
ff
accel.
fff
（吊镲）
233
♩= 60
6
rit.
fp
236
rit.
p
sfz
3
fff
（大筛锣）
（吊镲）
fff
fff

乐器摆放图示：

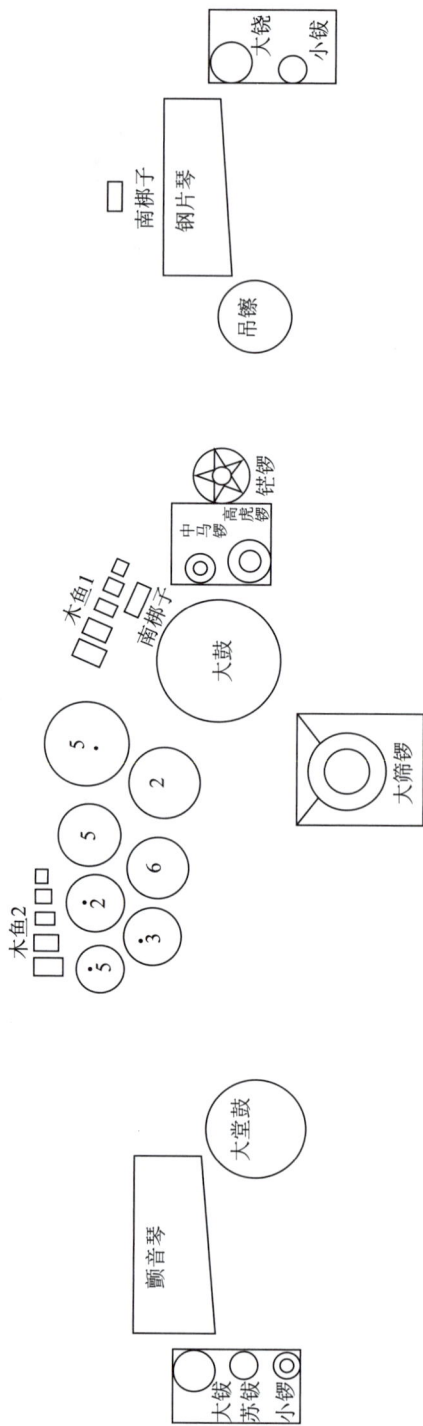

鼓 诗

——为一群中国鼓而作

李真贵、谭 盾 曲

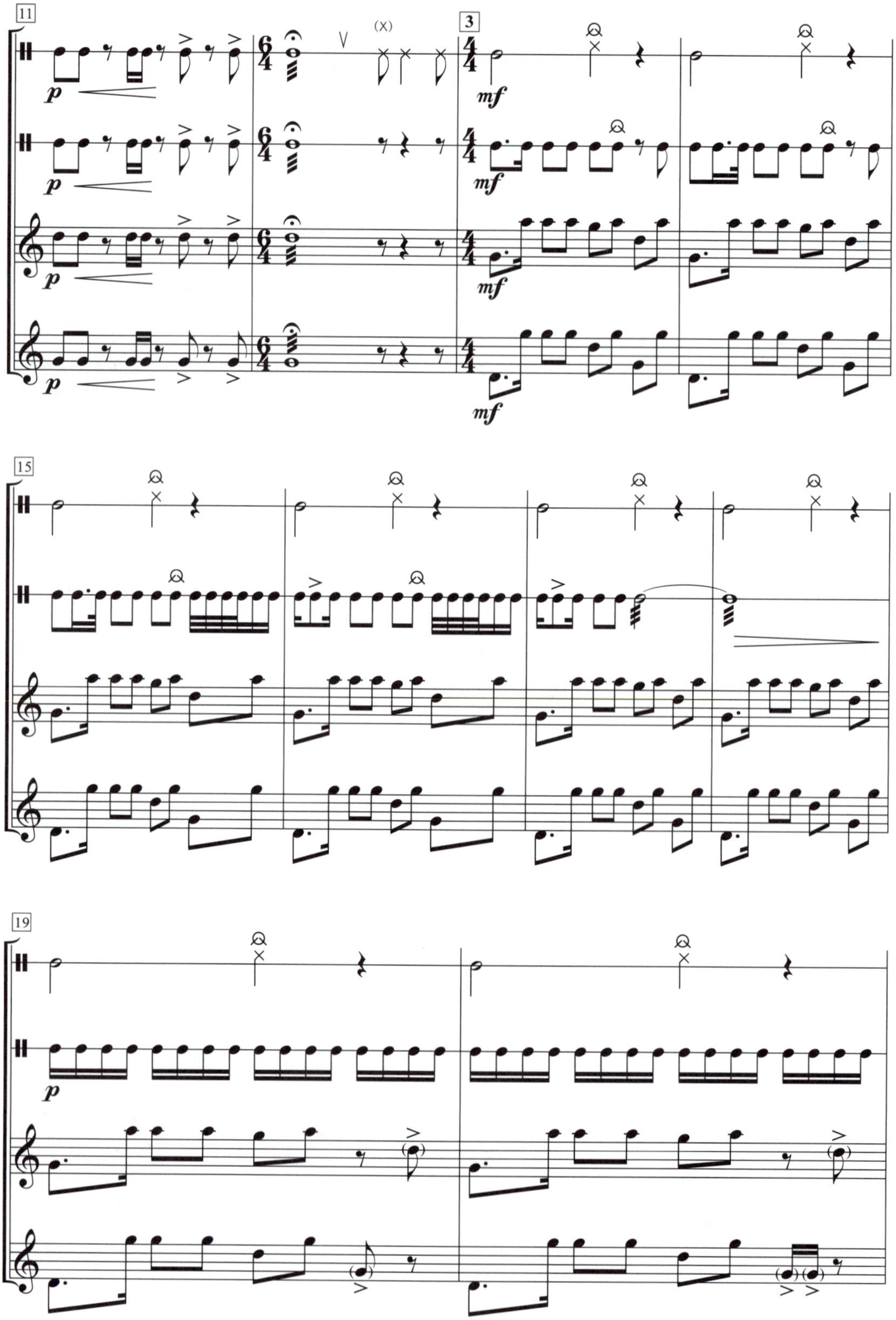
11
(X)
3
p
mf
15
19

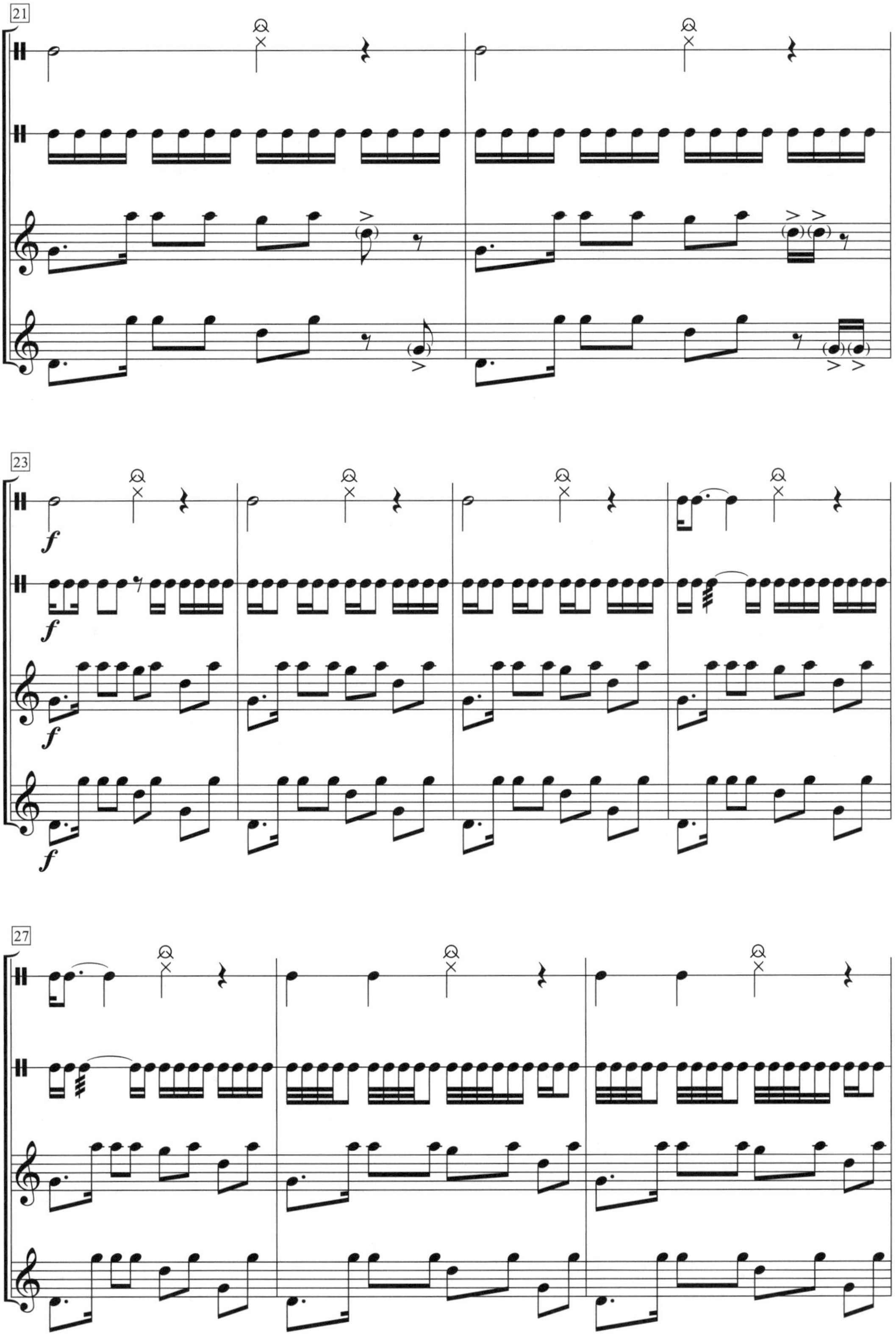
21
23
27

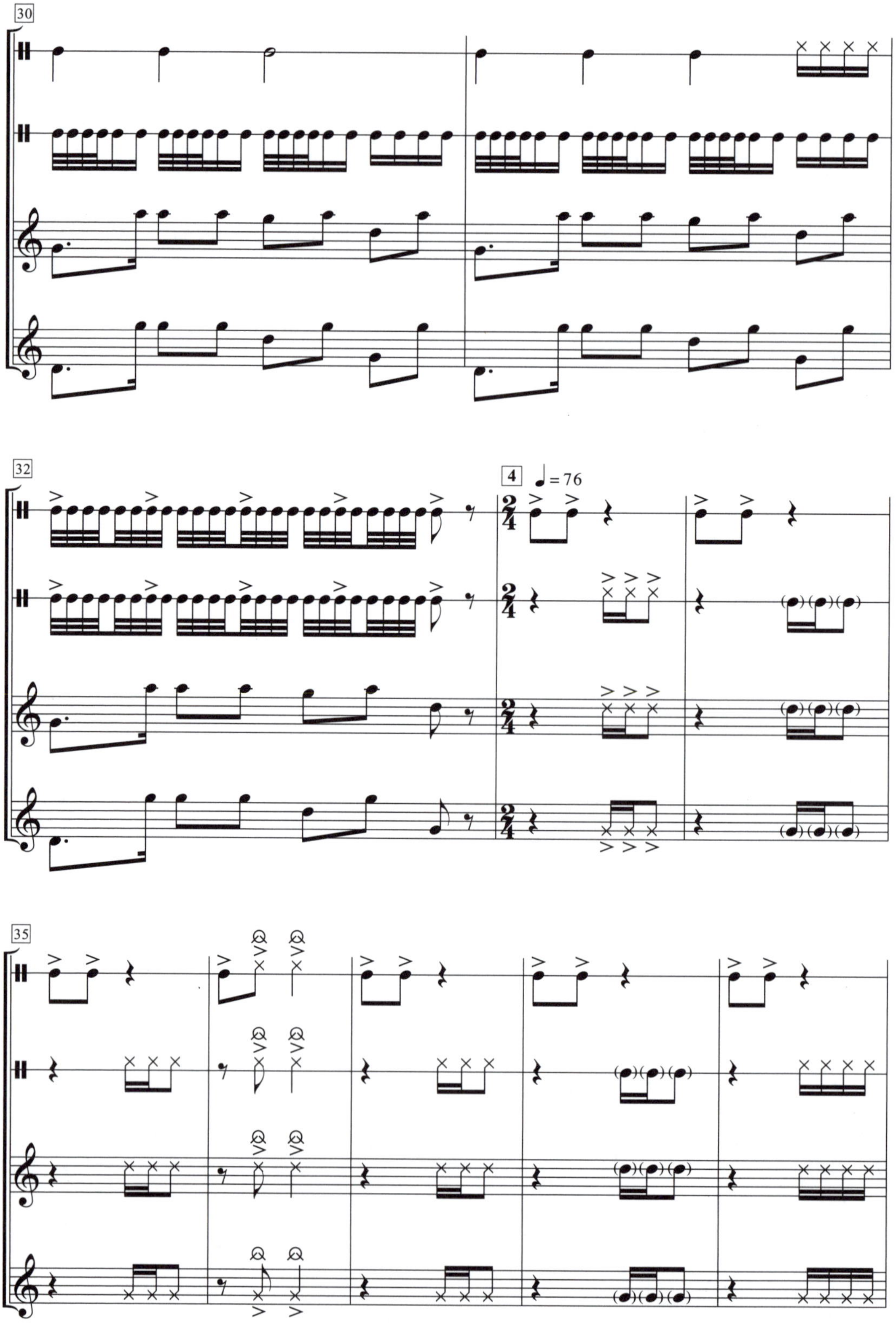
30
32
4
♩ = 76
35

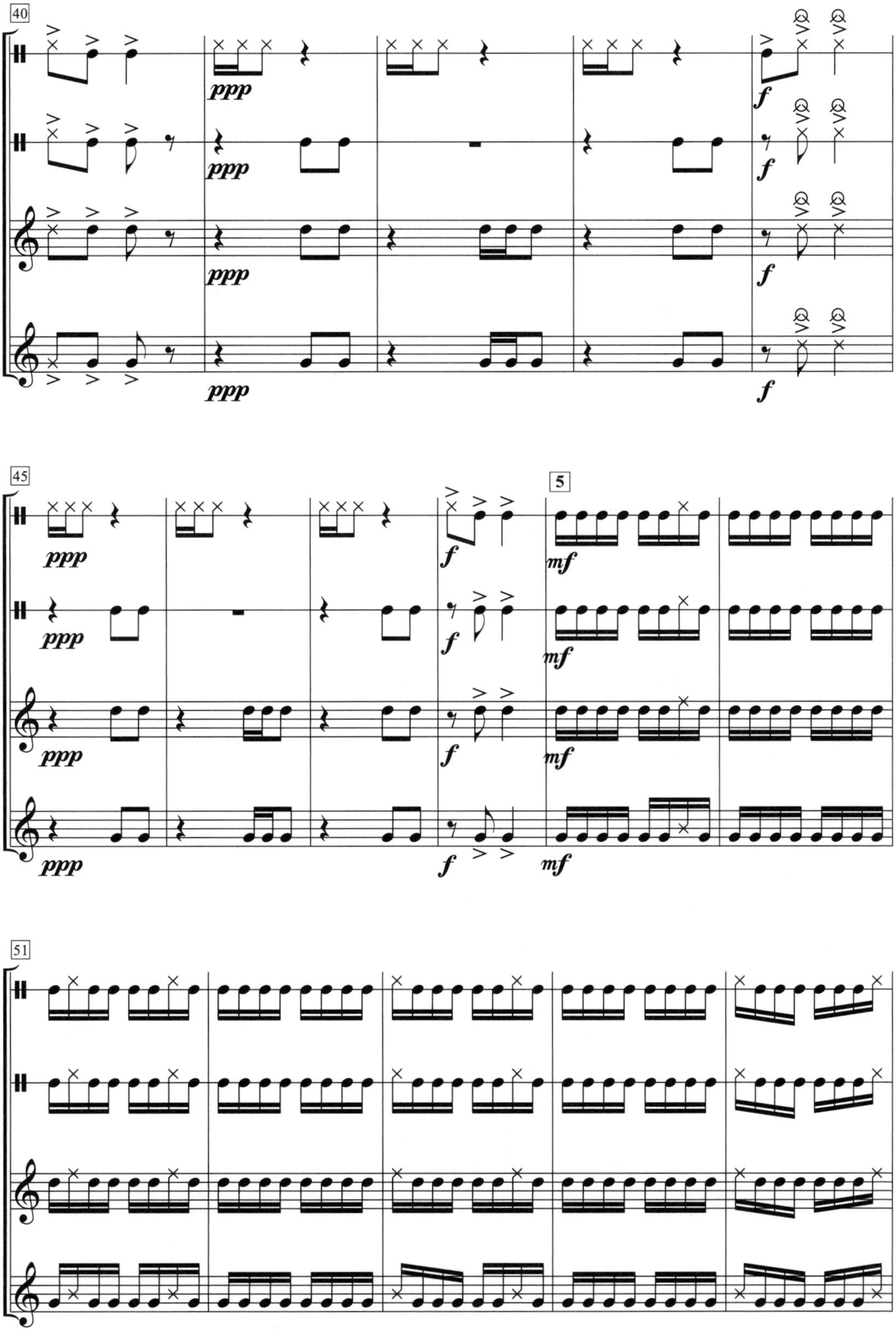
40
ppp
f
45
ppp
f
5
mf
51

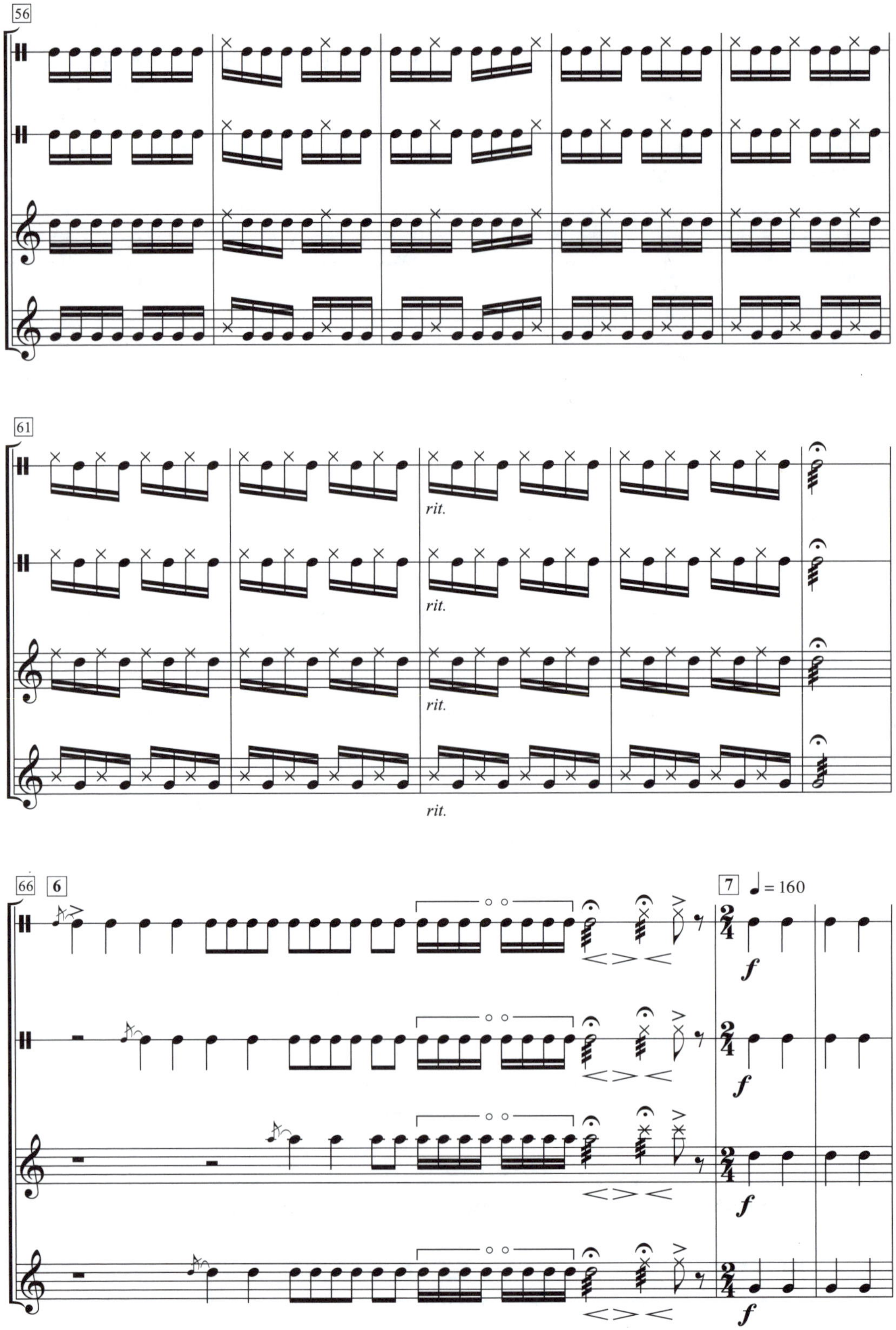
56
61
rit.
rit.
rit.
rit.
66
6
7
♩= 160
f
f
f
f

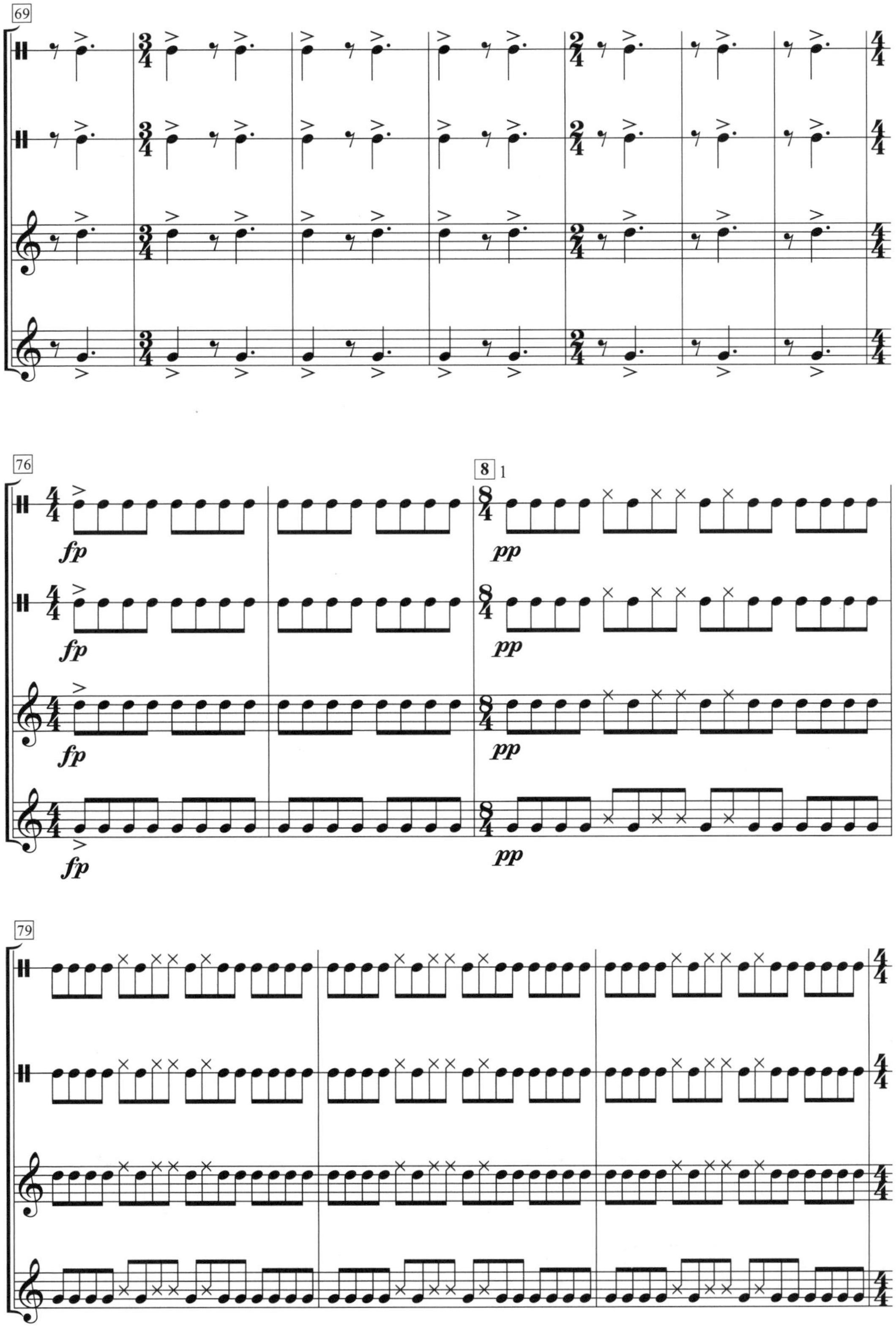
69
76
8 1
fp
pp
79

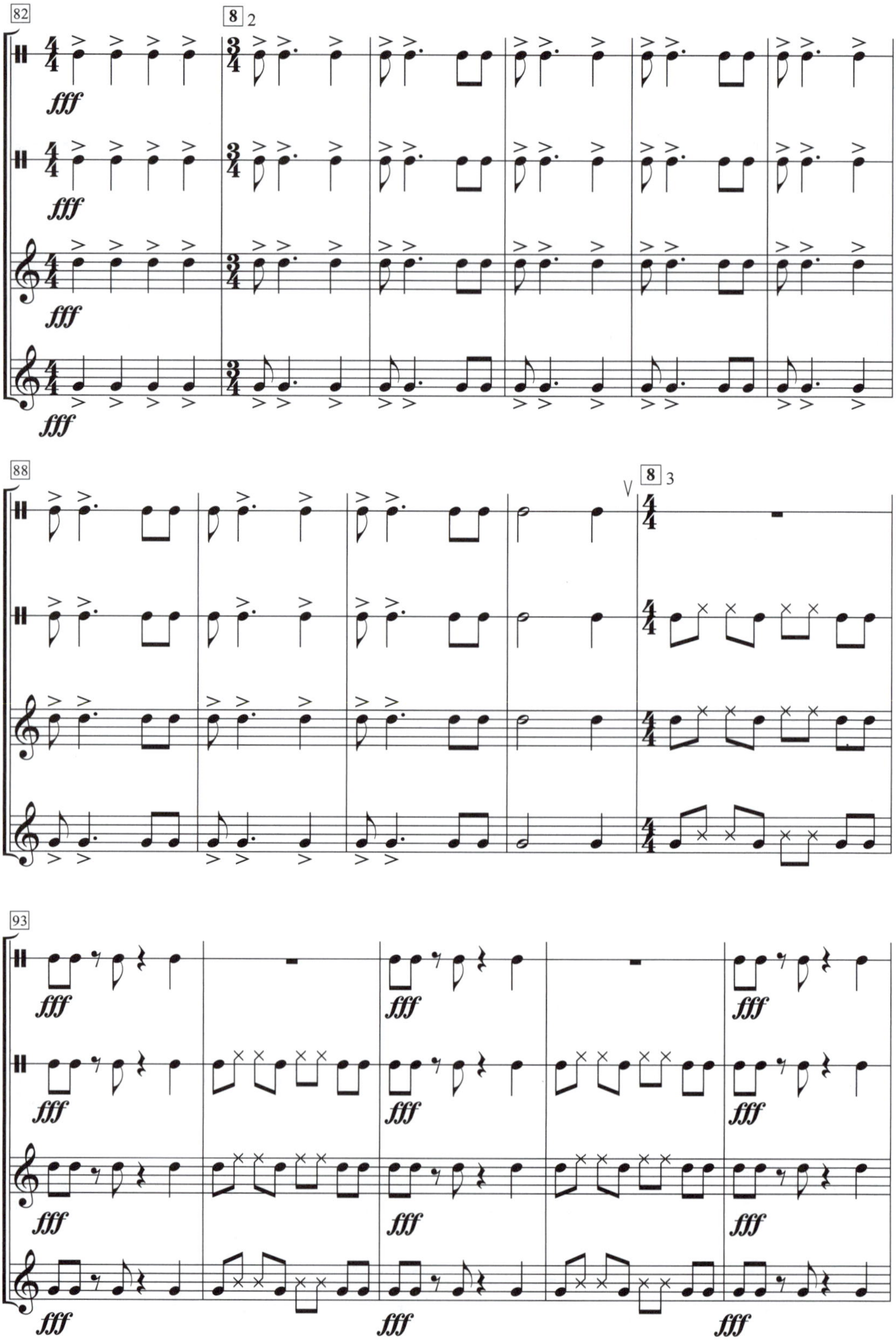
82
8 2
fff
88
8 3
93
fff

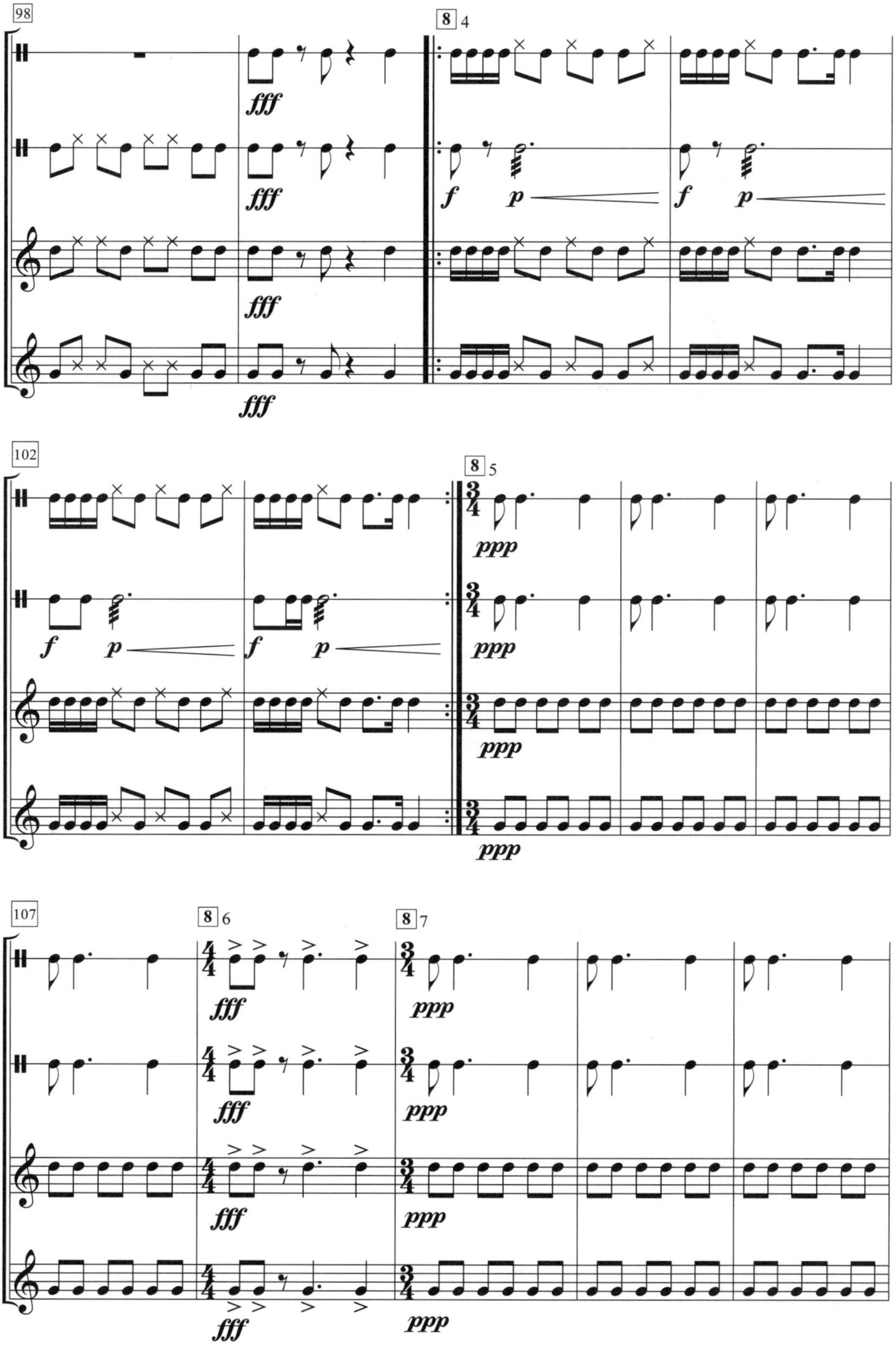
98
8 4
fff
f p
102
8 5
ppp
107
8 6
fff
8 7
ppp

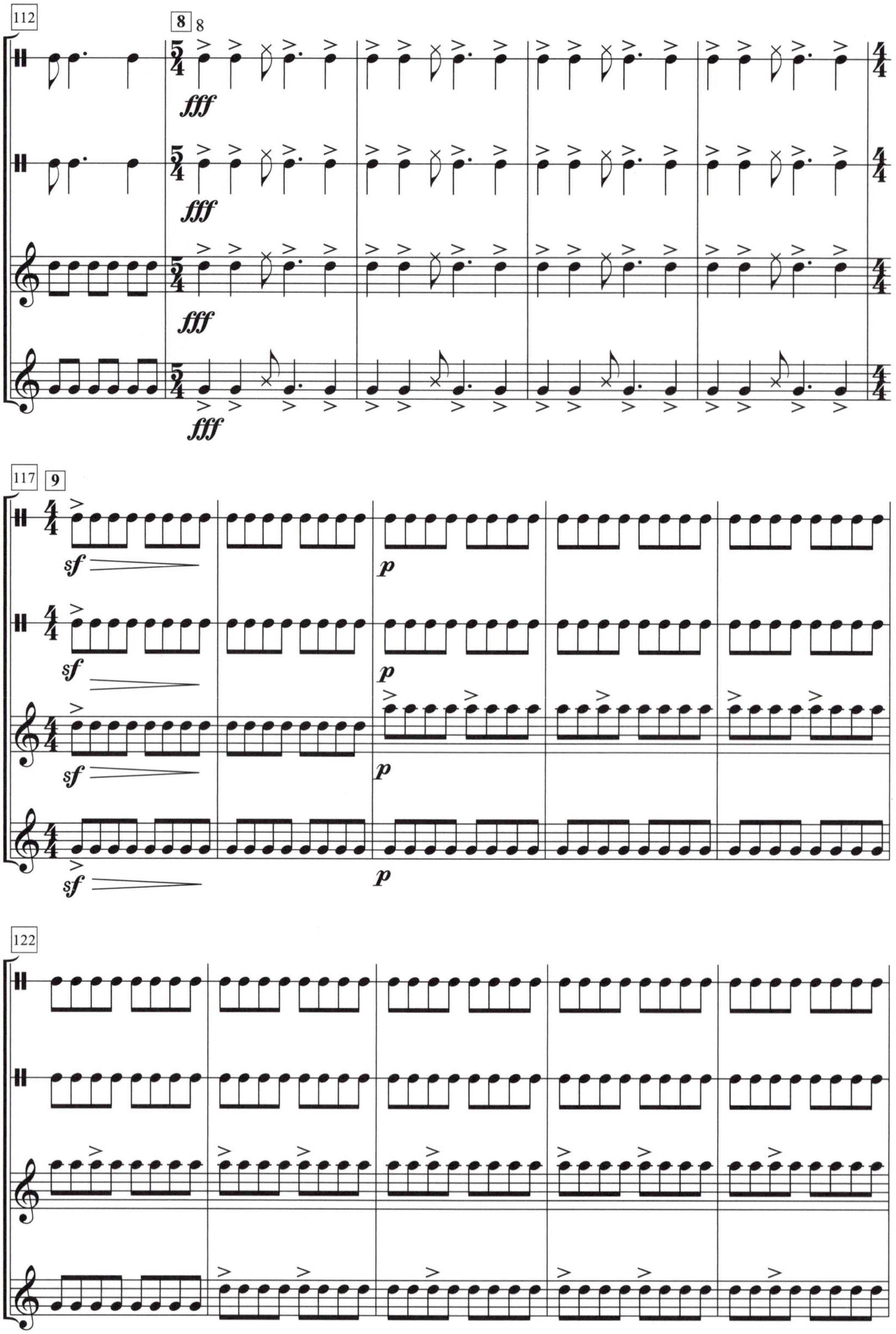
112
8
fff
fff
fff
fff
117
9
sf
sf
sf
sf
p
p
p
p
122

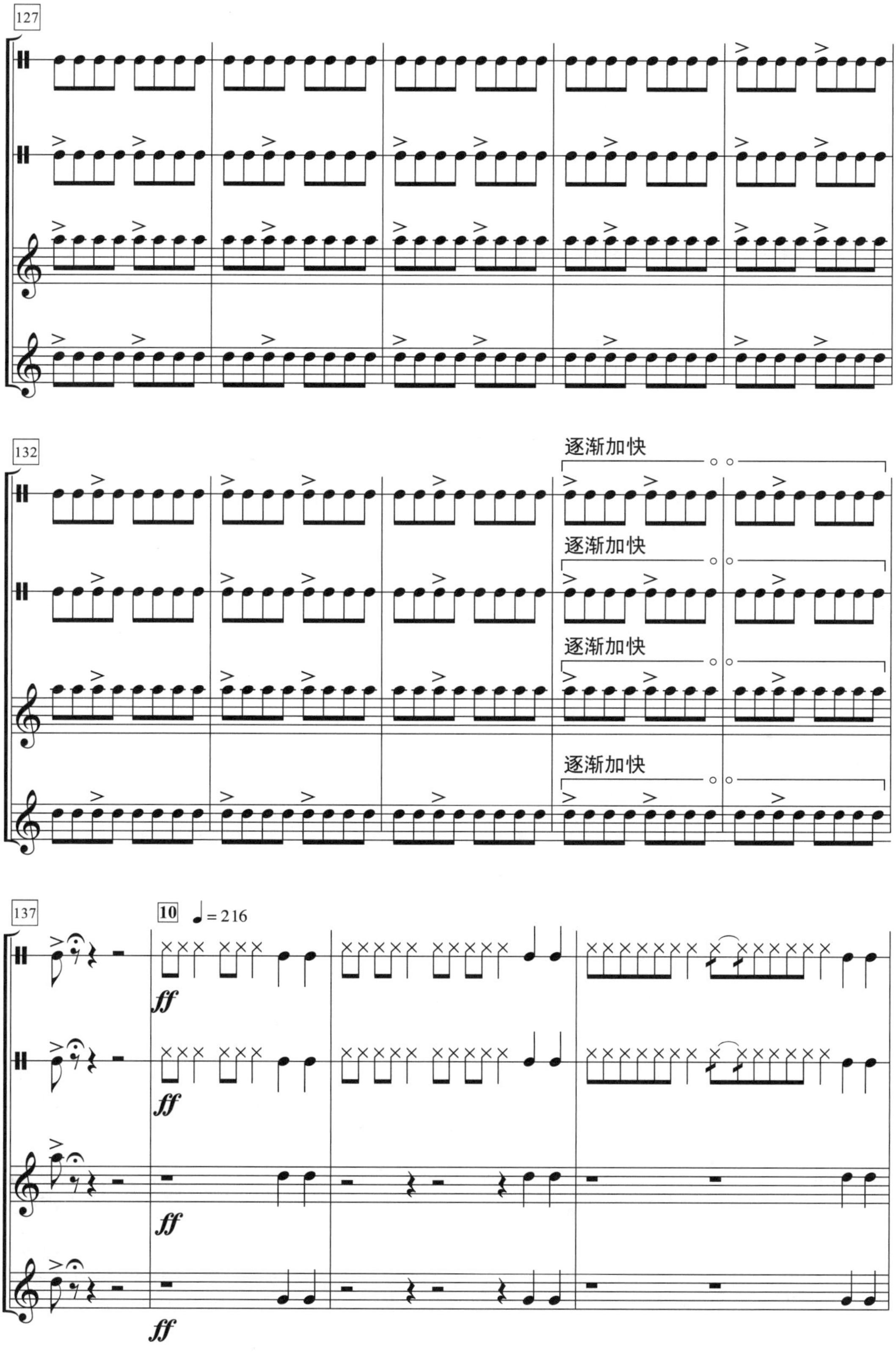
127
132
逐渐加快
逐渐加快
逐渐加快
逐渐加快
137
10
♩= 216
ff
ff
ff
ff

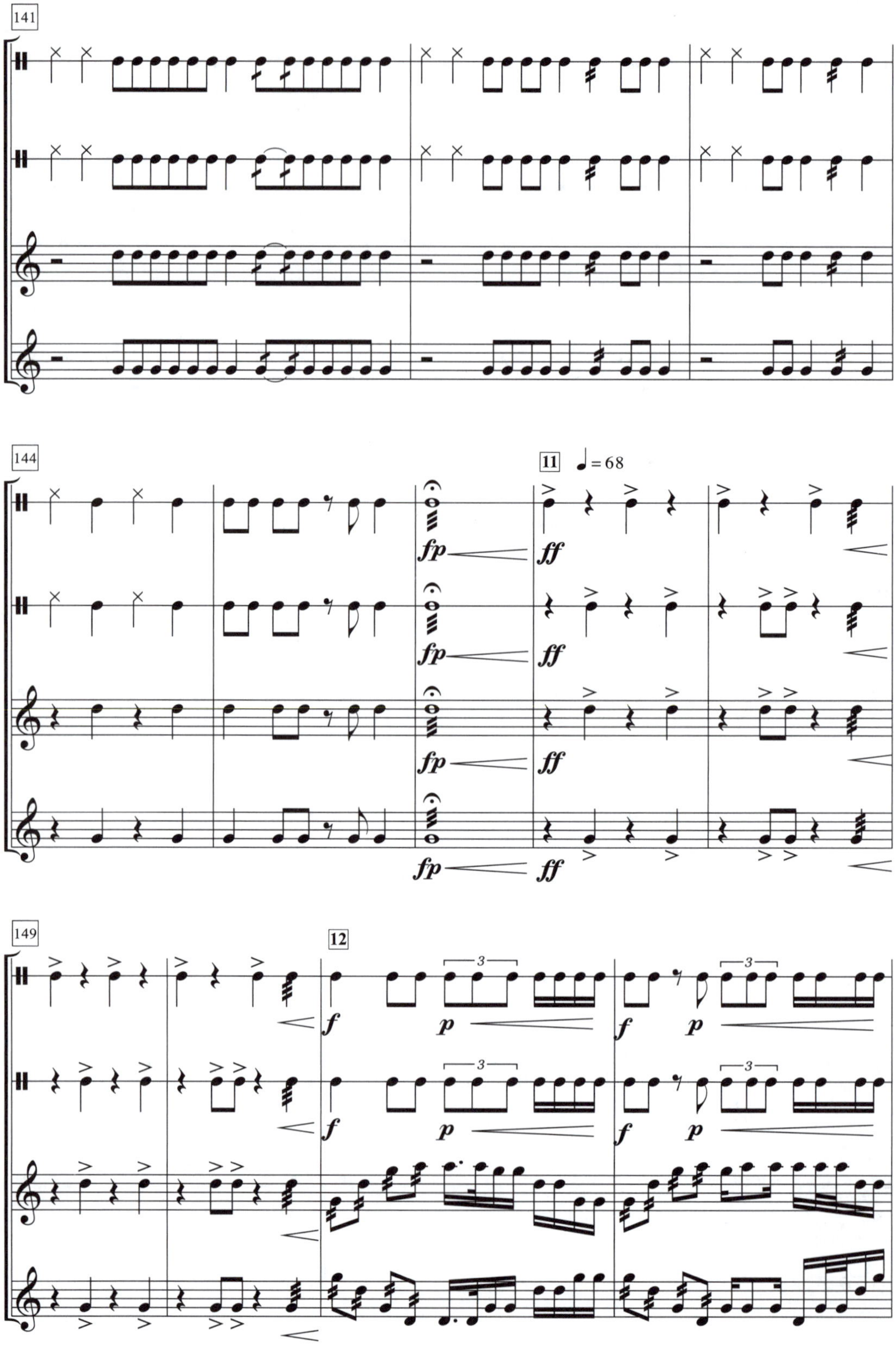
141
144
11
♩= 68
fp
ff
149
12
3
f
p

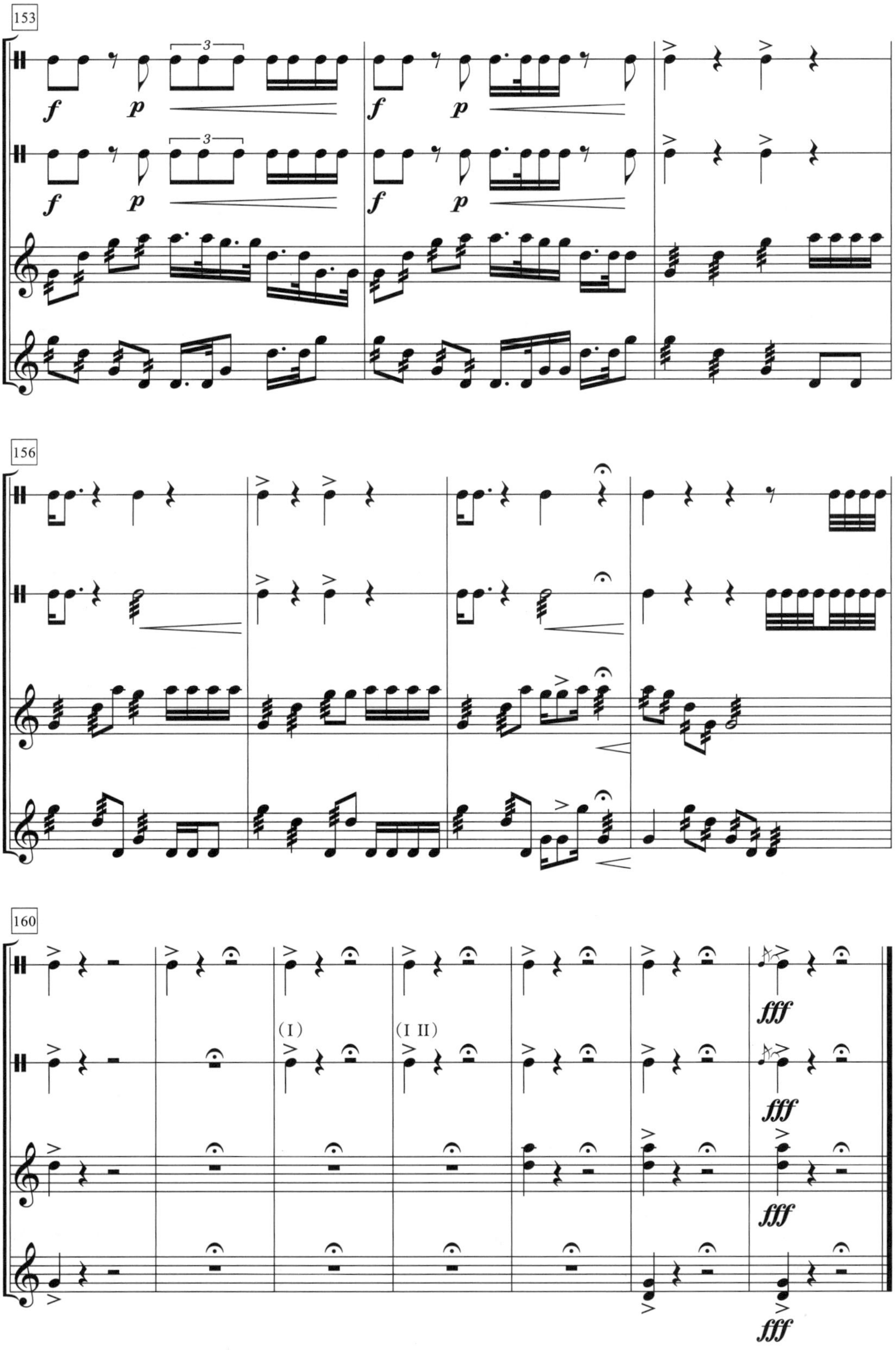
153
3
f
p
156
160
(I)
(I II)
fff

序 曲

（民族管弦乐）

杨乃林、李真贵 改编

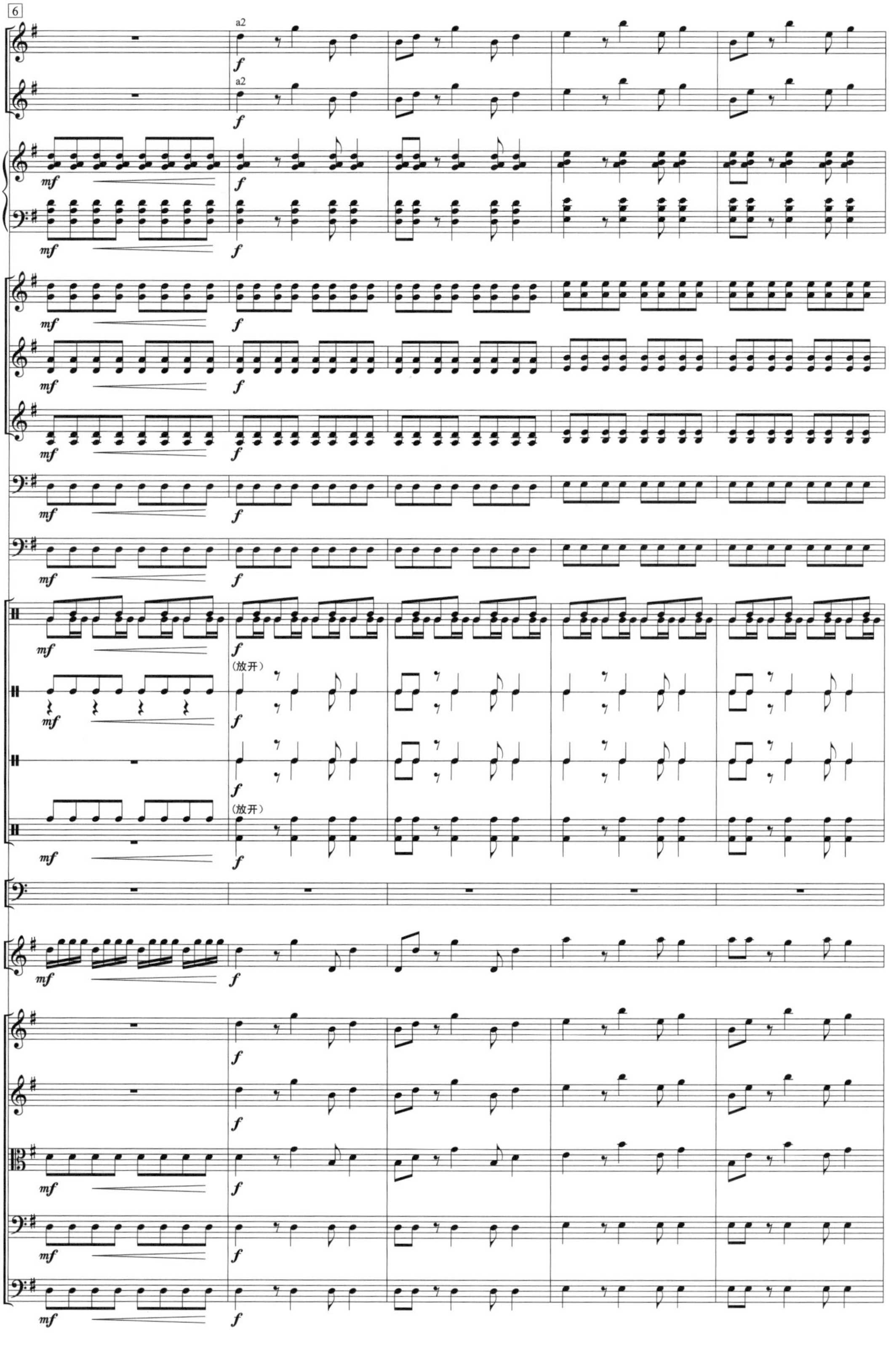
6
a2
(放开)
(放开)

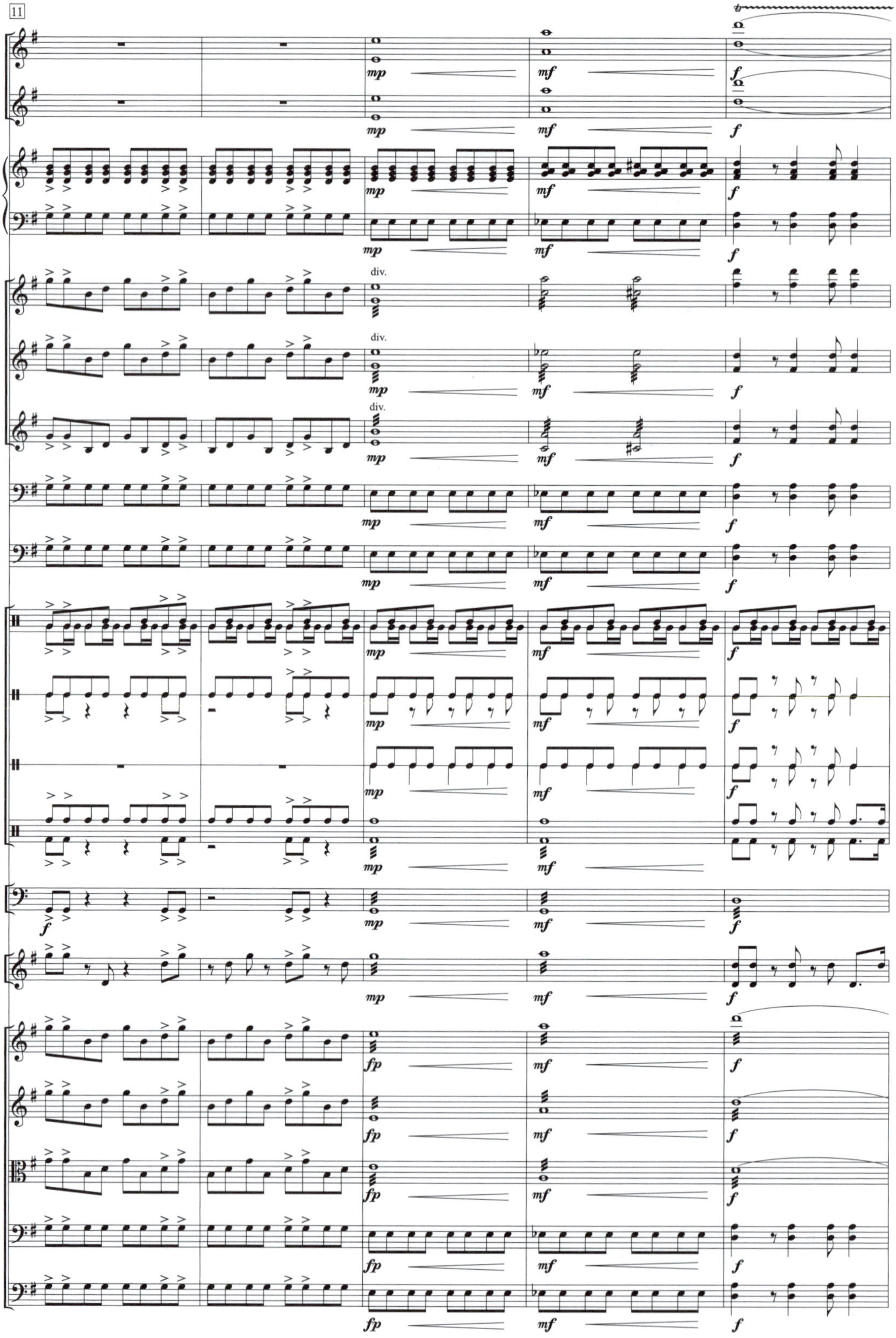
11
div.
div.
div.

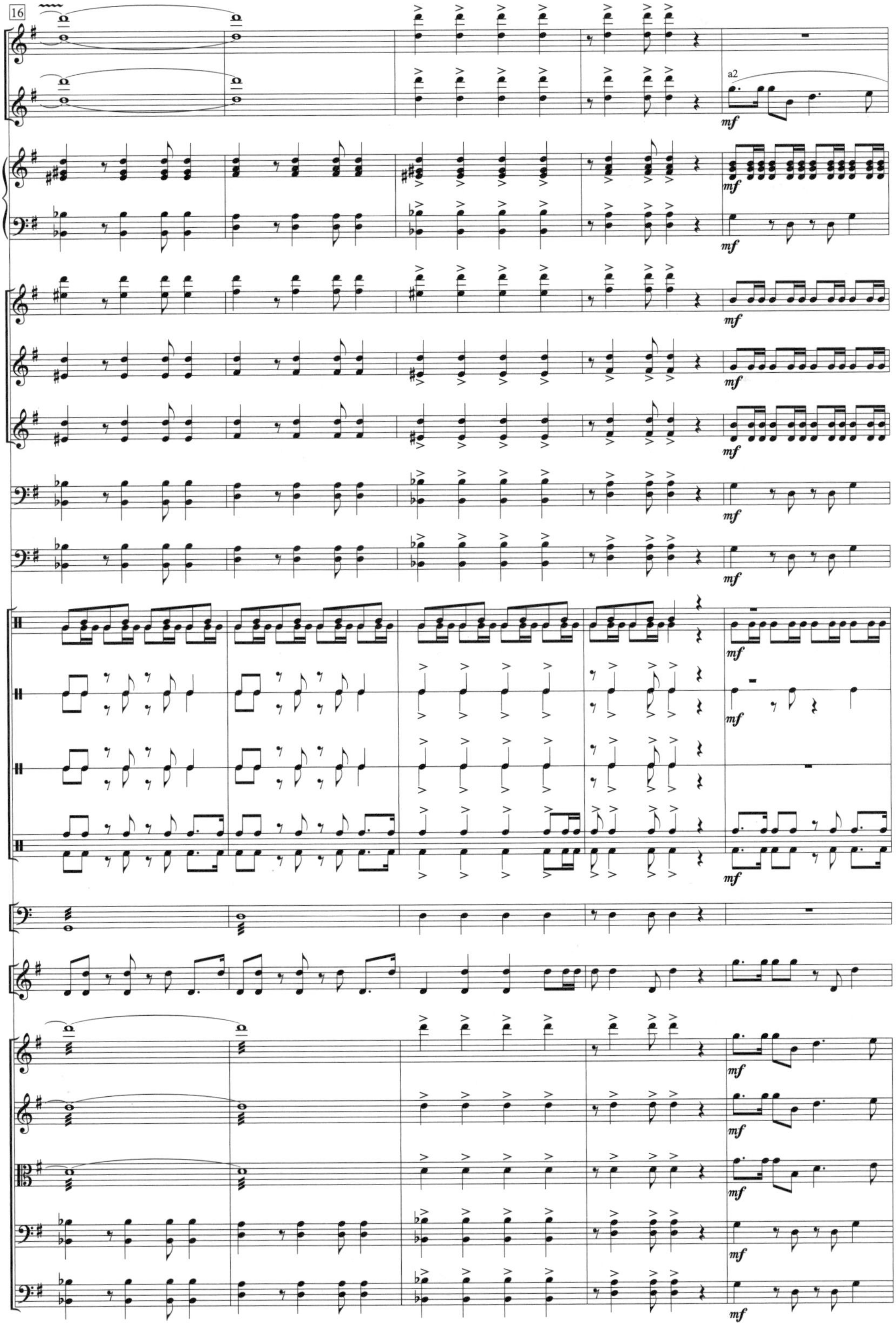
16
a2
mf

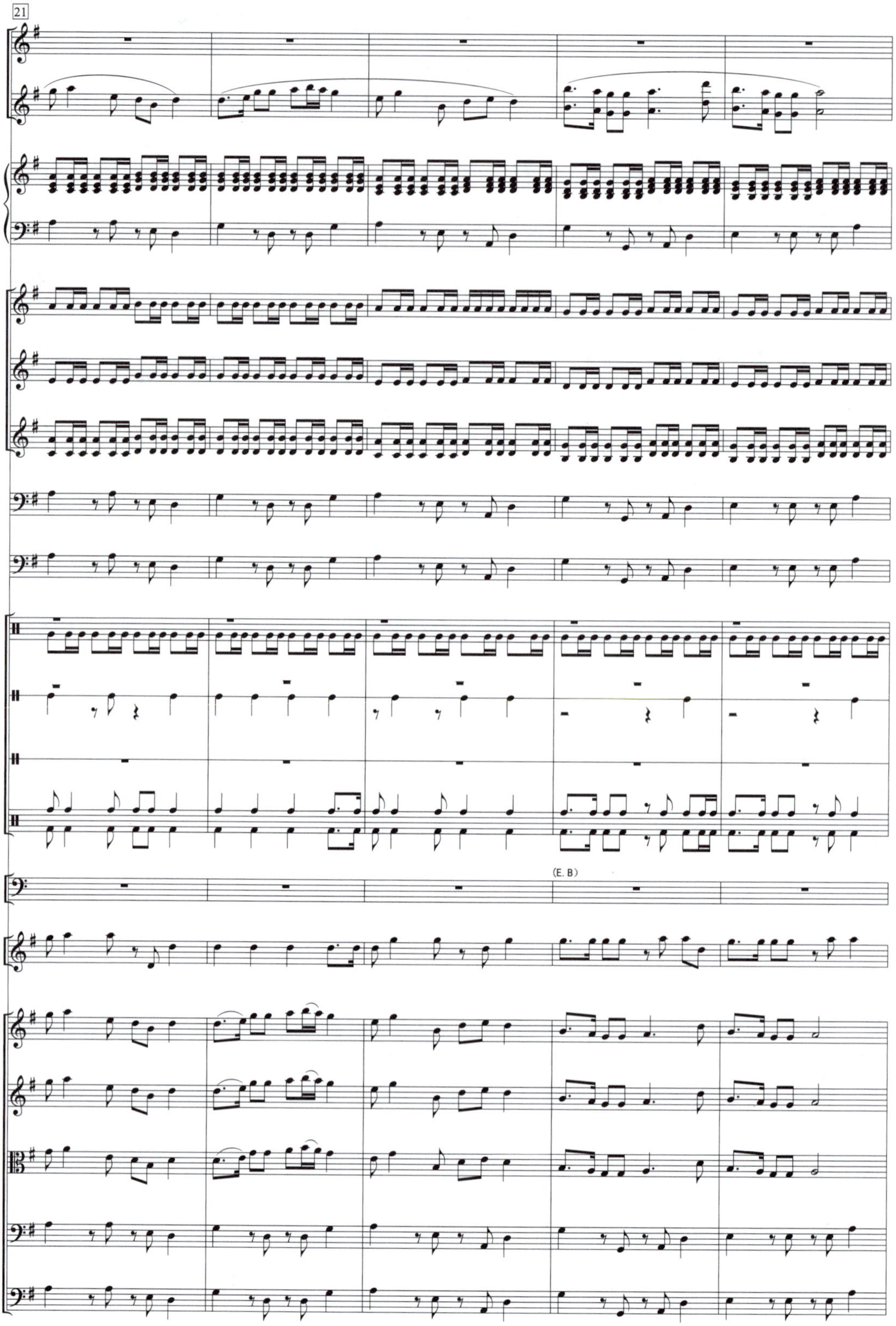
21
(E. B)

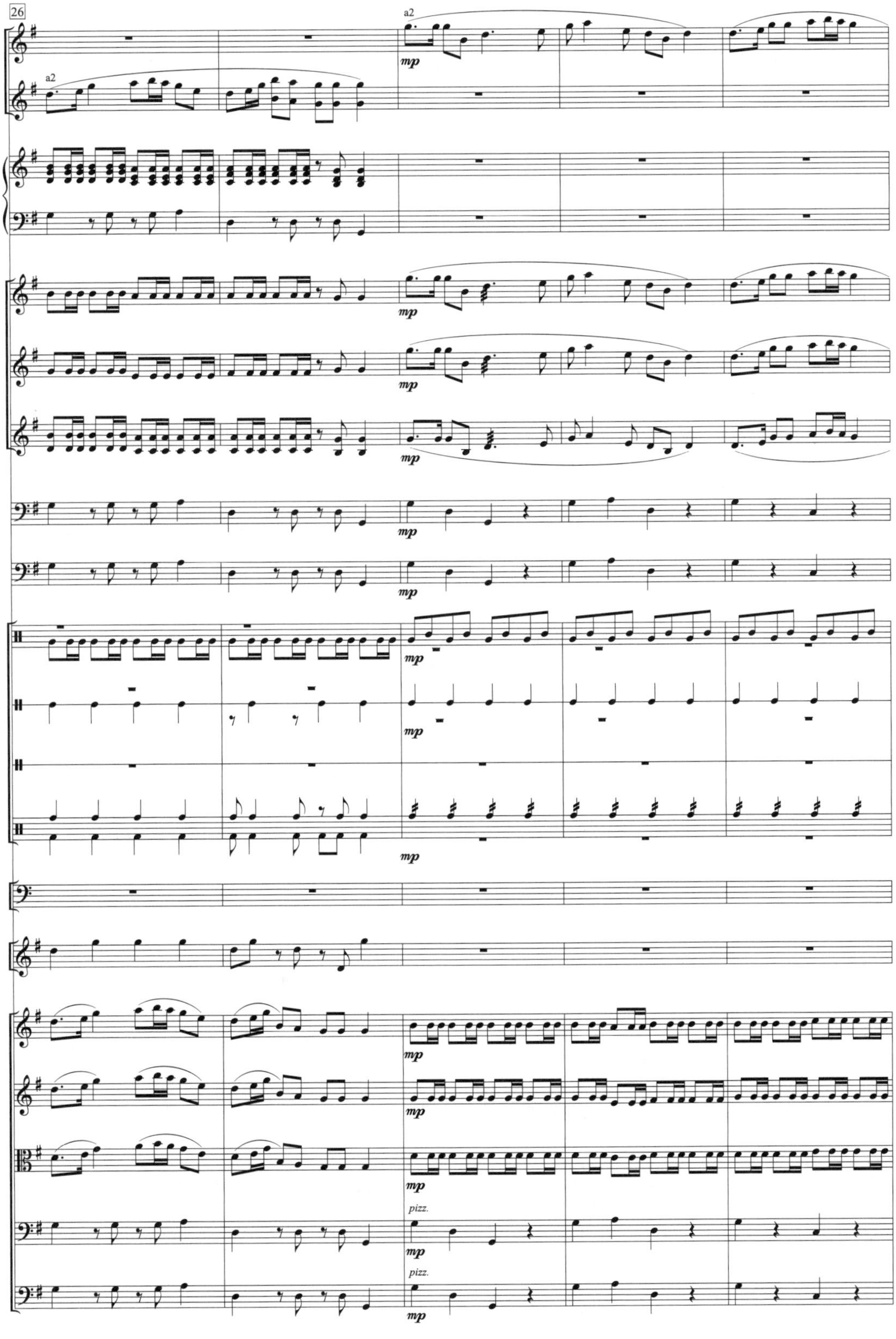
26
a2
a2
mp
pizz.

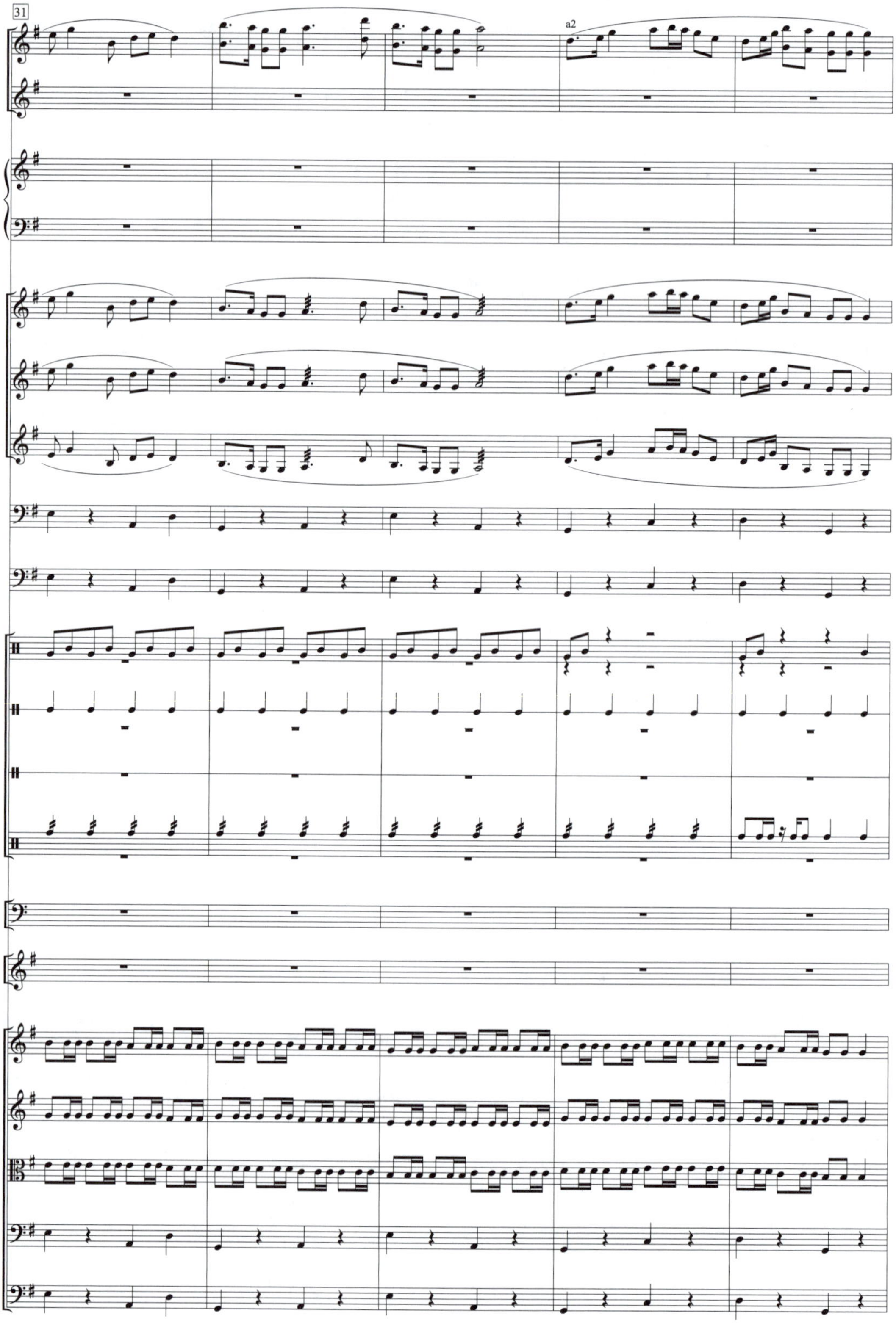
31
a2

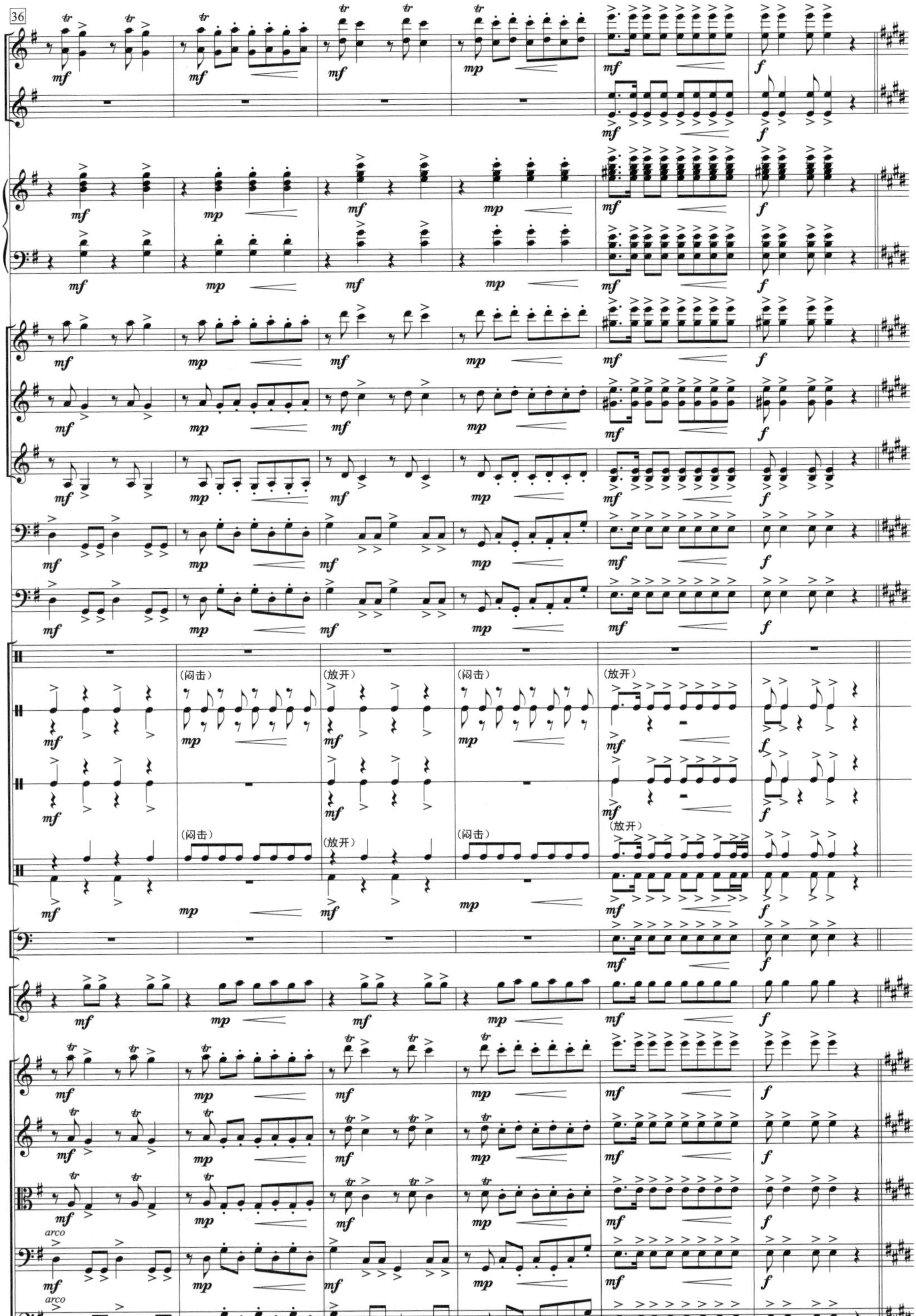
36
tr
mf
mp
f
(闷击)
(放开)
arco

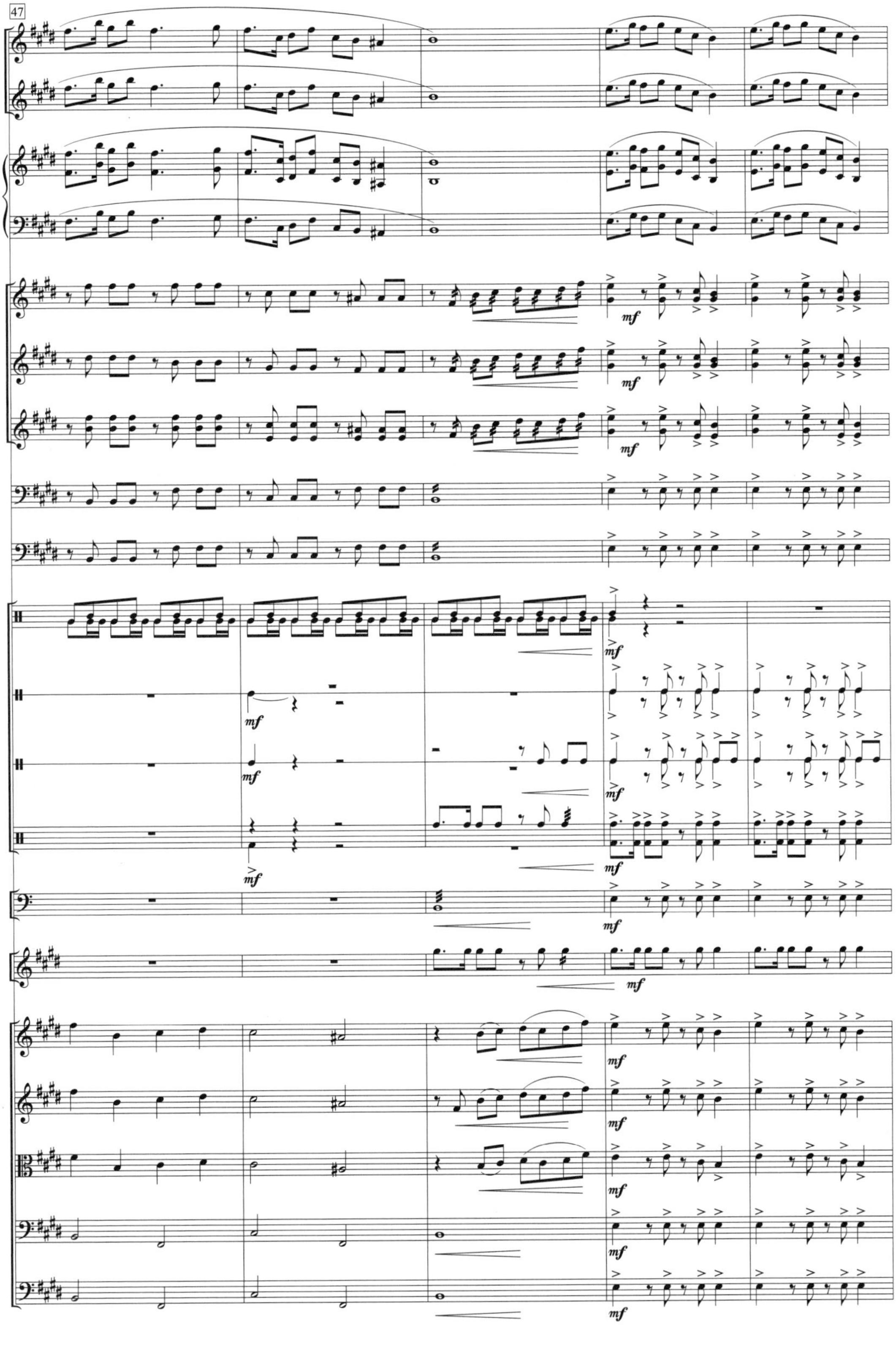
47
mf

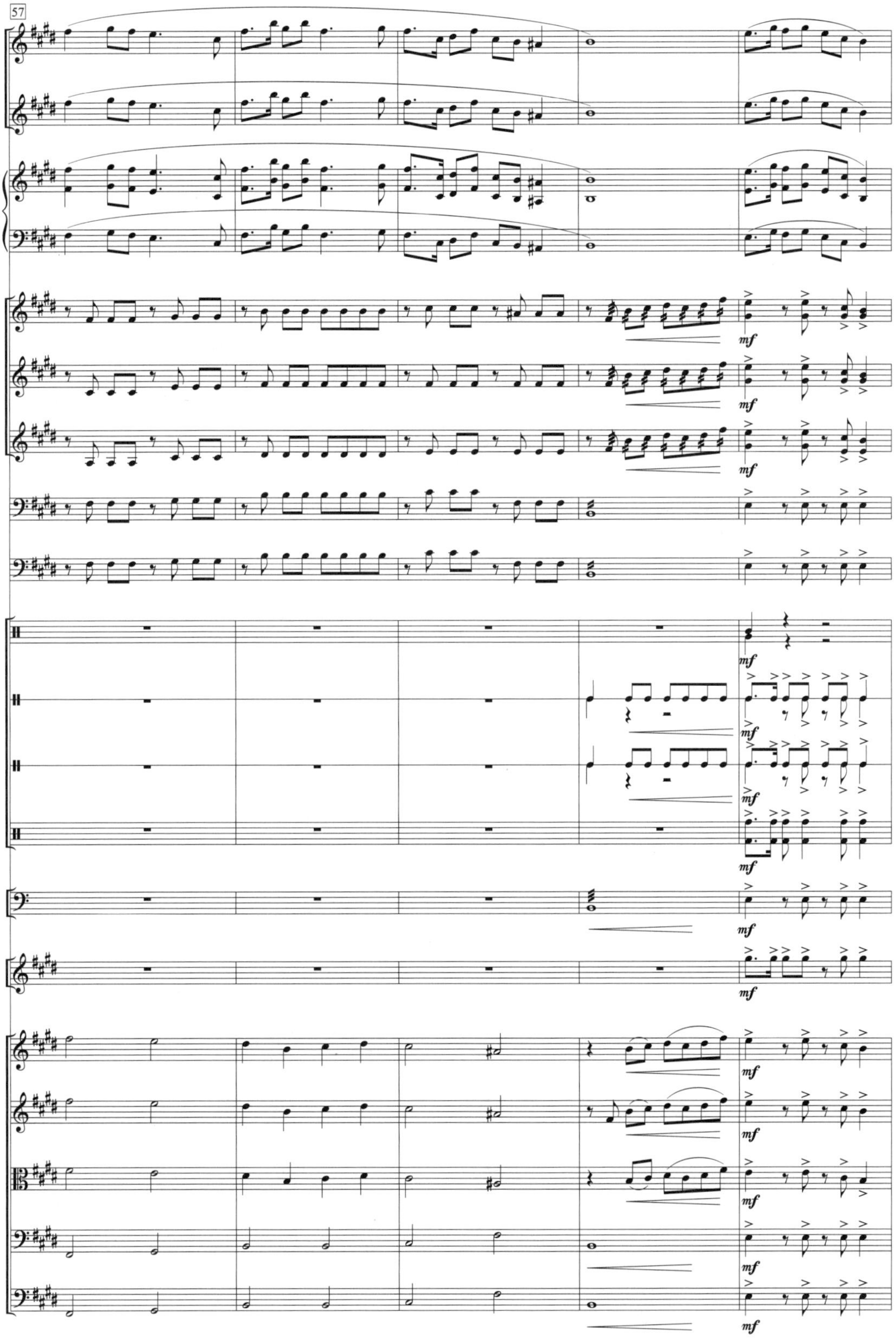
57
mf

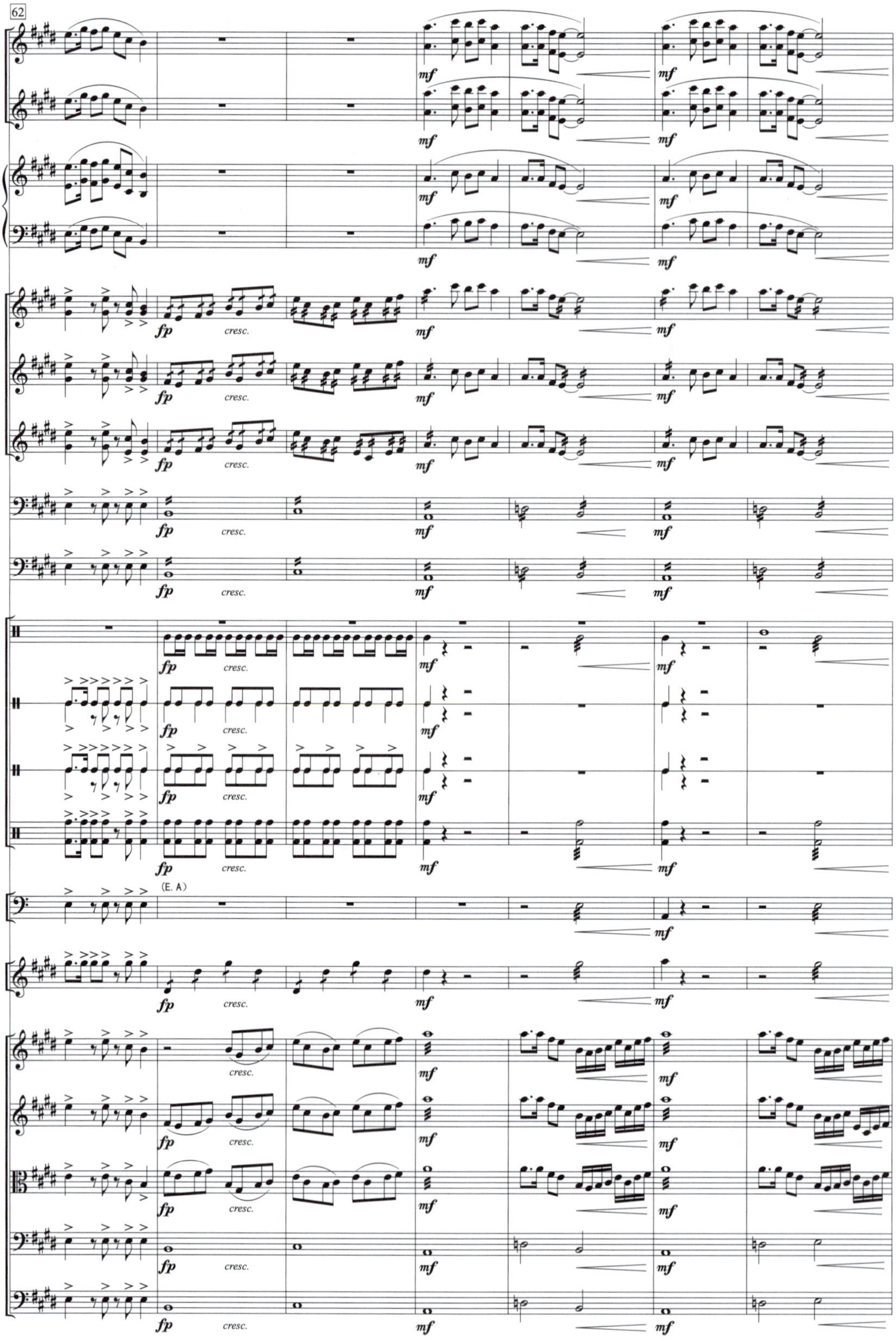

62
mf
fp
cresc.
(E. A)

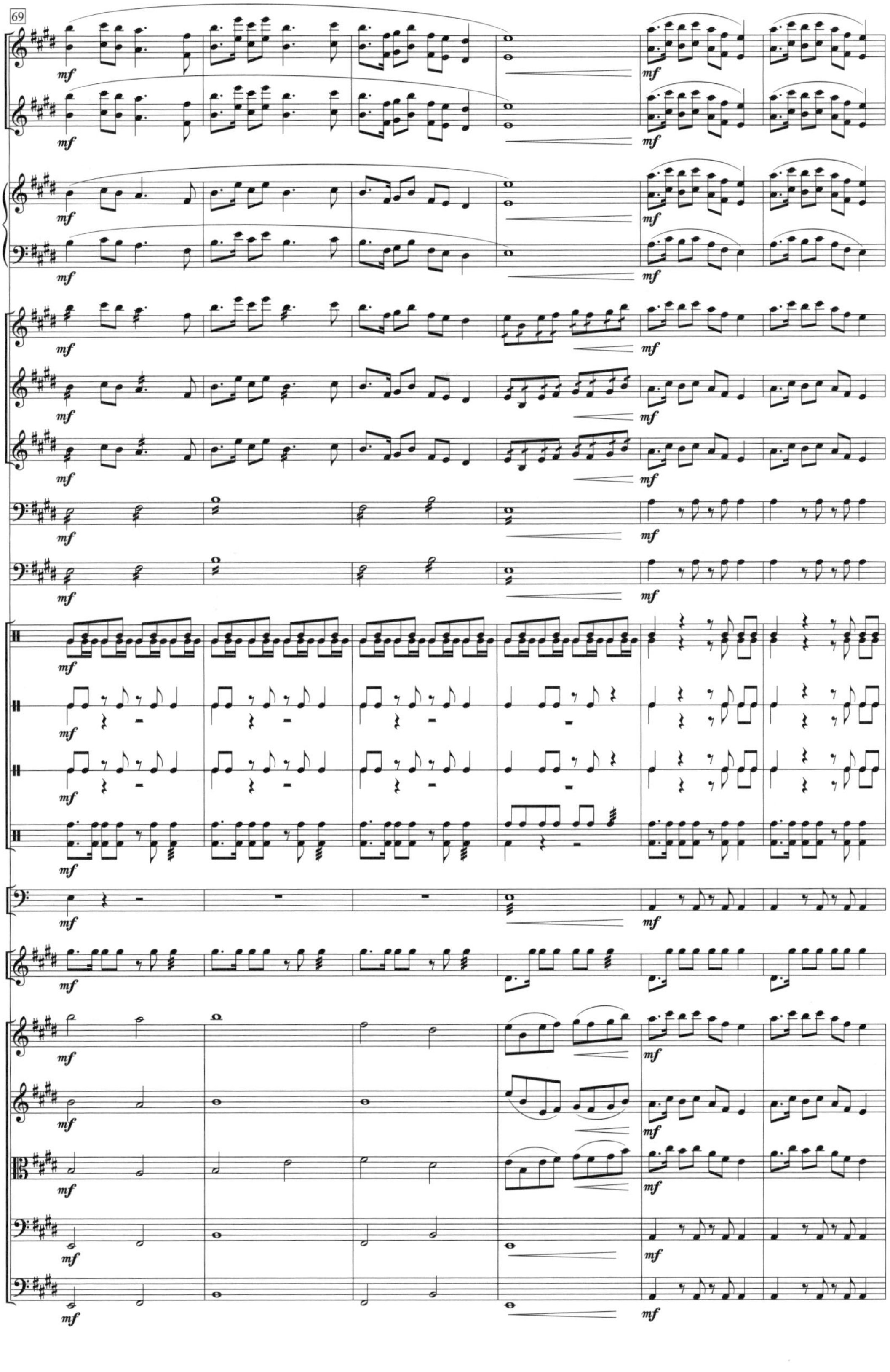
69
mf

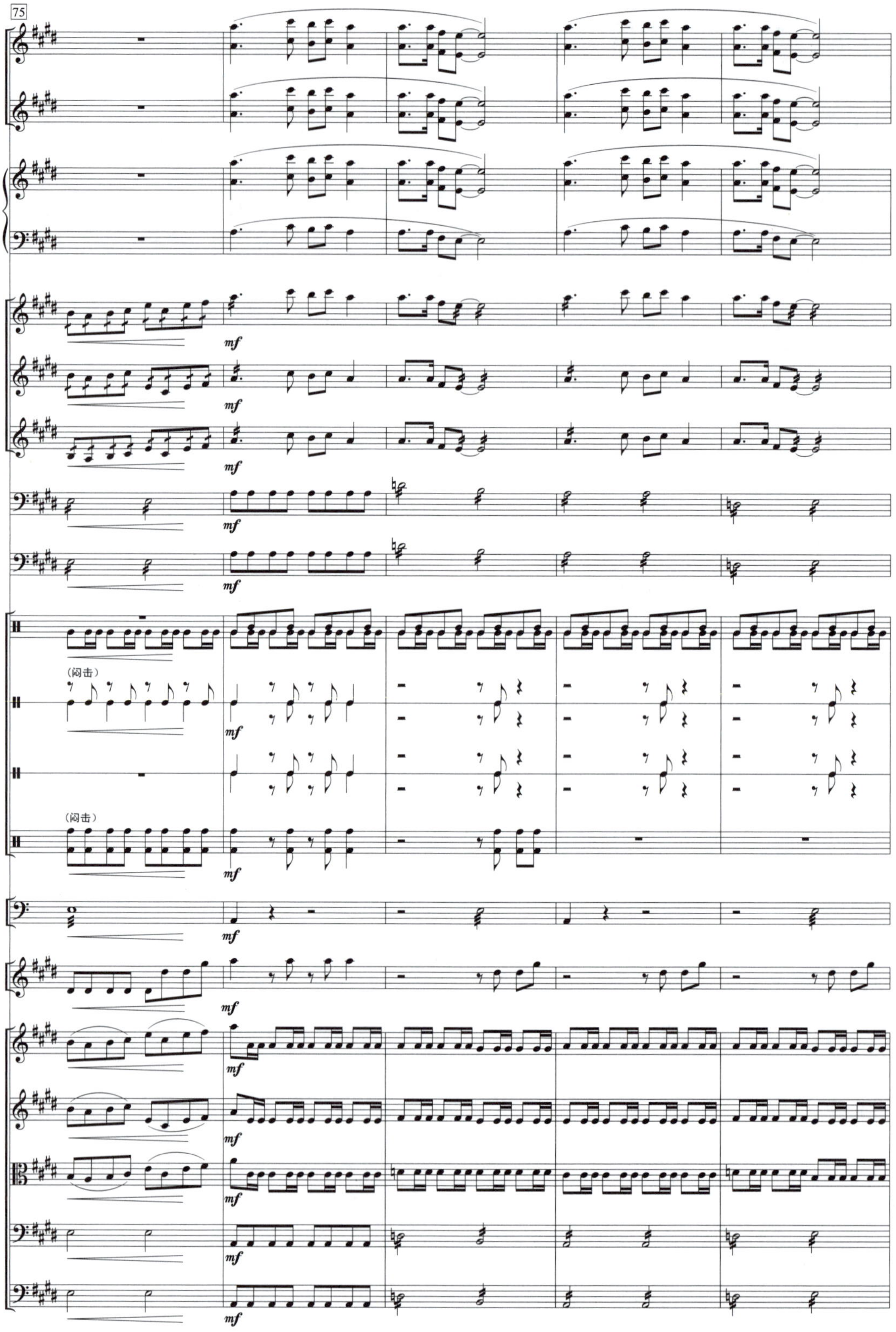
75
(闷击)
(闷击)
mf

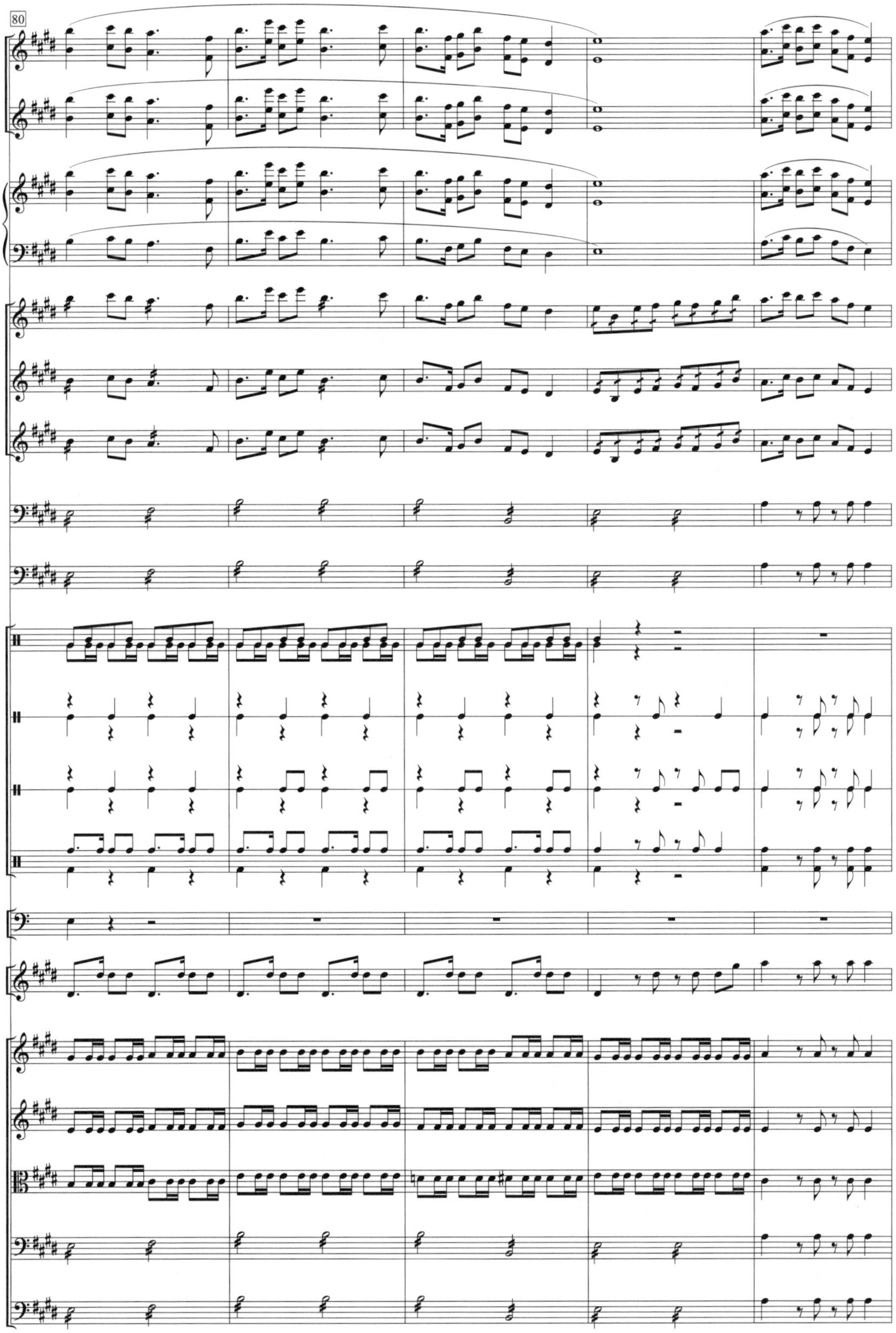
80

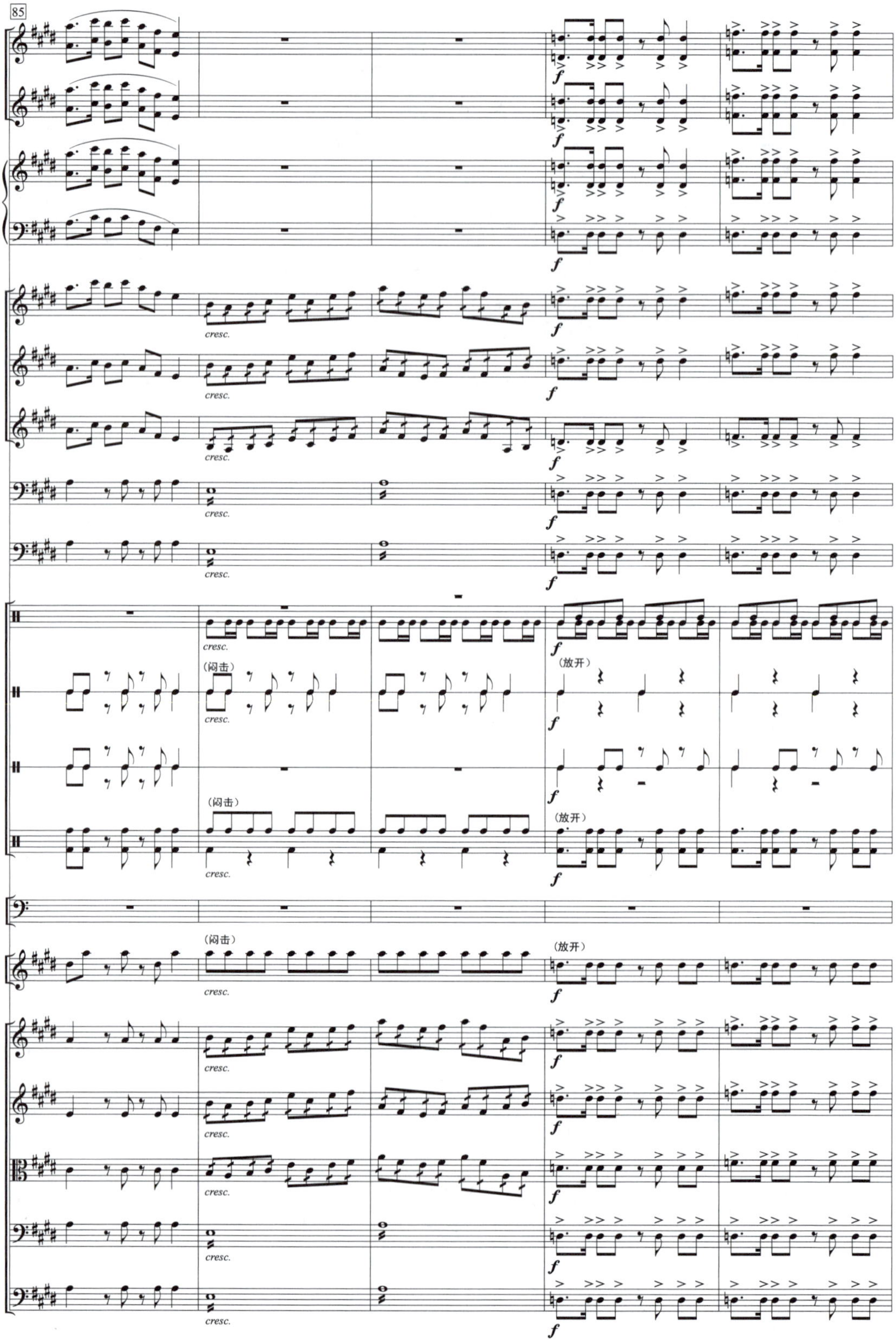
85
cresc.
f
(闷击)
(放开)

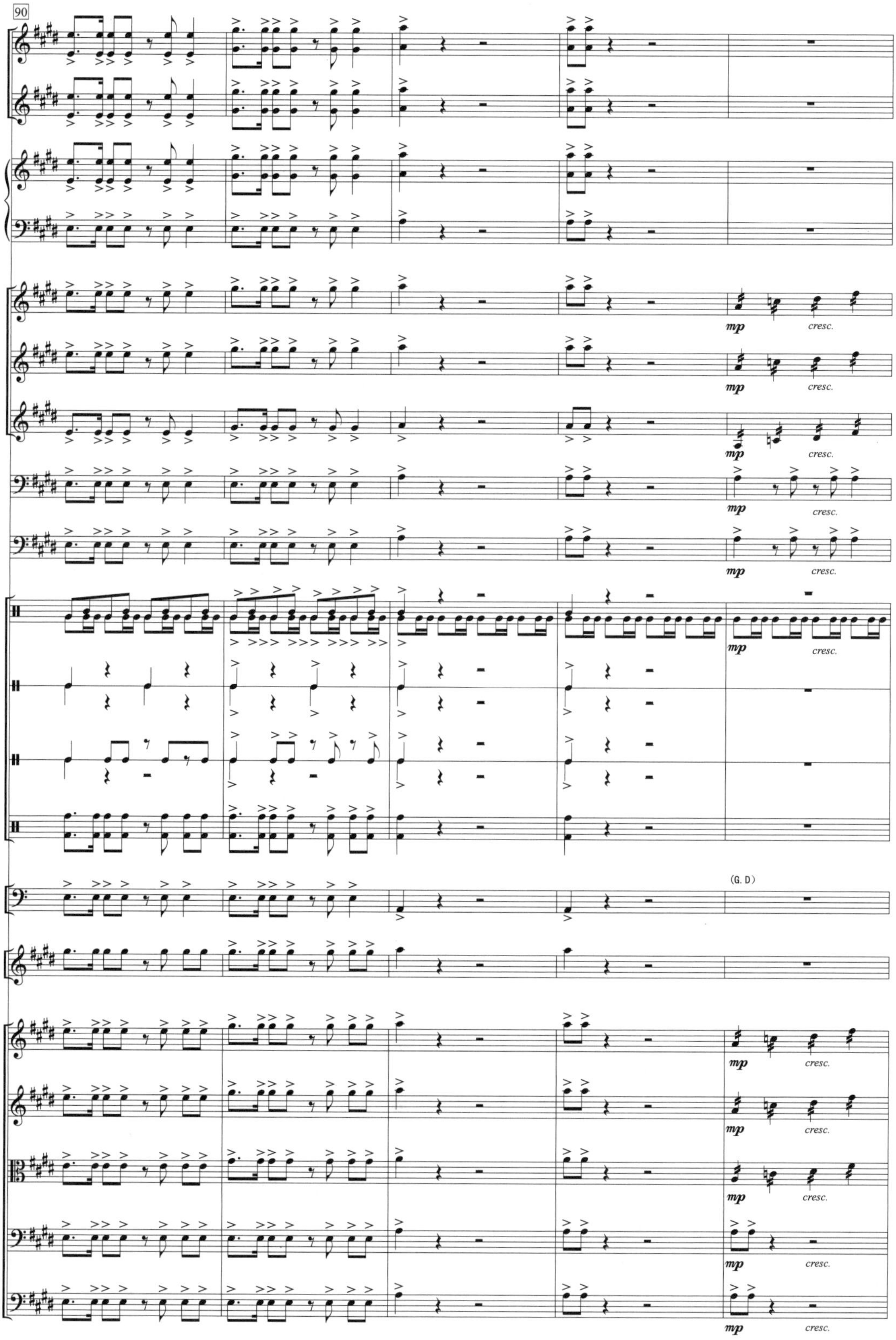
90
mp
cresc.
(G. D)

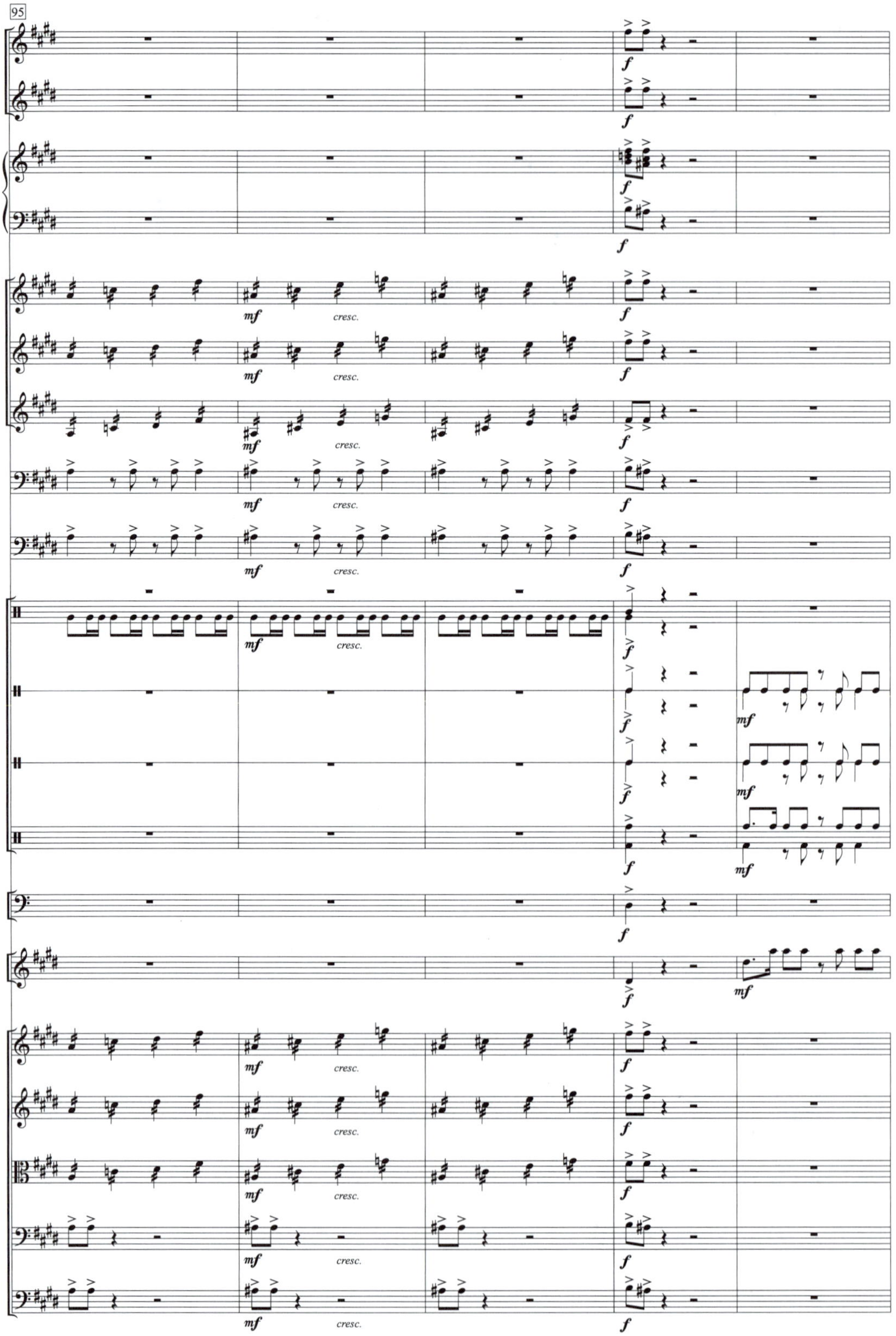
95
mf
cresc.
f
cresc.

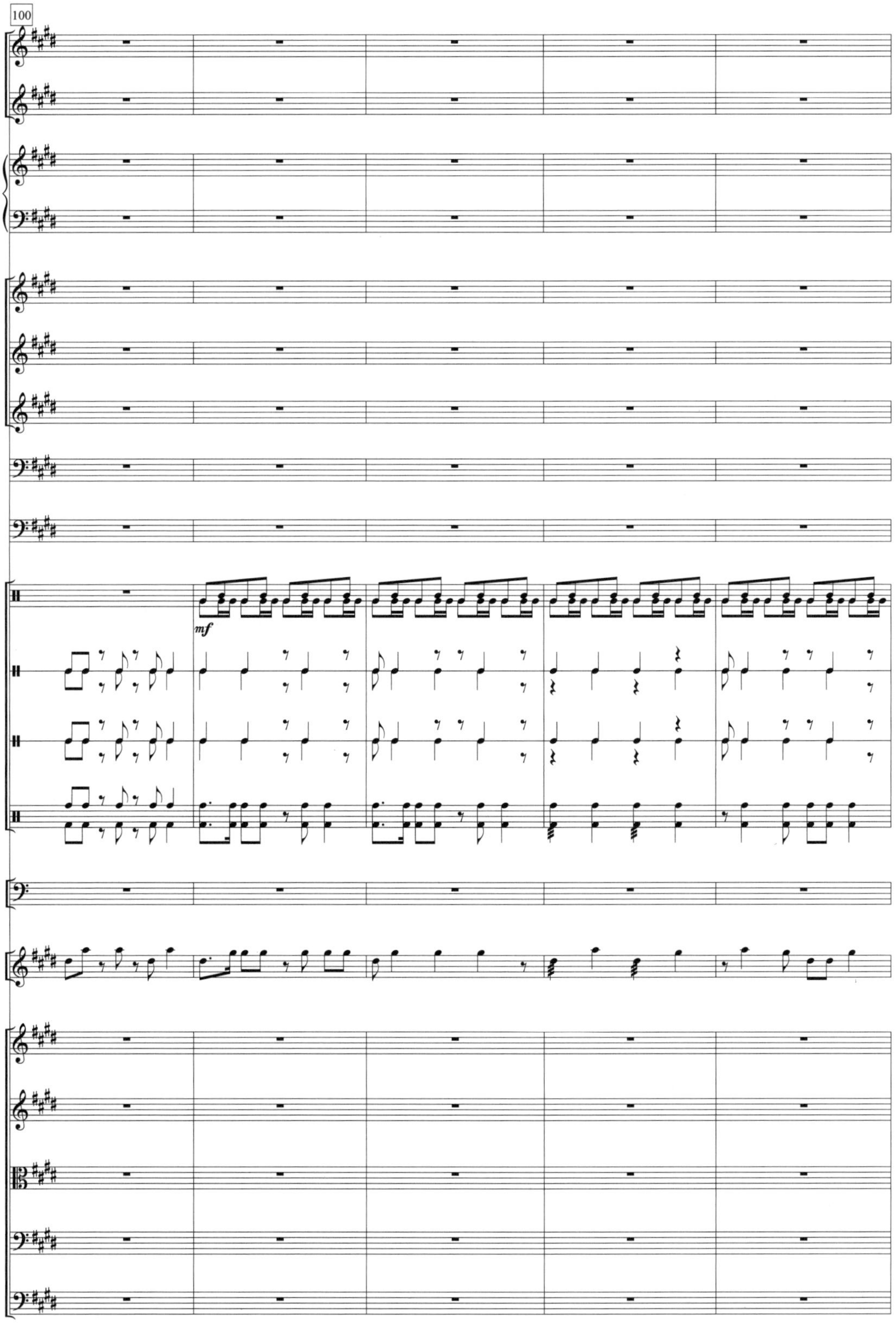
100
mf

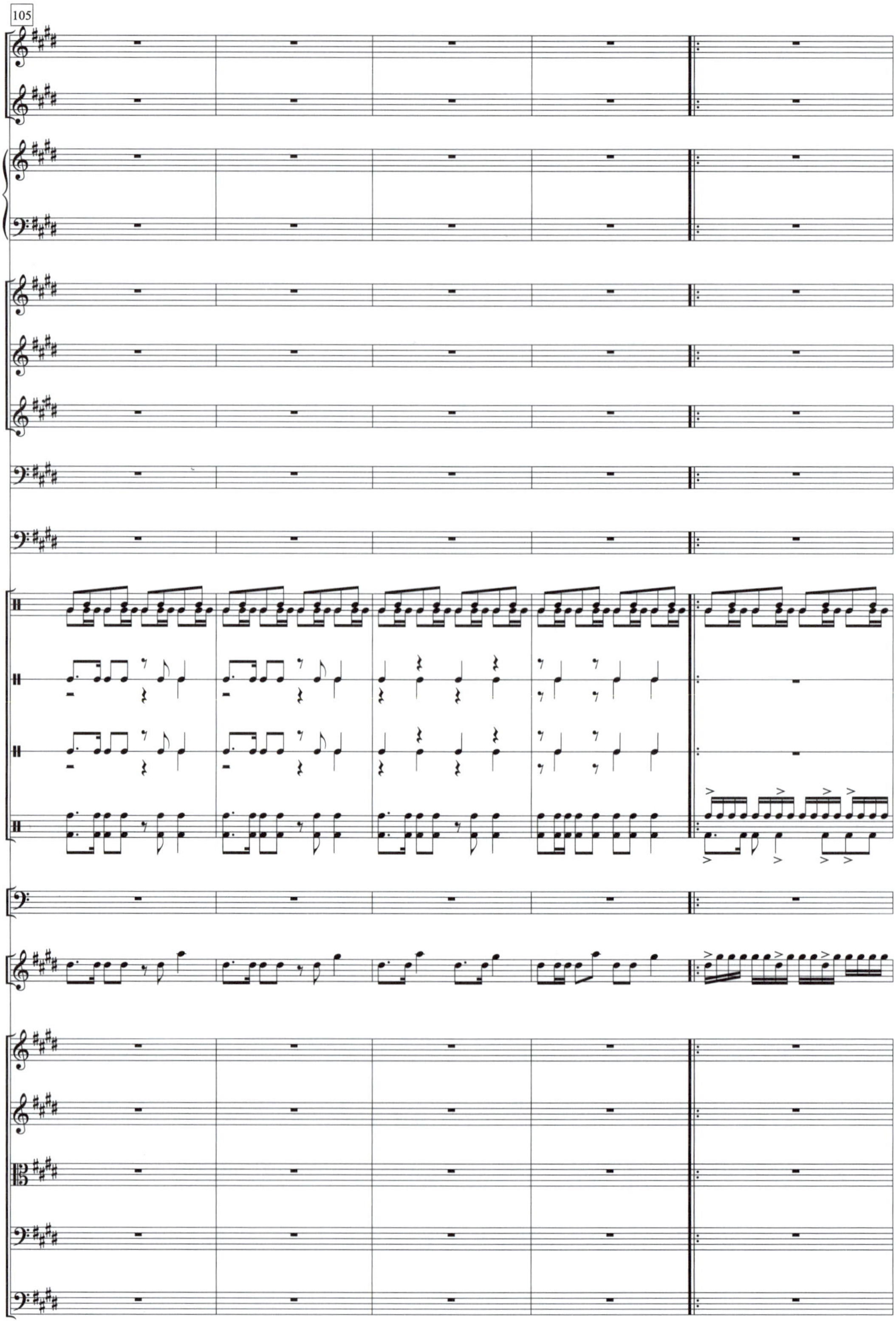
105

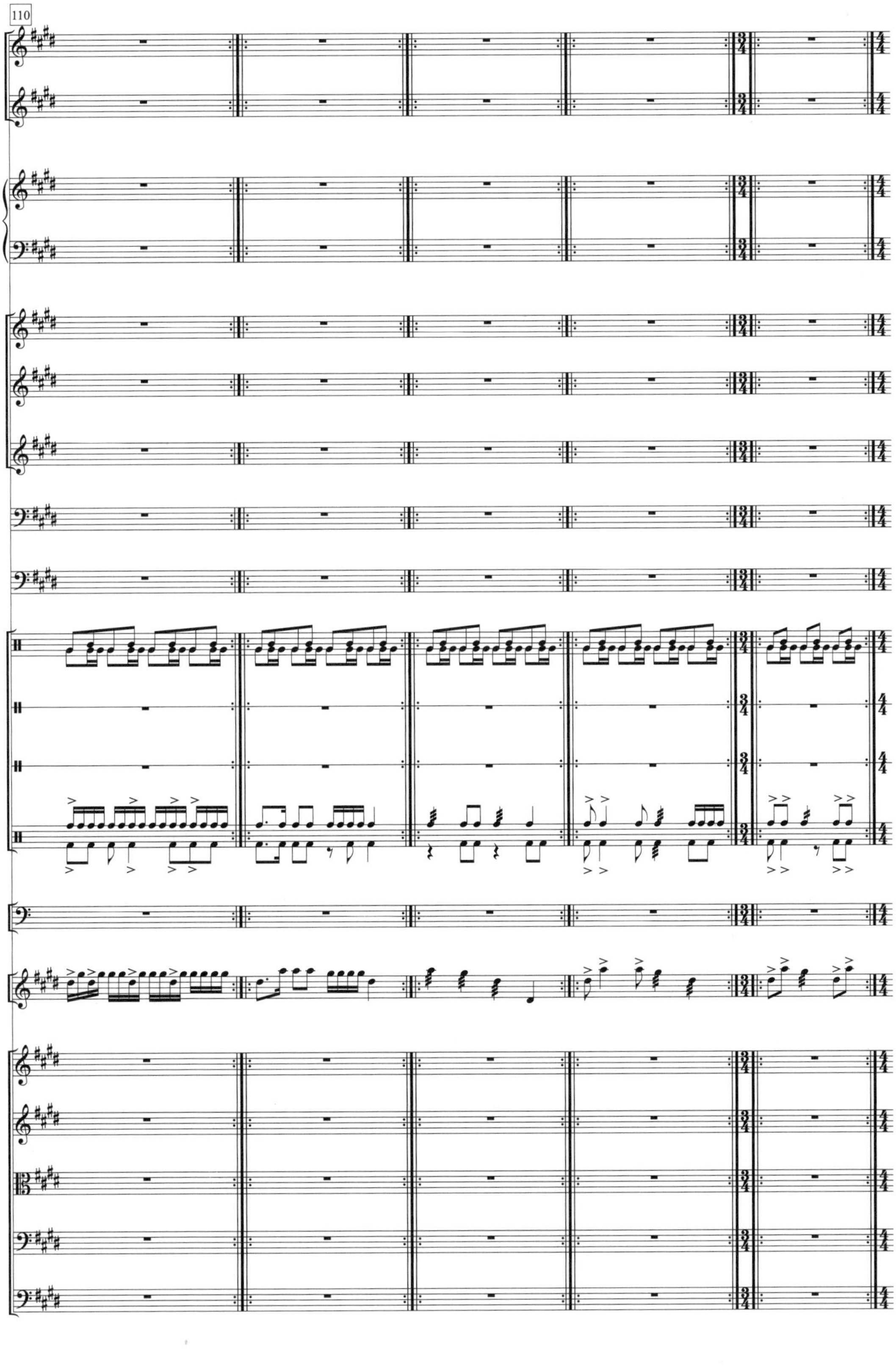
110

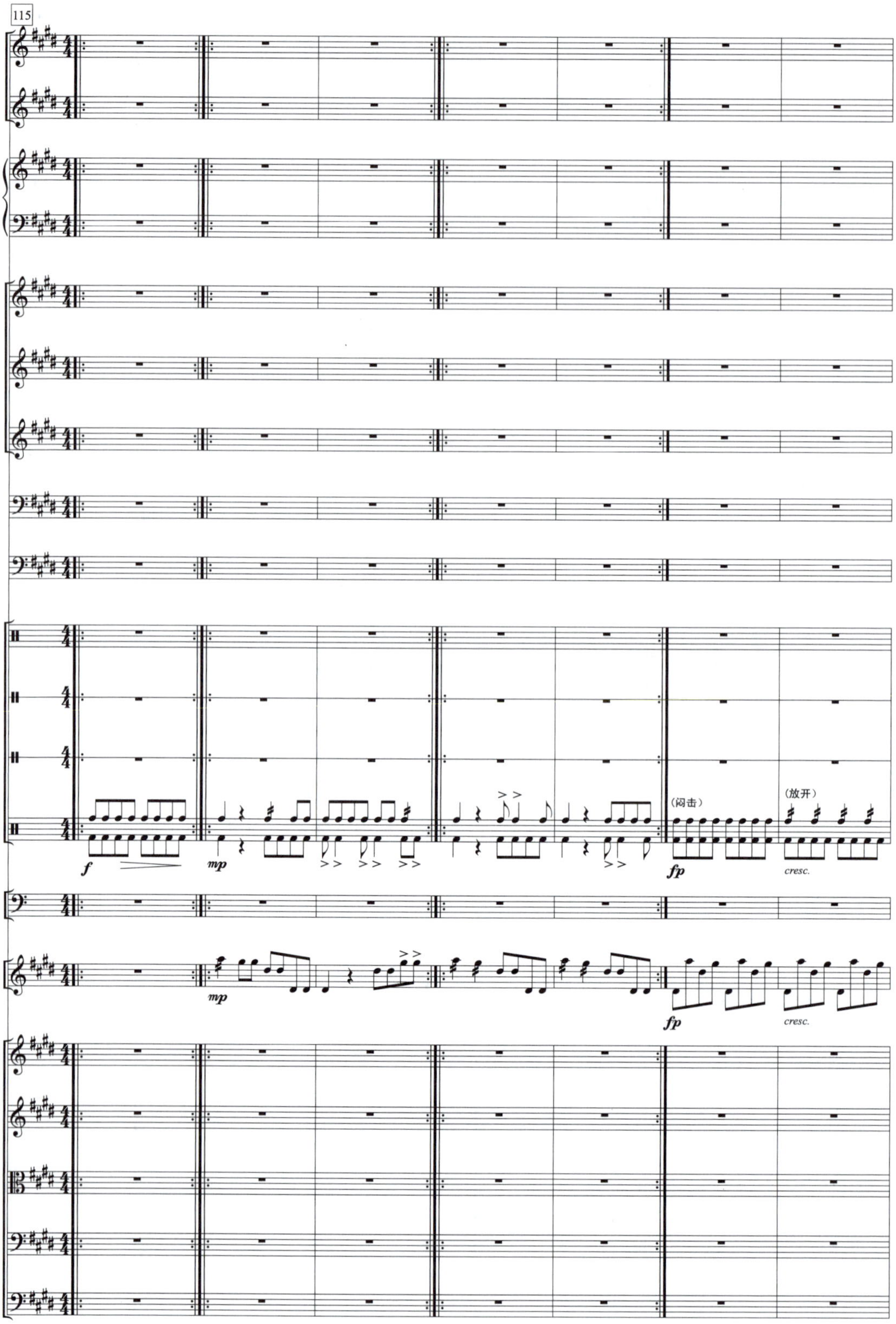
115
f
mp
(闷击)
(放开)
fp
cresc.
mp
fp
cresc.

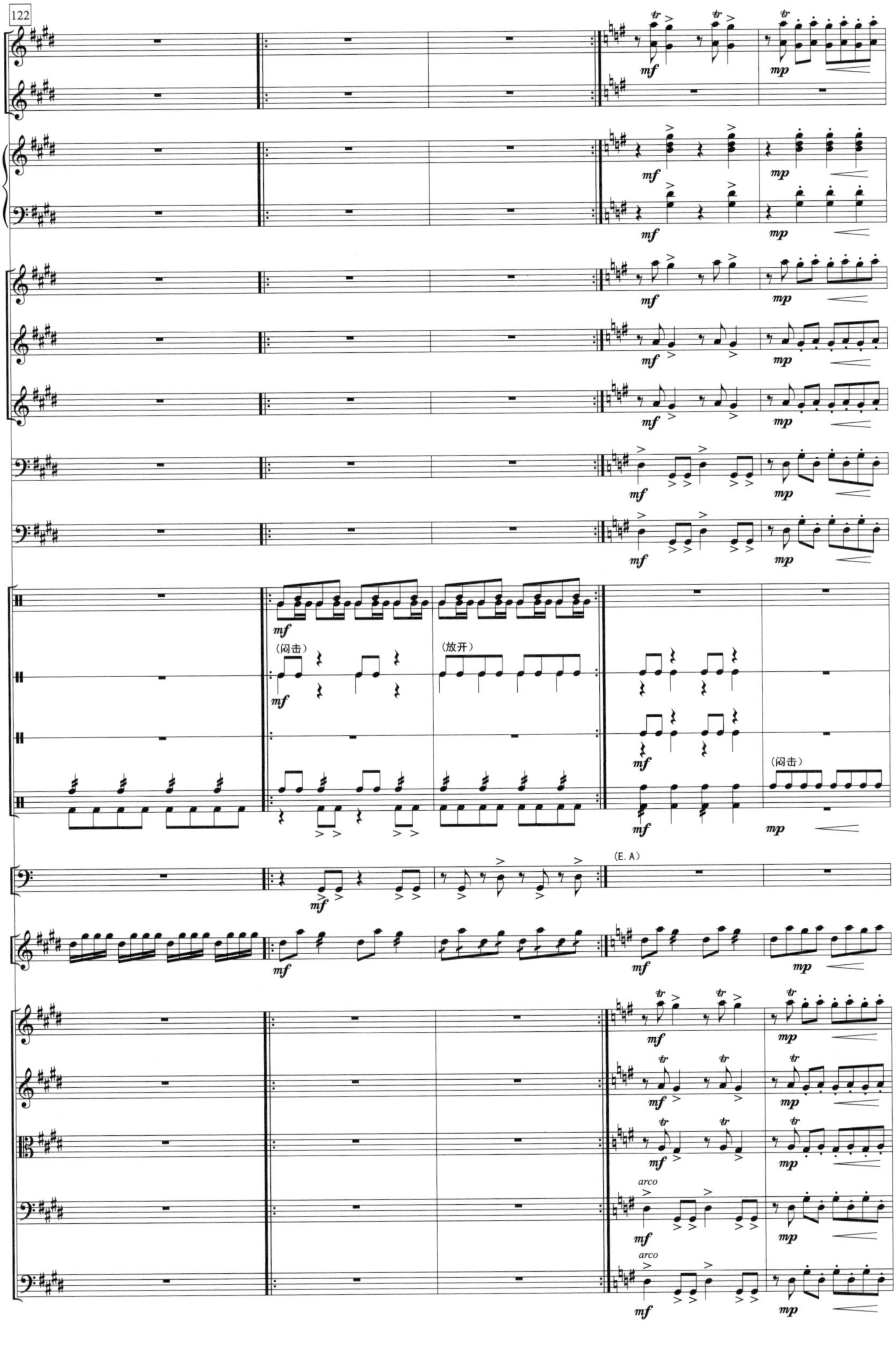
122
(闷击)
(放开)
(闷击)
(E. A)
arco
arco

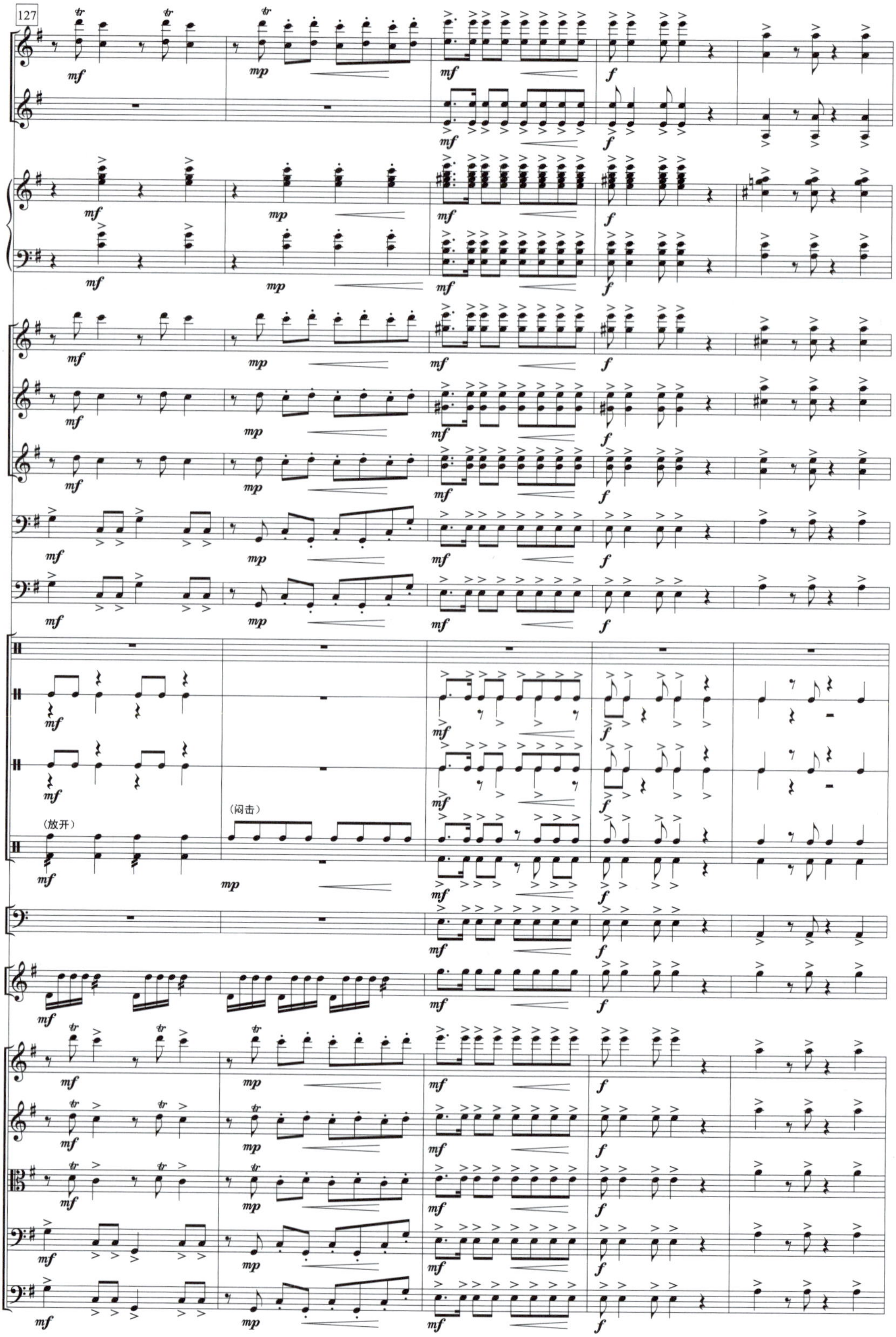
127
(放开)
(闷击)

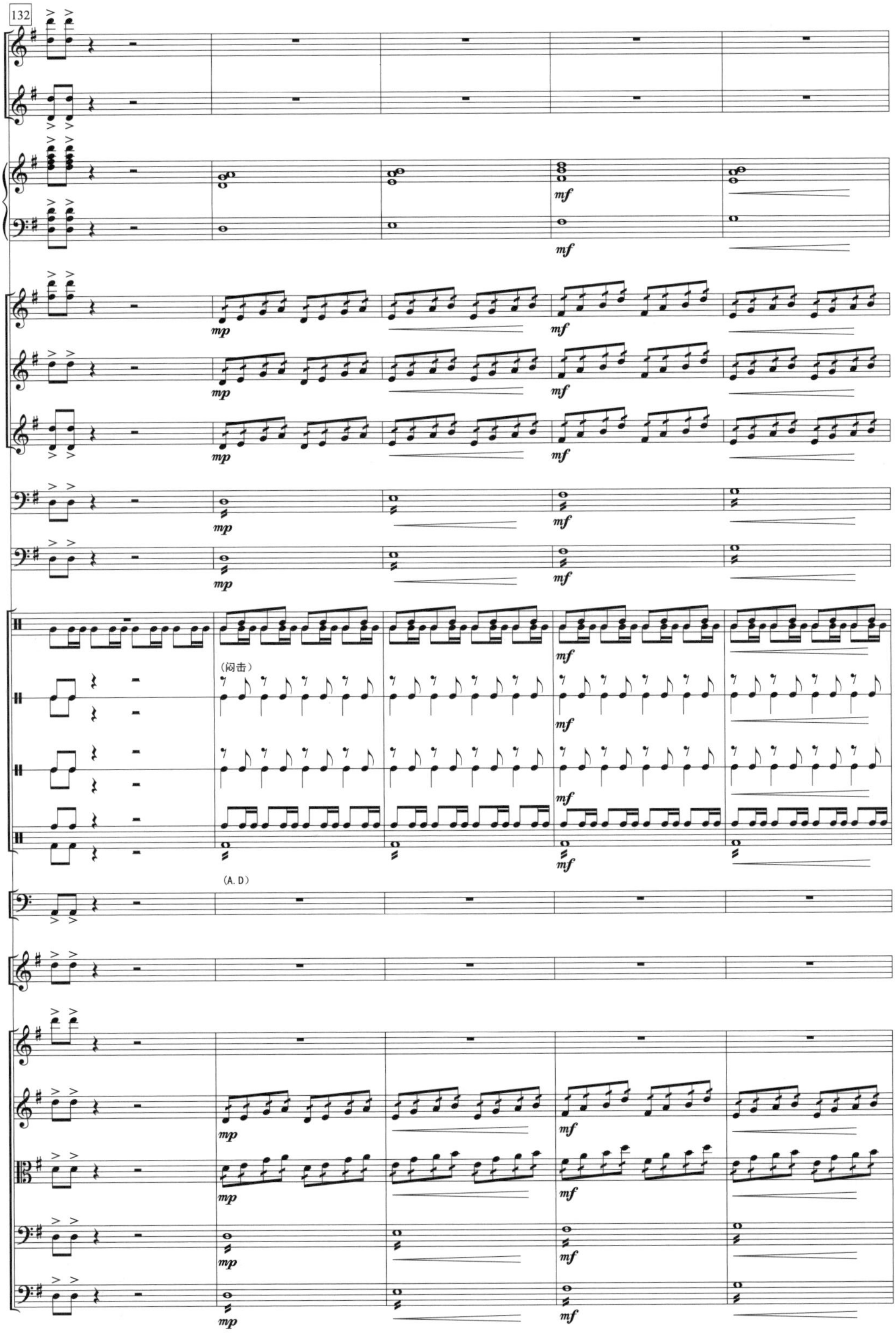
132
mp
mf
(闷击)
(A. D)

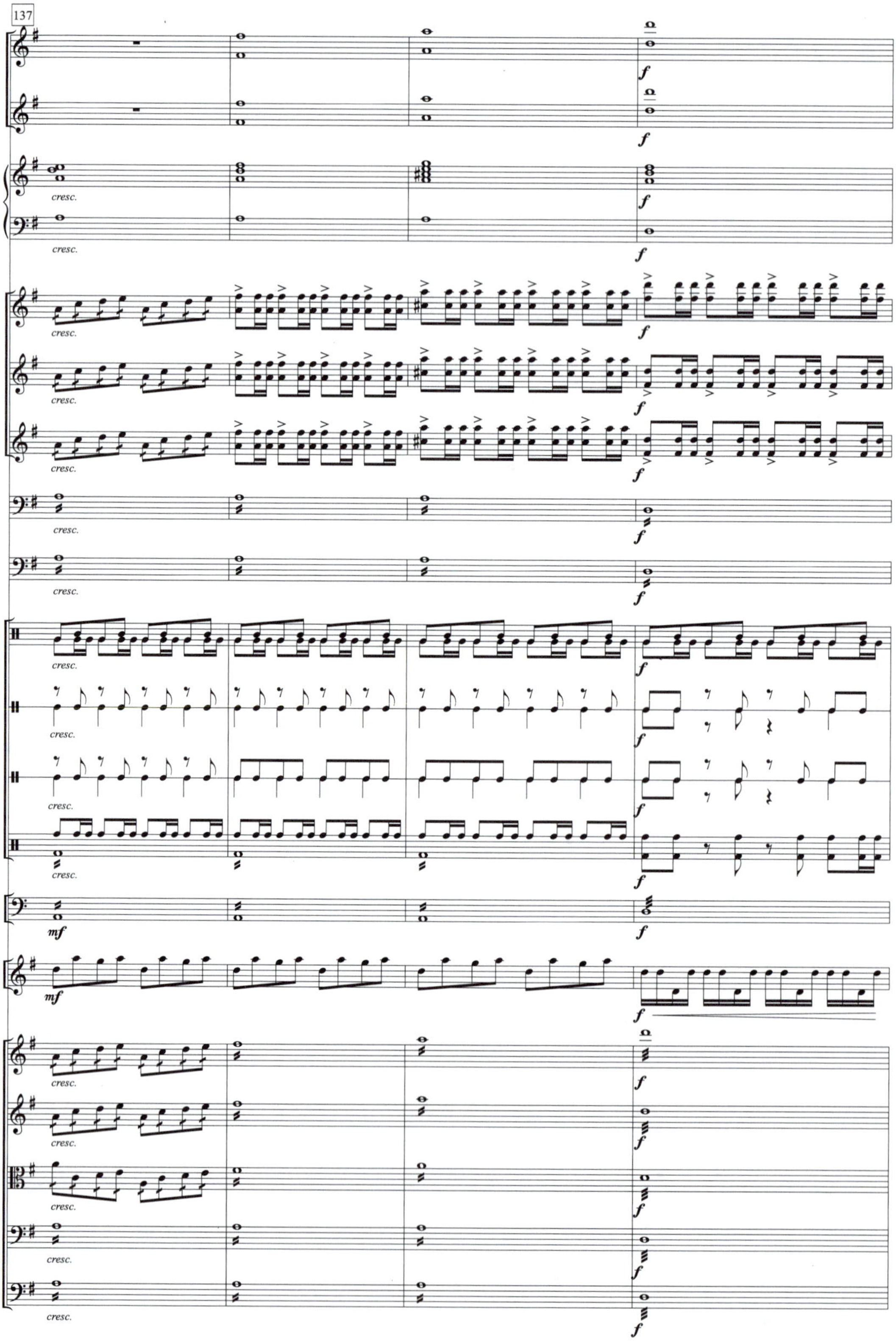
137
cresc.
mf
f

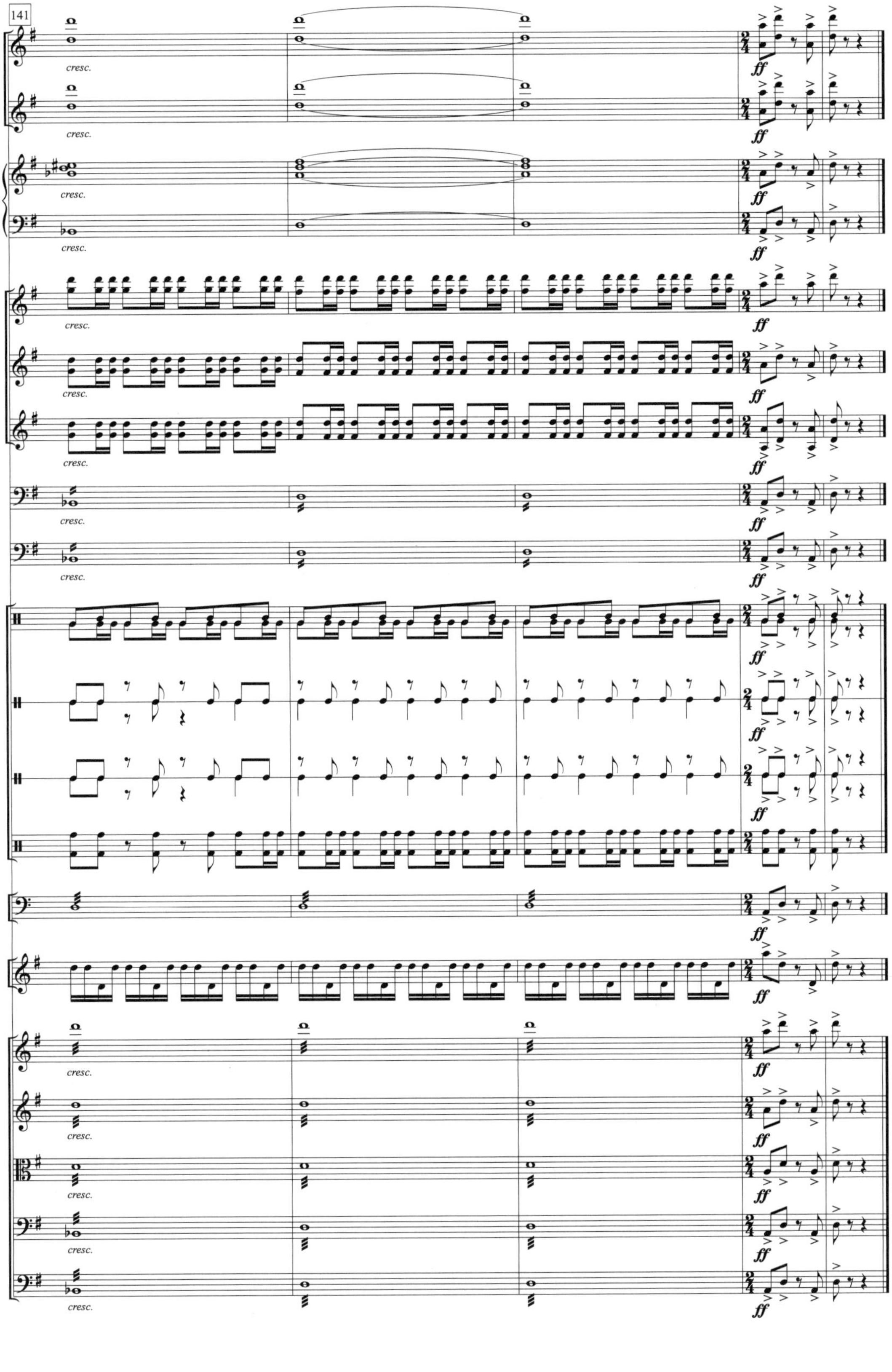
141
cresc.
ff

后　记

2023年5月，我应邀参加首届（青岛）全国综合类高校打击乐优秀作品与教学成果展演活动，其间在与上海打击乐协会副会长陈少伦先生交谈中，他表示希望我能出一部有关中国民族打击乐专业学科创建发展历程的个人专著，从而让更多后来者知晓该专业在高校中如何从无到有，从一所音乐学院到十一所音乐学院，以及上百所综合类高校建立中国打击乐专业。

1961年7月，我在中央音乐学院领导的安排下，由二胡专业转为打击乐专业学生，1965年毕业留校任教。那一时刻起，深知自己肩负的使命所在，至今，已有60余年。虽然是这一学科的创立与践行者，但如今要以专著呈现于世，确让我心中诚惶诚恐、忐忑不安。经过一年的思索，在家人的鼓励之下，终于于2024年启动并完成整部著作架构的设计。

书中第一篇《他的击乐世界》由我夫人蒲丽华女士自荐承担本篇的编写工作，因为她是我这一历程最重要的见证者。由她来编写这一篇与我想法不谋而合，也可以说是我心中最佳的选择。

本书的编著，从策划到出版发行，得到各级领导和业界人士鼎力支持与帮助，他们是：

原中国音乐研究所所长乔建中先生；

中央音乐学院党委书记于红梅教授分别为本书撰写序言。

作曲家、中国音乐家协会主席叶小纲先生；

作曲家、原中国音乐家协会主席赵季平先生；

作曲家、作家刘索拉先生；

指挥家、香港中乐团艺术总监阎惠昌先生；

中央音乐学院民乐系主任章红艳教授；

他们分别为本书题词祝贺。

在此表示衷心的感谢。与此同时，还要就上海打击乐协会副会长陈少伦先生对本书的促成表示感谢。也要感谢化学工业出版社为本专著早日与读者见面所做出的积极推动与努力。

中国打击乐学科建设仍处于发展阶段，建立科学、系统、完整的教学体系，仍需几代人不懈努力。

愿中国打击乐，越来越多地受到大众和青少年的喜爱，共奏时代最强音！

李真贵